TIMING
PARFAIT

Mary Calmes

TIMING
PARFAIT

Mary Calmes

Publié par
DREAMSPINNER PRESS

5032 Capital Circle SW, Suite 2, PMB# 279, Tallahassee, FL 32305-7886 USA
www.dreamspinnerpress.com

Timing parfait
Copyright de l'édition française © 2017 Dreamspinner Press.
Titre original : Perfect Timing
© 2016 Mary Calmes.
Première édition : novembre 2016
Traduit de l'anglais par Anne Solo.

Illustration de la couverture :
© 2016 Reese Dante.
http://www.reesedante.com
Les éléments de la couverture ne sont utilisés qu'à des fins d'illustration et toute personne qui y est représentée est un modèle

Édition imprimée en français : 978-1-63533-504-0
Première édition française : janvier 2017
v 1.0

Édité aux Etats-Unis d'Amérique.

TABLE DES MATIÈRES

BON TIMING POUR UN RODÉO

Mary Calmes

Note de l'auteur

Le rodéo

Très populaire aux États-Unis, c'est un événement sportif et un spectacle qui met en scène, sous forme de compétitions, l'habileté et l'adresse des cowboys.

La saison de rodéo professionnel, les compétitions et tout ce qui touche au rodéo dépendent d'associations nationales. Il existe des écoles de rodéo, c'est même une matière enseignée à l'université.

Le déroulement

Toujours très formel, le rodéo débute par une cérémonie d'ouverture, *Grand Entry*, où les concurrents et les organisateurs défilent à cheval, portant des drapeaux, dont celui des États-Unis. Puis l'hymne national est entonné.

Ensuite, les épreuves s'enchaînent. Chaque rodéo en comporte un nombre déterminé selon son programme. Pendant les interludes, il y a de la musique et des clowns – ils sont aussi des assistants prêts à intervenir avec courage pour aider un cowboy en difficulté en détournant la charge d'un animal.

Les épreuves du rodéo

Il y a sept épreuves officielles, chacune possédant ses propres règles et récompenses, réparties en deux groupes :

— Les *timed events*.
— Les *rough stock* ou *judged events*.

Timed events

Il s'agit des épreuves chronométrées. Celles au lasso sont issues des pratiques des premiers cowboys.

—*Tie-down roping* : capture d'un veau au lasso.

— *Team roping* : capture au lasso en équipe. L'homme de tête (*header*) doit passer le lasso autour du cou ou autour de la tête et d'une corne du veau, puis un second (*heeler*) vient attacher les deux pattes arrière de la bête.

— *Steer wrestling* : lutte avec le bouvillon. Le cowboy n'utilise pas de lasso dans cette épreuve : une fois la bête lâchée, il s'élance à cheval et saute de sa monture pour 'lutter' avec la bête et la mettre à terre en l'attrapant par les cornes.

— *Barrel racing* : course de barils. Épreuve de vitesse qui consiste à courir autour de barils selon un parcours.

Roughstock – ou judged events

Les concurrents sont jugés sur leurs performances vis-à-vis de bêtes sélectionnées pour leur nature indomptée.

—*Bull riding* – monte du taureau. C'est l'épreuve la plus populaire et la plus dangereuse. Le cowboy tient une corde qui le relie à l'animal, il doit tenir huit secondes et descendre.

—*Bareback riding* – monte de cheval sans selle. Le cavalier doit tenir huit secondes sur le dos d'un cheval sauvage.

—*Saddle bronc* – monte de cheval avec selle, le concurrent doit tenir dix secondes.

Un peu de vocabulaire

Bucking Chute : portail étroit d'où sortent les participants pour les épreuves de broncage.

Pick-up Man : cavalier de secours qui intervient pour aider un cowboy de rodéo à descendre de sa monture après le temps réglementaire. De plus, en cas de difficulté ou de blessure, il l'aide aussi à se dégager.

Steer : bouvillon ou veau pesant entre 226 et 295 kg.

I

APRÈS 19 heures, c'était un peu tard pour les courses, mais je m'arrêtai quand même au supermarché local avant de rentrer au ranch. Je voulais faire une surprise à Rand à son retour à la maison : qu'il me trouve là, avec le dîner déjà prêt. Le matin même, je lui avais dit que je travaillerais tard à cause d'une réunion. Elle avait été annulée et j'avais refusé d'aller prendre un verre avec mes collègues pour filer. Même après deux ans, j'étais encore tout excité à l'idée de rentrer au ranch le premier et voir l'homme que j'aimais en franchir la porte en fin de journée.

Puisque j'avais décidé de faire la cuisine, il me fallait des provisions. Du coup, je faisais la queue à la caisse quand Mme Rawley, la propriétaire du magasin, sortit de l'arrière-boutique pour me saluer. Je trouvai gentil de sa part de s'en donner la peine.

Le magasin était situé dans la petite municipalité de Winston. La population locale s'était séparée en deux groupes : ceux qui se fichaient complètement que je sois un gay vivant avec mon copain – le rancher Rand Holloway qui possédait le Red Diamond – et ceux qui s'y opposaient avec violence et exprimaient leur réprobation avec obstination et à haute voix. Bien que ces derniers qui murmuraient sur mon passage, marmonnaient entre leurs dents ou crachaient des insultes dans mon dos, soient en minorité, il y en avait assez en ville pour que je veille aux endroits où je faisais mes achats et dépensais mon argent.

Après tout ce temps, je savais où je serais accepté ou non, mais de temps à autre, les gens réussissaient encore à me surprendre. Le truc sympa, c'est que, le plus souvent, quelqu'un dont j'attendais une réflexion plus ou moins haineuse ou moqueuse ne cherchait en réalité qu'une occasion de m'offrir un sourire ou une chaleureuse poignée de main.

— Voulez-vous que Parker vous porte ce sac dans la voiture, Stef ? proposa Mme Rawley.

— J'allais le lui demander, protesta Donna manifestement furieuse. Zut, maman, je n'ai pas été élevée dans une étable.

Ça m'amusait beaucoup de voir interagir la mère et la fille : la plupart du temps, elles s'envoyaient des répliques exaspérées ou sarcastiques.

4

— Ça va aller, dis-je à Mme Rawley. Soyez gentille avec les jeunes.

— Merci, aboya Donna.

— Et vous, jeune fille, respectez votre mère.

Je récupérai mes achats tandis que l'épicière toisait sa fille de dix-huit ans.

— Tu devais l'écouter ! affirma-t-elle.

Je quittai le magasin, accompagné par le carillon de la cloche accrochée à la porte d'entrée.

J'avançais jusqu'à ma voiture, une chouette Mini Cooper rouge et noir, quand je vis une voiture de patrouille de la police garée entre moi et un 4x4 qui me bloquait.

— Franchement !

Je me dirigeai vers les deux adjoints du shérif assis dans la voiture. Ils n'avaient pas pu manquer l'irritation de ma voix.

Ils sortirent, un grand sourire aux lèvres. Je remarquai que l'un des deux, Owen Walker, avait un gobelet à la main. Il fit rapidement le tour de son véhicule ; au moment où je l'atteignis, je sentais déjà l'odeur du *chai latte* qu'il m'offrit.

— Allez, Stef, vous savez bien que nous devons obéir aux ordres.

Je pris le gobelet brûlant, lui s'empara vivement de mon sac d'épicerie et jeta un œil à l'intérieur.

— Qu'est-ce que vous allez faire ? demanda-t-il.

— Juste des côtes de porc panées et de la salade, shérif.

Il leva les yeux.

— Ça me paraît délicieux. Et c'est juste Owen, d'accord ?

— Bien sûr.

Je lui adressai un hochement de tête et un sourire.

— Il y a aussi du vin là-dedans.

— Bien sûr, dis-je avec un gloussement. Impossible de faire un bon repas sans un bon vin.

— J'imagine.

J'eus droit à un autre sourire.

— Si ce n'était pas trop tard, je vous inviterais bien, vous et votre famille.

— Peut-être une autre fois, dit-il, les yeux soudain braqués sur les miens.

Je ne savais pas trop s'il était sérieux. À mon avis, c'était le cas, mais je préférais faire un test.

— Peut-être un samedi alors, nous pourrions faire un barbecue si ça vous dit. Les enfants aimeraient certainement voir les chevaux.

— Oh, ils adoreraient ça. Et ma femme meurt d'envie de voir comment tourne votre maison avec les éoliennes et les panneaux solaires que vous avez installés. Elle aimerait beaucoup que nous devenions écolos, nous aussi.

— Très bien, dans ce cas, je vous passerai un coup de fil.

— Parfait.

Il hocha la tête et leva la main, en agitant les doigts.

— Quoi ? m'étonnai-je.

— Donnez-moi ces foutues clés pour que je mette tout ça dans le coffre de votre voiture.

— Mais je peux très bien le faire…

— Donnez-les-moi, gronda-t-il.

Il récupéra les clés que j'avais dans la main.

— C'est de l'abus de pouvoir, dis-je fermement.

Il me fit un doigt d'honneur.

— Arrêtez de l'asticoter, m'indiqua d'un ton autoritaire le second adjoint 'James, appelez-moi Jimmy'.

Quand je me retournai pour le regarder, il repoussa son chapeau sur son front.

— Alors c'est vrai ? s'enquit-il.

— Qu'est-ce qui est vrai ?

Je bâillai. J'attendais vendredi avec impatience. Je n'avais qu'une envie, c'était de m'asseoir et de lézarder sans rien faire durant les trois jours du week-end – parce que lundi prochain, c'était *Columbus Day*, un jour férié. Mon cowboy n'observait pas les vacances fédérales, bien sûr, mais il s'arrangerait probablement pour rentrer plus tôt afin de passer la soirée avec moi.

— Est-ce que Rand va vraiment bâtir une école à Hillman ?

J'avais eu les yeux moites une minute plus tôt, aussi je les frottai avant de me tourner et me concentrer sur l'adjoint McKenna.

— Qui vous a dit ça ?

— Tous vos hommes le savent, Stef, et la plupart d'entre eux ont femme et enfants. Combien de temps pensiez-vous empêcher que toute la ville soit au courant ?

Je poussai un long soupir avant de siroter une gorgée de mon *chai latte*.

6

— Pourquoi est-ce que ce truc-là sent aussi bizarre ? demanda alors l'adjoint Walker.

Je dirigeai vers lui mon attention tandis qu'il me rendait mes clés.

— C'est du *chai*, lui indiquai-je. C'est vous qui l'avez commandé. Comment pouvez-vous réclamer une boisson sans même savoir de quoi il s'agit ?

— Je n'ai rien commandé du tout. Je suis simplement rentré là-bas en leur demandant de me donner ce que buvait Stefan et la gamine... J'ai oublié son nom, celle qui a des cheveux bizarres...

— Ça s'appelle des dreads, shérif.

— Owen.

— Ça s'appelle des dreads, Owen.

— Peu importe. Elle m'a souri comme si j'avais illuminé sa journée, puis elle s'est activée et, cinq dollars et vingt cents plus tard, je portais ce truc qui sent la cannelle, les clous de girofle, et quelque chose d'autre.

— Les mecs, comment saviez-vous que j'allais m'arrêter en ville au lieu de rentrer directement à la maison ?

— Lyle était sur l'autoroute, planqué derrière le panneau 'Bienvenue à Winston'. Et il vous a vu passer devant lui et prendre la sortie de la ville.

Je hochai la tête.

— Comment va Lyle ?

— Très bien. Et sa Cindy attend un autre enfant.

Je ne pus m'empêcher de relever un sourcil.

— C'est vrai ?

— Comme si je ne le savais pas !

Il grogna.

— Ce sera le cinquième que le mec fait à ma petite sœur. Je lui ai conseillé de l'emmener plutôt au bowling, histoire qu'ils se trouvent une autre occupation ensemble.

Je ne pus retenir mes ricanements.

— J'ai cru que Maman allait exploser, ajouta l'adjoint.

— J'imagine.

— Je pense que le shérif veut vous dire un mot, intervint Jimmy. C'est pour ça que nous vous avons intercepté.

— Exactement, approuva Owen. Pour en revenir à ce café...

Il avait à peine commencé que Jimmy levait les yeux au ciel.

— Je n'arrive vraiment pas à comprendre pourquoi les gens apprécient tant ce nouvel endroit. Ma femme voudrait quasiment y vivre, ma fille a pris l'habitude de s'y arrêter tous les après-midis en sortant de l'école, il commence à y avoir une file d'attente.

Un nouveau *coffee-shop* proposant cafés, pâtisseries et sandwichs avait ouvert quatre mois plus tôt, entre le Bed & Breakfast et la maison de retraite. Pour moi, cela avait été une bénédiction. Je veillais à m'y arrêter tous les matins en allant en ville, afin d'acheter un *chai latte* et un scone aux myrtilles fait maison. Les quatre personnes travaillant là-bas connaissaient toutes mon visage et mon nom : dès qu'elles me voyaient arriver, elles préparaient ma boisson. C'était sympa.

— Ils ont su ce que vous voudriez dès que j'ai donné votre nom, m'indiqua Owen

— Il n'y a pas beaucoup d'amateurs de *chai* dans cette ville, assurai-je.

— J'espère bien !

J'indiquai de la tête le 4x4 qui me bloquait.

— Où est le grand homme ?

— Le shérif est allé chercher ses affiches électorales chez Sue Lynn.

— Pourquoi ? dis-je surpris. Personne ne se présentera contre lui. Pourquoi a-t-il besoin d'affiches électorales ?

— À mon avis, il aime bien voir son visage en très gros, répondit l'adjoint.

Ses gestes suggéraient à quel point la tête du shérif serait colossale sur les bannières.

— Quand même, merde, c'est de l'argent public qui est dépensé ici, Stef.

J'éclatai de rire. Je notai aussi combien ces deux hommes étaient à l'aise en ma présence.

— Écoutez, shérif McKenna…

— Jimmy, corrigea-t-il, comme il le faisait toujours.

— Jimmy, dis-je avec un soupir. Qu'est-ce que ça peut vous faire que Rand construise une école ? Ça ne va rien changer pour vous, n'est-ce pas ?

— Je trouve juste bizarre qu'il aille bâtir ça à Hillman et non chez lui, c'est tout.

Je le regardai bien en face.

— Il a été éjecté de tous les comités de cette ville ; les services du cadastre ont même modifié la répartition des terres : désormais, le Red Diamond ne dépend plus de Winston, mais de Hillman.

— Ouais, je…

— Alors votre question n'a aucun sens. Rand construit bel et bien une école sur la commune dont dépend le Red Diamond.

Il étrécit les yeux.

— Ces derniers temps, Rand a fait un paquet de dons et de changements à Hillman. Est-ce que vous êtes au courant ?

— Bien sûr, et vous le savez très bien.

Je continuai à siroter mon *latte*. Il se racla la gorge.

— J'ai entendu dire que la nouvelle école serait une *charter school*, mais je ne sais pas trop à quoi ça correspond.

— C'est une spécialité américaine, une école à enseignement laïque et gestion privée qui bénéficie d'une très large autonomie dans l'enseignement et dans les programmes scolaires.

— Ça veut dire quoi, en clair ?

— Ça veut dire qu'ils apprendront ce qu'ils veulent aux gosses, idiot, intervint Owen d'un ton sec. Continuez, Stef.

Je ne pus retenir mon sourire.

— Rand veut un programme d'apprentissage qui n'est pas proposé à l'école élémentaire de Winston. Il veut une spécialisation en agriculture, ce qui est logique, mais il trouve aussi que les enfants d'origine anglophone devraient apprendre l'espagnol, et les hispanophones l'anglais. Il veut que tous soient bilingues.

— Pourquoi ? demanda Jimmy.

— Parce que ça les aidera, aussi bien au niveau culturel qu'économique. De plus, il est prouvé que parler une seconde langue développe le cerveau.

— C'est vrai ?

— Oui, dis-je fermement. Les enfants n'ont aucun problème avec les langues. C'est bien plus simple d'apprendre jeune que plus tard, étant adulte.

— Alors, Rand veut construire une école à Hillman rien que pour ça ?

— Pour le moment, tous les gosses du ranch vont à l'école élémentaire de Winston, mais aucun des bus scolaires ne passe au Red Diamond. Les enfants sont obligés de faire du covoiturage. Si Rand construit cette école au sud de Hillman, il achètera aussi deux cars. Comme ça, les gosses, aussi bien ceux du ranch que ceux vivant au nord de Winston, pourront aller à l'école à Hillman : un bus viendra les prendre tous les matins.

— Quand il aura construit cette école, je veux que mes enfants y aillent, indiqua Owen.

— C'est vrai ? demanda Jimmy, manifestement surpris.

9

— Bien sûr.

Il haussa les épaules.

— Je pense que c'est génial d'apprendre une seconde langue.

— Absolument, dis-je, avant de me tourner vers Jimmy. C'est très logique.

— Pas à dire, Rand a apporté beaucoup de changements depuis que vous êtes là, Stef, dit-il.

— Je pense que le shérif veut parler à Rand de tout ça, déclara Owen à mi-voix. Et peut-être aussi lui demander de reprendre son siège au comité local.

Sauf que Rand en avait été éjecté. Quand il était sorti du placard deux ans plus tôt, en acceptant que je m'installe avec lui au ranch, les notables de Winston l'avaient flanqué dehors, le privant d'un poste que son père avait occupé avant lui. Ils n'avaient même pas fait l'effort de trouver une excuse plausible. Au contraire, ils lui avaient carrément annoncé la raison de son expulsion : moi – plus le fait que Rand soit gay. Si le Red Diamond était le plus gros ranch de Winston, il se trouvait également sur les terres les plus éloignées du district, vers Croton et Payson, aussi le maire et tous les autres édiles avaient trouvé une clause bidon pour se débarrasser de Rand. Il n'était que mon compagnon à l'époque, aujourd'hui il était mon associé et mon partenaire. En vérité, ces connards étaient homophobes, tous autant qu'ils étaient. Trois mois plus tard, ils avaient modifié la répartition des territoires et attribué le Red Diamond à Hillman. Ce qui avait été la goutte d'eau de trop. J'avais été surpris au début que Rand ne proteste pas, mais quand il m'avait expliqué pourquoi, j'avais compris.

Le jour où la relocalisation avait pris effet, le maire de Hillman, Mme Marley Davis, s'était déplacée avec tout son conseil municipal jusqu'au ranch pour accueillir Rand et le Red Diamond dans leur district. C'était elle qui avait accepté la nouvelle répartition des terres, enchantée que Rand rejoigne sa communauté, tout comme elle savait qu'il en serait enchanté également. Elle attendait de Rand qu'il se rende au prochain conseil municipal : chacun, avait-elle affirmé, serait intéressé d'entendre son opinion et ses projets à venir. Elle avait ajouté que j'étais également invité.

J'en étais resté abasourdi. Quant à Rand, il n'avait pas caché son sourire béat lorsqu'il m'avait raconté ce qui s'était passé, ce même vendredi, à mon retour à la maison.

— En ce bas monde, tout arrive pour une raison, Stef, avait-il dit en me prenant dans ses bras. Je n'avais jamais beaucoup réfléchi à Hillman jusque-là, mais tout à coup, ces gens-là m'ont obsédé. J'ai senti que nous trouverions un foyer avec eux, alors j'ai voulu les aider. J'ai quelques économies, tu sais, et si tu m'aides, je pense pouvoir les utiliser à bon escient. Il faut que tu analyses nos futures acquisitions et que tu fasses le budget de mes projets. Acceptes-tu d'aller jeter un œil et de voir ce qui peut être fait ?

Bien entendu. Je le pouvais. J'avais accepté. Je l'avais fait.

S'il fut difficile pour Rand de couper tout lien avec la ville où il avait grandi, le chaleureux accueil qu'il reçut à Hillman l'en consola. Ce fut émouvant. Jusqu'ici, la bourgade – à trente kilomètres à l'est – n'avait pu se vanter d'avoir sur les terres de son district un important ranch de trois cent mille hectares, riche et prospère ; désormais, c'était le cas. Au début, j'avais cru que seul les intéressait l'argent qu'ils tireraient du Red Diamond, mais en vérité, il s'agissait également du rancher lui-même.

Hillman étant devenue son nouveau foyer, Rand s'était senti tenu de faire bénéficier la ville de sa philanthropie et de sa loyauté. Il avait fait une donation importante à la maison de retraite, avait bâti avec son ami, A. J. Myers, une énorme station-service-superette qui avait déjà bien amélioré la fréquentation de la ville, et avait donné cinq ordinateurs – dernier modèle, avec imprimantes et scanners – à la bibliothèque municipale. Il avait ensuite construit une coopérative agricole et avait offert un nouveau toit au gymnase du lycée en découvrant, durant un orage, qu'il y avait des fuites. Au cours de l'année suivante, différents autres travaux de rénovation avaient été mis en œuvre… dont la nouvelle école élémentaire qui se trouvait au sommet de la liste. Quand Rand avait reçu un siège au comité scolaire, il en avait été très touché. Il était devenu à Hillman un citoyen considéré, une voix appréciée. Son opinion comptait ; son tutorat également.

— Stefan !

Arraché à mes pensées, je me trouvai face au shérif Glenn Colter.

— Oh, shérif. Que puis-je pour vous ?

— Vous avez acheté le ranch Silver Spring à Adam Weber la semaine dernière.

Il me fallait rattraper une conversation déjà en cours, manifestement.

— Ce n'est pas le cas ? insista le shérif.

Je sirotai une gorgée de mon *latte* avant de répondre :

— Ce n'est pas moi, c'est Rand.

11

— D'après Adam, c'est vous qui avez mené les négociations.

— Shérif, c'est ce que je faisais autrefois, dis-je, en voyant son expression se durcir. Même si je donne aujourd'hui des cours à l'Université Communautaire de Westland, je n'ai pas complètement perdu mes anciens dons, à ce qu'il paraît. Il me serait difficile d'oublier une aussi longue expérience dans la négociation.

— Eh bien, Adam prétend que vous avez été correct envers lui, c'est pourquoi il a vendu, mais il n'a plus l'intention d'y inclure la parcelle de terrain adjacente aux Dalton.

— Ce n'est pas ce qu'il m'avait dit.

— Il veut quand même la récupérer.

— Vraiment ? dis-je amusé. C'est vous qui l'avez envoyé à Vegas, pas vrai ?

— Ce que je veux dire…

Mal à l'aise, il dut se racler la gorge.

— …c'est qu'il n'a pas eu le temps de vous en parler avant de partir.

— Hum-hum.

— Stefan !

— Vous parlez bien de la parcelle mitoyenne avec les terres de Coleman, c'est ça ?

Il poussa un grognement sonore et s'emporta :

— Nous savons tous les deux que les gens de Trinity veulent ce lot à cause de la relocalisation. Si Rand leur vend le Silver Spring et libère le terrain jusqu'à l'autoroute, ils pourront avoir leur propre accès sans plus devoir traverser Winston.

— Oui, je sais. Et maintenant qu'il y a une station-service à Hillman et un hôtel entre le Red Diamond et Hillman… pourquoi quiconque aurait-il besoin de passer à Winston ?

— Rand a acheté ces terres, maintenant il cherche à nous transformer en ville fantôme.

Je secouai la tête

— Les gens de Trinity…

— Il y a surtout cet enfoiré de Mitch Powell, il veut construire là-bas un complexe hôtelier, un golf, et Dieu sait quoi encore… S'il met seulement la main sur les terres à l'est du…

— Rand les lui a déjà vendues.

Après tout, ce n'était plus un secret et cela créerait un tas de nouveaux boulots dont bénéficieraient les villes avoisinantes. Mitchell Powell, ancien champion de golf devenu entrepreneur, puis multimillionnaire, comptait effectivement construire un complexe hôtelier dans les environs. Voilà qui mettrait Hillman en valeur – grâce à Rand, qui s'était donné la peine de réunir tout un territoire dont personne ne voulait, auquel personne ne s'intéressait. Il l'avait revendu un paquet d'argent avec lequel il allait réaliser de grandes choses.

Ces trois ranchs, le Silver Spring, le Twin Forks et le Bowman, étaient en difficulté depuis des années. Désormais, ils allaient devenir un monolithe de richesse et de prospérité qui s'étendrait sur des centaines d'hectares, un complexe de loisirs très huppé et exclusif, réservé aux nantis et aux célébrités. C'était situé suffisamment loin de notre ranch pour que nous n'en soyons pas dérangés. Rien ne changerait dans la vie quotidienne des résidents du Red Diamond : le ranch resterait le même, mais les terres achetées par Rand deviendraient enfin rentables. Même si Winston n'en profitait pas directement, puisqu'aucun projet n'était prévu en ville, sa population bénéficierait cependant des centaines de nouveaux emplois bientôt créés.

Il n'y avait pas grand-chose à faire à Winston, à moins de travailler sur un ranch. Il fallait aller jusqu'à Lubbock – comme je l'avais fait – pour trouver du travail. Maintenant, grâce à Rand Holloway, concepteur et négociateur, grâce à Mitchell Powell, promoteur et financier, une nouvelle prospérité s'apprêtait à tomber sur la région.

— Rand a vendu les trois ranchs à Powell ?

— Absolument, dis-je. Maintenant, enlevez votre véhicule, je veux rentrer chez moi.

Je contournai le shérif pour ouvrir ma portière, côté conducteur. Il me suivit, les muscles de la mâchoire crispés.

— Comment Rand peut-il faire une chose pareille à la ville qui l'a vu naître et grandir ?

— Il vient de créer des milliers d'emplois pour les gens de *la ville qui l'a vu naître et grandir*. Ils vont d'abord construire les bâtiments. Quand ce sera terminé, il y aura des emplois à pourvoir à l'hôtel et au golf. Ce qui peut sauver toute la communauté.

— Mais ce centre sera… sur les terres de Hillman et non de Winston.

— Quelle importance ? Les gens pour qui vous travaillez bénéficieront quand même de ces nouveaux emplois.

— Et Hillman deviendra un centre d'attraction entre Midland et Lubbock, tandis que Winston restera dans l'ombre.

— Que voudriez-vous que Rand fasse à ce sujet, shérif ?

— Vous êtes intelligent. Vous savez très bien ce que je cherche à vous faire comprendre.

Je le fixai d'un regard étréci.

— Les papiers ont déjà été signés, shérif. Mitchell est passé les chercher ; il est reparti avec les droits de propriété et plus de juristes que Rand n'en a jamais vus de toute sa vie, à ce qu'il m'a dit. Les ranchers ont vendu leurs terres à Rand sans y être forcés. Nous savons tous les deux que le Silver Spring et le Twin Forks étaient en péril depuis des années. Quant aux terres de Bowman… eh bien, Carrie ne voulait qu'une chose, c'était les vendre pour pouvoir déménager en Oregon afin de se rapprocher de son fils. À l'heure actuelle, il faut travailler dur pour faire fructifier un ranch. Certains préfèrent toucher leur argent et s'en aller. Rand a trouvé comment rentabiliser ces terres en friche. Grâce à ça, son propre ranch deviendra encore plus prospère, d'autant plus capable de faire vivre ses hommes et leurs familles, ceux qui y travaillent et y résident. Maintenant, je comprends bien que vous vous inquiétiez au sujet de Winston, mais Rand a pensé au Red Diamond en priorité. La ville bénéficiera cependant des retombées de ses décisions.

— Le maire ne voit pas les choses comme ça.

— Si vous voulez mon avis, Rand s'en contrefiche.

Il me regarda d'un air sombre.

— Si vous voulez mon avis, vous avez raison.

Je lui adressai un sourire. Il soupira et se détendit visiblement.

— Ce n'est pas de votre faute, vous savez, dis-je. Je sais que vous avez été un des rares à ne pas voter l'éjection de Rand.

Son regard chercha le mien. Il garda le silence. J'insistai :

— Je sais aussi que votre seul problème avec Rand, c'est qu'il peut être vraiment pénible de temps à autre.

— De temps à autre seulement ?

Je ne pus empêcher mon sourire de s'agrandir ; j'eus même un petit rire.

— Il est tard, shérif. Vous ne comptez pas rentrer dîner chez vous ?

— Non. Mme Colter est partie passer quelques jours chez sa sœur, à Abilene.

— Dans ce cas, pourquoi ne viendriez-vous pas à la maison manger avec nous ? J'ai acheté suffisamment pour trois.

— Non, merci, Stefan. J'apprécie votre invitation, mais je dois aller chez les Drake et leur parler de Jeff.

Il me fallut une minute… parce que, en général, il ne se passait rien à Winston. Seul Rand et moi alimentions les ragots.

— Oh, oui, la course, dis-je en rigolant.

— Ce n'est pas drôle. Ils auraient pu se tuer en faisant ça.

Je fis de mon mieux pour ne pas paraître condescendant.

— Sur des tracteurs ? Oui, bien sûr, ils auraient pu.

Il me tendit la main.

— Appelez-moi quand vous referez des lasagnes.

— Bien sûr, shérif, je m'en souviendrai.

J'acceptai sa poignée de main. Il m'adressa un sourire avant que je tourne le dos pour m'approcher de ma voiture.

— Stef ?

Je lui jetai un regard par-dessus mon épaule tout en ouvrant la portière.

— Appelez-moi aussi si vous faites un rôti en cocotte, dit le shérif.

— Très bien, d'accord…

Je ne pus résister à mon envie de le taquiner.

— Je n'avais pas réalisé que vous aviez des préférences.

— Mais si, absolument, dit-il avant de se figer. Ne me dites pas que c'était le menu de ce soir ?

— Non, rassurez-vous.

Il grogna avant de monter dans son mastodonte.

C'était plutôt marrant que le shérif ait des plats favoris. Avant que je m'installe avec Rand, mes talents culinaires étaient… disons basiques, au mieux. Mais ici, à Winston, il n'y avait que deux restaurants, deux grills. Même s'ils n'étaient pas mauvais, je trouvais parfois agréable de varier les menus. Aussi il fallait bien que l'un de nous deux apprenne à cuisiner. Et qui, de Rand et moi, avait le plus de temps libre ? Rand adorait que je transpire pour lui dans la cuisine – *pourquoi ? Aucune idée*, mais l'expression de son visage lorsqu'il revenait au ranch et me voyait derrière les fourneaux me faisait fondre. Je m'étonnais presque de ne pas me répandre sur le carrelage.

Rand adorait que je m'occupe de lui.

Je surveillai le shérif déplacer son 4x4. Il me klaxonna avant de s'éloigner. Ses deux adjoints suivirent le mouvement. Et, tandis que je prenais le chemin de la maison, j'eus le temps de réfléchir aux transformations drastiques qu'il y avait eu dans ma vie en un temps très court.

DEUX ANS plus tôt, Rand Holloway et moi étions passés d'ennemis jurés à amants en un éclair, durant les quatre jours qu'avait duré le mariage de sa sœur, Charlotte Holloway. La jeune épouse, ma meilleure amie au monde, m'avait demandé – c'était plutôt une exigence – d'être son témoin devant l'autel. Et puisqu'elle avait également besoin de son frère à son bras… Rand et moi avions dû opter pour une trêve armée. C'était le désastre assuré ! À l'époque, lui et moi réussissions à peine à être polis l'un envers l'autre.

Rand et moi étions chacun le pire cauchemar de l'autre. Mais au cours de ce week-end-là, je compris enfin la véritable raison ayant déclenché dix ans de guérilla : Rand m'appréciait. Il l'avait toujours fait. D'ailleurs, il ressentait pour moi un sentiment plus fort – qui l'obsédait quelque peu. Malheureusement, au Texas, il n'était pas facile d'associer un homme gay – et fier de l'être – avec un rancher éleveur de bétail. C'était pour Rand une idée abracadabrante avec laquelle il se débattait. Pourtant, dès qu'il finit par comprendre la vérité à son sujet, une fois certain de ce qu'il désirait, de ce dont il avait besoin, il s'était décidé à m'en faire part.

La route de notre amour n'avait pas été facile. Tandis que Rand et moi en étions encore à assimiler cette évolution de nos relations – d'ennemis à amis, puis à amants – mon ancien patron, Knox Bishop, tenta de me tuer pour m'utiliser comme bouc émissaire pour les malversations dont il était coupable. Ça avait été une semaine extrêmement intense de ma vie ! Au final, j'avais décidé de déménager à travers tout le pays pour vivre sur un ranch. J'avais beau aimer cet homme à la folie, je ne peux pas dire que la transition ait été facile pour moi.

Rand était un cowboy ; moi, un citadin habitué à toutes les facilités de la grande ville, vingt-quatre heures sur vingt-quatre. Ce n'était pas que la vie au ranch – et avec Rand – me déplaisait, loin de là, mais il devait y avoir un juste milieu, non ? Alors pourquoi devrais-je supporter toutes les transformations tandis que Rand, lui, gardait sa petite vie habituelle ? Je comprenais bien qu'il n'y avait aucune alternative – les terres du ranch ne pouvant déménager, cela faussait l'équation – mais la logique n'avait rien à voir avec le ressenti. J'étais alors très en colère.

Du coup, durant un temps, j'avais fait subir à Rand ma frustration, avant de réaliser que c'était à moi que j'en voulais. Parce que je tentais de vivre en même temps mon ancienne vie et la nouvelle, ce qui ne fonctionnait pour personne.

Le bon côté, c'était que j'avais eu l'opportunité d'essayer une nouvelle carrière, qui ne m'avait pas convenu au final. Professionnellement, j'étais passé de Chicago à Lubbock, engagé par Abraham Cantwell, le nouveau beau-père de ma meilleure amie. Il désirait que je restructure le côté financier de son entreprise. Malheureusement, vu le contexte économique, ce nouveau boulot n'eut qu'une durée limitée. Monsieur Cantwell dut réduire ses effectifs ; il licencia tout le monde, sauf deux de ses assistants, avant de prendre sa retraite en mettant la clé sous la porte un peu plus tôt cette année. En cherchant un nouvel emploi, je m'étais trouvé face à un dilemme : soit je m'aventurais dans une ville plus importante que Lubbock, soit j'acceptais un poste bien moins rémunéré que ceux dont j'avais l'habitude. Si je m'installais à Dallas ou à Houston, je ne reviendrais au ranch que le week-end ; si je choisissais Lubbock, j'avais la possibilité de retrouver Rand tous les soirs. La décision était lourde de conséquences : tout mon avenir était en jeu. Puisque j'avais déjà fait un plongeon deux ans plus tôt, je choisis mon cowboy et la vie sur le ranch – même si j'étais terrorisé à l'idée de perdre mon identité. J'avais obtenu un diplôme universitaire avec deux spécialisations, aussi j'optai d'user de la seconde et acceptai un poste de professeur en Histoire Mondiale à l'Université Communautaire.

Rand ne s'était plus senti de joie.

— Je ne vois pas pourquoi tu es si heureux, lui avais-je dit.

C'ÉTAIT DURANT le mois d'août, nous étions dans mon petit – minuscule ! – bureau et j'y préparais la rentrée d'automne.

Rand avait un sourire béat en examinant le placard à balais qui constituait mon nouvel espace professionnel.

— C'est parce que tu nous as choisis, Stef, déclara-t-il simplement. Je ne sais pas si tu as bien réalisé ce que tu viens de faire.

C'était le cas. Je lui faisais confiance ; j'avais foi en lui, en la vie que nous partagions, aussi j'avais préféré m'appuyer sur lui que vivre seul. Durant les deux années qui venaient de passer, j'avais gardé quelques doutes, mais désormais, mon engagement était total.

— Stef ?

Lorsque je tournai la tête derrière mon épaule pour regarder Rand, je réalisai à quel point l'homme paraissait gigantesque dans ce minuscule bureau.

— Tu sais, je viens de signer mon contrat de trois ans avec la chaine des restaurants Grillmaster pour être leur seul fournisseur de viande de bœuf.

Il en parlait négligemment, mais je savais combien c'était important. Je l'avais aidé à préparer ce contrat, conseillant chaque étape de sa rédaction. Son avocat avait apprécié mon aide. Apparemment, tout était désormais signé en bonne et due forme. J'en étais enchanté pour Rand et pour le ranch, aussi je me précipitai et traversai le mètre cinquante qui nous séparait afin de me jeter dans ses bras.

Je fus surpris quand il me rattrapa et me déposa sur mon nouveau bureau. Il se plaça entre mes jambes, les mains sur mon visage, dans mes cheveux, et me regarda de toute sa haute taille.

— C'est la plus belle affaire que le ranch ait jamais conclue, Stef.

Effectivement. Et les avantages financiers seraient énormes. Je savais que Rand et ses avocats – ils étaient quatre à présent – y avaient travaillé pendant longtemps.

— Pourquoi ne m'en as-tu pas parlé plus tôt ? dis-je, tout excité. Il faut que nous sortions fêter ça et…

Il me coupa la parole et m'immobilisa.

— Tu sais pourquoi je désirais tellement ce contrat ?

— Ouais, pour que tu aies plus d'argent afin de…

Il m'interrompit en repoussant les cheveux de mon visage, traçant du doigt la ligne de mes sourcils, de mes pommettes, de mon menton.

— C'était pour toi, Stef. Cet argent, c'est pour toi, je veux que tu t'en occupes, que tu le fasses fructifier. D'ailleurs, dès le départ, c'était ton idée. Je n'étais pas trop partant pour cette affaire, mais tu m'as convaincu d'essayer. Sans toi, je n'aurais jamais envisagé de tenter un aussi gros coup.

Je renversai la tête pour lui sourire, puis je fis glisser mes fesses sur le plateau du bureau et mis mes mains sur ses hanches ; j'inhalai son odeur, ce parfum de soleil d'été, de vêtements, de sueur et de musc qui n'appartenait qu'à lui, Rand.

— Je suis heureux d'être la voix de la raison, dis-je, en plaisantant.

De ses pouces, il caressa ma lèvre inférieure, tout en me regardant… Ses yeux étaient devenus des fentes d'un bleu électrique. J'en eus l'estomac tout retourné.

Lentement, il se pencha vers moi. Quand je sentis ses doigts sur ma mâchoire, j'obéis à son ordre muet et renversai la tête pour recevoir son baiser possessif. Sa bouche dévora la mienne, sa langue écartant mes lèvres *pour plonger à l'intérieur, goûter et dévorer. Je gémis quand ses mains se crispèrent sur mes hanches. Rand me souleva, il voulait avoir mes jambes enroulées autour de sa taille.*

— *Pourquoi portes-tu un de mes tee-shirts ? demanda-t-il.*

Il avait parlé contre ma gorge, son souffle brûlant et humide me caressa la peau.

Quelle étrange question…

— *Quoi ?*

— *Pourquoi portes-tu mon tee-shirt ? répéta-t-il.*

Au son bas et rauque de sa voix, je compris que me voir porter ses vêtements avait éveillé en lui un sentiment très primitif. Il adorait ça !

— *C'est juste parce qu'il était propre, dis-je. Nous devrions faire une machine.*

Tout en parlant, je pressai mon bas-ventre contre le sien, me frottant à lui.

— *Je trouve ça bandant.*

Je ne savais pas ce qu'il trouvait de particulier à me voir dans un de ses vieux tee-shirts d'entraînement avec le numéro 7 écrit dans le dos – il datait de l'époque où Rand jouait au foot au lycée. J'y avais déjà trouvé un accroc, mais nous étions alors à mi-chemin de l'université, aussi je n'avais pas eu envie de retourner jusqu'à la maison me changer. Ce n'était pas un gros trou, à peine une déchirure qu'on ne remarquait qu'en y regardant bien.

Après la visite de mon bureau, Rand m'avait promis une balade jusqu'au ruisseau et un déjeuner ensemble. Pour pouvoir rester avec moi, il s'était libéré toute la journée – ce qu'il ne faisait jamais d'ordinaire. Sachant que nous ne serions que tous les deux aujourd'hui, je n'avais vu aucune raison de me changer. Et maintenant, j'étais vraiment content de ne pas l'avoir fait.

— *Tu sais, entre ce tee-shirt et ton chapeau, jamais personne ne te croirait prof.*

— *Non, probablement pas.*

J'eus du mal à parler parce que Rand avait les deux mains sur mes fesses qu'il malaxait fermement.

— *Bordel, gronda-t-il.*

D'un geste preste, il enleva son chapeau et le lança comme un Frisbee en direction de la chaise, puis il se pencha pour relever le tee-shirt et embrasser mon estomac nu.

— *Rand...*

— *Parfois, j'ai vraiment envie de te lécher des pieds à la tête.*

Oh bon sang !

Il pressa les lèvres sur mon ventre, lécha, mordilla et suça jusqu'à ce que je me tortille sous lui, juste au bord du bureau. Rapidement, il détacha ma ceinture, puis le bouton de mon jean dont il descendit la fermeture. Je sentis ses mains écarter mon pantalon, glisser sous l'élastique de mon caleçon, puis ses doigts effleurèrent la peau de mon ventre juste au-dessus de mon sexe.

Quand je me soulevai, Rand baissa mon jean et mon sous-vêtement, libérant mon sexe érigé, frémissant d'espoir dans l'attente de caresses. Je frissonnai quand, sans un mot d'avertissement, Rand se pencha et m'engloutit jusqu'au fond de la gorge.

— *Rand ! hurlai-je.*

J'avais les mains dans ses cheveux... J'adorais le contact de sa bouche brûlante, de ses succions exquises et fortes. Je sentais le froid du bois sous mes fesses ; il y avait aussi ce tabou d'être dans un bureau, en sachant que nous étions seuls dans cet immeuble de cinq étages. L'école n'ouvrirait pas avant la première semaine de septembre. J'en fus vraiment très heureux.

Dire que ce mec était un novice dans l'art de la fellation encore deux ans plus tôt ! Aujourd'hui, c'était un pro, avec une bonne connaissance de son pouvoir et une intuition étonnante de toutes mes zones érogènes. Il savait devoir commencer très vite, puis ralentir le rythme. Il savait combien j'adorais sentir couler sa salive dans la fente de mon gland tout en étant pénétré en même temps de ses doigts. Il savait enfin que j'allais jouir, bruyamment, d'être ainsi bousculé et maintenu de force, baisé jusqu'à ma capitulation.

— *Essayons quelque chose de différent, gronda-t-il.*

Et je me retrouvai à moitié plié en deux, les genoux – encore coincés par mon jean – remontés jusqu'à la poitrine. Rand me maintenait par l'arrière des cuisses. Je sentis sa langue titiller l'entrée de mon corps.

— *Rand !*

Il me pénétra de sa langue et je dus m'agripper au rebord du bureau pour ne pas ruer sous cette agression. C'était tellement bon – le frottement de sa barbe contre ma peau fragile, cette caresse lente et sensuelle, sa bouche plaquée à mes chairs frissonnantes. Quand il ajouta un doigt, je me cambrai et décollai du bureau.

Je l'entendis cracher de la salive sur sa main, je sentis un second doigt humecté s'ajouter au premier et m'écarteler de l'intérieur.

— Oh Rand, s'il te plaît...

Il me baisa avec ses doigts ; de l'autre main, il caressait les muscles contractés de mon ventre.

— Stef, tu es si beau...

Sa voix était rauque, basse. Il m'arracha mon jean de la jambe gauche sans se soucier de libérer l'autre, il eut juste besoin de m'écarter les cuisses pour m'écarteler devant lui.

— Tu prends ton pied à me voir comme ça, prêt à recevoir tout ce que tu décideras.

— Ouais, grogna-t-il, presque férocement.

— Tu veux pouvoir me baiser à ta guise, me marquer, me mettre à genoux dès que ça te plaît.

Cette fois, sa seule réponse fut un autre grondement.

— Alors, baise-moi, dis-je, le suppliant.

Je me cambrai contre ses doigts inquisiteurs... J'avais besoin de plus – de quelque chose de plus gros – j'avais besoin de lui.

— Tu es tellement serré.

— Baise-moi.

Lentement, il retira ses doigts gluants et délicieux, puis m'agrippa par les fesses en les écartant pour presser le gland humide de son sexe contre l'entrée de mon corps.

Je me soulevai, prêt pour lui.

— J'ai besoin de toi.

— Si nous avions du lubrifiant, je t'empalerais si fort que je te ferais hurler mon nom, mais je dois y aller doucement jusqu'à ce que tout ton corps soit refermé sur moi, serré, humide.

Le mec était aux abois, tous ses muscles raidis par le désir de me baiser, mais pour lui, c'était moi qui passais en premier, comme toujours. Il poussa, doucement, mais sans s'arrêter, laissant mes muscles intérieurs se détendre et se souvenir du plaisir qu'une telle intrusion leur apporterait. Ils en frémissaient déjà d'anticipation.

— Oh bordel, que c'est bon, Stef, c'est jouissif !

Rand recula de quelques centimètres, puis à nouveau, il poussa en avant ; mes entrailles se resserrèrent autour de cet épieu de chair humidifié de salive et du sperme qui en émergeait déjà. La pénétration fut moins facile que d'ordinaire, mais j'adorais cette brûlure, elle envoyait des étincelles électriques partout sur ma peau.

Je me soulevai encore, forçant Rand à m'empaler davantage, puis je tendis une jambe, posant le mollet sur son épaule. Il pressa plus fort jusqu'à être totalement entré en moi. J'avais son membre énorme planté jusqu'à la garde dans mon cul.

Je hurlai son nom :

— Rand !

Quand il commença à me marteler, je sentis ses bourses battre contre moi, le claquement, peau contre peau, fut comme un coup de marteau résonnant dans la petite pièce.

Que c'était bon ! Je me trouvais écartelé, rempli comme toujours… Son sexe caressait ma prostate de l'intérieur. En outre, Rand avait également refermé les doigts sur ma verge douloureuse de désir.

Je gémis, je grognai ; je levai mon autre jambe sur son autre épaule tandis qu'il se penchait davantage sur moi, me martelant en un va-et-vient de plus en plus rapide. Le bureau était violemment secoué au rythme de ses pénétrations.

— Bordel, Stef, je veux te voir.

Il me déplaça avec aisance et me tint plus proche de lui, ce qui changea l'angle de sa pénétration. Pendant un moment, je me sentis empalé, la sensation de lui en moi devenant si profonde que j'en perdis le souffle. Et tout à coup, je fus plaqué en avant – visage sur le bureau.

— Oh ouais, merde ! grogna Rand. J'adore voir ma queue dans ton cul.

C'était vrai. Il aimait voir son sexe énorme me pistonner et pénétrer mon petit cul rond et serré. Plus encore, il aimait le faire avec le poing dans mes cheveux pour me tirer la tête en arrière, me maintenant en place tandis qu'il me martelait. Je crois que ce qui lui plaisait tant, c'était l'arc de mon échine jusqu'à mon anus écartelé qui avalait, centimètre par centimètre, l'épieu veiné de son sexe. Je le sentis trembler de tension érotique.

— Baise-moi, Rand, insistai-je. Je veux te sentir. Baise-moi fort.

Sa réponse fut d'abord un coup de reins si violent que je m'en étouffai.

— Branle-toi en même temps, bébé, dit-il, d'une voix rauque, cassée. Je ne peux plus le faire. Il faut que je te tienne.

— Je comprends.

Il aimait aussi m'empoigner par les hanches, si fort qu'il me laissait des bleus. De son autre main dans mes cheveux, il me maintenait immobile ; sa sauvagerie durerait jusqu'à l'orgasme violent qui se préparait.

Je n'eus même pas besoin de me toucher. Quand, pour la seconde fois, Rand heurta ma prostate, je jouis sur mon bureau, éclaboussant de sperme le minable bois poli.

— Stefan !

Mon nom fut un hurlement. Je sentis mon canal se remplir des jets épais et chauds de sa jouissance. Rand continua à me baiser tout le temps que durèrent son orgasme et le mien, pompant fort. Mes muscles se tétanisèrent sur lui, le serrant, le malaxant, lui arrachant la moindre goutte de son sperme durant cette union torride dans mon nouveau bureau.

— C'est une façon géniale de baptiser les lieux, Rand, dis-je en riant, quand je finis par retrouver mon souffle.

Resserrant son étreinte autour de moi, il me releva sans s'écarter de moi, gardant la poitrine plaquée contre mon dos.

Il me mordit à l'épaule et je frissonnai dans ses bras, savourant son contact malgré les vêtements qui nous séparaient. Peu à peu, son sexe ramollit en moi.

— C'est si bon d'être en toi, Stef, et pas seulement parce que tu es bandant, mais parce que je sens ton cœur. Tu es à moi quand je te pénètre. Je le sais. Je voudrais vraiment te marquer, te laisser quelque chose de permanent.

Je grognai une protestation :

— N'y pense même pas.

Il se mit à rire et je sentis sa bouche s'ouvrir contre ma gorge. Oui, le mec adorait me laisser des marques. Une chance pour moi que l'école ne commence pas avant trois autres semaines, parce qu'arborer un suçon dès le premier jour, ça ne ferait pas très bonne impression.

— Merci d'être resté, dit-il, après une minute.

Soudain, il me fit pivoter et me serra avec passion, je fus pressé contre lui des pieds à la tête.

Après le déjeuner, nous retournâmes au ranch, il m'emmena jusqu'au ruisseau par des chemins différents de ceux que nous prenions d'ordinaire, une sorte de sentier de randonnée. Il m'avait fait porter des bottes de cowboy, comme toujours, pour avancer dans l'herbe et la terre battue. Apparemment, ces bottes ne servaient pas uniquement de décoration, elles préservaient aussi de dangers comme les rochers pointus, les morsures de serpent et d'innombrables autres pièges cachés. La balade prit plus longtemps que je l'aurais cru. Au bout d'un moment, comme j'avais très chaud, je décidai de marcher pieds nus.

Rand parut s'en inquiéter.

— Tu vas avoir des échardes dans les pieds.

Je trouvai étrange que, parmi tous les dangers des lieux – araignées, serpents, désastre naturel – il ait pensé aux échardes. Ça me parut même stupide… jusqu'au moment où j'en attrapai une.

— Merde.

— Je te l'avais bien dit.

Rand se pencha et sortit le couteau qu'il portait tout le temps sur lui, puis il se mit à genoux devant moi.

Je reculai en protestant :

— Ce n'est qu'une épine. Je ne veux pas que tu m'amputes d'un pied.

— Ne sois pas aussi douillet, Stef. Je sais quoi faire.

Je fus surpris de voir qu'il pouvait utiliser la pointe de son coutelas avec une telle précision. Ensuite, Rand me présenta son dos, sur lequel je grimpai. Je n'avais plus joué à saute-mouton depuis… ? mes cinq ans, je crois ; je trouvai ça marrant. Et puis, ça me plaisait vraiment de frotter mon bas-ventre contre le creux de ses reins.

— Ça suffit, ordonna-t-il. Sinon, je te flanque à quatre pattes. Et si tu veux mon avis, une fois par jour sans lubrifiant, c'est plus que suffisant.

D'accord, j'avais un peu mal, mais pas au point de refuser que Rand me prenne encore.

— Rand…

— Attends, coupa-t-il. C'est juste… Il faut que je te dise quelque chose.

— À quel sujet ?

— Sur ce qui s'est passé tout à l'heure. Je veux que tu saches qu'entre le contrat avec Powell et ce nouvel accord, que je viens de signer avec Grillmaster, le ranch – notre ranch – est vraiment lancé. Alors, même si demain je me fais piétiner par un troupeau, ma mère, Char et toi, vous aurez de quoi vivre…

— Bon sang, Rand ! dis-je dans un cri furieux. Pourquoi dis-tu un truc pareil… ?

Je lui pinçai un mamelon avant de descendre de son dos pour retomber sur le sol. Avec un grondement, Rand m'empoigna par le bras et me fit pivoter, me mettant face à lui.

24

— *Parce que je veux que tu me croies quand je te dis que ça me tuait, tout ce que tu faisais quand tu avais ton ancien job. Je veux t'avoir ici, Stef. Je veux que tu t'occupes de ma maison, de moi, de ma vie, afin que je ne devienne pas ce putain de ranch.*

— *Mais tu es déjà ton ranch, dis-je sans comprendre.*

Il me saisit par la nuque et me força à le regarder dans les yeux.

— *Non, Stefan. Ma vie, c'est toi. Rien d'autre n'a d'importance si tu n'en fais pas partie.*

Cette façon qu'il avait de me regarder me faisait presque peur. Je ne me sentais pas le droit de tout représenter pour cet homme alors que j'avais encore quelques doutes : je m'inquiétais de ne pas être autonome ou de ne pas économiser assez pour ma retraite si je travaillais pour un salaire de misère. J'avais besoin d'un filet de sécurité... Et Rand prétendait que ce n'était pas nécessaire.

— *À mon avis, tu ne sais pas ce que tu dis.*

— *Je parle aussi clairement que possible. C'est juste que tu es ronchon.*

— *Ronchon ? Qui utilise encore un mot pareil ?*

J'éclatai de rire. Il ignora mon humour.

— *Écoute-moi bien, Stef. Nous avons un compte joint auquel tu n'as jamais touché. Nous avons des économies que tu n'as jamais touchées non plus. Je te le dis, ici et maintenant, je veux que tu fermes ton compte à Chicago et que tu commences à utiliser celui que nous partageons. Si ça ne te plaît pas d'être professeur, tu pourras ouvrir une boîte bien à toi ; tu peux faire ce que tu veux, bordel, à condition que je te voie tous les soirs.*

Levant le bras, je posai la main sur sa joue.

— *L'idée que je puisse rester quelques jours en ville ne te plaît pas, hein ?*

Il tourna la tête et embrassa ma paume avant de faire un pas vers moi pour poser le visage contre mon épaule. Ses mains glissèrent sous mon tee-shirt à la recherche de ma peau nue. Je tremblai dans ses bras, la sensation de ses paumes calleuses sur mon corps fit bouillir mon sang, mon pouls s'accéléra.

— *Rand !*

Je poussai un hurlement surpris quand il se pencha et me jeta sur son épaule, m'emportant jusqu'à un arbre proche. Là, il me déposa sur mes pieds, me fit me retourner et me pressa contre le tronc.

25

— Non, ça ne me plaît pas du tout. Tu devrais être à la maison quand je rentre. Point final.

Je n'eus pas le temps de parler ou de discuter en lui indiquant que sa réflexion datait du Moyen-Âge. Déjà, il s'était penché pour relever mon tee-shirt au-dessus de ma tête. Je tentai de me retourner, mais il me maintint en place. Sa bouche caressa mes omoplates, embrassant, léchant et suçant ma peau. Je bandai rien qu'en sentant ses mains s'attaquer à ma ceinture. Rand descendit ma fermeture éclair et libéra mon sexe. Mais il ne fit rien d'autre pour me dénuder.

— Ta peau me rend fou, avoua-t-il.

Il avait cette voix si basse et rauque, tellement sensuelle.

Il m'embrassa en descendant jusqu'au creux de mes reins, puis il me tourna dans ses bras et s'agenouilla. Il agrippa mon jean dans ses poings serrés tandis qu'il suçait ma verge érigée.

— Oh merde, Rand, dis-je dans un chuchotement rauque.

Les mains accrochées à ses épaules, je poussai mes hanches en avant pour m'enfoncer dans sa bouche. Je regardai ses lèvres coulisser sur toute la longueur de mon sexe palpitant jusqu'à ce que Rand ait le nez enfoui contre mon bas-ventre.

Je reculai, puis avançai, baisant sa bouche avec force. Rand avait maintenant les doigts crispés sur mes fesses à travers le tissu de mon jean. Je savourai la sensation de sa bouche humide, brûlante, de sa langue caressant ma verge.

— Rand, dis-je d'une voix cassée. Je vais jouir.

Il resserra sa prise sur mes fesses et me propulsa plus en avant encore dans sa gorge, plus vite... Je jouis sous l'effet combiné de ses mains et de sa bouche. Il avala la moindre goutte et me lécha quand ce fut terminé, avant de se relever pour m'embrasser avec passion.

C'était tellement érotique de sentir mon goût dans sa bouche que je grognai en léchant ses lèvres, les mordillant doucement, mais fermement, pour lui indiquer qu'il ne s'en tirerait pas comme ça.

Avec un sourire, il s'écarta et approfondit le baiser, dévorant ma bouche de plus en plus férocement.

Mes grognements devinrent des gémissements, mais ce fut seulement quand je perdis le souffle, tout tremblant, que Rand me reposa enfin. Il ouvrit sa ceinture, baissa sa fermeture éclair puis son jean jusqu'à ses chevilles. Alors que je m'apprêtai à tomber à genoux dans l'herbe fraîche, à l'ombre de l'arbre, Rand me demanda d'enlever mon jean et de le chevaucher.

Je souris en le voyant sortir une petite plaquette de beurre de notre déjeuner.

— Ce n'est pas du lubrifiant, dis-je en riant.

Il se tartinait déjà les doigts de beurre avant de s'en oindre le sexe. J'insistai :

— Nous allons nous en coller partout et ça ne sera pas facile à enlever.

— Rien à foutre de ce qui se passera ensuite, répondit-il.

Je vis luire ses yeux de passion et de désir. Il était décidé. Il me regarda fixement tandis que j'enlevais mon jean et avançais vers lui.

— Tu vas avoir de l'herbe collée sur le cul, dis-je encore.

— Le seul cul qui m'intéresse, c'est le tien, Stef, rétorqua-t-il, d'une voix déjà rauque. Maintenant, viens faire à dada avec ton cowboy.

Je secouai la tête mais je ne pus retenir mon sourire.

— C'est vraiment malin !

J'avais le souffle court en me mettant à genoux. J'enjambai ses cuisses et pris en main son sexe raidi pour le positionner à l'entrée de mon corps. Je sentais déjà tout mon être palpiter d'anticipation.

— Je vais jouir rien qu'en te regardant, dit Rand.

Et j'entendis dans sa voix cassée l'urgence de son désir pour moi.

— Allez, viens, prends-moi…, dis-je.

Je poussai un long soupir en m'empalant très lentement, sachant que Rand ressentait le moindre frisson de mes entrailles qui se refermaient sur lui. Mes muscles se crispèrent puis se détendirent, l'avalant peu à peu jusqu'à ce qu'il soit en moi jusqu'à la garde.

Il m'agrippa par les cuisses d'une poigne implacable. Quand je me soulevai pour retomber lourdement, il hurla mon nom.

— Quoi, Rand ? Dis-moi.

— Ne t'écarte pas. Laisse-moi te sentir.

Quand je me trouvais sur lui, Rand aimait ressentir mon poids, aussi je pressai mon cul contre lui, en poussant fort. Il aimait que ma chair se contracte autour de lui ; il aimait aussi que je me couche sur lui, le serrant de partout, des bras, des jambes. Quand c'était lui qui était dessus, il aimait me marteler, vite, fort, profondément, mais notre position actuelle restait sa préférée.

— Tu es à moi.

Il n'y avait absolument aucun doute sur cette possession qu'il réclamait – et que je lui accordais avec joie.

Ensuite, nous nageâmes tous les deux nus dans le ruisseau. En ressortant, une fois nos jeans enfilés, je laissai nos sous-vêtements dans mes bottes – ils avaient besoin d'être lavés. Nous restâmes étendus côte à côte sur le petit ponton, les pieds dans l'eau, savourant le soleil de cette fin août. J'entendais juste la stridulation paresseuse des insectes et quelques éclaboussures, de temps à autre, quand un poisson sautait hors de l'eau. La brise faisait doucement bruisser les feuilles des arbres au-dessus de nous.

— Quelle journée merveilleuse !

Je tournai la tête pour regarder Rand ; il avait les mains nouées sous la nuque, les yeux fermés.

Ses épais cheveux noirs bouclaient autour de ses oreilles et collaient à son cou ; ses longs cils paraissent noirs contre sa peau hâlée. L'homme passait toute sa vie en plein air, sous le soleil, c'était seulement pour moi qu'il acceptait dorénavant de mettre de l'écran solaire et de se tartiner le visage, la nuit, avec une crème hydratante. Il trouvait cette idée grotesque, mais je ne voulais pas le voir attraper un cancer de la peau et me quitter. Je crois que ce fut ce dernier argument qui l'avait convaincu : Rand refusait de me laisser parce qu'un autre type risquait de m'avoir. Depuis, il gardait un tube d'écran total dans son pickup.

En le regardant, je ne pus m'empêcher de tendre la main pour caresser sa large poitrine musclée ; je descendis jusqu'aux profonds sillons qui marquaient son ventre dur et tendu. La musculature de Rand Holloway ne provenait pas des salles de gym. Moi, c'était là que je m'étais bâti un physique rappelant celui d'un mannequin de catalogue d'Abercrombie & Fitch ; je l'avais délibérément choisi, tandis que Rand faisait travailler son corps tous les jours sur le ranch. Il portait ou déplaçait des masses plus lourdes que lui ; il affrontait à mains nues des animaux qu'il devait maintenir au sol ; il plantait des piquets à coups de masse. Sa vie quotidienne était physique et ça se voyait dans chaque atome de sa silhouette massive.

— Viens plus près, réclama-t-il d'une voix traînante, avant de bâiller.

Mais j'étais captivé simplement en le regardant.

Ses cheveux noirs et luisants lui retombaient dans les yeux – ces yeux aux prunelles d'un intense bleu turquoise ; il avait d'épais sourcils à l'arc menaçant, des lèvres qui esquissaient un sourire dès qu'il me voyait – ce qui provoquait en moi une émotion permanente. Rand représentait la force, le feu, le sexe, tout ça bien emballé dans des muscles épais et une peau souple et tiède. J'avais souvent remarqué comment les femmes, et même quelques hommes, réagissaient à l'intense présence physique de Rand Holloway.

J'avais toujours compris leur réponse instinctive. C'était un homme puissant et très sensuel. Mais quand il souriait, ce qui lui arrivait rarement sauf avec sa famille, ses hommes ou moi, il était à couper le souffle.

Quiconque ayant vu une fois Rand Holloway sourire ferait n'importe quoi pour obtenir un autre de ses rares sourires. C'était un tel plaisir de voir briller ses yeux lumineux d'un bleu technicolor, à moitié fermés tandis que se marquaient les rides en éventail sur ses tempes. Mais si, par miracle, Rand se laissait aller à rire, c'est-à-dire s'il se sentait suffisamment à l'aise pour abaisser ses barrières et être naturel, alors bon Dieu, l'addiction devenait complète – pour la vie. Ce rire si rauque et profond était un son qu'on n'oubliait jamais, une drogue qu'on redemandait sans cesse. Non pas que Rand ait jamais remarqué la réaction qu'il provoquait chez autrui ! Non, parce qu'il se fichait complètement qu'on l'aime ou pas. La seule chose qui l'intéressait, c'était sa famille, son ranch et les gens qui y vivaient et considéraient ces terres comme leur foyer – et moi. Comment ne pas aimer un tel homme, corps et âme ?

— Stef ?

Relevant les yeux, je plongeai dans le laser bleu des siens.

— Mets la tête sur moi, continua-t-il.

Je m'étirai vers lui et posai la tête sur son biceps, puis glissai une jambe sur les siennes.

Il grogna et déclara :

— Je sais pourquoi tu n'as pas envie d'utiliser notre compte joint.

Et juste comme ça, nous revoilà plongés dans notre discussion précédente.

Je restai muet parce que je ne voulais pas me battre. J'avais travaillé toute ma vie, sans dépendre de personne sauf de moi-même, dans tous les domaines. Lorsque mon beau-père m'avait jeté dehors à quatorze ans, ma mère n'avait rien fait pour l'en empêcher ; elle était restée figée, à me regarder, tandis que la porte me claquait au visage. Quand j'avais tambouriné sur le panneau pour rentrer, il s'était rouvert d'accord, mais j'avais alors reçu la raclée de ma vie. Bien sûr, je ne m'inquiétais pas que Rand se montre un jour brutal envers moi, mais je ne niais pas l'hypothèse qu'il puisse se lasser de moi et commencer à me haïr. Je courais dans ce cas le risque d'être éjecté de mon foyer. Je ne pourrais supporter que cela m'arrive une seconde fois. L'argent, c'était la sécurité.

L'argent que je gagnais.

— Houhou ?

— Rand, je ne veux pas parler de…

— Je ne te dirai jamais de faire des valises et de partir, Stef. Je le jure.

Il me connaissait si bien. Il connaissait les peurs que je gardais en moi.

— Rand…

— Je ne le ferai jamais.

— C'est juste…

— Crois-moi, Stefan. Aie confiance en moi… S'il te plaît.

Bon Dieu, cet homme réalisait que je doutais de lui, de son amour, de la profondeur de son attachement pour moi – de sa pérennité… Et malgré tout, il m'aimait encore.

— Je sais que tu m'aimes, déclara-t-il. Je sais que tu désires rester ; et je sais que tu t'inquiètes toujours.

Merde.

— Regarde-moi, ordonna Rand.

Je fis rouler ma tête et nous voilà les yeux dans les yeux. Il n'y avait entre nous que quelques centimètres. C'était très intime. D'aussi près, il m'était impossible de lui cacher quoi que ce soit.

— Si tu veux, tu peux enlever mon nom de ce compte joint, proposa Rand. Dans ce cas, il serait uniquement à toi et tu saurais de façon certaine que je ne pourrais jamais te le reprendre. Je continuerais à y mettre de l'argent, mais je n'y toucherais pas du tout. Ça te va ? Tu te sentirais mieux ?

— C'est ce qu'on appelle se faire entretenir, Rand, et non… Je ne me sentirais pas mieux du tout.

— Merde, grogna-t-il. Ce n'est pas ce que je voulais di…

— Je sais ce que tu voulais dire, coupai-je pour le rassurer. C'est une offre très généreuse.

— Bon Dieu, tu as complètement déformé mes paroles, grommela-t-il.

Il se rassit, leva les mains et les fit passer dans ses cheveux épais.

Je le fixai avec un sourire tout en agitant les sourcils d'un air entendu.

— Très généreuse pour un mec comme moi. Un gars avec mon passé.

— Stefan, fit-il d'un ton menaçant.

— Un homme qui ne suit pas les sentiers de la bienséance.

— Ce n'est pas drôle.

— Mais si, un peu, gloussai-je.

— Tu ne… Tu ne m'écoutes pas, protesta-t-il.

Lorsque la voix de Rand se cassa, mon rire s'étouffa dans ma gorge. Il était assis à côté de moi, les jambes croisées pour que son genou gauche ne me heurte pas. Il reprit :

— *Pendant très longtemps, j'ai vu tous les autres gars du ranch rentrer chez eux le soir pour retrouver leurs femmes et leurs enfants dans des maisons aux lampes allumées qui embaumaient les plats de leur dîner. Ils allaient écouter ce qui s'était passé durant la journée, le bon et le moins bon. Moi, quand je rentrais chez moi, il n'y avait rien de tout ça.*

Je posai la main sur son genou.

— *Rand, commençai-je.*

Gentiment, il prit ma main, glissa ses doigts entre les miens, et pressa nos deux paumes l'une contre l'autre.

— *Laisse-moi finir. Quand tu es venu vivre avec moi, je me suis retrouvé tout aussi excité que les autres de rentrer le soir chez moi. Quand j'ouvrais la porte, il y avait de la musique, de la lumière, et ça sentait merveilleusement bon. Bon Dieu, Stef, même durant mon mariage ce n'était pas comme ça. Même quand tu rentres tard et que j'arrive le premier, je sens la différence dès que je pose le pied dans la maison. Et je sais pourquoi, tu vois... C'est parce que tu y vis... Que tu y vis avec moi.*

Je dus détourner les yeux... Parce que je n'étais rien, je n'étais qu'un orphelin. C'est lui qui possédait une maison, une famille, un ranch. C'est sur lui que tout le monde comptait. Moi j'étais juste... Comment Rand pouvait-il tout bâtir sur moi ? Comment pouvais-je être considéré comme une fondation solide ?

— *Hé ?*

Je me retournai lentement en inspirant.

Il posa la main sur ma joue, son pouce glissant sur ma lèvre inférieure. Je vis alors la chaleur qui brillait dans ses yeux. Ses prunelles fonçaient et s'adoucissaient, parce que Rand me regardait.

— *Tu n'as vraiment pas compris ce que tu as fait aujourd'hui, Stef, alors je vais te le dire.*

Je me contentai de hocher la tête, je n'avais plus de voix. Rand continua :

— *Quand tu m'as dit que tu ne chercherais pas de boulot à Dallas, j'ai compris que tu voulais rester avec moi pour de bon et avoir un foyer.*

Je dus me concentrer pour réussir à respirer.

— *Tu sais, avant ça, quand tu passais ton temps sur les routes, à aller et venir, je pensais que peut-être... Tu voulais garder un pied dans ton ancienne vie et un autre dans la nouvelle.*

Je l'ignorais jusqu'à cette minute précise, mais c'était exactement ce que j'avais tenté de faire.

— *J'ai bien vu que tu avais besoin d'air, Stef. J'ai vu que tu paniquais parce que tu commençais à t'habituer à ta vie au ranch. Plus tu étais heureux, plus tu te sentais bien installé et à l'aise, plus tu t'agitais comme un animal en cage. Dès qu'on t'adressait la parole, tu devenais agressif, prêt à mordre, prêt à t'enfuir... et malade de devoir le faire. Je n'ai jamais vu un homme qui ait besoin autant que toi d'appartenance, de racines, et qui soit pourtant aussi terrorisé à l'idée de les obtenir. Franchement, parfois, ça me fatiguait de voir à quel point tu te débattais intérieurement.*

Je dus m'éclaircir la gorge pour pouvoir parler.

— *Alors, tu me crois dingue et...*

— *Chut, voyons. Tu m'as juste démontré combien c'était difficile pour toi, jusqu'au moment du choix décisif. Et c'est là que tu as opté pour moi, pour le ranch et pour la vie que nous avons ici.*

Lorsqu'il étrécit les yeux, je réalisai soudain qu'ils étaient rouges. Je n'avais jamais remarqué que Rand prenait autant à cœur tout ce que je faisais.

— *C'est pourquoi j'ai du mal à garder les mains loin de toi, Stef, reprit-il. C'est pourquoi je t'ai quasiment attaqué aujourd'hui dans ton bureau – justement parce que c'est* ton *bureau. C'est là où tu vas t'installer pour rester près de moi.*

Enfin, je compris. Il avait fallu que Rand voie la réalité de ce nouveau poste pour croire à ma décision. Pour moi, ce minuscule placard dans une université communautaire n'était qu'un trou à rat. Pour Rand, c'était le symbole d'une installation que j'acceptais pleinement. Enfin.

— *Tu m'as dit autrefois que tu voulais vivre avec moi ; aujourd'hui, je l'ai constaté.*

À nouveau, je détournai les yeux parce que ma vision se troublait. Je ne voulais pas qu'il remarque mes larmes brûlantes.

— *Tu sais, Stef, en plus de ton travail de professeur, j'aimerais vraiment que tu surveilles ce contrat Grillmaster, tu m'entends ?*

Je hochai la tête.

— *Et si ça ne te plaît pas d'enseigner, tu pourras toujours te reconvertir, d'accord ?*

Mais comment ? En quoi ? Est-ce que ça marcherait ?

— *Tu as peur de ce que penseraient les gens si tu travaillais aussi au ranch ?* insista Rand.

Oui, il y avait un peu de ça, je dus l'admettre.

— *Les gens penseraient que je suis un parasite, dis-je, en m'adressant au ruisseau plutôt qu'à Rand.*

— *Mais toi, tu saurais la vérité.*

— *Je ne veux pas être juste…*

— *Personne ne se demandera pourquoi tu es au ranch quand nous aurons des enfants.*

Attendez un peu. Des enfants ?

Quoi ?

— *Quoi ?*

Je le regardai, le cœur soudain palpitant. Bon Dieu, quand avais-je raté ses projets d'avenir alors qu'il les construisait tout autour de ma présence dans sa vie ?

— *Eh bien, tu devras rester à la maison pour t'occuper d'eux.*

Bien sûr, Rand avait déjà prononcé le mot magique 'enfants', mais moi, j'avais pris ça dans le sens général. Cette fois, la connotation était tout à fait différente. Des enfants. *Plusieurs…*

Quand Rand avait-il décidé qu'il voulait élever des enfants avec moi ?

— *Je ne sais pas pourquoi tu me parles de ça maintenant. Tu…*

— *Je voulais que tu t'entraînes d'abord à t'occuper de moi pour que tu sois prêt le jour où nous aurions des enfants. J'avais vraiment peur que tu refuses. Je pensais que tu risquais de me quitter, mais maintenant, tu as accepté ce job, alors tu pourras continuer à t'occuper de moi, à faire la cuisine…*

— *Je ne suis pas ta femme !* hurlai-je tout à coup. *Je refuse de tenir le rôle de…*

— *Je sais, mais il faut quand même que tu sois prêt à t'occuper de tes enfants.*

Mes enfants ?

— *Ce sera toi qui devras aller les chercher tous les jours à l'école. Ce sera toi qui les aideras à faire leur travail scolaire, toi qui surveilleras qu'ils fassent leur toilette et mangent à table. Ce sera toi qui joueras avec eux, regarderas avec eux la télévision, toi qui leur parleras. Moi, je serai leur père, toi…*

— *Oh bon Dieu !*

Je ne pouvais plus respirer.

— J'ai demandé à Charlotte si elle serait d'accord pour nous aider à démarrer une famille, elle a dit oui. Elle a dit qu'elle avait toujours voulu des enfants avec toi.

Bon sang, il cherchait à me flanquer dans une peinture de Norman Rockwell !

— Rand...

— Non. Je refuse d'en discuter avec toi. Le temps de parler est terminé. Quand tu m'as demandé si je te voulais, j'ai dit oui. À partir de ce moment-là, j'ai commencé à planifier ma vie. Quand tu as perdu ton boulot, tu as décidé de ne pas regarder plus loin que Lubbock pour en trouver un nouveau afin de revenir tous les soirs à la maison. C'est tout ce que j'ai besoin de savoir, Stef.

Se sauver était très facile. Rester était beaucoup plus difficile.

— Je n'essaie pas de te prendre quoi que ce soit et surtout pas ta liberté, affirma Rand.

— Je sais.

Déjà, il me serrait contre lui. Je finis couché entre ses jambes, le dos plaqué contre sa poitrine ; il avait le bras autour de moi, posé sur ma clavicule.

— Je t'ai posé des problèmes, c'est ça ? dis-je à mi-voix.

— Ouais, bordel, tu me rends dingue, gronda Rand.

— Je suis désolé.

Je ricanai parce que je ne l'étais pas du tout. Il n'avait qu'à se débrouiller et me prendre comme j'étais, épines et tout.

— Tu parles !

— Rand...

— Je t'aime.

Je tournai la tête pour le regarder, par-dessus mon épaule.

— Ne me quitte jamais. Parce que je ne m'en remettrais pas, d'accord ?

— D'accord.

— Alors, je suis d'accord, dis-je.

Rand soupira comme s'il avait retenu son souffle.

— Franchement, tu es un vrai chieur ! s'exclama-t-il avec conviction.

Là, je ne pouvais pas discuter.

II

Ce soir-là, je trouvai deux voitures inconnues devant la maison quand je me garai. Je me demandai qui ça pouvait être. Après avoir récupéré mon sac de courses, j'avançai jusqu'au porche. Au moment où je m'apprêtais à pousser l'écran grillagé, la porte d'entrée s'ouvrit. Un homme que je n'avais jamais vu émergeait de chez moi. Il parlait à quelqu'un derrière lui, aussi il ne me remarqua pas tout de suite.

— Arrête, Gin, dit-il en riant et secouant la tête. Je me fous de ce qu'on raconte. Rand Holloway n'est pas gay, c'est de la connerie. Ce mec a baisé plus de…

— Glenn !

Il éclata de rire devant ce cri outré de Gin – cette femme dont j'ignorais tout – puis il ouvrit l'écran moustiquaire, ce qui m'obligea à reculer.

— Excusez-moi.

En m'entendant, il tourna vivement la tête vers moi ; ses yeux, bleus et brillants, s'écarquillèrent.

— Oh merde, désolé, mec. Je ne vous avais pas vu… Désolé.

Tout en s'excusant, il grimaça et referma la porte pour ne pas me bousculer.

Je m'écartai et me plaquai aux lèvres un grand sourire tandis que le mec sortait enfin. Je lui tins le panneau ouvert et il approcha en me tendant la main.

— Recommençons, d'accord ? proposa-t-il. Je suis Glenn Holloway, le cousin de Rand. Je présume qu'il a oublié de vous dire que nous venions.

Je m'éclaircis la voix pour pouvoir parler.

— À qui a-t-il oublié de l'annoncer ?

Là, il se passa la main dans les cheveux – aussi brillants, épais et sombres que ceux de Rand, bien qu'ils soient coupés plus courts. Il eut un sourire gêné.

— À vous et aux autres employés du ranch. Nous partirons tous après-demain pour le ranch de mon frère, Zach. En attendant, nous resterons ici.

Hum hum.

— Vous êtes le cuistot ? s'enquit-il.

Le cuistot ?

— Vous habitez ici ou avec les autres ? continua-t-il.

— Malheureusement, je ne suis pas le cuistot, dis-je, avec un sourire forcé. Excusez-moi, pourrais-je… ?

— Oui, bien sûr. Désolé. Je me demande où sont mes manières.

J'avais quelques idées sur la question.

Quand je mis le pied dans la salle de séjour, j'y trouvai un autre homme et deux femmes. La télé était allumée ; manifestement, ils se sentaient chez eux. Ils s'étaient servis des margaritas, avec des chips et de la sauce salsa. Il y avait une cafetière sur la table basse, du sel, et une coupelle de tranches de citron.

L'une des femmes m'adressa un grand sourire ; elle se leva dès que je traversai la pièce dans sa direction.

— Salut, dit-elle. Je suis Ginger Holloway, sa cousine…

Elle indiqua de la tête la porte où Glenn se trouvait toujours.

— Voici mon frère, Brent, et sa copine, Emily.

— Stefan, dis-je, en lui tendant la main.

Elle la prit et la serra, fort.

— Enchantée.

Je me tournai vers Brent, qui se leva et s'essuya les paumes sur son jean avant de me tendre la main. Ensuite, ce fut au tour d'Emily de me saluer.

— Alors, Stefan, reprit ensuite Ginger, ce qui attira mon attention sur elle. Depuis combien de temps travaillez-vous au ranch ?

Il me fut épargné de répondre parce qu'une autre femme émergea de la cuisine.

— Gin, il n'y a rien à boire sauf du vin, de la bière et du café. Rand doit…

Elle m'aperçut alors.

— Oh, salut. Auriez-vous apporté à manger ?

— J'avais prévu un repas pour deux.

Avec son grand sourire, ses yeux bleu ciel et ses cheveux blonds coupés au bol, elle ressemblait à un lutin. Elle se précipita pour venir me tendre la main.

— Salut, je suis le test, Lisa Whitten. Enchantée de vous rencontrer.

— Stefan, dis-je en acceptant sa poignée de main. Le test ?

Elle éclata d'un rire agréable, très musical.

— Oui, apparemment, j'ai été invitée à ce que je croyais être un agréable week-end de détente sur un ranch parce que ceux-là veulent vérifier si leur cousin – votre patron – est gay ou pas. Apparemment, je suis irrésistible, aussi je ferais un bon test.

Elle mit les mains sur ses hanches et prit une pose aguichante. Toute la pièce éclata de rire.

Je hochai la tête.

Elle était adorable, pas de doute, peau dorée, longues jambes, courbes parfaites, en plus de ses traits de lutin. Une Barbie petit modèle, le genre de femme sur laquelle tout homme se retournait pour la regarder en bavant.

Elle m'adressa un sourire malicieux, puis se pencha vers moi en baissant la voix :

— Je dois vous dire, maintenant que j'ai vu le mec, ça ne me gêne pas du tout que l'on m'ait piégée dans ce genre d'aventure.

— Parce que mon cousin est à tomber ! cria Ginger depuis le canapé où elle était vautrée.

— Dites, jeunes gens ?

Une autre femme venait d'émerger de la cuisine.

— Sauriez-vous si Rand a installé le Wi-Fi ? Il faut que je vérifie mes e-mails.

Ce fut moi qui lui répondis :

— Non. Il a juste un routeur ; il faut un câble pour se brancher.

La femme leva les yeux vers moi avec un sourire.

— Sauriez-vous où je peux me connecter ?

— Son bureau se trouve à l'étage, la troisième porte dans le couloir.

— Vous croyez qu'il verrait un inconvénient à ce que j'aille y brancher mon portable ?

— Non. Allez-y. Vous n'aurez qu'à récupérer le câble sur son ordinateur pour y connecter le vôtre. Il ne dira rien à condition que vous rebranchiez son appareil avant de partir.

— Bien sûr, dit-elle, en me tendant la main. Kim Palmer. Enchantée de vous rencontrer.

— Stefan Joss.

Nous échangeâmes une poignée de main.

— Vous me sauvez la vie, Stefan, déclara-t-elle avec un soupir. Ginny et moi avons une affaire de traiteur à Austin, apparemment, il y a un problème et il faut que je le règle de toute urgence.

Ginger soupira et se releva, son verre de margarita à la main

37

— Je viens avec toi, dit-elle. Franchement, j'espère que Rand ne va pas tarder. Boire de la tequila à jeun me trouble la cervelle.

— Comme toujours ! cria Brent derrière elle.

— Tais-toi.

Elle eut un petit rire, puis elle suivit Kim en direction des escaliers tandis que j'allai jusqu'à la cuisine. Je laissai tomber mes courses sur le comptoir, écartelé entre mon soulagement d'être de retour à la maison et mon ardent désir que ces gens n'y soient pas.

On frappa à la porte de derrière. Quand j'ouvris, je tombai sur Everett Hartline, un des hommes de Rand.

Avec un sourire, je m'écartai pour lui faire de la place.

— Hé. Tu veux entrer ?

— Non, j'étais juste censé ramener les chiens dans la maison et m'assurer qu'ils ne fassent pas peur à toute la tribu.

Je levai un sourcil en le regardant.

— Tu veux dire que la meute n'effraie pas les cousins ?

Il eut un grand sourire.

— Tu sais, avant de travailler sur ce ranch, je ne connaissais comme chiens que les Border Collies, les Texas Heelers, les bergers australiens, ce genre de bêtes. Rand Holloway est le seul homme de ma connaissance à utiliser pour son bétail des Rhodesian Ridgebacks.

Ces limiers de l'enfer étaient des chiens magnifiques, mais énormes – trente-cinq à quarante kilos de muscles. Ni agressifs ni vicieux, ils avaient tendance à éviter les étrangers au lieu de les attaquer à vue, mais comme ils vivaient dans la maison, ils nous protégeraient des intrus sur leur territoire, Rand et moi.

J'adorais ces chiens, ce qui me sidérait encore. Je n'étais pas du genre à aimer les animaux ! Pourtant, depuis que je vivais au ranch, je m'étais découvert un faible pour les chiens, les veaux et les chevaux. Durant l'hiver, je passais d'heureux moments assis devant un feu de cheminée, à regarder la télé sous un amas de corps chauds et de fourrure. Une des femelles en particulier, Bella, m'avait revendiqué. Elle était davantage à moi qu'à Rand, ainsi qu'il l'avait souvent fait remarquer. Il comptait bien, dès qu'il en aurait le temps, aller voir son éleveur préféré, à Biloxi, pour acquérir un autre chiot à élever sur son ranch. D'après lui, Bella ne lui servait plus à rien depuis qu'elle avait choisi de m'appartenir. Apparemment, je la distrayais : elle préférait rester à mes pieds que courir derrière le bétail.

— Stef ? insista Everett.

— Désolé, dis-je avec un sourire. J'imagine que je suis fatigué. Où sont les chiens à présent ?

Au même moment, j'entendis des cris émaner du salon.

— Je dirais qu'ils sont sous le porche, grogna Everett en se détournant. Mais si tu es là, tu peux t'occuper d'eux.

— Tu veux rester et manger avec nous ?

Il bâilla en me regardant.

— Non. Je pars avec Jace, Chris et Pierce au Rooster pour baiser.

— Amusez-vous bien tous les trois ! criai-je alors qu'il s'éloignait déjà. J'espère que vous aurez de la chance.

Le Rooster était un bastringue où j'étais allé une fois – ce qui me suffisait largement. Entre la sciure de bois sur le plancher et la musique qui ne ressemblait à rien de ce que je connaissais, j'avais fermement décidé de ne plus jamais y retourner.

— Quand on sait y faire, gamin, il ne s'agit pas de chance.

Je levai les yeux au ciel en refermant la porte, avant de retourner au salon. Nous nous serions crus dans un film d'horreur à cause des grognements féroces qui émanaient de la porte d'entrée.

— Mon Dieu ! gémit Lisa qui paraissait terrifiée.

Elle regardait Glenn, posté à la fenêtre. Brent m'adressa un sourire, Emily aussi.

— Bon sang, mais pourquoi Rand a-t-il besoin de chiens aussi énormes pour garder ses troupeaux ?

— Qu'est-ce qui se passe ? demanda Ginger qui venait de redescendre la moitié des escaliers.

— Ce sont juste les chiens, dis-je.

Dépassant Glenn, j'ouvris la porte. Derrière moi, tout le monde se mit à hurler. Pourtant, les aboiements avaient cessé à la seconde où j'étais apparu.

— Ça suffit, dis-je aux chiens. C'est quoi tout ce boucan ?

Six gueules canines me regardèrent, pleines d'espoir.

— Stefan, ils ne rentrent quand même pas dans la maison ? s'inquiéta Lisa.

— Si. Rand ne veut pas que ses chiens traînent la nuit sur le ranch, sauf quand il est avec eux. Dans l'obscurité, on ne les voit pas et Rand craint qu'ils se fassent écraser par un visiteur inattendu.

Dès que je m'écartai, la meute m'encercla ; cinq queues battaient de façon frénétique, cinq truffes humides cherchaient ma main. Le sixième chien, Bella, dansait carrément autour de moi en gémissant pour obtenir mon attention. Elle se tordit et chercha à pousser sa tête contre ma paume.

— Allez, venez, dis-je, en les entraînant vers la cuisine.

J'entendis leurs pattes cliqueter sur le plancher de bois, le carillon des clochettes de leur collier m'indiquant aussi que les bêtes trottinaient derrière moi. Je leur maintins ouvert le battant de la porte, puis refermai derrière moi.

— Tu es vraiment accro aux caresses, tu sais, dis-je à Bella.

Dès que je m'accroupis pour m'occuper d'elle, la chienne me sauta dessus et frotta son nez dans mes yeux ; quant aux autres, ils couraient en rond autour de moi pour m'encenser tout en me léchant le visage et la gorge.

— Beurk, c'est dégueu, dis-je en riant.

Je les caressai tous, un par un, frottant leurs oreilles, leur dos, leurs fourrures épaisses ; pour finir, je les serrai tous dans mes bras.

Quand je me relevai enfin, j'allai jusqu'au garde-manger chercher leurs gamelles ; je leur parlai tout en m'activant. Ils restèrent assis autour de moi, la queue battante, à me regarder. Autrefois, Rand n'avait que quatre chiens, mais au fur et à mesure que son troupeau augmentait, sa meute aussi. Dire qu'il y en aurait bientôt un septième ! Dès que Rand irait acheter le nouveau chiot.

Quand la porte s'ouvrit, les chiens bondirent et se placèrent devant moi en rang serré, ce que je trouvai plutôt amusant. Glenn et Ginger ne partagèrent pas cet avis.

Le chef de la meute, c'était incontestablement Beau, le plus gros et le premier chien que Rand avait acquis. Il paraissait effrayant, poil hérissé, oreilles couchées sur le crâne, babines relevées exposant ses dents dans un grondement féroce. Si nous avions été dehors, le chien aurait ignoré ces étrangers. Là, il était chez lui. Il considérait de son devoir de me défendre, aussi avait-il pris une posture d'intimidation.

— Ça suffit, dis-je.

Dès que je lui touchai la tête en tapotant doucement, il cessa de grogner et leva sur moi des yeux interrogateurs.

— Ce n'est rien, mon chou.

Il me répondit par un aboiement qui était presque une semonce ; il était manifestement mécontent, il ne comprenait pas pourquoi je l'empêchais d'accomplir son devoir. Il s'aplatit sur le sol avec un dernier aboiement étouffé, qui me parut dégoûté.

— Alors, voilà votre rôle sur le ranch, Stefan ?

Ginger m'examinait, les yeux étrécis.

Je n'eus pas le temps de répondre parce que Lisa, du salon, cria alors que Rand revenait. Réalisant le retour de leur maître, les chiens devinrent fous – du moins, presque tous. Bella fut la seule à rester dans la cuisine tandis que les cinq autres se précipitaient pour accueillir Rand.

Ce fut très drôle. Ginger hurla ; Glenn abandonna sa cousine pour s'écarter de la meute en furie ; j'entendis d'abord Lisa puis Kim crier. Je terminai de remplir les gamelles de chaque chien, puis je mis de l'eau dans chaque bol avant de me laver les mains. J'avais besoin d'une douche, mais avant ça, je tenais à voir Rand.

Glenn ouvrit l'écran de la moustiquaire et frissonna dans l'air glacé.

— Bon Dieu, mais pourquoi a-t-il tenu à faire des courses ? grogna-t-il. Nous aurions pu faire l'aller-retour jusqu'à Lubbock avec le temps que ça lui a pris.

J'entendis des bottes claquer sur les marches, puis Glenn reçut en pleine poitrine un sac de charbon de bois.

— Si tu m'avais prévenu à l'avance, j'aurais été mieux préparé, connard ! s'exclama Rand. Mais là… Beau, espèce d'andouille, arrête et laisse-moi entrer… Où est Bella ? Il me manque un chien.

— Ça doit être celui qui est resté avec Stefan.

Rand ne l'écouta pas ; il pénétra d'un pas rapide dans le salon, les chiens s'éparpillant devant lui.

— Bordel, mais pourquoi ne pas m'avoir téléphoné Glenn ? grommela-t-il. Dès que Stefan revient à la maison, je veux que vous…

— Hé, dis-je à mi-voix.

— Stef.

Rand prononça mon nom comme s'il avait reçu un coup dans l'estomac. Il resta planté là, figé, à me regarder.

Je lui adressai un sourire.

— Surprise.

Bella aboya un salut, sans s'écarter de moi.

— Bon Dieu ! grogna Rand.

Il avança jusqu'au canapé où il jeta ses sacs de commissions, puis traversa toute la pièce jusqu'à moi. Je relevai un sourcil interrogateur.

— Ou étais-tu parti, M. Holloway ?

— La ferme, dit-il.

Il m'empoigna par le bras, les doigts fermement plantés dans mon biceps, puis il me tira derrière lui jusqu'à la cuisine.

J'étais incapable de la moindre pensée quand il me fit pivoter, et quand il me plaqua contre le réfrigérateur, je vacillai pour me rapprocher de lui. J'eus très vite les deux bras noués autour de son cou pour lui faire baisser la tête ; mes lèvres s'entrouvrirent dès qu'elles se joignirent aux siennes. Je sentis le frisson qui traversa Rand tandis que nos langues s'emmêlaient, que mon corps se pressait fermement contre le sien. J'adorais l'embrasser. Je pourrais passer des heures à le déguster en dévorant sa bouche.

Il serra mon visage entre ses paumes pour me maintenir en place et s'assurer que je ne bougerais pas, que je ne m'écarterais pas. Il fit un inventaire complet de mes dents, de mes amygdales et de tout le reste. Quand il dut enfin s'écarter pour respirer, j'avais déjà la tête prête à exploser. Rand posa son front contre le mien, nous avions tous les deux le souffle court et des difficultés à retrouver de l'oxygène.

— Qu'est-ce que tu fous là ? demanda-t-il.

— Je vis ici.

La réponse que je lui donnais toujours.

— Je croyais que tu devais rentrer tard.

— Oui, mais il fallait que je revienne pour t'empêcher de tomber amoureux de Lisa, dis-je en plaisantant.

— Stef…

— Apparemment, je suis arrivé juste à temps.

— Je vais t'étrangler.

— Attends au moins que je retrouve mon souffle.

Et j'éclatai de rire.

Relevant la tête, Rand m'agrippa par le menton, me renversa en arrière et dévora ma bouche. Ce second baiser fut comme le premier, possessif, vorace, brutal. Quand j'en fus réduit à gémir en frottant contre sa cuisse la bosse que faisait mon sexe dans mon pantalon, Rand s'écarta. Il abandonna mes lèvres pour déposer une série de petits baisers brûlants et humides le long de la colonne de ma gorge.

— Suis heureux… Que tu sois rentré… déclara-t-il d'une voix rauque, tout en me mordillant la peau sous la mâchoire.

— Où t'en vas-tu ?

Je réussis à poser cette question alors que mon pouvoir de concentration disparaissait rapidement. J'avais le corps en feu. Les baisers torrides de Rand avaient sur moi un effet tout à fait dévastateur.

Il mordit mon menton avant de répondre, d'une voix encore plus basse :

— Chez mon cousin Zach. C'est un cas d'urgence. Tous les trois mois, il organise une initiation dans son ranch. Ça dure tout le week-end et...

— Quel genre d'initiation ?

J'ouvris les jambes quand Rand pressa la cuisse contre mon bas-ventre. Au lieu de répondre, il m'embrassa, suçant ma lèvre inférieure, puis la mordillant doucement, avant de s'écarter pour me regarder bien en face.

— Rand ?

— Tu sais un truc que je trouve bandant ?

Je lui souris sans répondre. Il pointa du doigt mon philtrum – le sillon qui reliait mon nez à ma lèvre supérieure.

— Ça, reprit-il. Je ne sais pas pourquoi, mais ça me donne envie de t'embrasser.

Je le trouvais si adorable que je lui éclatai de rire au nez.

Ce que moi, je trouvais bandant, c'était qu'un mec pareil me regarde comme l'être le plus merveilleux de la planète. Voir Rand dans un tel état me donnait des papillons dans l'estomac.

— C'est quoi cette initiation ?

— Plein de gars qui paient pour se réunir sur un ranch, répondit-il.

À nouveau, il m'embrassa dans le cou, goûtant ma peau, mordillant et léchant.

— C'est vrai ?

J'entendis une sorte de grommellement émaner de sa poitrine puis Rand dévora à nouveau ma bouche. Je le caressai partout, savourant ses pectoraux durs et tous les autres muscles qui se contractaient parce que mon cowboy me tenait dans ses bras.

C'était trop. Je ne pouvais plus respirer... Je dus m'écarter pour retrouver mon souffle. Instantanément, Rand mordilla ma lèvre inférieure, désormais enflée, qu'il aspira dans sa bouche brûlante.

Je poussai un gémissement aigu qui exprimait mon désir de plus en plus douloureux.

En entendant sa réponse, un grognement, je levai les yeux vers les siens.

— Quoi ?

— Si tu continues à faire ce genre de bruits, Stef, je vais te prendre sur cette table, même si nous avons des invités au salon.

Je toussotai et tentai de reprendre le contrôle de mon corps échauffé.

— Alors, tu vas aller au ranch de Zach... Pour faire quoi ?

Il ôta les mains de mon visage, mais sans s'écarter. Au contraire, il me prit dans ses bras si forts, une main plaquée au creux de mes reins, pour me presser contre lui.

— Je vais flanquer des gens sur des chevaux, les aider à en descendre, leur apprendre comment lancer un lasso, chevaucher ou guider un troupeau. Des conneries de ce genre.

— Mais pourquoi ? Enfin, pourquoi dois-tu y aller ?

— À cause de Zach. Il insiste toujours pour avoir l'aide de la famille parce que, s'il devait payer ses hommes, il n'en tirerait aucun profit.

— Tes hommes le feraient gratuitement.

Il acquiesça.

— Certainement, mais jamais je ne le leur demanderais.

— Pourquoi n'as-tu pas été prévenu plus tôt ?

— En temps normal, Zach ne me demande pas de venir. J'imagine que cette fois, il doit avoir réuni un groupe plus important que d'habitude. Il a besoin de cet argent, il ne peut pas refuser les clients.

— Donc, tu vas te faire avoir.

— Je vais me faire avoir, admit-il.

— Et jusque-là, il ne t'avait jamais rien demandé ?

— Non. Il préfère l'éviter. J'imagine qu'il est coincé actuellement, aussi il n'a pas d'autre option.

— Alors, tu vas me laisser ? dis-je, en plaisantant.

— Oui, répondit-il, avec un sourire démoniaque. Pendant cinq jours pleins.

— Je pourrais en mourir.

— Moi aussi.

En entendant le désir brûlant dans sa voix, tout en moi se crispa, puis Rand pencha la tête pour m'embrasser encore.

Je me dressai pour aller à sa rencontre. Le baiser devint vite passionné, nos mains s'accrochant partout, nous étions unis des pieds à la tête. Un jour, notre alchimie cesserait sans doute d'être si primitive et incendiaire, nous deviendrions un peu plus calmes. Ce n'était pas encore le cas.

— Hé, Rand ?

Glenn fit irruption dans la cuisine.

— Qu'est-ce que tu fous… Oh !

En ouvrant la porte, le cousin de Rand me trouva dans les bras de mon homme, sa bouche posée sur la mienne, une de ses mains plaquée sur mon cul, l'autre dans mes cheveux. Quant à moi, j'avais les deux bras autour de son cou. Franchement, même si je lui faisais un dessin – ou que je prenais une photo – il aurait été difficile d'être plus clair. Alors sa question suivante me parut ridicule.

— Qu'est-ce que tu fous là ? insista Glenn.

Je tentai de me libérer mais Rand me serra davantage.

— Je brutalise Stef. Ça ne se voit pas ?

Même avec une preuve évidente sous les yeux, il fallut à Glenn un regard de Rand le traitant de parfait crétin, puis moi le fixant d'un œil étréci, pour comprendre enfin ce qui se passait.

— Tu as perdu ton temps en invitant cette fille à venir ici, Glenn, annonça Rand à son cousin. J'ai déjà tout ce qu'il me faut.

Ce fut alors que Glenn Holloway admit la vérité.

UNE FOIS sous la douche, je pris tout mon temps. Ensuite, je me contentai d'essorer avec une serviette l'eau de mes cheveux. J'y passai du gel, puis en hérissai les pointes. J'étais chez moi. Je n'avais pas besoin d'en faire des tonnes. Je trouvais sympa de ne porter qu'un vieux jean délavé, d'épaisses chaussettes, et un tee-shirt à manches longues. Je désirais manger, puis m'étendre devant la télé, la tête sur les genoux de Rand. J'espérais que l'ambiance au rez-de-chaussée n'était pas trop tendue. Dans le cas contraire, je remonterais me coucher. Parce qu'être au lit avec Rand… Cette idée suffit à me réchauffer la peau. Je me demandai combien de temps je devrais rester à l'étage pour qu'il se lance à ma recherche.

Ce fut drôle : à la seconde où j'émergeai de la salle de bain, je trouvai Bella qui m'attendait derrière la porte. Je souris devant l'aboiement étouffé qu'elle me lança. Elle paraissait contrariée.

— J'aime prendre une longue douche, dis-je, sur la défensive.

À la façon dont la chienne inclina la tête, elle n'avait aucune idée de ce que je lui racontais.

Quelques minutes plus tard, j'étais en haut des escaliers, prêt à descendre. Rand apparut sur la dernière marche.

— Je veux te parler, dit-il avec un sourire.

Je descendis vers lui sans le quitter des yeux. La chaleur qui brillait dans ses prunelles me noua l'estomac.

— Parle.

— Je pars demain matin.

— C'est ce que tu m'as dit.

— Viens ici.

Quand j'arrivai sur la marche juste au-dessus de lui, nous étions à la même hauteur, les yeux dans les yeux. Je m'arrêtai.

— Tu vas vraiment t'absenter une semaine ?

— Non, en fait, juste quatre jours. Je serai chez Zach demain après-midi. Les clients arriveront jeudi matin très tôt. Ce sera terminé dimanche matin, je rentrerai à la maison dans la nuit.

Je hochai la tête.

— Ce n'est pas comme si tu allais autant travailler sur son ranch que tu le fais sur le tien.

— Le nôtre, corrigea-t-il.

— Le nôtre.

Après avoir répété ces deux mots, je plaçai la main sur sa joue, savourant sous mes doigts le contact de la peau ferme et de sa barbe qui repoussait.

— Je suis tellement heureux que tu sois revenu plus tôt à la maison, dit Rand.

— Je serais rentré d'ici une heure, dans tous les cas.

— Oui, je sais. Mais plus c'est tôt, mieux c'est.

Il se pencha et m'embrassa sur la joue, ce qui m'enflamma et m'adoucit en même temps. Je soupirai lourdement lorsqu'il frotta son nez le long de mon cou en disant :

— Tu sens bon.

Je trouvais étonnant la façon dont la voix de Rand devenait rauque et basse dès qu'il me parlait, dès qu'il m'embrassait. Ce grondement bourru ne manquait jamais de me faire bander.

— J'aimerais ne pas avoir à partir, avoua-t-il.

— Je pourrais venir, proposai-je.

Je levai les yeux sur son visage. Il secoua la tête.

— Toutes les places ont déjà été vendues.

— Non, Rand. Je pourrais venir t'aider.

Il éclata de rire, ce qui me déplut. Je me renfrognai.

— Rand, dis-je, d'un ton clairement menaçant.

Il se racla la gorge et resserra les bras autour de moi tandis que je me débattais pour me libérer. Je grognai en le regardant. Il fit de son mieux pour étouffer ses ricanements.

— Amour, tu vis sur un ranch, d'accord, ce n'est pas pour autant que tu sais monter à cheval.

— Rand…

Les yeux étincelants, il m'adressa un grand sourire malicieux.

— Stef, bébé…

— Ne m'appelle pas bébé ! Et je sais monter à cheval, Rand.

— D'accord, j'admets que tu sais monter sur ta jument – après tout, tu l'as quasiment élevée depuis la mort de sa mère – mais aucun autre cheval n'accepterait que tu te contentes de poser ton cul dessus.

— Qu'est-ce que…

— C'est Ruby qui fait tout, Stef. Toi, tu tiens juste les rênes. Ta jument galope quand elle veut ; passe au pas quand elle veut ; se balade dans les ruisseaux quand elle veut. Ta jument t'adore, tout comme cette foutue chienne, mais sur n'importe quel autre cheval, tu te casserais le cou.

Rand se mit à rire et glissa une main dans mon dos, passant sous mon tee-shirt pour me caresser la peau.

— Rand…

Il continua sans m'écouter :

— … Et ça ne me plairait pas du tout. Je veux que ton cou reste comme il est.

— Je viens avec toi, dis-je, fermement. C'est sans discussion.

— Non.

— Si.

— Il n'en est pas question, rétorqua-t-il, d'un ton indulgent.

Je levai un sourcil en le fixant.

— Bébé, ce n'est pas ce que tu crois, reprit Rand.

— Je ne crois rien du tout, et ça suffit avec tes 'bébé'.

— Stef…

— Excusez-moi.

En nous retournant, nous trouvâmes derrière nous la cousine de Rand, Ginger, qui descendait les escaliers. Pour qu'elle puisse prendre la dernière marche, Rand me lâcha, mais il plaça une de ses mains dans mon dos et l'y laissa.

Quant à Ginger, elle me tendit la main.

— Enchanté de vous avoir rencontré, dis-je.

Elle me serra la main, tout en se mordant la lèvre, un peu gênée.

— Je me sens vraiment idiote. Que devez-vous penser de moi ?

Je lui adressai un sourire. Sans répondre.

— C'est juste…, reprit-elle, le souffle court, que je ne savais pas que vous viviez ici. Quand Glenn m'a demandé d'inviter Lisa, j'ai trouvé l'idée marrante.

Je libérai ma main qu'elle n'avait pas lâchée. Rand remonta la sienne jusqu'à ma nuque et se mit à me masser avec tendresse.

— J'ignorais complètement que Rand et vous viviez ensemble depuis déjà deux ans, insista Ginger. Personne ne me dit rien.

— C'est à cause de ma mère, indiqua Rand à sa cousine. Depuis qu'elle s'est remariée, ni ton père ni celui de Glenn ne lui adressent plus la parole. Si ton père, ce bon vieil oncle Cyrus, n'était pas aussi con, tu en saurais davantage sur ce que je vis.

— Rand ! protestai-je aussitôt.

— Peu importe, grommela-t-il. Je vais là-bas pour Zach, pas pour toi, Gin, ni pour Glenn, ni pour personne d'autre. Et tu ferais mieux de dire à ta copine que si elle veut épouser un rancher, elle n'a pas la moindre chance avec moi, d'accord ?

Ginger étouffa un cri en voyant Rand se pencher pour m'embrasser sur la tempe. Ensuite, mon cowboy me lâcha et fila jusqu'à la cuisine en hurlant je ne sais quoi.

— Oh la la, il a l'air en colère, chuchota Ginger d'une petite voix.

— Il n'aime pas devoir abandonner son ranch ou moi, dis-je, gentiment. Aujourd'hui, il doit faire les deux, c'est ce qui l'énerve.

Quand elle hocha la tête, je vis qu'elle avait les larmes aux yeux.

— Il aboie, mais il ne mord pas, affirmai-je encore.

— Je l'ai toujours trouvé terrifiant – depuis que je le connais.

— Vraiment ? dis-je en riant. Vous trouvez Rand terrifiant ?

— Pas vous ?

— Non, affirmai-je. Jamais.

Elle hocha la tête.

— Dites-moi comment Rand et vous êtes cousins, au juste ? demandai-je.

Elle s'essuya les yeux.

— Eh bien, mon père, qui est également celui de Brent et de Brandon, s'appelle Cyrus Holloway. C'était le frère de James Holloway, le père de Rand et de Charlotte. Il a deux autres frères, Rayland, le père de Glenn et Zach, et Tyler, qui vit ici avec vous.

Oncle Tyler et moi étions de très bons amis, même avant que Rand et moi soyons ensemble. Même autrefois, je le voyais souvent lorsque je rendais visite à Charlotte Holloway, ma meilleure amie – et la sœur de Rand.

— Hé ?

En tournant la tête par-dessus mon épaule, je vis arriver Glenn, suivi de Brent.

— Stefan ? fit Glenn.

— Oui ?

Il enfonça ses deux mains dans les poches de son jean.

— Je suis vraiment désolé. Je n'avais pas compris qui vous étiez. J'aurais dû demander.

— J'aurais aussi dû vous le dire directement. Ce n'est pas grave.

— Vous savez, depuis que la mère de Rand s'est remariée, il y a quelques tensions entre Rand et sa famille, entre mon père et les autres. Le problème, c'est que May possède encore des terres de pâture à King Country. Mon père pense qu'elle devrait les lui rendre puisqu'elle n'est plus une Holloway.

— Rand l'est toujours.

— Oui, mais Rand possède son propre ranch. Et même s'il n'est pas aussi rentable que le mien ou celui de Zach, il suffit quand même à le faire vivre, ainsi que sa famille.

Je me renfrognai en le regardant.

— Comment ça ? Le Red Diamond est parfaitement rentable.

Il m'adressa un sourire condescendant.

— Je sais que question ranch, vous n'y connaissez rien, mais si vous vous en sortiez tellement bien, il y aurait bien plus de circulation par ici.

— Rand vend essentiellement sa viande sur Internet, dis-je, en faisant un effort pour ne pas lui parler comme à un demeuré. Il possède à Lubbock une société qui en gère la distribution et une agence de relations publiques à Amarillo pour le marketing. Vous a-t-il parlé du récent contrat qu'il vient de signer avec Grillmaster ou bien a-t-il oublié ?

À la tête que Glenn tirait, on aurait cru que je l'avais frappé.

J'attendis.

— Il…, bredouilla-t-il.

— Rand vient aussi d'acheter ici, à Winston, plusieurs ranchs improductifs qu'il a revendus au promoteur Mitchell Powell, qui va créer un immense complexe de golf. Ce projet rapportera des millions de dollars dans la région et les alentours. Rand construit également une école à

Hillman ; les travaux débuteront à l'automne. À votre avis, ceci indique-t-il que son ranch n'est pas rentable ?

— Je… Mon père prétend que le ranch est en perte de vitesse.

— Il y a douze ans, c'était vrai, m'exclamai-je, indigné. Mais je peux vous assurer que le Red Diamond s'en sort aujourd'hui beaucoup mieux que votre ranch ou celui de votre frère, Zach.

Alors que nous étions plantés au bas des marches, à nous regarder en silence, Rand se mit à beugler 'à table'. Nous restâmes figés, les minutes passèrent, puis Rand apparut soudain à mes côtés.

— Qu'est-ce que vous foutez ?

Glenn se tourna pour le regarder.

— Stef vient de nous dire que c'est toi qui as obtenu le contrat Grillmaster, Rand. C'est vrai ?

— Oui.

Après avoir acquiescé, Rand haussa les épaules.

— Glenn, je vends mon bœuf dans tous les États-Unis. Tu devrais réfléchir à cet aspect de la distribution. Se contenter du marché local ne suffira jamais à rentabiliser un ranch : ça ne laisse aucune marge de manœuvre pour s'agrandir. Même avant de rencontrer Stef, j'avais diversifié mes ventes, mais depuis, c'est devenu encore plus vital. Je refuse qu'un bouseux homophobe m'empêche de nourrir ma famille et celles de mes hommes. D'accord, contrairement à chez toi, tu ne verras personne s'agglutiner dans mes chemins d'accès, mais je t'assure que mes serveurs Internet sont remplis de commandes.

Glenn était devenu livide. Je me demandai pourquoi.

— Si je voulais, continua Rand, je pourrais racheter vos deux ranchs, celui de ton père et toi, et celui de Zach. Dis ça à ce sinistre ignorant réac de Rayland.

Manifestement, il y avait entre ces deux branches d'anciennes querelles familiales ; je sentis que j'étais à quelques secondes de tout savoir.

Glenn se jeta sur Rand, le doigt pointé sur sa clavicule. Le visage empourpré, les dents découvertes, il grognait presque.

— Mon père exige que ces terres à King lui reviennent, Rand, et moi aussi. Ta mère n'a aucun droit de…

Rand le coupa d'une voix glaciale :

— Tu veux ces terres ? Rachète-les-moi.

Puis il s'écarta d'un pas, se plaçant en rempart devant moi.

— Je le savais ! hurla Glenn. Ta mère te les a données.

— À la minute où elle s'est remariée, ces terres me sont légalement revenues, connard. Désormais, elles sont à moi, alors tu peux annoncer à ton père que c'est bien un Holloway qui les possède.

— Tu…

— S'il les veut, comme je te l'ai dit, il peut me les racheter. J'ai d'autres pâtures où envoyer mes troupeaux.

— Parce que tu as beaucoup de terres, c'est ça ?

— Exactement.

— Tu sais très bien que nous n'avons pas les fonds pour…

— Alors, boucle-la, Glenn, rugit Rand à son cousin. Ces terres appartenaient à mon père, j'ai autant de droits sur elles que vous tous.

Il tremblait de rage ; je posai la main sur sa hanche, en tentant de le calmer.

— Ce sont des terres de famille, tu n'as aucun droit dessus.

— J'ai les mêmes droits que toi.

— Personne ne veut te voir chez nous, déclara Glenn, d'une voix haineuse, le regard braqué sur Rand. Et ton copain non plus.

— Sauf que ces terres sont à moi et pas à toi. Et tu veux que je te dise, Glenn, tu ne peux rien y faire.

En voyant Glenn serrer les poings, Rand fit la même chose. Il était déjà en posture défensive, prêt à se battre.

Je poussai un cri. Les deux hommes se tournèrent vers moi.

— Non ! Je ne veux pas de bagarre chez moi.

— Va te faire foutre ! me hurla Glenn.

— Tu ne lui parles pas, ordonna Rand à son cousin. Tu ne le regardes même pas.

Autour de nous, le monde sembla exploser : les insultes fusèrent entre les deux hommes ; Ginger pleurait ; ses amis ne comprenaient pas ce qui se passait. Au milieu du cyclone, Brent demanda à Glenn de se calmer parce qu'il faisait peur à Emily. Glenn se retourna contre lui :

— Va te faire foutre ! beugla-t-il. J'en ai rien à branler de ta pét…

Et là, Brent – que j'avais cru calme, réservé, et même à la limite ennuyeux – se jeta sur Glenn. Ce fut un véritable chaos… Jusqu'à l'arrivée de Tyler, l'oncle de Rand, mais aussi celui de Glenn, Brent et Ginger.

Le vieil homme se mit à hurler :

— Mais enfin, mordieu, qu'est-ce qui se passe ici ?

Dans la vraie vie, personne ne dit 'mordieu' ! Du coup, c'était plutôt rigolo. Par contre, ce qui ne l'était pas, c'était le fusil qu'il tenait à la main.

Tout le monde se figea en le remarquant.

— Je pensais que la maison était envahie, nous annonça le vieillard.

— Vous regardez bien trop la télévision, dis-je.

Il haussa les épaules pour marquer qu'il était d'accord avec moi

— Alors, sacrebleu, que se passe-t-il ?

Sacrebleu ? Pas à dire, la façon de s'exprimer du vieil homme était à tomber.

Lorsque Rand leva les mains en signe de reddition, je réalisai que personne n'allait se lancer maintenant que Tyler jouait les médiateurs.

— Venez, mon chou, dit-il à Lisa. Venez avec moi.

Je levai les yeux au ciel en remarquant combien le regard du vieil homme pétillait lorsqu'elle avança jusqu'à lui.

— Oh bordel ! grommela Rand.

Me tournant vers lui, je sautai en l'air – et il dut se précipiter pour me rattraper. Quand j'enveloppai mes bras et mes jambes autour de lui, j'entendis son long soupir satisfait. Il écarta mes cheveux de mon visage pour me regarder dans les yeux.

— Voilà, il faut que je vous dise, marmonna Tyler. Sans Stefan à la maison, vous seriez tous morts à présent.

Je ne retins pas mon sourire quand Rand hocha la tête.

III

JE DEMEURAI plutôt perturbé de cette altercation jusqu'à ce que Tyler m'explique la situation. Avant que Rand et moi soyons ensemble, chaque fois que j'étais venu au ranch, j'y avais rencontré plusieurs membres de sa nombreuse famille qui m'avaient tous chaleureusement accueilli parmi eux. Je n'arrivais pas à comprendre pourquoi ça leur posait tout à coup un problème que je sois gay.

— Tu n'as jamais rencontré de Holloway, m'indiqua Tyler. Tu n'as vu que les Miller.

— Quoi ?

D'après ce qu'il me raconta, tous ces gens, hommes et femmes, si gentils, drôles et pleins de qualités, avaient été du côté de la mère de Rand – les Miller. Ils vivaient dans les environs, à Lubbock, Midland, Slaton ou Paducah.

— Ainsi, je n'ai jamais croisé personne du côté paternel de la famille de Rand ?

— Exactement, confirma Tyler, d'un hochement de tête. Sauf moi.

Je l'ignorais.

Après le départ de Glenn et des femmes, une demi-heure après la dispute, j'avais présenté à Rand mes excuses pour avoir ainsi créé un problème dans sa famille.

— Ça n'a rien à voir avec toi !

Il m'empoigna le bras et me tira derrière lui dans les escaliers, en direction de l'étage.

— Rand…

— Ça suffit, coupa-t-il.

Je réalisai tout à coup ce qui se passait.

— Rand, ton cousin Brent et sa copine sont restés. Il faut que tu leur offres à dîner. Ensuite, tu as tes bagages à faire et…

Nous avions atteint le haut des escaliers, il m'entraînait maintenant avec lui dans le couloir.

— Plus tard. D'ailleurs, le repas est prêt, ils n'ont qu'à se servir.

— Il faut que tu descendes. C'est ton devoir d'hôte.

— Rien à foutre. Ils savent très bien que je suis nul, question hospitalité. Et il y a Tyler, il s'occupera d'eux.

— Mais tu devrais… Rand ! Pas question de baiser ton copain au milieu du repas alors que ces gens attendent pour te parler…

Il me propulsa dans sa chambre et referma la porte d'un coup de pied derrière lui.

— Tu n'es pas mon copain, déclara-t-il d'un ton sec. Tu es mon compagnon, mon associé, mon partenaire.

Je m'apprêtai à lui rappeler qu'il n'avait pas été élevé dans une étable quand mes yeux croisèrent les siens… J'oubliai aussitôt ce que je m'apprêtais à dire.

Son regard n'était plus qu'un brasier.

Je me léchai les lèvres et le vis suivre des yeux mon mouvement, juste avant qu'il plonge en avant pour me sauter dessus. Ses lèvres s'emparèrent des miennes, ses mains de tout le reste. Quand Rand s'écarta, j'avais du mal à respirer. Je m'empressai de récupérer un peu d'oxygène, sachant que le baiser n'allait pas tarder à reprendre. Une seconde plus tard, je rouvris les yeux – que j'ignorais avoir fermés.

Rand me scrutait.

— Qu'est-ce que tu fais ?

Avec un sourire, je plaquai mes mains sur sa peau brûlante, les glissant sous le tee-shirt et la chemise de flanelle qu'il portait.

Les muscles de sa mâchoire se raidirent tandis qu'il frissonnait légèrement.

— Je te regarde Stef. Bordel, je pourrais te regarder tous les jours pendant tout le reste de ma vie, sans jamais me lasser.

Le regard qu'il avait ne manquait jamais de me nouer l'estomac, parce que je pouvais y lire – et tout le monde le voyait aussi – combien Rand m'aimait.

Il eut un soupir et posa la main sur ma joue.

— Tu es tellement beau, Stef. Et tes yeux… Tes merveilleux yeux verts, ils me tuent.

M'écartant d'un pas, je fis passer mon tee-shirt par-dessus ma tête. Je vis ses yeux brûlants s'étrécir. Rand m'examinait et j'étais parfaitement conscient de son désir pour moi. Sa respiration sifflante, la bosse de son jean, ses mains qui se tendaient vers moi – tout en lui me désirait.

Je m'écartai encore pour qu'il ne puisse m'atteindre, puis je détachai ma ceinture et m'activai rapidement pour me débarrasser de mon jean et de mon caleçon. Une fois nu, je le laissai m'agripper. Il était encore entièrement vêtu, moi sans rien du tout – ce qui le fit gémir, un son qui émana du plus profond de sa poitrine.

Il me pressa contre lui, sa main me caressa les fesses. Quand je poussai en arrière, il resserra sa prise d'un geste possessif. Ma réaction fut primitive, sauvage : un grondement de pur plaisir.

— Bon Dieu, Stef ! marmonna Rand.

Il me jeta avec violence sur le lit. Je le regardai se déshabiller avec frénésie. Il arracha ses bottes et sa chemise de flanelle, mais son jean n'était qu'ouvert. Rand portait encore son tee-shirt lorsqu'il me rejoignit sur le lit et m'agrippa par les hanches. Il me fit rouler sur le ventre, puis me positionna à quatre pattes. Ses mains glissèrent le long de mon dos jusqu'à mes reins.

— Tu as le plus bel arrière-train que j'aie jamais vu de ma vie, déclara-t-il. Ferme, rond, parfait. Est-ce que tu sais l'effet que ça me fait ? Rien que voir les courbes de ton cul dans un jean, ça me fait bander.

C'est bon à savoir, pensai-je, tout en remuant ledit cul pour le provoquer.

— Stef !

Rand poussa un gémissement rauque, comme s'il souffrait.

— Rand, viens… Oh !

Sa bouche, sa bouche délicieuse, brûlante, humide, venait de se poser sur mon cul. Rand me mordilla la fesse droite, ce qui me fit gémir. Puis m'agrippant d'une main ferme, il m'écarta les fesses et j'en perdis le souffle. Quand sa langue caressa l'entrée de mon corps, je m'étouffai sur son nom.

— Voilà, dit-il.

Il me pénétra de la langue, de plus en plus profond. Ensuite, je le sentis insinuer un doigt en moi. Je tressautai sous lui. Il bougea et releva la tête… Ses lèvres me quittèrent, même si son doigt resta en place. Je poussai contre lui, il s'écarta légèrement – j'entendis remuer la table de chevet, puis le cliquètement d'un couvercle qui s'ouvrait.

— Bon Dieu… Rand, je t'en prie…

Un second doigt, humecté de lubrifiant, me pénétra, créant une incroyable brûlure.

Quand je ruai en arrière, Rand gronda, puis il ouvrit les doigts, doucement, lentement, mais fermement, dans un geste irrévocable.

— Bordel, Stef, c'est comme si tu essayais d'aspirer mes doigts en toi. Je voudrais que ce soit ma queue, j'ai vraiment besoin que ce soit ma queue.

— Alors, baise-moi.

— Tu es magnifique… Tout en toi est magnifique, tes cheveux, tes yeux, ta peau tiède, et ce cul… Oh merde !

Il adorait me regarder ; il adorait me toucher ; il adorait passer ses mains partout sur moi avant de me prendre… Avant de m'empaler, fusionnant nos deux corps.

Tandis que j'ondulai sur ses doigts, la brûlure de l'intrusion s'était déjà transformée en un sentiment électrique d'anticipation qui faisait bouillir mon sang et battre mon cœur.

— Stef, je ne peux plus… Je ne peux plus attendre.

S'il ne faisait pas quelque chose, très vite, j'allais bientôt crier.

— Rand… Bébé…

Il resserra ses mains sur mes hanches et me prit d'un seul et puissant coup de reins. Je n'aurais jamais cru que ça puisse être aussi bon !

— Rand !

Vu qu'il connaissait bien le son de ma voix, il ne s'inquiéta pas de me faire mal. Il se contenta de reculer, avant de m'empaler encore, plus vite, plus fort, m'écartelant, me remplissant, tout en me maintenant d'une poigne féroce pour que je ne puisse pas bouger.

Quand je creusai les reins pour le recevoir encore plus profondément, le gémissement étranglé qui lui échappa me fit frémir. Ensuite, il m'ordonna de me masturber puisque lui ne pouvait pas le faire. Il n'aurait pas pu me caresser car il n'avait pas assez de concentration. Il avait perdu tout son self-control sous la décharge d'adrénaline durant la dispute. Il ne voulait plus qu'une chose désormais : se planter en moi jusqu'à la garde, me marteler, être brutal.

Ce que je le suppliai de faire.

— Stef, réussit-il à prononcer avant de me mordre l'épaule. Jouis. Jouis pour moi.

D'autres hommes avaient tenté de me posséder autrefois, mais je leur avais ri au nez, sachant qu'au final, ils n'étaient pas assez forts pour moi. Bien sûr, physiquement, la plupart d'entre eux avaient été costauds, mais aucun ne faisait le poids devant mon mépris ricanant, ma langue acérée, mes commentaires décapants. J'avais été glacial, vicieux, égoïste ; ils s'étaient barrés, la queue entre les jambes, blessés, parfois détruits. N'ayant jamais donné mon cœur, je n'avais ressenti pour eux qu'indifférence et dédain.

C'était avant que je rencontre Rand.

Rand Holloway avait toujours encaissé les pires assauts de ma nature vindicative en renvoyant les coups, chacun d'entre eux. Plus tard, quand j'avais découvert qu'il m'aimait – et plus surprenant encore, que je l'aimais aussi – tout ce fier venin était devenu l'alchimie d'un incendie dévorant. Aussi, pour lui et pour lui seul, je cédais. Quand il réclamait ma soumission, ma défaite, je les lui accordais. Parce que je ne pouvais rien refuser à cet homme.

Dans un halètement rauque, j'extirpai son nom de ma gorge nouée tandis que l'orgasme me secouait tout entier ; tous mes muscles se tétanisèrent et ma jouissance déclencha celle de Rand. Son corps cédant, il s'écroula sur moi, m'écrasant sur le lit. Je ne pus retenir un fou rire.

— Crétin, grommela-t-il.

Incapable de bouger, ne le désirant d'ailleurs pas, il resta étalé là à savourer les derniers spasmes de sa jouissance, toujours enfoui en moi.

— Dis-le maintenant, ordonnai-je.

Il avait les lèvres contre mon oreille.

— J'adore te baiser, Stef. Tu m'appartiens.

Et même si je le savais, ça comptait beaucoup pour moi de l'entendre. Qui aurait pu croire que je devienne aussi accro aux paroles de cet homme qu'à ses actes ?

UNE FOIS nettoyés et présentables, Rand et moi descendîmes au rez-de-chaussée. Son cousin Brent en resta sidéré. Sans doute était-ce de me voir l'air aussi débauché, les lèvres gonflées et les yeux rassasiés ? Ou bien était-ce Rand, son air repu et aimable, un sourire lui détendant les lèvres ?

— Je n'aurais jamais cru qu'il puisse avoir cette tête-là, me déclara Brent en désignant Rand du menton.

En même temps, il écoutait ce que lui disait Emily.

— Cette tête-là ? m'étonnai-je. C'est-à-dire ?

— Je lui ai toujours connu un air mauvais.

Même lorsque nous étions ennemis, je n'avais jamais considéré Rand comme étant 'mauvais'. En fait, j'avais toujours discerné sa véritable nature, même si je n'avais pas tout compris en ce qui le concernait.

Quand le téléphone du couloir sonna, je quittai la table où le dessert était servi en m'excusant auprès des quatre autres – puisque l'Oncle Tyler était toujours là – et j'allai répondre.

— Allô ?

— Allô, pourrais-je parler à Rand Holloway, s'il vous plaît ?

— Je suis désolé, il est occupé pour le moment. Puis-je lui transmettre un message ?

— Oui, bien sûr. Dites-lui que Katie Beal du Rodéo de Truscott a téléphoné, je voulais confirmer la participation du Red Diamond au rodéo de ce week-end.

Je ne savais absolument pas de quoi il s'agissait.

— Un rodéo ?

— Oui. Vous savez, en temps normal, nous ne téléphonons pas ; les gens se présentent, c'est tout. Mais ça fait la cinquième année, comme M. Holloway le sait très bien. Toute la communauté des ranchers possédant des pâtures à King doit être représentée. Comme le règlement le stipule, un rancher qui n'assiste pas cinq années consécutives au rodéo perd ses droits de pâture et ses terres sont réparties aux autres ranchers.

Je devinai immédiatement ce qui se passait.

— Les pâtures… Ainsi, si j'ai bien compris, si Rand ne se présente pas ce week-end pour participer à ce rodéo, il sera considéré comme forfait et ses terres seront… Quoi ? Redistribuées ?

— Oui, à égalité entre les autres ranchers, à moins qu'un membre de sa famille ait un droit prioritaire.

Tout devenait très clair.

— Ainsi, vu que l'oncle de Rand possède également des terres à King, c'est lui qui récupérerait celles de son neveu, c'est ça ?

— Elles reviendraient à…

Katie Beal feuilleta un dossier qu'elle lisait.

— Rayland Holloway, c'est exact.

Tout était bien organisé. Je dus tirer mon chapeau à Glenn. Non seulement il avait bien tenu son rôle, mais il venait probablement de quitter notre ranch pour participer lui-même à ce rodéo tandis que j'étais là, à parler au téléphone avec cette charmante dame.

— Nous avons reçu une information de M. Rayland Holloway comme quoi le Red Diamond ne participerait pas au rodéo cette année encore à cause d'une urgence familiale dans un autre ranch, mais je n'étais pas certaine que M. Holloway – je parle de M. Rand Holloway – réalise que son absence, pour la cinquième année consécutive, le priverait de ses droits fonciers.

Maintenant, je savais que le cousin de Rand et son père avaient tout manigancé afin de s'assurer que Rand n'apparaisse pas au rodéo. Je me demandai si Zach était au courant. Si c'était le cas, j'espérais qu'il parviendrait à se regarder dans la glace après avoir volé à Rand des terres qui lui revenaient de droit en abusant de son sens de l'honneur. Parce que j'étais certain d'une chose : même si Rand découvrait ce qui se passait, il ne changerait pas ses projets. Il abandonnerait ses droits de pâture parce qu'il avait promis à Zach d'aller l'aider. Pour Rand Holloway, sa parole passait avant tout.

— En fait, Katie, mon nom est Stefan Joss. Je partage avec Rand Holloway la propriété du Red Diamond, c'est moi qui viendrai représenter notre ranch.

— Oh !

Elle paraissait très excitée.

— Voilà une merveilleuse nouvelle… Joss, c'est ça ?

— Oui madame. Pourriez-vous me dire quel jour je dois me présenter ?

— Eh bien, pour vous et vos hommes, M. Joss, ce sera samedi, neuf heures. Bien sûr, ce n'est qu'un petit rodéo local, mais notre communauté compte beaucoup sur l'apport financier des touristes.

— Bien sûr.

— Il vous faudra nous donner les noms des participants du Red Diamond aux épreuves individuelles. Quand vous arriverez, nous vous attribuerons une ou deux caravanes pour vous et vos hommes, une écurie et un corral pour vos chevaux.

Houlà, mais dans quoi m'étais-je lancé juste parce que je ne voulais pas laisser Glenn Holloway gagner ? Tout me parut tout à coup ridicule. J'avais besoin d'aide.

— Puis-je vous envoyer un e-mail avec toutes les informations ? demanda-t-elle.

— Oui, ce serait parfait.

Je répondis comme si je ne luttais pas contre la nausée.

— Dois-je utiliser l'adresse e-mail de Rand Holloway que nous avons dans son dossier ?

— Non, laissez-moi vous donner la mienne.

Nous discutâmes encore un moment : elle évoqua pour moi les différentes épreuves du rodéo, les caravanes où nous serions, les bals, les enchères des célibataires, et la cérémonie des récompenses. Rien qu'à écouter toutes ces informations, j'avais la tête qui bourdonnait.

— Je suis tellement impatiente de vous rencontrer ! affirma-t-elle. Tout le monde sait qu'il est rare d'obtenir la participation du Red Diamond. Vous êtes le seul ranch qui ne soit pas localisé dans notre district, M. Joss.

— Oui, je sais.

— Rayland et son fils, Glenn, seront terriblement surpris.

— Oui, ça, je n'en doute pas.

IV

L'ACADÉMIE AURAIT dû m'accorder un Oscar. Durant les vingt-quatre heures qui suivirent, les seules fois où je ne jouai pas un rôle, c'était au lit avec Rand. Là, dans ses bras, je me retrouvai à nu – aussi bien littéralement qu'émotionnellement – sans rien d'autre à faire qu'à me dissoudre sous ses caresses. Mais du moment où je raccrochai pour retourner à table jusqu'à celui où nous nous couchâmes ensemble, et tout le lendemain, je fus en représentation.

Le mercredi après-midi, j'embrassai Rand pour lui faire mes adieux. Debout sur le porche, j'agitai la main en disant au trio d'être prudents – Brent et Emily partaient avec Rand, ils avaient pris des places payantes sur le ranch de Zach pour le week-end. Alors que je restais à sourire comme un idiot le temps que la voiture disparaisse, j'eus la sensation de mériter des applaudissements. Ma prestation avait été remarquable.

Une demi-heure après le départ de Rand, Mac Gentry fit son apparition sur le porche. Le régisseur était le seul des hommes du ranch qui ne s'était jamais détendu vis-à-vis de moi

— Quoi ? fit-il, irrité.

Je venais de l'appeler sur son portable, il avait dû revenir à cheval de l'endroit où il surveillait je ne sais quelle réparation sur les clôtures, pour me parler.

J'étais assis sur la rambarde. Ce fut de là que je lui répondis :

— J'ai besoin d'aide.

En le voyant ricaner, j'abandonnai mon idée. Après tout, je pouvais engager des cowboys sur place. Rien à foutre de ce mec.

En secouant la tête, je retournai vers la porte.

— Laissez tomber. Désolé de vous avoir dérangé.

Il m'arrêta en m'empoignant au biceps d'une main brutale.

— Qu'est-ce qu'il y a ? insista-t-il.

— Rien. Lâchez-moi.

— Dites-moi !

— Non. Vous êtes trop con.

Il m'examina d'un regard étréci.

— Ce n'est pas nouveau, rétorqua-t-il. Maintenant, dites-moi ce qu'il y a.

— Rand va perdre ses droits sur ses terres à King si nous ne participons pas au prochain rodéo.

— Pardon, quoi ?

Je me libérai de sa prise tout en lui expliquant ce qui se passait. Il me suivit jusqu'à la maison pour que je lui transmette tout ce que Katie Beal m'avait envoyé par e-mail la veille : j'avais imprimé la paperasserie.

— Rand est au courant ? demanda Mac tandis que ses yeux fouillaient les miens.

— Non.

— Tant mieux.

Il hocha la tête.

— Ça n'aurait fait que lui pourrir la vie tout le week-end.

— Mais moi, je peux y aller. Après tout, je possède la moitié du ranch.

— C'est vrai ?

Je haussai un sourcil narquois.

— Oui, connard. C'est vrai. Peut-être devriez-vous y réfléchir et ne pas être aussi pénible tout le temps avec moi.

À nouveau, il me jeta un regard étréci ; pour la première fois, je lui éclatai de rire au nez.

Je fus sidéré quand, une seconde plus tard, je le vis esquisser un petit sourire – sa lèvre se releva légèrement, et j'ignorais complètement que Mac Gentry en était capable. En tout cas, jamais je ne l'avais vu sourire jusque-là. Cet homme ne me supportait pas. Au début, j'avais pensé que sa réaction provenait de mon orientation sexuelle, mais pas du tout. Il pensait juste qu'un jour, je quitterais Rand parce que j'en aurais marre de la vie sur le ranch et de son patron. Et alors Rand qui, pour le moment, était heureux, détendu et souriant, retrouverait l'air sinistre qu'il avait avant mon apparition chez lui. Personne ne voulait revoir un Rand enragé, impossible à satisfaire, en permanence sur le dos de ses hommes. Ils le préféraient tel qu'il était à présent. Mac, plus encore que les autres, aimait être autonome dans son travail et voir le patron aussi rarement que possible.

Il apprécia ma volonté d'aider. Pour la première fois depuis notre rencontre, il ne me parla pas comme si j'étais complètement idiot. Un changement agréable.

— Il y a sept épreuves durant ce rodéo. Je vais vous donner six hommes et huit chevaux, les deux en plus seront une sécurité au cas où…

Vous devrez aussi emmener votre chien débile et la jument que Rand vous a donnée, puisque c'est le seul cheval que vous sachiez monter. Et j'espère bien retrouver mes bêtes en bon état, comme je vous les ai confiées, vous m'avez compris ?

— Oui m'sieur.

Après un hochement de tête, je me tournai pour partir. Mac me rappela :

— Ça va être très chaud pour nous quand Rand découvrira tout ça, Stef.

— Je sais, dis-je en acquiesçant. Mais avez-vous un meilleur plan ?

Il se contenta de scruter mon visage. Sans répondre.

— Vous voyez bien, dis-je.

LE VENDREDI — pourquoi devions-nous partir aussi tôt ? Je n'en avais aucune idée — je quittai le ranch au volant d'un énorme pickup à doubles roues. Everett était assis à mes côtés, Dusty derrière moi avec Bella étalée sur le siège près de lui. Pierce, Tom, Chase et Chris nous suivaient dans un autre pickup.

— Tu as l'air idiot.

Je tournai la tête pour regarder Everett.

— Pardon ?

— Je n'ai jamais connu personne à qui le chapeau de cowboy et les bottes allaient aussi mal.

C'était Rand qui m'avait offert ce vieux chapeau au cuir marron râpé, ainsi que les bottes que je portais. D'accord, je ne me sentais pas très à l'aise dedans, mais cet uniforme me paraissait de rigueur. Je ne voulais pas qu'on puisse contester mes droits à me trouver là.

— Alors, c'était quoi ton plan si Mac ne nous avait pas convaincus de t'accompagner ?

Je soupirai.

— Je ne sais pas trop. J'avais pensé appeler Mitch Powell et voir s'il pouvait me trouver des accompagnants. Bien sûr, je l'aurais remboursé plus tard.

Dusty arracha mon chapeau, me flanqua sur la tête une vive claque, puis renfonça mon couvre-chef jusqu'aux yeux. Tout n'avait duré que quelques secondes, mais m'avait fait un mal de chien.

— Merde, Dusty ! râlai-je.

Je levai la main pour frotter l'endroit où il m'avait frappé – où j'avais encore mal. Ce geste fit basculer mon chapeau sur mes lunettes de soleil, ce qui me cacha les yeux. Everett intervint, il me fit baisser la main et renvoya d'une pichenette mon chapeau à sa place.

— Regarde cette putain de route quand tu conduis, d'accord ?

— Je le ferais si on ne me tapait pas dessus…

— Tu ne dois jamais aller chercher de l'aide chez des étrangers, gronda Dusty. Jamais.

— Jamais, renvoya Everett en écho. Au ranch, nous nous serrons les coudes. Chacun est là pour aider son voisin.

— Les gars, je ne suis pas l'un d'entre vous, leur rappelai-je. C'est Rand que vous respectez et appréciez, pas moi.

— Tu n'as vraiment rien compris, indiqua Dusty. Sans toi, tes connaissances en finances et ton expérience, Rand ne s'en sortirait pas aussi bien qu'il le fait.

— Ce n'est pas vrai, dis-je aussitôt. Rand est très intelligent. En affaires, il…

— …Et s'il ne tenait pas à ce point à te créer un foyer, il ne serait pas aussi obsédé par tous ces changements qu'il veut faire à Hillman.

D'accord, sur ce point-là, c'était sans doute vrai.

— Avant ton arrivée, ajouta Dusty, Rand Holloway était un vrai chieur.

Je n'avais pas l'intention d'approcher cette remarque à moins de trois mètres.

— Bien dit, ricana Everett.

— Mais depuis que tu vis avec lui au ranch, j'arrive à supporter de lui parler plus de cinq minutes.

Everett éclata de rire.

Avec un sourire, je remis mon chapeau en place. Derrière moi, Dusty engueulait Bella en lui disant d'arrêter de bouger. Nous éclatâmes de rire quand la chienne se jeta sur lui, l'expulsant de sa place. Trente-cinq kilos de chair canine se positionnèrent derrière moi, sur le siège que Dusty avait occupé. Quand Bella posa la tête sur le dossier de mon siège, je sentis son souffle chaud m'effleurer la joue, puis elle me flanqua un coup de langue sur l'oreille.

— Bell…

Je m'essuyai avant de passer la main derrière moi pour la grattouiller sous le menton. Dusty gloussa et dit :

— À mon avis, elle s'inquiète que je te tape encore dessus. Je n'ai jamais vu un chien plus protecteur. C'est sympa.

En sentant Bella me caresser la gorge de sa truffe, je dus reconnaître qu'il avait raison.

Nous fîmes un arrêt pour déjeuner, un autre pour dîner. Une fois les chevaux nourris et abreuvés, les hommes les firent sortir et marcher un peu. Ensuite, les bêtes remontèrent dans les vans et le voyage reprit. Nous arrivâmes à Truscott à la nuit tombée. Je fus enchanté de découvrir toute la zone illuminée. Laissant à Chase la responsabilité de surveiller notre convoi, j'emmenai Dusty et Everett pour nous enregistrer.

Il était dur de manquer la caravane destinée aux participants ; quand ce fut notre tour, je donnai le nom du ranch à l'homme assis derrière son bureau.

— Red Diamond.

Il y avait là trois personnes, deux femmes et un homme, qui basculèrent la tête pour me regarder.

— J'avais cru comprendre que le Red Diamond ne participerait pas au rodéo cette année.

— Dans ce cas, vous avez été mal informé, monsieur, répondis-je.

Avec un grand sourire, il fouilla dans une pile d'enveloppes posées devant lui.

— Eh bien, j'en suis ravi… Oh, je vois, vous avez parlé à Katie.

— Oui, m'sieur.

— Seriez-vous…

Il plissa les yeux pour lire ce qui était écrit sur l'enveloppe qu'il venait de sortir.

— Steven Joss ?

— C'est Stefan, mais oui, c'est moi.

Il releva la tête pour me regarder avec un sourire qui me parut sincère.

— Super ! Nous nous inquiétions que le Red Diamond ne vienne pas cette année encore, comme les précédentes.

— Nous nous en inquiétions aussi, intervint Everett. Je peux vous assurer que dorénavant, nous ne manquerons plus jamais le rodéo.

Le gars me tendit la main.

— Je suis Hud Lawrence. Je dois vous dire que c'est la meilleure nouvelle que j'aie entendue de toute la semaine.

Après m'avoir serré la main, il échangea une poignée de main avec Everett et Dusty.

— Les gens d'ici vont tous venir pour vous voir. Après tout, vous êtes les seuls à ne pas faire partie de notre petite communauté, aussi ce sera intéressant de voir travailler vos chevaux. Je vais appeler Gil Landry et lui annoncer votre arrivée. Je sais qu'il attendait de vérifier votre présence avant de s'inscrire à la compétition.

Avec un hochement de tête, j'acceptai le dossier d'inscription que Hud me tendait, puis je remplis un chèque de sept cents dollars – cent par épreuve. Je reculai ensuite d'un pas pour laisser Everett donner les noms des participants à chaque tournoi individuel. En attendant, Dusty bavardait avec les deux femmes assises au bureau ; en quelques minutes, il les fit rire avec lui. L'homme était un charmeur, avec ses grands yeux bleus et ses fossettes. Et tandis que Hud tapait sur son ordinateur portable les informations nécessaires, Dusty obtint les derniers potins du coin. Lorsque tout fut signé – décharges de responsabilité, assurances, attestations, etc. – Hud nous donna nos numéros et les indications nécessaires pour trouver nos caravanes, notre écurie et le corral où faire travailler les chevaux. Nous le remerciâmes, ainsi que les deux femmes, puis retournâmes retrouver les autres.

Je demandai à Everett :

— Qui est ce Gil ?

— Un rancher local, répondit-il, soudain irrité. Rand et lui sont… Je ne sais pas trop, en fait, ils ont une étrange rivalité, mais je ne comprends pas pourquoi. Autrefois, ils étaient amis, mais plus maintenant. Je ne vois pas comment décrire tout ça.

— Gil déteste Rand, indiqua Dusty. Voilà comment le décrire.

— Mais pas tout le temps. Il ne déteste Rand que par moments.

— Eh bien, je suis certain qu'il sera très déçu que Rand ne soit pas là.

— Ça c'est sûr, admit Everett.

Et je trouvai étrange l'expression de son visage.

D'ailleurs, Everett Hartline était un homme étrange. Très dangereux, imprévisible, doté d'un caractère épouvantable et de crises de rage soudaines, il était aussi extrêmement loyal, prêt à tout pour protéger son foyer – qui se trouvait être le ranch de Rand. Je le préférais quand il ne portait pas d'arme. Parce que je devenais nerveux quand Chris et lui emportaient leurs fusils la nuit, pour patrouiller aux frontières du ranch.

— Il y a quelque chose que tu ne me dis pas ?

Il secoua sa tête embroussaillée ; ses cheveux brun clair, marqués d'or par le soleil, retombèrent sur ses yeux bleus. Personne ne dirait d'Everett qu'il était beau, mais personne n'oubliait jamais son visage après l'avoir vu une seule fois. Pour moi, il rappelait ces cowboys de l'ancien Far West – durs, solides, tannés par la vie au grand air. Il n'y avait rien de civilisé chez cet homme, aucune douceur, juste une violence sous-jacente que je préférais ne jamais affronter. En fait, il me fichait un peu la trouille.

— Alors, est-ce que les gars savent tous à quelles épreuves ils vont participer ? demandai-je à Everett.

Il esquissa un sourire.

— C'est sympa de ta part de poser la question. Rand ne le fait jamais.

Je lui tendis l'enveloppe qui contenait la paperasserie – et nos numéros d'inscription.

— Parce qu'il connaît déjà vos points forts, dis-je, avec un soupir. Moi, je ne suis qu'un greffon.

— Tu es bien plus que ça, m'assura-t-il.

Mais déjà, nous étions sur le point de rejoindre les autres.

Les hommes se mirent à discuter pour savoir qui allait faire quoi, je dus hurler pour me faire entendre : je voulais aller au lit. Personne ne m'écouta, mais c'était sans importance.

Il y avait deux caravanes, chacune avec quatre couchettes, aussi nous avions largement la place. Dès que je fus changé, je choisis la couchette à l'arrière et me glissai sous les couvertures. Bella me regardait comme si elle allait mourir, j'eus pitié d'elle.

— Allez, monte sur le lit, dis-je.

Avec un gémissement heureux, elle bondit me rejoindre. Quelques secondes plus tard, elle était installée près de moi, la tête posée sur ma hanche. Je n'entendis même pas les autres revenir.

V

LE PETIT-DÉJEUNER fut fantastique, une nourriture excellente et cuisinée maison. Quand Everett et moi repartîmes afin d'assister à la cérémonie d'ouverture – c'est-à-dire le défilé de tous les participants à cheval dans l'arène – un homme s'interposa sur notre chemin. Il fut instantanément rejoint par trois autres. C'était une petite scène plutôt intimidante. Ce qui l'empêchait d'être terrifiante, c'était que cet homme avait un air familier : il possédait en particulier les épais cheveux d'un noir de jais des Holloway, même si les siens avaient des touches d'argent aux tempes.

— Vous ressemblez aux Holloway, dis-je.

— Vous savez très bien que j'en suis un.

— Seriez-vous Rayland Holloway ?

Il me jeta un regard étréci.

— Oui. Et vous, d'après mon fils, vous êtes Stefan Joss.

— Ouais. Où est ce bon vieux Glenn ? J'aimerais vraiment lui parler.

Il grogna, ce qui poussa les trois hommes derrière lui à se rapprocher. Quant à Everett, il me bouscula d'un coup d'épaule pour prendre position à mes côtés.

— Qu'est-ce qui vous amène à ce rodéo, M. Joss ?

— C'est la cinquième année qui compte pour les droits fonciers, monsieur, répondis-je.

À nouveau, il étrécit les yeux. Je continuai :

— Et vu que je possède la moitié du Red Diamond, je tenais à m'assurer que nous ne perdions pas nos terres.

Ce fut assez drôle, parce qu'il réagit comme si je venais de le frapper.

Everett intervint alors, avec un accent traînant qu'il accentua encore :

— Ainsi, même si Rand est parti chez votre fils Zach à Sarasota, le Red Diamond est dûment et officiellement représenté. Il gardera ses droits à King.

Rayland resta planté devant nous, le visage livide, la bouche ouverte – il avait tout d'un poisson. En fait, il me parut avoir diminué de volume durant les deux dernières minutes.

— Vous savez, il n'y a aucune stipulation indiquant qu'un rancher doive gagner ou même être bien placé, seule la participation des ranchs dont le bétail broute sur les terres du district est demandée.

Il y avait tant de haine dans les yeux de Rayland Holloway que c'était difficile à supporter, mais j'avais vu pire dans ma vie, aussi j'étais blindé.

Je dus restreindre physiquement Everett quand l'oncle de Rand fit un pas vers moi pour cracher à mes pieds.

— Faites bien attention à vous, m'avertit Rayland.

Il pivota sur ses talons et bouscula ses propres hommes pour s'éloigner d'un pas rageur.

J'attendis que nous soyons seuls pour m'exprimer :

— Eh bien, ça s'est plutôt bien passé.

— Ce mec vient de te menacer ! beugla Everett, indigné et furieux.

— Ouais et alors ? C'était dingue, excessif – le Grand Méchant Rancher quoi !

Je gloussai.

— Franchement, 'faites bien attention à vous' – qui dit un truc pareil ? On dirait la réplique d'un très mauvais film à petit budget.

Everett me regardait comme si j'étais cinglé.

— Quoi ? dis-je.

— Je ne te comprends pas du tout.

Je haussai les épaules, puis je repris ma route en direction de l'arène.

— J'aimerais lui parler.

— Parler à qui ? demanda Everett une fois qu'il m'eut rattrapé.

— À M. Holloway.

— Tu veux parler à un mec qui vient juste de te cracher dessus ?

Je me sentis obligé de préciser :

— Il ne m'a pas vraiment craché dessus, il a juste craché par terre devant moi. Et oui, je veux lui parler.

— Tu es sérieux ?

— Ouais. Il doit bien y avoir un moyen d'arranger tout ça.

— Tout quoi ?

— Tout ce sinistre bordel, expliquai-je. C'est vraiment dommage de voir une famille se déchirer.

— Tu sais, d'après ce que j'en ai vu, c'est comme ça depuis la mort du père de Rand. Le mec là-bas voulait le ranch, mon patron a dit non.

J'acquiesçai, mais je savais que la situation n'était certainement pas aussi simple qu'il la présentait.

— Tu penses qu'il y a davantage, reprit Everett.

— Oui, admis-je avec un sourire. Et je te trouve très perspicace.

Il leva les yeux au ciel.

— Stef, parfois, ce n'est que de la jalousie.

Puis il m'agrippa par le bras.

— Allez, viens, je dois t'emmener jusqu'à l'arène pour que tu te trouves une place.

En fait, il me quitta au corral et fila retrouver Chris qui l'engueula en lui criant de se magner le cul. Je me joignis à la foule dans laquelle je me fondis, avec mon jean, mes bottes et mon chapeau. En atteignant le centre des opérations, je montai avec les autres sur les gradins. Je trouvai de la place au dernier niveau. Ayant une vue excellente, je fus surpris du nombre de gens qui assistaient au rodéo.

— Alors, vous possédez le Red Diamond.

Tournant la tête, je vis un homme me regarder sous le rebord de son Stetson noir.

— J'en possède la moitié, corrigeai-je.

Il hocha la tête.

— Nous avons appris la nouvelle de votre arrivée la nuit dernière.

Ainsi, cet homme devait être Gil Landry. Hud Lawrence m'avait annoncé qu'il lui téléphonerait. Pourtant, afin d'en être certain, je demandai :

— Et vous êtes ?

— Gil Landry.

Il se pencha et me tendit la main. Il était encore plus imposant que Rand. Mon cowboy était plus mince, avec des muscles plus souples. Gil était lourd, épais, sa chemise s'étirait sur une large poitrine et d'énormes biceps, tandis que le denim de son jean moulait des hanches dures et de longues jambes épaisses. Gil Landry sourit quand mon regard rencontra le sien, ce qui réchauffa le brun foncé de ses prunelles. Son visage en fut adouci. C'était un homme agréable, pas aussi beau que Rand Holloway – mais peu l'étaient.

Je pris la main offerte, la serrai d'une poigne ferme, puis la lâchai.

— Stefan Joss. Ravi de vous rencontrer.

— Nous attendions Rand.

— Il aide un de ses cousins dans une situation d'urgence.

— Je vois.

Après un hochement de tête, il m'indiqua la femme assise à ses côtés.

— Voici ma sœur, Carly.

Je me penchai et acceptai la main qu'elle me tendait.

— Enchanté de vous rencontrer.

— Moi aussi, dit-elle, en renversant la tête. Pourtant, je dois vous dire que j'avais espéré voir Rand avec vous. À mes yeux, le principal intérêt de ce rodéo est de rencontrer ce gars.

Je l'imaginais sans peine.

— Eh bien, si vous voulez mon avis, il sera là l'an prochain.

Elle essaya de sourire, mais je réalisai combien elle avait l'air triste.

— J'en doute. Entre son ranch et sa nouvelle femme, nous…

— Sa femme ? m'étonnai-je.

— Oui, répondit-elle d'un ton très sec.

Elle semblait irritée.

— Rand Holloway n'est…, commençai-je

Elle s'adoucit et reprit d'un ton plus calme :

— Je suis désolée. Vous possédez la moitié du ranch, aussi je suis certaine que vous devez l'avoir rencontrée. Elle s'appelle Stephanie je crois.

Je secouai la tête.

— Rand Holloway n'est pas marié.

— Comment se fait-il que vous ayez la moitié du ranch, Stefan ?

— Parce que, comme je viens de vous le dire, Rand Holloway n'est pas marié. Il n'y a pas de Stephanie. C'est Stefan.

Sur ce, je me levai, prêt à trouver une autre place pour m'asseoir. Quand Gil me retint, je tournai la tête et croisai à nouveau son regard brun.

— Attendez, dit-il.

Je restai figé. Il s'éclaircit la gorge.

— Nous sommes désolés. Monsieur… Stefan. Nous ignorions complètement que Rand était…

Il se tourna et regarda sa sœur.

— Tu le savais ?

Carly avait la bouche ouverte, les yeux écarquillés ; elle me dévisageait comme si elle ne pouvait s'en empêcher.

— Alors…

Gil toussota avant de revenir vers moi.

— Asseyez-vous, Stefan, et laissez-moi vous expliquer. Nous avons entendu dire que vous viviez à Chicago avant de vous installer ici. Vous n'avez probablement pas beaucoup d'expérience dans ce genre de choses, hein ?

J'étudiai Gil, sa sœur, puis je ramenai les yeux sur lui.

— Aujourd'hui, je n'ai pas trop envie d'entendre des conneries.

— Eh bien, vous ne mâchez pas vos mots.

— Je vais devoir supporter, à un moment ou à un autre, le cousin de Rand, Glenn. Et son père, Rayland, vient juste de me menacer. Alors, si vous voulez m'emmerder, je ne suis pas vraiment de bonne humeur, d'accord ?

Il acquiesça.

— Rayland Holloway est un vrai con.

— Et Glenn est un porc, renchérit Carly qui paraissait avoir retrouvé sa voix.

Je m'assis.

Le rodéo était bien plus important que je ne l'avais pensé, mais j'appris d'une autorité en la matière – Gil – qu'il était plutôt modeste par rapport à d'autres. Durant ma discussion avec les Landry, j'avais raté l'arrivée des hommes à cheval et leurs premiers tours de piste. Tous les participants étaient désormais alignés au milieu de l'arène ; je vis les hommes de Rand adresser à la foule de grands signes de la main.

Passant au-dessus de son frère, Carly me tapota le genou.

— C'est une bonne chose que vous soyez venu, Stefan, affirma-t-elle. Quand le Red participe, l'assistance est bien plus nombreuse, ce qui aide beaucoup la communauté. Merci.

— De rien, je vous assure.

Je restai assis là, avec elle et son frère. Je reçus toute la matinée une instruction approfondie concernant les règles du rodéo. La première épreuve chronométrée fut la capture du veau au lasso et regarder les hommes attraper une bête au galop, puis la ligoter au sol fut intéressant. Le plus rapide fut Chris, un homme de Rand particulièrement taciturne. Il bougeait comme une machine. La foule apprécia sa technique et son économie de mouvements. À l'annonce qu'il avait réalisé le meilleur temps, je fus enchanté pour lui.

Ensuite, il y eut les captures au lasso par équipe. Carly les appelait 'tête à queue'.

— Vous voyez, Stef, votre homme, Chase, il a envoyé son lasso sur les cornes du bouvillon. Il s'occupe de 'la tête' ; quant à Everett, 'la queue', il va viser les pattes arrière ; ensemble, ils renverseront la bête à terre.

— Ça me paraît vicieux.

Je reçus plusieurs regards outrés des gens autour de nous, mais Carly se contenta de secouer la tête.

— Quoi ? dis-je.

— Vous allez vous faire tuer avec des réflexions pareilles. C'est ce que vous cherchez ?

Je lui adressai un sourire.

Durant la pause déjeuner, la foule quitta les gradins pour se diriger vers les comptoirs. Quand j'essayai de m'écarter, Gil me rattrapa ; la main sur mon épaule, il me bouscula comme Rand le faisait toujours et me conduisit jusqu'au buffet. Nous fîmes la queue pour obtenir du pain frit à l'indienne avec du fromage et des haricots. Ensuite, je décidai de marcher un moment.

C'était un rodéo bien sûr, mais également une fête foraine – avec barbes à papa, manèges et divers stands où gagner d'énormes animaux en peluche qui n'avaient d'intérêt que dans l'excitation du moment. Une fois de retour à la maison, ce n'était qu'un barda inutile et encombrant.

— Vous savez, ce chapeau est étrange sur votre tête, remarqua Gil.

Nous nous étions arrêtés pour que Carly achète quelques cadeaux destinés à ses nièces.

— Oui, je l'ai déjà souvent entendu dire, admis-je avec un petit rire.

Je me souvenais qu'Everett avait critiqué hier ce même chapeau dans le pickup durant notre trajet.

Gil hocha la tête, puis il tendit la main pour effleurer le bord de mon couvre-chef.

— Ça ne m'étonne pas. En fait, vous n'êtes pas vraiment à votre place ici, hein ?

J'eus le sentiment étrange que, par des voies détournées, il essayait de prouver quelque chose, aussi je lui répondis calmement :

— Je suis à ma place au Red Diamond. Avec Rand.

— Vous croyez ?

Sa voix était glaciale, je remarquai qu'il respirait à peine. Par-dessus son épaule, je cherchai Carly et la vis qui me dévisageait. Dès que mon regard croisa le sien, elle m'adressa un grand sourire et se détourna.

— À mon avis, reprit Gil Landry, vous désirez être à votre place avec lui, alors vous pensez que c'est le cas. Tout en sachant que c'est faux.

À nouveau, je le fixai.

— Vous vous trompez.

— Ça m'étonnerait. J'ai passé la journée à vous parler, vous ne connaissez rien au travail d'un cowboy ou à la vie sur un ranch. Vous ne pouvez rien savoir de ce dont Rand a réellement besoin.

— Et vous, si ?

— Bien sûr ! affirma-t-il.

— Et de quoi Rand a-t-il besoin, selon vous ?

— Il a besoin de la même chose que moi : de quelqu'un qui puisse tenir sa place à ses côtés, de quelqu'un qui l'aide et non d'un parasite dont il faut sans arrêt s'occuper.

Je tournai les talons pour m'éloigner, mais il m'empoigna violemment le bras et me força à lui faire face. Il se pencha vers moi, un doigt menaçant pointé sur mon visage.

— Vous lui avez peut-être fait perdre la tête avec ce… Bordel, je ne sais pas au juste, mais quand il reprendra ses esprits, il voudra une femme qui puisse l'aimer, apprécier son ranch, et lui donner des enfants.

Parfois, je ratais vraiment ce qui crevait les yeux.

— Carly ?

Gil resserra l'emprise de ses doigts sur mon biceps – il me laisserait des meurtrissures.

— Exactement, grogna-t-il d'une voix contrôlée. Je n'ai pas arrêté d'insister pour qu'il sorte avec elle et réalise la vie merveilleuse qu'il pourrait avoir. En apprenant que Rand s'était remarié, elle a failli avoir le cœur brisé. Je pensais qu'elle ne sourirait plus jamais. Mais aujourd'hui, quand vous vous êtes pointé… merde ! Ça lui a fait sacrément plaisir.

Et je sus pourquoi elle était si heureuse.

— Elle pense que ça ne durera pas.

— Elle sait, tout comme moi, que ce n'est rien du tout. Il vous flanquera dehors de chez lui d'ici peu et verra enfin celle qui l'attend patiemment depuis toujours. Carly sera pour Rand la meilleure épouse qui soit. Si vous étiez malin, vous dégageriez avant qu'il vous jette à la porte.

— Lâchez-moi.

Tout arriva très vite. Il me lâcha en me repoussant violemment, puis il me frappa. Je n'avais même pas réalisé combien il était en colère avant de recevoir son poing dans la figure. En temps normal, j'étais capable de mieux me défendre – j'avais connu suffisamment de combats durant ma vie – mais là, je fus pris au dépourvu. Je n'eus même pas le temps de réagir avant de me retrouver étalé par terre.

— C'est quoi ce bordel ?

Quand je levai les yeux, je vis Glenn Holloway à mes côtés.

— Fiche-moi la paix, Glenn.

— Compte là-dessus, coco !

Il me tendit une main sans me regarder, ses yeux restant concentrés sur Gil.

— Dégage.

— Sinon ? ricana Gil.

Glenn m'avait remis sur pied.

— Tu veux vraiment jouer à ça ? demanda-t-il. Ou tu préfères t'en aller sans casse ?

Les deux hommes se firent face, comme des béliers prêts à s'encorner… Puis Gil tourna les talons et s'éloigna sans un regard en arrière. Apparemment, les hommes Holloway étaient tous connus pour leur caractère détestable.

— Merci, dis-je. Merde, ça fait mal.

J'effleurai mon visage afin de vérifier si mon œil droit était toujours en place.

— Eh bien, ça ne m'étonne pas, déclara Glenn d'un ton tranquille.

Il se baissa pour ramasser mon chapeau qui avait roulé dans la poussière. Il ne me le rendit pas. Il se contenta de le tenir avant de me prendre le bras.

— Viens.

Quand je roulai des épaules, il dut me lâcher.

— C'est juste… Je pense avoir été suffisamment bousculé pour une seule journée, d'accord ?

— D'accord, dit-il, avant de pointer une rangée de baraquements. Marchons par là.

Je n'avais pas remarqué que le White Ash – *Frêne blanc* – tenait un stand où ils servaient des steaks. Glenn me fit passer derrière le comptoir. Ensuite, incapable de se retenir plus longtemps, il se remit à me bousculer. Il me poussa dans un siège avant de s'éloigner. Je surveillai l'agitation tout autour de moi. Debout devant un énorme grill, un homme arrosait ses steaks de sauce tout en surveillant le charbon et les flammes ; il faisait également frire des champignons de l'autre côté du barbecue. Une fois les steaks cuits, un autre homme les découpait en émincés avant de les présenter dans un grand saladier métallique. Le dernier cuistot faisait rôtir des oignons et des quartiers de patates douces et de pommes de terre. Un aide préparait des salades et du coleslaw.

— Bon sang, ça sent sacrément bon ! dis-je en voyant Glenn réapparaître devant moi.

— Hmmm hmmm, grogna-t-il.

75

Quand il plaqua un steak sur mon œil, je poussai un hurlement – il n'avait pas été particulièrement délicat en le faisant.

— Ouille ! Merde !

— Désolé.

Manifestement, il n'était pas désolé du tout. Il m'agrippa par le menton et me fit basculer la tête en arrière afin d'examiner mon nez.

— Laisse-moi voir. Qu'est-ce que tu as dit à Gil pour qu'il t'en colle une comme ça ?

— Il veut voir sa sœur Carly mariée à Rand.

— Encore ? s'exclama-t-il, sans cacher sa stupéfaction.

Je ricanai. Au même moment, une femme apparut à côté de Glenn. Elle me tendit du Tylenol, un analgésique basique.

— Il y a des années que cette fille poursuit Rand Holloway. Si elle avait dû l'épouser, ce serait fait depuis bien longtemps.

Je pris les comprimés et le verre d'eau qu'elle me tendait.

— Merci, dis-je avec un sourire. Je suis Stefan Joss.

— Je sais qui vous êtes, répondit-elle avec un hochement de tête. Gina. Gina Showalter. Je travaille ici pour M. Holloway.

— Enchanté de vous rencontrer.

Après lui avoir serré la main, j'avalai le Tylenol, puis rendis le verre vide à Gina.

— Ça va aller mieux, dit-elle.

Elle tapota Glenn sur l'épaule et nous quitta afin de retourner au comptoir prendre les commandes.

— Que fait Gina sur le ranch ? demandai-je.

Glenn gesticula en m'indiquant de remettre le steak sur mon œil.

— La cuisine et le ménage. Grâce à elle, mon père et moi ne mourons pas de faim. Tu sais, elle a raison. J'ai toujours vu Carly poursuivre Rand… Depuis aussi longtemps que je m'en souvienne.

— Oh, vraiment ? Ont-ils un jour été ensemble ?

— Non. Durant les rodéos, Rand ne baisait que les filles qui ne cherchaient pas du long terme.

— Rien de sérieux.

— Exactement.

— Et Carly n'est pas le genre qui se contente d'être baisée à la va-vite.

— Non m'sieur. Elle veut être courtisée au rodéo, puis emmenée à l'autel.

— Alors, Rand a décliné ses propositions.

— Ouais. Quand Rand venait ici, la seule chose qui l'intéressait, c'était de s'amuser, boire, baiser, et monter sur un taureau.

— C'était sa spécialité, les taureaux ?

— De temps à autre, il participait aussi à la monte du *bronco*, mais en général oui, Rand participait à l'épreuve de la monte du taureau au nom du Red Diamond.

Je n'avais aucun mal à imaginer que le spectacle devait être dément.

— Pauvre Carly ! reprit Glenn. Je ne me souviens l'avoir plusieurs fois vue regarder Rand d'un air enamouré tandis qu'il partait avec une autre femme – sinon plusieurs.

— Alors, Rand était un coureur ?

— Il était bien plus que ça.

— Et elle le veut toujours ?

— Est-ce qu'on ne veut pas *toujours* ce qu'on ne peut obtenir ?

— Je suis un peu surpris que Gil tienne tellement à voir sa sœur épouser un homme qui l'a si mal traitée.

— À mon avis, ce qui intéresse Gil, c'est plus le Red Diamond que Rand.

— Gil aurait besoin d'argent liquide ?

— J'en ai l'impression.

— D'après Carly, tu es un porc.

— Ça ne m'étonne pas. Au rodéo de l'an dernier, vu que Rand ne venait pas, c'est moi qu'elle a poursuivi.

— Et alors ?

— Alors rien. Tu t'imagines que je me contenterais de jouer les doublures pour Rand Holloway ?

— Non.

— Tu as raison. Je n'ai rien d'un lot de consolation. Je suis bien trop intelligent pour ça.

— Oh, tu es intelligent, dis-je avec un sourire. C'était très bien joué, ta façon d'envoyer Rand à Sarasota pour le week-end.

Pourtant, Glenn ne parut ni heureux ni fier de lui.

— Tu ne me croiras jamais, alors je ne vois pas pourquoi je me justifierais.

— Essaie quand même. Je te croirais peut-être.

Il me scruta d'un regard étréci.

— J'avais complètement oublié que ce foutu rodéo serait cette semaine. C'est quand j'ai appelé mon père pour lui dire que je rentrais sans aller chez Zach puisque Rand s'en chargeait, qu'il m'a rappelé la date.

— Et pourtant, tu n'as pas prévenu Rand.

— Non, sûrement pas… Pas après cette engueulade.

Je hochai la tête sans rien dire.

— Comment as-tu su, au sujet du rodéo ? insista-t-il.

— Grâce à une gentille dame qui m'a téléphoné. Je crois qu'il me faudra lui envoyer une carte ou quelque chose pour la remercier.

Il croisa les bras en me regardant.

— Aucun de nous ne savait que Rand t'avait nommé copropriétaire de son putain de ranch.

— Je ne vois pas en quoi ça t'étonne.

— Quand même, c'est un sacré cadeau.

— Est-ce que tu ne donneras pas à ta femme la moitié de tes biens quand tu te marieras ?

— D'abord, je ne me marierai jamais ; ensuite, tu n'es pas la femme de mon cousin.

— Non, certainement pas, mais je suis ce qui s'en rapproche le plus.

Glenn grogna.

— Tu ne me crois pas ? dis-je.

— Je préfère ne pas y penser. Tout ce que je sais, c'est qu'une fois de plus, Carly est hors-jeu.

— Ouais.

Glenn se mit à ricaner. Il avait un côté tordu, mais je devais avouer qu'il commençait à me plaire. Aussi, je lui adressai un immense sourire avant de soulever le steak de mon œil pour le lui tendre.

— Dis-moi, est-ce que je pourrais t'échanger ce steak contre un bien cuit ?

— Bon Dieu, qu'est-ce que tu peux être chiant !

— Et je voudrais aussi des champignons.

Il m'obligea à remettre la viande crue sur mon œil, mais il me ramena quand même une assiette avec un steak, des champignons et des frites recouvertes de fromage fondu, de tranches de bacon et de sauce ranch. Sur le côté, j'avais aussi du coleslaw.

— Merci, dis-je avec sincérité.

Je me redressai sans me soucier de mon œil.

— Laisse-moi voir, dit Glenn.

Il m'immobilisa et vérifia le gonflement tandis que j'engouffrais la nourriture avec enthousiasme. C'était absolument délicieux.

— Toi et tes cuisiniers devriez ouvrir un restaurant, dis-je à Glenn.

— Et si tu mâchais au lieu de parler la bouche pleine ? Je pourrais comprendre ce que tu racontes, comme ça.

J'avalai donc ce que j'avais dans la bouche avant de relever les yeux sur lui.

— Vous devriez tous ouvrir un restaurant. C'est dément.

Il acquiesça, puis me quitta une fois de plus. Il revint quelques secondes après avec un grand verre de Pepsi et une poche de glace.

— Pourquoi es-tu aussi prévenant ?

— Parce que tu viens de prendre un gnon en pleine gueule, sombre crétin.

— Merci.

— De rien.

— Tu devrais vraiment vendre des plats pareils à un endroit où il y a de l'affluence, insistai-je. À mon avis, un restaurant serait un excellent investissement.

— Non, sans blague ? Parles-en à mon père.

— Il n'est pas d'accord ? m'étonnai-je.

— Il pense que c'est assez bon pour un rodéo ou un autre événement sponsorisé, parce que les gens y viennent volontiers, mais d'après lui, si nous avions un restaurant, l'intérêt retomberait vite et nous perdrions beaucoup d'argent.

— Je ne suis pas d'accord. Si tu veux un jour essayer, appelle-moi, je te préparerai un plan marketing avec un budget bien ficelé. Je parie qu'avec ça, tu trouverais facilement des investisseurs. Tu n'aurais même pas besoin de ton père.

Il se figea, l'air inquiet.

— Glenn ?

— Tu te fous de moi ?

— Pourquoi le ferais-je ?

— Parce que tu penses que j'ai déconné avec Rand.

— Ouais, bien sûr, mais ça ne regarde que vous deux. Cette fois, c'est différent. Ça pourrait être ton avenir.

Il me fixait avec une attention intense.

— Et je pourrais t'aider si tu me laissais faire, insistai-je.

Les yeux de Glenn – d'un bleu vraiment magnifique, comme celui des plumes d'un paon – ne quittaient pas les miens. J'avais la sensation que Glenn Holloway cherchait à discerner quelque chose.

— Glenn ?

— Finis ton assiette.

Une fois que j'eus tout avalé, je laissai ma tête retomber en arrière et posai le sachet de glaçons sur mon œil, puis je baissai les paupières et me détendis. Je ne réalisai même pas que je m'endormais avant d'entendre un hurlement.

Ouvrant les yeux, je vis que mon chapeau m'était tombé sur la figure. Le sachet de glace avait disparu. Je repoussai le Stetson. Il y avait une femme accrochée au bras de Glenn, elle plantait ses ongles longs et rouges dans sa peau.

— Glenn Holloway, les enchères des célibataires commencent à dix-huit heures pétantes, alors tu ferais mieux d'aller te nettoyer pour te rendre présentable avant que je t'appelle.

Il ressemblait à un animal pris au piège.

— Megan, je…

— Oh non, le coupa l'adorable petite – fausse – blonde. Tu m'as donné ta parole, ton père aussi. Je veux que tu viennes.

Il paraissait très mal à l'aise. J'éclatai d'un rire moqueur, aussi les yeux de la jeune femme – couleur bleuet – glissèrent sur moi.

— Et vous êtes ?

— Stefan Joss.

Je me levai en me massant la nuque où j'avais quelques courbatures.

— D'où venez-vous ? s'enquit Megan.

— Du Red Diamond.

Elle renversa la tête, les yeux réduits à des fentes.

— Rand Holloway est venu ?

Bien entendu, elle savait qui était Rand.

— Non, m'dame.

— Vous me paraissez marié, M. Joss. L'êtes-vous ?

— Oui, je vis avec quelqu'un. Vous êtes… ?

— Megan Reed, répondit-elle, la main tendue.

— Enchanté.

Je lui serrai la main avec un sourire.

— J'ai besoin de quelqu'un pour m'aider avec la vente aux enchères des célibataires, M. Joss.

— J'ai déjà participé à… Au moins une dizaine d'entre elles.

Le visage illuminé, elle s'accrocha à ma main.

— C'est vrai ?

— Oui, ça fonctionne très bien pour récolter des fonds pour les œuvres caritatives, à condition que les hommes soient torrides.

Elle me regarda comme si j'étais fou.

— Qu'y a-t-il de plus torride qu'un cowboy ?

J'avouai qu'elle avait raison, aussi je ne répondis rien.

— Voudriez-vous être mon assistant ? insista-t-elle.

— Oh, mon chou, j'adorerais.

Je ne cachai pas mon sourire en la voyant retenir son souffle.

— Nom de Dieu ! grogna Glenn à mes côtés.

Enfin, je me retrouvais dans mon élément : animer un événement caritatif, ça, je savais faire. Megan me prit la main et tira dessus.

— Viens avec moi, dit-elle. Oh la la, qu'est-ce que je suis excitée !

Elle poussa un jappement d'allégresse vraiment aigu.

— Fais attention à toi, Stefan Joss ! cria Glenn dans mon dos. Pas de conneries !

Je lui adressai un doigt d'honneur avant de m'éloigner. J'entendis les derniers mots qu'il lança, d'une voix résignée.

— Et merde !

EVERETT SE mit tellement en colère que je faillis demander qu'on l'attache. Chase écumait de rage. Tom me traita de tous les noms. Et Pierce gronda de façon menaçante. En bref, aucun d'entre eux ne voulait participer à la vente aux enchères des célibataires. *Jamais, ils n'accepteraient jamais… Pas même dans un million d'années…* Puis nous arrivâmes devant l'estrade et ils virent toutes ces femmes – une véritable marée, plusieurs centaines d'entre elles – qui attendaient la chance d'avoir un cowboy, ne serait-ce que pour une nuit ou un dîner de rêve… Et tout à coup, je fus génial, absolument et totalement génial parce qu'ils voyaient soudain de façon tout à fait différente le fait d'être vendus comme un morceau de bidoche : c'était flatteur et non pas humiliant.

Je n'avais pas demandé à Chris de participer parce que, l'année précédente, j'avais réalisé qu'il n'était pas prétentieux ou méprisant, juste timide. Aussi, quand il s'approcha de moi en me disant que ça lui plairait bien de participer aux enchères, j'eus un grand sourire.

— Ben merde alors ! s'exclama Megan.

Quand elle se tourna et me trouva devant elle, elle resta stupéfaite. Je lui adressai un très lent sourire, observant la façon dont elle écarquillait les yeux, avec la bouche ronde et ouverte.

— Tu… Stefan…

Ouais, je m'étais mis sur mon trente-et-un. Ce soir, j'avais viré mon attirail de cowboy, il n'avait plus aucun intérêt. Plus besoin que je me fonde dans la foule. D'ailleurs, si je devais en juger par les premières réactions, ce n'était pas le cas, malgré tous mes efforts. Non, ce qui comptait ce soir, c'est que j'avais amené mes hommes au rodéo et qu'ils avaient été brillants.

Quatre des épreuves étaient déjà passées : capture du veau au lasso, en individuel et en équipe, lutte avec le bouvillon et course de barils ; le lendemain, il en restait trois : la monte du *bronco*, avec et sans selle, et la monte du taureau. Si je devais en croire le nombre de gens venus me féliciter des performances de mes hommes, nous étions parmi les meilleurs dans chaque catégorie. J'essayai de me retenir de sourire comme un parfait crétin ou de me pavaner avec fierté.

— Je pense que nous devrions vraiment te mettre aussi aux enchères, Stefan, déclara Megan, le souffle court. Nous récolterions beaucoup d'argent.

Je portais un de mes jeans trop serrés et du gel dans les cheveux, répandu avec une perfection artistique. J'avais également remis mes bijoux habituels – dont une énorme montre avec un épais bracelet métallique – et tous les petits accessoires que j'avais cachés pour tenter de passer pour un rancher sérieux. Ma chemise en soie me collait au corps, je n'en avais attaché que quelques boutons au niveau du nombril, exposant ma gorge et, plus bas, la façon dont mon jean me moulait les hanches. Au moindre coup d'œil, personne ne pouvait rater mon exhibition de peau glabre et dorée.

Si j'avais d'abord cherché à rester discret, ce soir, je voulais que tout le monde me voie.

— Je peux avoir un micro ? demandai-je à Megan.

Dès qu'elle me le passa, je montai sur scène d'un pas décidé. Le groupe des musiciens terminait sa prestation. Je tendis la main au chanteur, Blake, qui repoussa sa guitare dans son dos – retenue en place par une lanière – avant d'accepter ma poignée de main. Un seul détail désignait ces musiciens comme des locaux : leurs Stetsons. Sinon, avec leurs jeans, tee-shirts et bottes, ils auraient pu être un groupe de grunge ou de musique alternative. Je les avais rencontrés un peu plus tôt, ils avaient été très heureux de faire ma connaissance. C'était souvent l'animateur qui donnait le ton dans ce genre d'événements ; ayant senti un pro, ils étaient parfaitement satisfaits.

— Mesdames et messieurs, vous venez d'écouter *Bootlegger*, déclarai-je dans mon micro, merci de bien vouloir applaudir les musiciens et leur montrer combien nous apprécions qu'ils soient venus nous distraire ce soir.

La foule applaudit avec entrain, tous les yeux étaient braqués sur moi.

— Je suis Stefan Joss, du Red Diamond, et je voudrais tous vous accueillir pour la vente aux enchères des célibataires du Rodéo de Truscott. N'oubliez pas aussi le bal qui suivra.

Mon audience répondit à ma déclaration par d'autres applaudissements, des hurlements et des sifflets. Je demandai ensuite aux dames si elles étaient prêtes à acquérir un cowboy.

Elles se mirent à crier de façon hystérique, je leur adressai un sourire étincelant. J'étais là pour leur vendre aux enchères des hommes superbes en jeans moulants, bottes éculées et chapeaux Stetson, aussi toutes ces femmes m'idolâtraient.

Ayant vingt hommes à placer, je décidai de les présenter par groupe de quatre en faisant jouer les musiciens entre chaque vente. Je mis en valeur chacun des cowboys, donnant quelques atouts supplémentaires aux hommes de Rand sans pour autant descendre les autres. Quand ce fut le tour de Chris, les enchères se déchaînèrent ; je trouvai adorable le sourire timide qu'il m'adressa. Les gens dansaient avec moi sur l'estrade, les femmes envoyaient des baisers aux musiciens. Durant une pause, quelques sponsors du rodéo vinrent nous rejoindre, ils tinrent tous à me serrer la main. Megan m'étouffa à moitié d'une étreinte fébrile avant de m'indiquer qu'ils avaient d'ores et déjà triplé l'argent recueilli l'année précédente. Pourtant, la vente n'était même pas terminée. Hud Lawrence se déplaça personnellement pour me remercier de mes efforts.

Quand je remontai sur scène après l'entracte, les applaudissements furent assourdissants. Le groupe se lança dans une interprétation improvisée de *Somebody To Love* de Queen, et la foule se déchaîna. Je riais comme un fou, Megan hurlait en tapant des mains, les musiciens étaient à fond dedans. Les gens levèrent leur briquet en l'air, tout le monde chanta avec nous. Quand ce fut terminé – après ce qui me parut durer une heure – l'ovation s'éternisa.

Ce fut ensuite Glenn qui monta sur scène. Je suppliai les femmes de l'assistance d'acquérir cet homme et de l'aimer très fort. Quand je devins vulgaire dans mes appréciations de ses atouts, même le regard incandescent qu'il me jeta ne réussit pas à doucher mon enthousiasme. J'étais complètement shooté à l'adrénaline.

Glenn Holloway me désigna du doigt comme s'il envisageait de me massacrer. Je lui adressai un petit signe amical de la main.

Les enchères partaient déjà, rapides, obscènes ; je me pliai en deux de rire en voyant la tête que tirait le cousin de Rand. Il fut adjugé pour mille dollars, ce qui faisait de lui le célibataire le plus cher de la soirée. L'heureuse gagnante fut Mlle Rachel Webster, du ranch Triple Star. Glenn avait un regard que je ne sus déchiffrer. Était-il surpris, en colère ou terrorisé ? Je finis par décider qu'il était flatté et je l'effaçai de mes préoccupations. Je chantai avec les musiciens qui jouaient alors *Life Is A Highway* – pour que la foule puisse nous accompagner de toute la force de ses poumons.

Une fois tous mes célibataires adjugés, la vente étant terminée, le groupe me demanda ce que j'aimerais entendre. Ce fut alors que je repérai le père de Glenn aussi je demandai un vieux tube d'ELO – Electric Light Orchestra. Je reconnus à peine leur version de *Don't Bring Me Down* tellement ils le jouaient fort. Entre les musiciens et la foule, personne ne remarqua que moi aussi, je chantais au micro.

Sur ce, mes tâches d'animateur accomplies, je rendis mon tablier et reçus une ovation émouvante, Megan me serra une fois encore contre elle et m'affirma que j'aurais valu bien plus que Glenn Holloway aux enchères. À son bras, je redescendis dans la foule. Quand j'adressai à Blake un signe de la main, il entonna immédiatement *Crazy Little Thing Called Love* pour conclure sa tournée des bons vieux tubes qui plaisaient toujours. Je fis tourbillonner Megan. Elle s'accorda bien à moi et apprécia grandement notre danse ensemble. Lorsqu'un autre homme s'approcha, je m'écartai. Elle essaya de me garder, mais le cowboy avait l'air sympa et moi, je n'étais pas libre, aussi j'agitai un sourcil ; elle me lâcha enfin.

Revenant jusqu'à l'estrade, j'offris à Blake une dernière poignée de main. Je reçus également sa carte, avec toutes les informations pour contacter le groupe et un numéro inscrit au verso. Quand nos yeux se croisèrent, il m'indiqua que le portable était le sien et me demanda de l'appeler ; je glissai la carte dans la poche arrière de mon jean – ce qui parut le ravir.

Contournant la piste de danse, je quittai la zone animée et fis quelques pas en direction des caravanes.

— Stefan !

Je regardai derrière mon épaule : c'était Glenn Holloway.

— Attends-moi, bordel ! hurla-t-il.

Je continuai à avancer, il dut courir pour me rattraper.

— Pourquoi est-ce que tu ne danses pas avec Rachel Webber ? demandai-je.

— Quoi ? s'exclama-t-il, indigné.

— Cette charmante jeune fille qui ne pouvait s'empêcher de te toucher.

— Je…

— Celle qui t'a acheté, ajoutai-je, moqueur.

— Nous avons rendez-vous, mais pas ce soir. Je dois participer à l'épreuve du taureau demain.

Il paraissait de plus en plus offusqué.

— Je vois. Mais je considère quand même que tu devrais danser avec elle.

— Et toi, pourquoi est-ce que tu ne danses pas avec le chanteur ?

Je m'arrêtai si brusquement qu'il fit encore deux pas avant de réaliser que je ne le suivais pas. Il se tourna vers moi.

— Pardon ? dis-je.

— J'ai bien vu comment il te regardait.

Je me demandais bien pourquoi Glenn se donnait la peine d'interpréter un regard qu'il voyait passer entre Blake et moi.

— Et alors, c'était comment ?

— Comme si tu l'intéressais.

Qu'est-ce que ça pouvait lui foutre ?

— Rand n'est pas là, reprit Glenn. Il n'en saurait rien.

— Moi, je le saurais.

Je croisai les bras.

— De plus, le chanteur n'est pas gay.

— C'est vrai ? s'étonna-t-il.

— Absolument, m'sieur.

— Alors pourquoi t'a-t-il donné sa carte ?

— Je pense qu'il aimerait que je l'appelle si j'ai besoin d'un groupe de musiciens.

Glenn parut tellement stupéfait que je ne pus m'empêcher de lui sourire.

— Tu sais, reprit-il, je n'arrive pas à croire la façon dont tu t'es comporté ce soir. Rand en serait mort de honte.

— De honte ? Et pourquoi au juste ?

— Tu déconnes ou quoi ? Tu t'es exhibé toute la nuit ; tu as ridiculisé le Red Diamond devant tous ces gens ; tu as foutu en l'air la réputation de Rand.

Je le fusillai d'un regard très ferme.

— Laisse-moi te dire un truc : nous avons récolté davantage d'argent cette année que durant les cinq années précédentes…

— Et comment tu sais ça ? m'interrompit-il en hurlant.

— Parce que c'est Hud Lawrence qui me l'a dit, répondis-je, d'un ton sarcastique. Qu'est-ce que tu crois ?

Glenn me regarda comme s'il s'apprêtait à me boxer.

— Le Red Diamond a brillé dans toutes les épreuves du rodéo, continuai-je. Les gens ce soir se sont bien amusés, mais quelque part, dans ton petit esprit étroit et dans ton monde, la réputation de Rand s'en trouve diminuée ? Pourquoi, parce que j'ai dansé ? C'est trop gay de danser ? Tu penses que tous les autres sont au courant ?

— Ouais, ça c'est sûr, je pense qu'ils savent tous que tu es gay.

— Et qu'est-ce qu'ils en ont à foutre ?

— Tu pourrais te faire tuer.

— Parce qu'ils voudraient me donner une leçon ?

— Parfaitement.

— Eh bien, je suis là.

Autour de nous, il n'y avait que le silence. Je fis exprès d'écouter avec attention, la main derrière mon oreille

— Tu es vraiment con, tu sais ça ? grommela Glenn.

— J'attends la foule en colère. Tu crois qu'ils sont en retard ?

Il approcha de moi et me poussa. Fort.

— Tu n'as rien trouvé de mieux ? ricanai-je.

— Je pourrais te massacrer.

— Appelle Gil Landry. Je suis certain qu'il adorerait t'aider.

En entendant son grognement offusqué, je réalisai tout à coup que Glenn était complètement bourré. En fait, il tenait à peine debout. Avec un éclat de rire, je le pris par le bras pour l'empêcher de s'étaler.

— Bon sang, dis-je, toujours riant, tu es bien trop coincé. Mec, je ne sais pas pourquoi.

Il tourna la tête, ses yeux croisant les miens. Je fus tout à coup noyé dans un océan bleu roi avant que Glenn baisse la tête et m'examine de haut en bas, d'un regard lourd qui ne manqua rien.

Je dus réfléchir une seconde avant de comprendre.

Avais-je réellement vu ce que je pensais avoir vu ? Est-ce que le cousin homophobe de Rand venait de me mater ?

— Glenn…

Son nom émergea de mes lèvres comme un cri étouffé. Je vis les muscles de sa mâchoire se crisper. Il s'écarta de moi d'un geste brusque, arrachant son bras de ma main. Nous restâmes face à face, silencieux, à nous regarder.

— Tu…, commença-t-il d'une voix rauque, bourrue. Comment se fait-il que tu sois…

— Quoi ?

Je ne pus m'empêcher de poser cette question en réalisant qu'il ne comptait pas finir sa phrase. Il ne répondit pas, mais il fit un pas en avant. Je dus renverser la tête pour soutenir son regard.

— Glenn ?

— Est-ce que tu viendras demain me regarder monter sur un taureau ?

— Bien sûr, dis-je à mi-voix.

— Fais-moi plaisir et porte de véritables vêtements demain.

— D'accord.

— Pas un jean comme ça, insista-t-il, caressant des yeux le bas de mon corps. Quant à cette chemise, c'est une plaisanterie.

— D'accord.

— Le tissu se voit à peine, reprit-il.

Quand sa main se mit à froisser délibérément la soie vaporeuse, je restai immobile. Je sentais ses jointures contre ma poitrine, ma peau.

— Glenn…

Il se détourna tout à coup et s'éloigna. J'ignorai complètement ce qu'il avait dans la tête…

Quelques secondes plus tard, j'entendis derrière moi un gémissement. En me tournant vers le corral, je la vis, derrière la palissade, qui me regardait de ses grands yeux marron humides de bonheur parce qu'elle m'apercevait enfin. Bella était bien dressée, comme ma jument, Ruby, qui s'attardait dans le corral. La chienne montait la garde et aucun des deux animaux ne provoquait le moindre tracas.

Mais maintenant, la chienne réclamait l'autorisation de me rejoindre.

— Viens ici, Bella.

Elle passa à travers les piquets de bois et galopa vers moi, agitant la queue et jappant de joie ; elle se mit à danser autour de mes jambes, exprimant son extase de me voir de retour. Je m'accroupis pour la caresser ; elle me flanqua sa truffe dans l'œil avant de me lécher le nez en me heurtant le menton. Puis elle se raidit, la fourrure hérissée, et se plaça devant moi, appuyée à mes jambes.

— Stefan Joss !

Je me redressai en voyant Rayland Holloway approcher, manifestement enragé, écumant de colère. Il paraissait encore plus hargneux que d'habitude.

— Est-ce que c'est vrai ? jeta-t-il.

J'aurais voulu être en colère contre lui, mais franchement, il ressemblait trop à Rand, trop à Glenn – à qui je commençais à m'attacher – et trop à son frère, James, le défunt père de Rand et Charlotte. Aussi, je n'arrivais pas à éprouver la moindre haine envers lui. D'ailleurs, il ressemblait également à oncle Tyler.

— Je ne vois pas de quoi vous parlez, monsieur, dis-je tandis qu'il se ruait vers moi.

— Auriez-vous vraiment… Bordel, qu'est-ce qui ne va pas avec ce chien ?

Bella avait baissé la tête, elle montrait les dents et grognait – j'ignorais complètement qu'elle pouvait produire un son pareil. C'était un avertissement sans équivoque : elle était prête à se jeter sur lui, griffes et dents en avant.

— Arrêtez de marcher comme ça, dis-je à Rayland Holloway. Vous avez devant vous plus de trente-cinq kilos de chien très menaçant et très en colère.

Quand il se figea, je vis quelque chose passer sur son visage. De l'intérêt ?

— C'est une Rhodesian Ridgeback, dis-je.

— Pardon ? cracha-t-il en me regardant.

Je répétai le nom de la race canine, puis j'ajoutai :

— Vous voulez la voir ?

— Non, pas du…

— C'est une chienne adorable en temps normal, mais vous lui faites peur, à cause de la façon dont vous marchez.

— Quoi ? Je ne vois pas en quoi…

— Je parie que vos chiens chercheraient également à vous protéger si j'avançais vers vous de la façon dont vous venez de le faire avec moi.

Il me fusilla du regard.

Je désignai du doigt une table de pique-nique voisine, il s'y dirigea d'un pas raide et s'y installa. Au bout d'une minute, je le suivis et pris place de l'autre côté du banc.

Nous restâmes assis en silence durant plusieurs minutes. Bella, qui m'avait accompagné comme une ombre fidèle, posa la tête sur mes genoux. Je laissai mon esprit dériver et réalisai que, durant toute ma conversation avec Glenn, Bella nous avait regardés sans jamais grogner ou manifester sa présence. Et pourtant, elle était terriblement féroce et protectrice envers moi. Qu'avait-elle discerné chez Glenn Holloway pour être aussi certaine qu'il ne me ferait aucun mal ?

— Ce chien est bien trop gros pour travailler avec du bétail.

Cette remarque bourrue m'arracha à mes pensées.

— Non. Même les bergers allemands, à l'origine, ont été élevés pour être des chiens de troupeau. C'est juste que vous n'avez pas l'habitude de voir ces chiens-là.

À nouveau, nous retombâmes dans le silence.

Rayland Holloway finit par lever la main ; j'ordonnai à Bella d'aller vers lui. Elle avança jusqu'à l'oncle de Rand et, au lieu de s'asseoir à ses côtés et d'attendre, elle posa la tête sur ses genoux, exactement comme elle l'avait fait avec moi.

Il grommela, puis la caressa, la gratouillant derrière les oreilles, la frottant sous le menton. Je compris alors que le mur qui l'entourait n'était pas aussi dur ni aussi haut que je l'avais cru.

J'espérai alors que nous allions pouvoir discuter.

— Il n'est pas possible que ce soit uniquement à cause de moi, commençai-je. Il n'y a que deux ans que je suis là. Il doit y avoir davantage.

— Je ne peux pas supporter les sodomites.

Tiens, voilà un mot qu'on ne m'avait encore jamais attribué. J'en avais pourtant entendu beaucoup, au cours de ma vie, mais celui-ci était nouveau.

— D'accord, mais toute cette animosité ne vient pas que de là. Je n'y crois pas.

— Ah ouais ? Croyez ce que vous voulez.

— Alors, quand Rand était marié à Jenny, vous vous entendiez merveilleusement bien – comme des petits pois et des carottes ?

Il se tourna vers moi et me jeta un regard furibard. Manifestement, il n'avait pas repéré ma citation du film *Forrest Gump*.

— Eh bien ? insistai-je.

À nouveau, Rayland Holloway regarda dans le vide. Il n'y avait rien devant lui, les deux caravanes, le corral et l'écurie qui nous avaient été attribués se trouvaient les derniers de la rangée ; au-delà, il n'y avait que des buissons, de l'herbe, de la terre battue et l'infini du ciel.

— Monsieur, je ne crois pas que vous et Rand chantiez réellement *Kumbayah* ensemble.

— Je ne sais même pas ce que vous voulez dire.

— Je parlais de cette ancienne querelle qui existe entre vous et Rand. Mais pourquoi ? D'après ce que j'ai entendu dire, vous vouliez son ranch, il a dit non.

Rien, même pas un frisson. Pourtant, l'homme devait bien avoir une raison pour s'être lancé à ma poursuite.

— Seriez-vous également venu pour hurler contre ma façon d'accomplir ma tâche d'animateur ce soir ?

— Pourquoi ? Qui d'autre est déjà venu hurler ?

— Glenn.

Il eut un grommèlement d'approbation.

— C'est lui qui vous a poché un œil ?

— Non, c'est Gil Landry. Et mon œil n'est pas vraiment poché.

— Landry ? Pourquoi ?

— Il veut que sa sœur épouse Rand.

— Ou Glenn, grogna l'oncle de Rand. Il veut juste un Holloway – et n'importe lequel fera l'affaire.

— Je crois que Carly veut Rand.

— Et peut-être qu'elle réussira à l'avoir quand Rand vous aura foutu dehors.

— Peut-être, admis-je avec un soupir.

Rayland tourna vers moi ses yeux clairs et brillants.

— Ne vous exhibez plus comme ça devant les gens.

— M'exhiber ?

— Montrer à tout le monde que vous êtes une pédale ne vous apportera que des tas d'ennuis.

— Quand ai-je fait ça ?

— Quoi ?

— Quand ai-je montré à tout le monde que j'étais une pédale ?

— C'est juste… Il vaut mieux que vous portiez quelque chose d'autre.

Ainsi, une fois encore, c'était mon choix de vêtements.

— Vous êtes vêtu comme une rock-star, continua Rayland.

Ça m'étonnerait beaucoup que le gars sache comment s'habillent les rock-stars.

— Je croyais que j'avais l'air gay.

Il me grogna dessus.

— Je veux juste vous éviter des ennuis, c'est tout.

— Vous n'en avez rien à foutre que j'aie des ennuis ou non.

— Si vous êtes blessé, alors Rand…

Il interrompit et se frotta le front.

— Ça suffit. Il est inutile d'en rajouter.

— Ainsi, vous voudriez que je sois plus discret parce que, si j'ai des ennuis, c'est vous que Rand blâmera ?

— Je suis là, pas vrai ? aboya-t-il. S'il vous arrive quelque chose et qu'il sait que je… Restez à l'abri, d'accord ?

À l'abri ? Pour qu'il ne m'arrive rien ?

— Qu'est-ce que ça peut vous faire ? Je pensais que vous détestiez Rand.

— Il…

— Quand vous avez voulu acheter son ranch, il vous a envoyé au diable.

— Il était trop jeune pour reprendre tout seul ce foutu ranch ! hurla-t-il, déchaîné.

Pour une raison étrange, son agressivité n'inquiéta pas ma chienne. Peut-être avait-elle, tout comme moi, entendu la brisure de sa voix. Il paraissait vraiment souffrir.

— Vous vouliez l'aider, dis-je, songeur.

Rayland esquissa le geste de se détourner de moi, mais au dernier moment, il se reprit et se força à demeurer immobile.

— Ce n'était qu'un gamin.

— Il avait dans les vingt-cinq ans, corrigeai-je.

— C'était beaucoup de responsabilités à lui coller sur les épaules.

Il avait voulu aider Rand. Je le discernais clairement.

— Que vouliez-vous faire ? m'enquis-je.

— Je voulais réunir les deux ranchs, le Red Diamond et le White Ash. Je n'ai jamais voulu lui racheter son ranch pour l'en dépouiller.

— Le Red Diamond était l'héritage que lui avait légué son père. Comment aurait-il pu ne pas le garder ?

Il s'éclaircit la voix.

— Rand…

J'attendis la suite, mais il se contenta de secouer la tête.

— Monsieur ?

Quand il tourna la tête vers moi, je vis ses yeux d'un bleu turquoise électrique – les mêmes que ceux de l'homme que j'aimais. Ils ressemblaient à ceux de Charlotte… À dire vrai, autrefois, je pensais que Rand et sa sœur avaient exactement les mêmes yeux, mais non, ceux de Char étaient d'un bleu plus sombre – comme ceux de Glenn ou de James. Seuls Rand et Rayland avaient cette teinte turquoise si spécifique.

Cette teinte turquoise.

Turquoise.

Un bleu qu'on n'oubliait jamais.

Un bleu qu'on remarquait.

Et seuls Rand et Rayland le possédaient.

De toute la famille.

Mais…

Quand j'examinai Rayland d'un regard étréci, il détourna la tête. Puis il s'éclaircit la voix.

— J'ai vu Rand à la vente aux enchères des Paulson, à Sweetwater, il y a quatre mois. Il vous l'a dit ?

— Non.

— Il avait l'air en grande forme.

Il me parlait, mais je réalisai qu'il ne s'adressait pas réellement à moi, il était perdu dans ses pensées ; il évoquait Rand avec une étrange expression de mélancolie. Il était évident que mon cowboy comptait beaucoup pour lui et pourtant, ça n'avait aucun sens.

J'étais vraiment troublé. Rayland détestait-il Rand ou non ? Je savais déjà que Rand était en grande forme. Pourquoi me le disait-il… ?

— Je m'occupe très bien de lui.

Je n'avais pu m'empêcher de faire cette réflexion à haute voix, parce que je voulais qu'il le sache.

— Ouais, j'ai vu qu'il avait changé, admit-il.

J'avais la sensation d'être perdu au milieu de nulle part, sans carte pour m'orienter. Je n'avais aucune idée de l'endroit où aller. Ainsi, Rayland avait remarqué un changement chez Rand ? Il avait vu que je m'occupais bien de mon homme et il reconnaissait les faits. Il les avait notés, malgré tout…

— Comment comptez-vous ne pas vous faire tuer ? demanda-t-il.

Cette fois, je ne comprenais plus rien.

— Pardon ?

Rayland Holloway se tourna pour me regarder.

— Pour demain, c'est quoi votre plan ?

J'apprécierais beaucoup qu'il se donne la peine de me parler dans un anglais courant.

— Pourriez-vous m'expliquer plus clairement de quoi vous parlez, s'il vous plaît ?

— Eh bien, je sais que vous n'êtes pas assez inconscient pour monter sur un taureau, parce que cette bête vous piétinerait et vous tuerait dès qu'elle vous aurait éjecté de son dos. Donc, ce qui m'intéresse, c'est de savoir si vous avez choisi de chevaucher avec une selle – ou bien à cru.

J'avais une réplique salace sur le bout des lèvres – *chevaucher à cru ? C'est-à-dire à nu, sans rien du tout ? Hmmm…* – mais le sens de la question me tomba dessus, annihilant mon envie de faire de l'humour.

— Vous êtes vraiment en train de me demander à quelle épreuve du rodéo je compte participer ?

— Ouais.

— Pourquoi devrais-je faire autre chose que regarder ?

— Parce que chaque rancher doit participer à une épreuve. Glenn va monter un taureau pour le White Ash. En temps normal, c'est Rand qui fait également ça pour le Red, mais vous ne pouvez pas le remplacer. Vous vous feriez tuer. Alors, quelle épreuve allez-vous choisir ?

Je faillis éclater de rire, mais je me retins. J'imaginais la tête d'Everett si je tentais de me casser le cou.

— Et si un rancher ne participe à aucune épreuve ?

— Il perd tous ses droits de pâture, bien entendu.

Bien entendu. *Bien entendu ?* J'étais complètement con ou quoi ?

Rayland reprit :

— Je pensais vous voir participer à une des épreuves d'aujourd'hui. Elles étaient plus faciles. Mais non, vous allez vous faire éjecter demain dans l'arène. Et je dois admettre que j'attends ce spectacle avec impatience.

Merde.

— Si vous vous faites tuer, ce ne sera pas de ma faute ! insista-t-il.

Je m'éclaircis la voix, prêt à changer de sujet. Je voulais parler à Rayland, mais sans continuer à évoquer les événements du lendemain parce que ça allait me rendre fou. Je ne pouvais endurer qu'une catastrophe à la fois et j'avais des questions qui demandaient des réponses. Par exemple pourquoi diable Rand et Rayland Holloway avaient-ils exactement la même couleur de prunelles ? Si je parlais à Everett en lui demandant des conseils sur l'épreuve à choisir, peut-être réussirai-je à survivre avec une épine dorsale intacte – mais ceci devrait attendre.

— Monsieur, dis-je, j'aimerais en apprendre davantage concernant votre ranch.

— Merde, grogna-t-il. Pourquoi ?

— Parce que ça m'intéresse.

— Pourquoi ?

— Pourquoi pas ?

Il resta silencieux. Au bout d'un moment, je demandai :

— À quoi ressemble-t-il ?

— Que voulez-vous dire ?

— La maison principale, est-elle grande ?

— Il y a douze chambres.

— Non, sans blague ?

— Mon père, Henry Holloway, a bâti le White Ash en pensant que tous ses fils y vivraient et y travailleraient ensemble, mais Tyler, James et Cyrus… Ils sont tous partis.

— Est-ce que le White Ash n'appartient qu'à vous ? Ou bien les autres ont-ils encore des droits dessus ?

— Il est à moi. Les autres ont abandonné leurs droits quand ils sont partis pour lancer leurs propres ranchs.

Ainsi, Tyler avait un jour possédé son ranch ? J'avais vraiment besoin d'une mise à jour complète sur l'histoire de la famille Holloway.

— En clair, vous avez de la place pour moi, remarquai-je.

— Où ?

— Chez vous, au ranch. Vous avez de la place, alors, je pourrais venir le visiter.

— Je présume, oui.

— Dans ce cas, d'accord. J'aimerais le voir.

— Si ça vous chante, répondit-il.

Si ça me chantait ? Ainsi, il était d'accord pour que je réside chez lui, même s'il me haïssait. Je n'y comprenais absolument rien. D'abord, il crachait à mes pieds, maintenant, je pouvais me pointer chez lui pour prendre une bière ?

— M. Holloway, je ne comprends pas du tout votre façon d'agir.

— Vraiment ?

— Non, affirmai-je en le regardant dans les yeux.

— Rand…, commença-t-il avant de se racler la gorge. Il tient à vous, pas vrai ?

Oui et alors ? Depuis quand est-ce que ça comptait ?

— Oui.

Il hocha la tête, offrit à Bella une dernière caresse, puis il se leva et s'éloigna sans ajouter un mot.

— Mais c'est quoi ce bordel ? dis-je à ma chienne.

Elle inclina la tête comme si c'était moi l'idiot.

Une fois de retour dans la caravane, je quittai mes vêtements de soirée et pris une douche rapide. J'étais étendu sur mon lit, réfléchissant à qui téléphoner quand j'eus une illumination. J'appelai donc la mère de Rand, May.

— Stefan, mon chou !

J'entendis le sourire dans sa voix.

— Quelle agréable surprise !

— Salut, May, j'espère qu'il n'est pas trop tard pour vous téléphoner.

— Non, chéri, il n'est que vingt-trois heures. Je ne suis pas si vieille.

— Non m'dame, dis-je avec un soupir.

— Qu'est-ce qui se passe ?

— J'ai un problème.

— À quel sujet ?

— Rayland Holloway.

Il y eut un bruit sourd à l'autre bout du fil ; je réalisai qu'elle venait de lâcher le téléphone par terre.

— May ?

Je l'entendis jurer, ce qu'elle ne faisait jamais, puis il y eut un tintamarre. Manifestement, elle était très troublée. Elle toussota avant de reprendre la ligne.

— Qu'est-ce qu'il a fait ? s'enquit-elle.

— Pourriez-vous m'expliquer toute l'histoire, s'il vous plaît ?

— Quelle histoire au juste ? demanda-t-elle, d'une voix dégoulinante de miel.

— Pourquoi se bat-il ainsi avec Rand ?

— Mon cœur, il…

— Je vous en supplie, May, je veux comprendre.

— Comment pourrais-je…

— Ils ont les mêmes yeux.

— Qui ?

— Je ne suis pas idiot. Je vous en prie, ne me parlez pas comme si je l'étais.

Elle poussa un très long soupir avant de dire :

— Que veux-tu savoir ?

— Qui est le plus vieux ?

— Pardon ?

Elle se mit à rire, mais c'était un rire pantelant, sans conviction.

— Des frères Holloway.

— Oh, c'est Tyler l'aîné, puis il y avait James, Cyrus et Rayland.

— D'après Rayland, Tyler possédait un ranch à lui.

— C'était vrai… autrefois.

— Que s'est-il passé ?

May était bien plus à l'aise maintenant. Puisque nous ne parlions plus de Rayland, elle fut tout à fait disposée à s'exprimer.

— Eh bien, mon cœur, Tyler buvait beaucoup trop à l'époque ; et il courait les femmes. L'une d'entre elles, Dawn, ne ressemblait pas aux autres. Elle était intelligente. C'est pour ça, je pense, que c'est la seule qu'il a vraiment aimée, mais… C'était une femme adorable, je l'aimais beaucoup. Ce qu'elle a fait n'était pas bien, même si je comprends ses raisons.

— Qu'a-t-elle fait ?

— Eh bien, quand Tyler et elle ont divorcé, elle a gardé le ranch. Elle s'était arrangée pour tout mettre à son nom. Elle a agi ainsi pour les gens qui vivaient sur le ranch et l'avenir de l'exploitation, mais elle a éjecté Tyler de chez lui. Ça a failli le tuer.

— C'est toujours elle qui dirige ce ranch ?

— Non. C'est son fils.

— Le fils de Tyler ?

— Mmm-mmm.

Bon sang !

— Je croyais que Tyler n'avait pas d'enfant.

— Si, il a un fils et une fille.

— Merde, personne ne me dit rien ! grommelai-je, très mécontent.

May éclata de rire.

— Écoute, chaton, on ne peut pas dire que Tyler soit très proche de ses gosses. Il y a vingt ans qu'il ne les a pas revus.

— Pourquoi ?

— Il faut que tu réalises quelque chose : après le divorce, Tyler était au bout du rouleau. Il est parti la queue entre les jambes pour travailler comme ouvrier dans un champ de pétrole.

— Et ensuite ?

— Ensuite, un été, James est parti le voir à Midland. Je ne me rappelle plus quand c'était au juste… Je pense que Charlotte venait de naître. Quand James est revenu à la maison, Tyler l'accompagnait. James l'a nommé contremaître et lui a offert une maison. Depuis, Tyler n'a jamais plus quitté le Red Diamond, même quand il a pris sa retraite. Il s'est complètement dévoué au ranch, à James et maintenant à Rand.

— C'est tellement triste.

— Oui, je sais. Tu sais, son fils a une maison merveilleuse et sa fille est médecin, dans la même ville. Ses enfants sont des gens très bien. C'est vraiment dommage qu'il ne les connaisse pas.

— Croyez-vous qu'il le voudrait ?

— Franchement, ce n'est pas à moi de le dire. C'est leur problème. Si ses gosses veulent le voir, ils savent exactement où le trouver.

— Peut-être que Tyler pourrait leur envoyer une invitation.

— Il l'a fait, il y a six ans. Tous les deux l'ont envoyé au diable.

Je me sentis très mal pour Tyler – même si je comprenais la réaction de ses enfants.

— Votre famille est vraiment tordue, May.

— Non, Stef, ce sont les Holloway qui sont tordus, pas les Miller. Chez moi, les gens se parlent entre eux. Ce ne sont pas des cowboys durs et stoïques.

— Dawn vit-elle toujours ?

— Non, elle est morte il y a deux ans. D'un cancer du sein.

— C'est tellement triste.

— Oui, c'est vrai. Elle me manque toujours.

— S'était-elle remariée ?

— Non. Il est difficile de remplacer un Holloway.

Après la mort du père de Rand, il avait fallu douze ans à May pour envisager d'aimer un autre homme. Elle avait fini par épouser quelqu'un de charmant, Tate Langley, le parfait opposé de la force de la nature qu'avait été son premier mari.

May continua :

— Peut-être Dawn l'aurait-elle fait si Tyler était décédé, mais il lui a trop brisé le cœur. Jamais mon cowboy n'a fait ça.

— D'accord, dis-je, analysant toutes ces informations. Revenons à Rayland.

— Oui… ?

À nouveau, elle n'avait plus de souffle.

— Est-il marié ?

— Il l'était. Actuellement, il est veuf. Lily est décédée – ça fera cinq ans en février.

— À quoi ressemblait-elle ?

— Quelle étrange question…

Elle hésita. Je m'expliquai :

— J'essaie juste de comprendre quelque chose, peut-être devrais-je dessiner un carré de Punnett, comme en classe de biologie au lycée.

— Lily était très belle, elle avait du sang Comanche. L'autre fils de Rayland, Zach, a hérité de ses yeux chocolat.

— Je vois. Alors Rayland a un fils, Glenn, avec des yeux bleu roi comme James et Charlotte, et un autre, Zach, qui a des yeux marrons.

— Oui.

— Pourtant, Rayland et Rand ont les mêmes yeux turquoise.

— Oui, ils…

— May ? coupai-je.

— Oui, Stefan ?

— Je suis blond, je sais, mais ce n'est pas pour autant que je suis idiot. D'ailleurs, c'est un mythe.

Il y eut un lourd silence à l'autre bout du fil. Je précisai :

— Je parlais des blondes.

— Oui.

— May ?

— Stefan, écoute…

— Je sais pourquoi il est tellement en colère, May, mais il cache tout ça sous un masque d'homophobie. Il râle concernant des droits de propriété, mais tout ce bordel provient d'une autre cause.

Au bout d'une minute, je réalisai qu'elle pleurait.

— Je vous en prie, dites-moi, insistai-je.

— Tu le sais déjà.

J'inspirai profondément.

— Rand sait-il que Rayland est son père ?

— Non.

— Et Charlotte ?

— Bien sûr que non !

Char allait faire une syncope quand elle le découvrirait.

— C'est très courageux de votre part de ne pas l'avoir prévenue.

— Stefan, mais pourquoi penses-tu tellement à Rayland ? D'ailleurs, comment le connais-tu ?

— Parce que nous passons ensemble des moments intéressants ici, au rodéo, dis-je en poussant un soupir énervé.

— Je suis désolée, mais où es-tu au juste ?

— Je suis au rodéo de Truscott, avec mes hommes, pour conserver nos droits de pâture.

Il y eut après ça plusieurs minutes de silence – *tic-tac tic-tac*.

— Seigneur, Stefan ! souffla May. Mais comment es-tu au courant de…

— Une très gentille dame m'a téléphoné.

— Stefan, mon chou, tu ne peux pas y aller.

— Trop tard, j'y suis déjà.

— Rand est avec toi ?

— Non, il est sur le ranch de Zach.

— Pourquoi ?

— Il aide son cousin à recevoir des invités payants durant le week-end.

— Et il ne savait pas que le rodéo avait lieu le même week-end ? insista May.

— Non.

— Alors, tu t'es rendu à Truscott pour tout arranger ?

— Oui.

— Non, non, non. Stef, chéri, si tu es là à la place de Rand, il va te falloir participer à une des épreuves.

J'aurais dû lui téléphoner bien plus tôt !

— Oui, c'est ce que je viens d'apprendre.

— Mon cœur, mais que penses-tu faire ?

— Eh bien, mon seul choix est de monter avec ou sans selle sur un cheval …

— Non !

— Bien sûr, si je choisis le taureau, ça ira bien plus vite.

— Stefan !

— Quelle importance, May ? Dans tous les cas, je vais me faire éjecter demain, que ce soit d'un cheval ou d'un taureau. Ce n'est pas grave. Le problème ici, ce n'est pas moi, c'est Rayland. Parce que ça le tue de ne pouvoir réclamer son fils. Je suis certain que vous le savez.

— Oui, gémit-elle.

J'entendis les larmes qui devaient couler de ses yeux.

— Racontez-moi ce qui s'est passé, May, je vous en prie.

— C'était une histoire d'amour, me confia-t-elle.

LE JOUR où May Miller aperçut Rayland Holloway, elle tomba amoureuse de lui au premier regard. Il l'aima aussi, mais il était jeune ; il jetait encore sa gourme et n'envisageait pas du tout de se fixer. Elle, elle voulait se marier et avoir des enfants. Cette perspective poussa Rayland à s'enfuir, il s'engagea comme professionnel dans un circuit de rodéo. Un mois après son départ, May réalisa être enceinte. Seule et effrayée, elle se confia à ses parents, craignant le pire. Elle fut très surprise par leur réaction : tous les deux furent enchantés à l'idée d'avoir un petit-enfant.

— C'est incroyable, Stef, nous ne découvrons la vérité sur nos proches que devant l'épreuve.

Ainsi, May s'apprêtait à être mère célibataire tout en travaillant à la coopérative de son père quand, trois mois plus tard, James Holloway rentra chez lui après la guerre du Vietnam. En passant voir son père, il traversa la ville. Il bouillonnait de projets : il voulait lancer son ranch et vivre à Winston, loin de sa famille. Il voulait affronter le monde, loin de l'ombre écrasante de son père. Henry Holloway se félicita du changement de son fils et du feu qui brûlait en lui, aussi, en plus de sa bénédiction, il lui donna sa part d'héritage pour financer le Red Diamond. James était tout excité, désireux de se lancer dans la vie active, de construire ses rêves ; il souhaitait trouver la femme qui les vivrait avec lui. Quand il s'arrêta à la coopérative pour saluer le père de May, il la revit. Elle avait bien grandi durant le temps qu'il avait passé au-delà des mers, à lutter pour son pays. Il la regarda avec les yeux du futur, prêt à tout bâtir à partir de rien. Il vit en elle la femme avec qui il voulait partager sa vie.
James la courtisa dans les formes. Elle fut flattée par son attention, mais au final, elle finit par lui avouer la vérité : elle portait l'enfant de son frère. Elle connut une seconde surprise, en quelques jours, à sa réaction. James ne fut pas démonté. Il aimait May – en fait, elle réalisa qu'il l'aimait depuis très longtemps. Il affirma qu'il adorerait l'enfant qu'elle portait, le protégerait et l'élèverait. Elle n'en fut pas convaincue. Quand James alla

voir le père de May pour lui demander la main de sa fille, il apportait un anneau. Elle le refusa. Elle rentra chez elle et s'effondra en larmes sur son lit. Son père vint s'asseoir à son chevet, la regardant sangloter. Il lui dit que le choix ne dépendait que d'elle : May pouvait rester avec lui et sa femme, mais, d'après lui, elle devrait donner une chance à cet autre Holloway. Le premier avait été trop jeune, ce n'était qu'un gamin. James était un homme.

Une fois mariés, ils s'installèrent à Winston où Rand naquit, cinq mois plus tard. Le couple attendit quelques mois de plus avant de proclamer à King la nouvelle de sa naissance. Personne ne fit le déplacement pour voir le nouveau-né, ce qui tombait très bien. Une fois passé le délai de neuf mois, ils reprirent le cours normal de leur vie, sans que personne ne sache la vérité : que Rand n'était pas le fils biologique de son père, James Holloway.

Trois ans plus tard, à la fin de son époque rodéo, Rayland Holloway s'était enfin calmé. Il était prêt à se ranger. Il venait d'épouser une femme rencontrée à Tulsa et comptait la ramener vivre avec lui sur le ranch de son père. Alors qu'il rentrait chez lui, avec son épouse, il passa par Winston et décida de rendre visite à son frère. Il pensait taquiner May et l'accuser d'avoir remplacé un Holloway par un autre. Il n'avait pas annoncé sa visite, mais ce ne furent pas James et May qui reçurent le choc de leur vie.

Rayland conduisit jusqu'à la maison et remonta la longue allée qui traversait les terres du ranch. Alors qu'il aidait sa femme, Lily, à descendre, il vit un petit garçon monté sur la balustrade. Quand le gamin se tourna vers lui, Rayland faillit s'évanouir. Au même moment, May sortit sur le porche. En voyant l'expression de son visage, elle prit un air affolé – ce qui révéla à l'homme tout ce qu'elle aurait préféré lui cacher. James était là aussi, il invita son frère et Lily à s'asseoir pour partager un verre de citronnade.

Rayland mit deux jours à coincer May seule afin de lui extirper la vérité. Elle lui dit que James était au courant, mais qu'aucun d'eux ne tenait à en parler.

Rayland exigea de récupérer son fils.

May lui rétorqua que Rand était le fils de James, pas le sien.

— Tu l'as nommé d'après moi, indiqua Rayland d'une voix brisée.

Effectivement, mais c'était sans importance, le passé était révolu.

Rayland offrit de divorcer de Lily. May se séparerait également de James, indiqua-t-il, ensuite, ils pourraient se marier. May refusa, bien entendu, d'abandonner un homme fidèle qui l'aimait – et qu'elle s'était *mise à aimer bien plus qu'elle ne l'aurait cru possible. D'ailleurs, ajouta-t-elle en posant la main sur son ventre, elle attendait un enfant de James. Elle conseilla à Rayland d'oublier ce qui s'était passé entre eux et de vivre sa vie.*

Après tout, Lily et lui auraient certainement de merveilleux enfants à aimer.

Je restai stupéfait devant ce récit. J'eus un profond soupir.

— Puis-je vous demander ce que James pensait de Rand ?

— Aucun père n'aurait pu être plus fier ou aimer autant son fils, Stef, répondit-elle. Il faut que tu comprennes, Rand adorait son père – et James aimait ses deux enfants, il était très protecteur vis-à-vis d'eux, féroce même parfois. Il savait parfaitement que Charlotte était la seule de son sang, mais lui et Rand se ressemblaient tellement. Ils avaient les mêmes valeurs, le même amour de la famille et de la terre, la même façon de vivre… Ils étaient pareils – parce que James a tout transmis à Rand. Quand je regarde mon fils, ce n'est pas Rayland que je vois – c'est James.

Je déglutis avec difficulté.

— Que s'est-il passé entre vous et Rayland ?

— Il est rentré chez lui – chez son père, sur le ranch du White Ash. Glenn est né neuf mois après son mariage avec Lily.

— Et après la mort de James ?

— Rayland est venu pour acheter le ranch. Rand lui a dit d'aller au diable. C'était très pénible de les voir ensemble parce que Rand portait le deuil de son père, alors que Rayland était juste devant lui, désireux de tout lui dire. C'était horrible.

— Rayland prétend qu'il ne voulait pas acheter le ranch, juste le réunir avec le sien.

Quand t'a-t-il dit ça ?

— Ce soir.

— Tu lui as posé la question ? s'étouffa-t-elle, choquée.

— May, vous me connaissez. Bien sûr que je lui ai posé la question.

— Ciel !

— Mais, ainsi que je viens de vous le dire, il prétend qu'il ne voulait pas l'acheter.

— Eh bien, j'ai seulement la version que Rand m'a donnée. Il m'a dit que son oncle voulait acheter le ranch pour le liquider – et jamais Rand n'aurait accepté une chose pareille.

— D'après ce que je comprends, ni Rand ni Rayland n'écoutait ce que l'autre lui disait.

— C'est possible.

— May ?

— Oui ?

— Je sais que vous avez aimé James, je vous ai vue à ses funérailles. Quand avez-vous commencé à tomber amoureuse de lui ?

— Je l'aimais depuis longtemps, mais c'est après la naissance de Charlotte…

Elle soupira.

— C'est là que j'ai su à quel point je l'adorais.

— Je ne comprends pas.

— Voilà, pendant trois ans, j'ai cru que James faisait de son mieux pour aimer Rand, mais que je verrais une différence quand il aurait un véritable enfant à lui. D'ailleurs, j'envisageais presque de le quitter. Parce que Rand méritait un amour inconditionnel de son père, ou rien du tout.

— Que s'est-il passé après la naissance de Charlotte ?

— Rien.

— Cette fois, je ne vous comprends plus du tout.

— Je veux dire que rien n'a changé, James a continué à traiter Rand exactement pareil. Il n'a marqué aucune différence vis-à-vis de Charlotte. Il aimait ses deux enfants de la même façon et moi, il m'aimait comme un fou.

Une fois encore, elle soupira.

— C'est là que j'ai réalisé la vérité : James était le genre d'homme capable d'aimer l'enfant d'un autre comme le sien. Après ça, je l'ai adoré.

J'eus un sourire au téléphone.

— En clair, vous vous êtes autorisée à aimer votre propre mari.

— Oh oui !

Je n'aurais jamais dû envisager de poser, mais pourtant, je voulus savoir.

— Était-il heureux ?

— James me répétait souvent avoir eu la chance, dans sa vie, d'être aimé par une femme bien qui lui avait donné des enfants merveilleux. Il aimait sa famille plus que tout au monde.

Je le savais. J'avais vu James Holloway interagir avec Rand et Charlotte. L'homme avait été bourru et taciturne, parfois abrupt, mais il prenait toujours le temps de serrer sa famille dans ses bras pour un bonjour ou un au revoir. Au final, il s'était même attaché à moi.

— Puis-je vous demander pourquoi, à votre avis, Rayland n'a-t-il pas encore avoué lui-même la vérité à Rand s'il désire avec tant d'avidité la lui faire connaître ?

— Parce qu'il sait, aussi bien que moi, que jamais Rand n'accepterait de le croire. Il faudrait que ce soit moi qui le lui dise.

— Et Rayland n'a pas tenté de vous y obliger ?

— Il n'a aucune preuve formelle. Que pourrait-il dire à Rand ? Qu'ils ont les mêmes yeux ?

Elle eut un soupir très pesant.

— Le seul être de qui Rand aurait accepté la vérité est mort depuis bien longtemps.

— Pourtant, Rand est son fils.

— Rand est le fils de James Holloway. Ce n'est pas le géniteur qui compte, Stef, c'est l'homme qui vous élève. Tu le comprendras le jour où Rand et toi aurez des enfants. Quels que soient leurs gènes, ils seront les tiens et ceux de Rand.

À cette idée, je ressentis une douleur à la tête – et au cœur. Est-ce que Rand ne préférerait pas avoir des enfants bien à lui ?

— Stefan, mon chou, tu seras un père merveilleux et Rand aussi. Ne laisse pas des idées comme ça te faire abandonner tes projets. Je te connais. Je sais ce que tu penses.

— Je…

— Rand veut vivre avec toi, Stefan. C'est tout ce qui compte. Il adorera les enfants que vous aurez. Réfléchis à un truc : Rand adorait son père et Charlotte porte les gènes de James. Aussi un enfant provenant de toi et de Charlotte sera tout particulièrement cher à son cœur. Tu vois ce que je veux dire ?

— Oui, en quelque sorte. May, c'est un lourd fardeau que vous avez porté durant toutes ces années.

— Tu n'imagines pas à quel point !

— Rayland veut que Rand soit au courant.

— Je sais.

— Je pense que cette idée le déchire. Il cherche désespérément à forcer Rand à le remarquer, à rester dans sa vie. Malheureusement, pour le moment, il ne génère que colère et animosité.

— Oui, je sais.

— Bon sang, May, c'est un vrai bordel ! Les enfants de Rayland, les enfants de Tyler… Comment arranger tout ça ?

— Les enfants de Tyler s'en sortent très bien ; Rand et Charlotte aussi, merci.

— Rand le supportera très mal, Charlotte aussi.

— Uniquement si tu leur révèles mes secrets, Stefan, et je voudrais te rappeler que tu n'en as pas le droit. Je me demande pourquoi les gens qui regardent Rayland et Rand ensemble ne remarquent jamais qu'ils sont des copies conformes. Autrefois, ça me nouait l'estomac de les voir ensemble à Noël. J'étais heureuse qu'il n'y ait qu'une seule grande réunion familiale par an ! Je me rappelle comment Rayland regardait James et Rand ensemble, ça me donnait envie de pleurer comme une enfant.

— Il faut que j'y aille, dis-je, les yeux pleins de larmes.

Et merde !

— Stefan, non ! Il faut que je te parle du rodéo.

— Non, May, ça va aller. Je ne risque rien.

— Et si tu te tues en tombant de cheval ?

— J'espère que ça n'arrivera pas.

— Stefan Joss !

— Désolé.

— Il faut que tu laisses tomber ces droits de pâture et que tu rentres à la maison. Rand tient à toi, amour, bien plus qu'à ces terres.

— Oui, je sais. Merci de m'avoir confié cette histoire, May. Je vous aime beaucoup.

Je ne lui racontai pas mes projets d'aller visiter le White Ash, avec Rayland et Glenn.

— Oh, mon chou, moi aussi je t'aime.

Je raccrochai parce qu'elle pleurait et que, moi aussi, je commençais à ne plus être étanche.

Bon sang, quel merdier !

VI

Lorsque je me rendis aux stalles de départ, je portais, comme Glenn me l'avait réclamé, des vêtements plus discrets. Pourtant, je ne cherchais plus dorénavant à me fondre dans la foule ; mon jean noir, mes bottes Prada, mon sweater gris foncé et mes lunettes de soleil faisaient plus Hollywood que Dallas.

Je finis par trouver Glenn à qui j'adressai un grand sourire.

— Hé.

Il m'examina des pieds à la tête avant de dire :

— Qu'est-ce que tu fous là ?

— Tu m'as demandé de venir te voir monter.

— Tu devais rester dans les gradins, connard.

— Oh, fis-je avant d'acquiescer. D'accord.

Mais alors que je me retournais pour m'en aller, il me rattrapa par l'épaule et me poussa en avant, sur le côté de l'arène.

— Tu peux t'asseoir là, mais ne tombe pas.

— Je t'assure que mes fonctions psychomotrices sont tout à fait au point, dis-je d'un ton ferme.

Le regard verrouillé sur le mien, Glenn Holloway ne répondit pas, aussi je repris :

— Est-ce que ton père t'a dit qu'il me laissait rentrer au ranch avec vous demain ?

Si Glenn fut surpris, je n'en vis pas le moindre signe sur son visage.

— Non, il ne m'a rien dit.

— Glenn, j'ai tellement envie de voir ton ranch !

Il se racla la gorge.

— Dans ce cas, tu devrais laisser ton cheval à côté de notre caravane après le dernier bal, parce que nous partirons à quatre heures du matin.

— D'accord.

— Tu pourras faire la route avec moi.

— Ça me paraît parfait. Tu as de la place pour Bella dans ton pickup ?

— Qui est Bella ? s'étonna-t-il.

— Ma chienne.

— Tu emmènes aussi ta chienne ?

— Oui, si ça ne pose pas de problème.

— Aucun, répondit-il à mi-voix.

Une main sur la rambarde, il se pencha plus près de moi.

— Amène ta chienne.

Je remarquai des touches de vert dans ses yeux bleu roi. Vraiment, tous les Holloway étaient des gars à tomber.

— Quand nous serons sur ton ranch, je te démontrerai que je chevauche parfaitement bien.

— J'attends ça avec impatience, répondit-il avant d'ordonner : Fais voir ton œil.

Il tendit la main vers moi, ses doigts glissant le long de ma joue. Je renversai la tête pour qu'il puisse me regarder. Il pressa doucement ma peau.

— Je vais casser la gueule de Gil Landry.

À mon avis, il ne réalisait pas à quel point il se montrait possessif.

— Ce n'est pas grave.

— Mais si, rétorqua-t-il.

Ses doigts m'effleurèrent la mâchoire avant de s'écarter.

— D'accord, monte là-dessus et ne bouge plus.

— Je sais.

Ensuite, il me laissa.

— Bordel, mais qu'est-ce que tu fous ? cria une voix.

Je me retournai et découvris Everett à qui j'adressai un immense sourire.

— Waouh ! Regarde-toi. Ces jambières de cuir, c'est dément !

Il me fusilla du regard.

— Mec, tu ne peux pas faire alliance avec l'ennemi.

J'éclatai de rire.

— Va te faire voir. Non attends ! Hé ? J'ai besoin de ton avis. Le cheval sauvage, il vaut mieux que je le monte avec ou sans selle ?

Everett se tourna vers Chris qui venait de nous rejoindre.

— Dis-moi, est-ce que je suis encore bourré ? lui demanda-t-il.

— Non, pourquoi ?

Everett ramena le regard sur moi.

— Répète un peu à Chris ce que tu viens de me dire.

Je m'exécutai et réitérai ma question. Chris eut une réaction bizarre : il s'accrocha à la barrière. Quant à Everett, il pinça très fort les lèvres et me regarda fixement :

— D'accord, alors est-ce que toi, tu es bourré ? grommela-t-il.

Je dus m'expliquer très vite, en haussant la voix parce qu'Everett me hurlait dessus. Et Chris ? Il semblait sur le point de vomir. Mais je finis par leur raconter toute l'histoire concernant les droits de pâture et l'obligation pour tous les ranchers de participer.

— Tu ne peux pas monter un *bronco*, avec ou sans selle ! cria Everett déchaîné. Tu ne peux pas, Stef, il n'en est pas question. Tu vas te faire éjecter… Et tu vas y rester.

— Je ne peux pas y rester, je dois ensuite aller au White Ash.

— Quoi ? Je pense que je suis toujours ivre, annonça Everett, rigide. Tu viens bien de me dire que tu comptais aller au White Ash après le rodéo ?

— Ouais.

— Non.

— Si.

— Il n'en est pas question, reprit-il, en me riant au nez. Si je dois t'attacher et te jeter à l'arrière du van avec ton foutu cheval, je le ferai, mais je ne te laisserai pas t'en aller. C'est déjà suffisamment dur que nous soyons venus ici sans prévenir Rand. Si jamais nous rentrons à la maison sans toi… Nous pouvons aussi bien commencer à creuser nos tombes.

— Mais non, ne crois pas ça, dis-je gentiment. Rand ne dira rien.

— Bordel, tu es con ou quoi ? Rand Holloway va nous pendre par les couilles.

Non… et puis, j'avais d'autres projets bien plus importants.

— Il ne le fera pas. J'ai juste décidé d'aller rendre visite à sa famille.

— Attends un peu, regarde-moi.

Je levai les yeux au ciel, mais Everett continua :

— Putain, qu'est-ce que tu as à l'œil ?

— Gil Landry m'a balancé un gnon.

Everett devint livide. Ce qui me fit rire. Je lui conseillai :

— Everett, respire !

— Tu déconnes ? Rand va me… Oh bordel de merde !

Je levai la main jusqu'aux énormes lunettes de soleil que j'avais dans les cheveux, puis je les baissai pour les placer sur mon nez.

— Il me suffira de porter des lunettes. Regarde, on ne voit plus rien.

— Il va nous tuer, c'est sûr, hoqueta Chris toujours verdâtre.

— Mais non, assurai-je, il ne peut pas faire ça.

— D'accord, mais il va s'arranger pour me faire travailler tellement dur que je serai poussé au suicide.

— Tu exagères.

— Si j'étais Gil Landry, je commencerais à me faire un sang d'encre.

— Pourquoi ?

— Tu es un mec, d'accord, mais Rand te voit exactement comme n'importe quel homme regarde sa femme. On ne touche jamais à la femme d'un cowboy sans se faire massacrer. Gil l'a oublié quand il t'a tapé dessus. Il devrait se planquer.

— Rand n'est pas comme ça.

Il leva les deux sourcils.

— Tu n'as jamais vu Rand Holloway très très en colère, mais je présume que ça t'arrivera très vite.

— Je l'ai vu en colère très souvent, protestai-je.

— Tu ne l'as jamais vu se battre.

— Non, c'est vrai.

— Moi oui. Ça fout vraiment la trouille. Quand il est dans ce genre de rage, il est prêt à tuer.

— Eh bien, dans ce cas, nous ne lui dirons rien.

— Stef, il verra bien tout seul que tu as été frappé.

— Non, puisque je serai au White Ash.

Sans répondre, Everett se mit à grogner. J'éclatai de rire.

— Tu sais, tu pourrais apprendre à parler au lieu de grogner, dis-je, moqueur.

Il leva les deux mains en signe de défaite. J'avais gagné. Ce que j'adorais.

À LA télé ou au cinéma, la monte d'un taureau, c'est super marrant – et il n'y a rien de plus romantique qu'un cowboy en plein effort. J'ignorais que, dans la réalité, c'était terrifiant à regarder.

Une heure après, quand je vis Everett être jeté au bas de son taureau et presque piétiné, mon cœur cessa de battre durant une seconde. Je ne pus respirer avant de le voir à l'abri, derrière la balustrade.

Juste après, ce fut au tour de Glenn. Lui aussi se trouva éjecté, mais d'après ce que j'entendis annoncer, il était resté plus longtemps sur le dos du taureau, il avait probablement gagné l'épreuve. Ça, c'était la bonne nouvelle. La mauvaise, c'est que le taureau fit demi-tour et le chargea.

Je hurlai un avertissement, comme d'innombrables autres dans la foule, mais c'était trop tard. Quand Glenn chercha à s'enfuir, le taureau le heurta et le propulsa contre la barrière. Même d'où j'étais, j'entendis le craquement écœurant d'un os.

Je courus vers lui et tombai à genoux à ses côtés. Quand je vis revenir le taureau, je me courbai sur le blessé, protégeant de mon corps sa tête et sa poitrine. En même temps, j'agitai les bras, ce qui surprit le taureau : il marqua un temps d'arrêt et s'écarta de quelques pas, avant de se remettre à charger. Je hurlai et fus très soulagé de voir arriver les clowns de rodéo. Tous trois cernèrent la bête, l'écartant de Glenn et moi.

— Stef.

Baissant les yeux, je regardai Glenn et dis :

— Ne bouge pas. Nous ne savons pas encore ce que tu t'es cassé.

— Dégage…

Il hoqueta et sa voix se cassa.

— Dégage de là avant de te faire tuer.

Je tendis la main vers lui en grommelant :

— Moi ? Qui s'intéresse à ce qui peut m'arriver ? Ne bouge pas.

Très vite, une ambulance fut avancée et les urgentistes installèrent Glenn sur une civière. Je m'attardai dans l'arène afin de serrer la main des trois hommes qui m'avaient sauvé la vie. Je pense que ces gens-là, surtout vêtus en clowns, ne sont pas souvent remerciés, si je devais en croire leur expression sidérée. Ils parurent sincèrement ravis que j'aie pris le temps de leur exprimer ma gratitude. Ensuite, je courus pour remonter dans l'ambulance qui quitta en hâte le rodéo.

— Qu'est-ce que tu fous ? beugla Glenn.

Les urgentistes vérifiaient déjà son état général.

— Je viens avec toi, bien entendu.

— Tu n'as pas besoin de…

— La ferme, Glenn, coupai-je.

— Je…

— Et si vous la fermiez, Glenn ? répéta un des urgentistes.

Il la ferma.

L'ambulance mit une demi-heure pour arriver jusqu'à l'hôpital. Dès que nous y fûmes, Glenn fut emmené sur sa civière. Je fus autorisé à le suivre après avoir expliqué qu'il s'agissait de mon frère.

Une infirmière lui prenait sa température.

— Tu n'as pas besoin de rester, grommela Glenn.

— Oui, je sais.

— Soyez gentil avec votre frère, déclara l'infirmière.

Il leva les yeux au ciel mais cessa de discuter tandis que je ricanais en le regardant.

— Est-ce que tu écoutes parfois ce qu'on te dit ? s'enquit-il peu après.

J'agitai les sourcils.

— Demande à Rand.

RESTER PLANTÉ dans une salle d'attente, c'est comme la mi-temps d'un match de basket : interminable. Après quelques examens préliminaires, Glenn fut envoyé en radiologie ; il reviendrait ensuite dans sa chambre. En attendant, je remplis la paperasserie. Je me demandai où étaient son père et les hommes de son ranch. Pourquoi étais-je le seul à l'avoir accompagné jusqu'ici ?

À son retour, Glenn reçut une piqûre et s'endormit tout de suite après. Il se réveilla pendant que le docteur lui plâtrait le bras. Son état n'était pas aussi grave qu'ils l'avaient craint au début : il n'avait qu'une fracture au poignet, bien nette, dont il se remettrait sans la moindre séquelle.

— Comme c'est un rancher, il gardera ce plâtre huit semaines. Ces gens-là ont toujours tendance à en faire trop.

C'était à moi que le Dr Charles Patel s'adressait parce que Glenn paraissait dans les vapes. Pourtant, il ouvrit les yeux. Le médecin se tourna vers lui et déclara :

— Votre frère a choisi le bleu marine pour votre plâtre. Et comme je viens de le lui expliquer, vous le garderez huit semaines.

Glenn grogna.

— Comment tu te sens ?

— Comme si je venais d'être piétiné par un taureau, grommela-t-il.

111

— Vous avez raison, déclara le docteur avec un grand sourire.

Puis il se tourna vers moi.

— Il est marrant. Je reviens très vite.

Lorsqu'il quitta la chambre, je restai seul avec Glenn.

— Pourquoi es-tu encore là ?

— Parce que tu es encore là, idiot, répondis-je avec un sourire.

J'étais assis sur son lit. Manifestement, il ne semblait pas encore l'avoir remarqué. Il ferma les yeux, laissant son bras cassé reposer sur sa poitrine.

— Pourquoi du bleu marine ? s'enquit-il.

— Pour que ça mette tes yeux en valeur, dis-je en ricanant.

— Je te déteste.

— Ouais, je sais.

— Il faut que je remplisse les papiers d'assurance-maladie, continua Glenn.

— Je m'en suis déjà chargé.

— C'est vrai ?

— Oui.

— Mais comment as-tu pu… Tu as fouillé dans mon portefeuille ?

— Ouais.

— Bordel !

— Tu as de la chance, ils t'ont laissé ton caleçon.

— J'imagine que tu as vérifié.

— Bien sûr, répondis-je moqueur.

Après lui avoir tapoté l'épaule, je fis mine de me relever. Il posa sa main sur la mienne et garda mes doigts où ils étaient.

— Merci d'être resté avec moi.

— De rien.

Lorsqu'il ouvrit les yeux, je vis combien ils étaient lumineux, brillants, mais vitreux. Manifestement, il était toujours sous l'emprise des médicaments.

— Glenn, dis-je en gloussant, ferme les yeux et repose-toi un moment.

Il se contenta de me regarder sans répondre.

— Glenn ?

Il émit un bruit curieux qui émanait du fond de la gorge.

— Qu'est-ce qui ne va pas ? m'inquiétai-je.

— Rand a bien de la chance.

Il referma les yeux, mais ça ne durera pas, il les rouvrit immédiatement.

— C'est très gentil à toi de dire ça.

— Tu me détestes, pas vrai ? demanda-t-il.

— Non, pas du tout.

— Répète ça.

— Non, dis-je fermement.

Il entremêla ses doigts aux miens.

— Tant mieux.

Sur ce, il perdit la bataille contre l'épuisement et ne put garder plus longtemps les yeux ouverts.

AU FINAL, je n'eus pas besoin d'appeler un taxi parce que Rayland Holloway se pointa une heure après pour récupérer son fils. Il ne fut pas particulièrement heureux de me trouver là, avec Glenn, mais il m'en fut cependant reconnaissant.

Pour retourner à Truscott, Glenn s'installa entre nous deux sur la banquette avant, mais il s'endormit très vite, la tête posée sur mon épaule.

— Il semble vous avoir adopté, remarqua son père.

— Ce n'est pas le connard homophobe que j'avais cru deviner au départ.

— Et moi, si ?

— Je n'ai pas dit ça, mais vous me paraissez terriblement sur la défensive.

Il grogna en réponse.

— Vous savez, dis-je, c'est drôle… Avez-vous jamais pensé à ce qui se passera sur votre ranch après votre mort ?

— Eh bien, c'est une curieuse réflexion.

— Non, ce que je voulais dire, c'est que vous ne pouvez pas supporter les sodomites.

Je parlai à mi-voix et utilisai délibérément ses propres mots.

— Mais vous ne pouvez être certain de ce que feront vos fils après vous, ni des personnes avec lesquelles ils partageront leur vie.

Il serrait si fort son volant que ses jointures avaient blanchi. J'insistai :

— L'amour est une chose étrange, M. Holloway.

Il garda le silence.

Quand je revins au rodéo, je découvris que la monte au cheval sauvage à cru avait débuté durant mon absence. Je filai tout droit jusqu'à la tente des inscriptions afin de m'assurer de mettre mon nom pour l'épreuve suivante. En fait, je découvris que Hud Lawrence s'en était déjà chargé : j'avais un numéro et tout ce qu'il fallait. Comme c'était la seule épreuve où aucun des hommes du Red Diamond ne s'était inscrit, il avait automatiquement pensé que j'avais sélectionné celle-là pour moi.

— Merci, Monsieur Lawrence, dis-je avec un sourire.

— De rien, répondit-il, comme si tout était parfaitement normal. Vous savez, Rand choisissait plutôt la monte du taureau, mais d'après votre stature, vous êtes davantage du genre à monter un *bronco*.

Ma stature ? Je n'étais pas du genre à monter quoi que ce soit, mais plutôt que d'en discuter, je me contentai de hocher la tête.

— L'épreuve commence dans une heure. Vous devriez aller vous préparer, récupérer votre corde et vos jambières.

Je courus jusqu'à ma caravane pour essayer de trouver quelque chose à porter. Je n'avais plus de vêtements de cowboy, aussi j'envisageais d'emprunter quelque chose à Pierce – qui avait plus ou moins ma taille. Au même moment, la porte s'ouvrit, Everett et Dusty entrèrent.

— Hé, dis-je avec un sourire. D'après M. Lawrence, j'ai besoin d'une corde et de jambières. Est-ce que l'un de vous pourrait m'expliquer ce que je dois faire ensuite ?

Dusty devint blanc comme un suaire, aussi je le forçai à s'asseoir et à mettre la tête entre ses genoux. Je lui ordonnai de respirer tandis que j'allais lui chercher de l'eau. Everett s'était déjà remis à me hurler dessus.

— Bon Dieu de merde, Stef, qu'est-ce qui t'a pris ? Il ne faut jamais se précipiter dans une arène sous le nez d'un taureau !

Ah, ainsi il était en colère pour ce que j'avais accompli un peu plus tôt ? Il me paraissait normal d'avoir tenté de sauver Glenn avant qu'il ne soit transformé en guacamole.

Je haussai les épaules tout en agitant énergiquement mon magazine *People* devant Dusty pour lui faire un courant d'air.

— *Où est-il ?*

Ce hurlement provenait de devant la caravane. Une seconde après, Chris et Tom pénétrèrent dans le petit espace confiné.

— Non mais, franchement ! dis-je à Everett.

Je me tournai vers les nouveaux arrivants et demandai :

— Qui participe à l'épreuve à cru ?

— Pierce, répondirent-ils en même temps.

— Et Chase est son cavalier de secours, m'indiqua Chris.

— D'accord. Qui d'entre vous pourrait me prêter des jambières ?

On aurait vraiment cru que ma demande était insensée. Ils me regardèrent tous sans cacher leur horreur.

JAMAIS, MÊME pas en un million d'années, je n'aurais pu penser me retrouver un jour sur le dos d'un cheval sauvage dans un couloir de la mort. C'était juste complètement en dehors du domaine des possibles. Mais tout comme le fait, tandis que j'étais planté là, à regarder par-dessus la barrière l'arène sablée sur laquelle je n'allais pas tarder à être propulsé, de voir Rayland Holloway avancer vers moi. Quand il fut à mes côtés, Dusty s'écarta pour laisser sa place au propriétaire du White Ash.

— Stefan, je vais vous accorder un passe-droit, déclara Rayland. Je n'aurais jamais cru que vous auriez le cran de monter sur cette bête.

Je fus extrêmement surpris de voir qu'il utilisait dorénavant mon prénom. Notre relation avait fait un grand pas en avant.

— Cette bête ? Vous voulez dire ce tueur ? Il a dû provoquer de nombreux veuvages par ici.

J'essayai de rire, mais je n'y réussis pas, j'avais la bouche bien trop sèche. Le cheval était nerveux, il ne cessait de taper du pied, ce qui ne m'aidait pas du tout à me calmer.

— Il s'appelle Argent, déclara Rayland. Il appartient à l'un de mes voisins, Waylon Taylor, qui possède le Triple Sage.

— Je croyais que les *broncos* étaient des chevaux sauvages ?

Il me jeta un regard noir.

— Ce cheval vaut dix mille dollars ; il n'est pas plus sauvage que votre chienne. Tous les ranchers possèdent quelques bêtes de réserve pour le *rough stock*. Rand aussi, j'en suis certain.

— C'est quoi, le *rough stock* ?

— En gros, des chevaux qui ne sont jamais montés, sauf durant un rodéo, m'expliqua Everett. Mais pense plutôt à ce qui va se passer et ne t'occupe pas du reste.

Il ne voulait pas que je me déconcentre, il ne voulait pour moi aucune distraction.

— D'accord, dis-je avec un hochement de tête.

J'essayai de me souvenir de tout ce que lui, Dusty et Chris m'avaient donné comme instructions, chacun hurlant plus fort que le voisin.

— Non, descendez de là, ordonna soudain Rayland. Je vous laisserai garder vos droits de pâture.

— Ça ne dépend pas que de vous, dis-je, méfiant. Tous les autres ranchers ont aussi voix au chapitre ; s'ils ne sont pas d'accord, nous aurons tout perdu. Je refuse d'avoir accompli tout ça pour rien.

— Si, ça dépend de moi, je possède ici plus de terres que les autres, aussi si je le déclare, vous garderez vos droits, sombre connard entêté.

Malheureusement, ce fut la dernière chose que j'entendis de lui parce que la porte s'ouvrit… Le cheval fonça tout droit devant lui – avec moi sur son dos.

Huit secondes. Ça peut se compter sur les doigts. Ça ne paraît rien. On croirait qu'il ne peut rien arriver en huit secondes. Ça se termine en un battement de cœur. Huit secondes, c'est un temps qui s'oublie vite – sauf si vous les passez sur le dos d'un animal.

Le matin même, j'avais vu Everett sur son taureau. Glenn aussi. Vu du sol, ça ne paraissait pas si terrible. Quelques années plus tôt, alors que je prenais un vol de Hawaï à San Francisco, l'avion avait rencontré de très sérieuses turbulences. Une fois, j'avais fait du tout-terrain en jeep et pas mal rebondi sur des ornières. Une autre, j'avais eu un accident de voiture avec Charlotte, nous nous étions retrouvés sur le toit. Et pourtant, absolument rien de ce qui m'était arrivé dans ma vie jusqu'à ce jour ne m'avait préparé à ça : à me retrouver sur le dos d'un cheval psychotique dont le seul désir était de se débarrasser de moi.

Je compris pourquoi il n'y avait pas de pommeau sur cette selle : je me serais écrabouillé les couilles dans le cas contraire, elles seraient devenues de la gelée. Mes étriers qui s'envolèrent transformèrent mes jambes en marionnettes. J'avais la sensation de faire le grand écart. J'essayai de me souvenir de ce que Dusty m'avait conseillé : m'assurer que mes pieds et bottes soient le plus près possible des épaules du cheval lorsqu'il heurtait la terre de ses pattes avant. Je tentai de faire tout ce que mes hommes avaient dit tout en m'accrochant à la poignée attachée au garrot du cheval. Bon sang, je fis de mon mieux, vraiment. Et dans ma tête, je considérai que huit minuscules secondes, ce n'était rien du tout. Franchement, ça ne devrait même pas compter, non ?

Apparemment, huit secondes, c'était un chiffre magique parce qu'un animal, cheval ou taureau, se fatiguait ensuite. C'était ce que prétendaient les gens. Pour moi, quand le cheval se cabra, je montai très haut : quand il retomba, je fis pareil. Puis il rua et je fus libéré de toute gravité terrestre – je m'envolai à travers l'espace. J'eus la sensation d'être un ballon en plastique rempli d'hélium qui n'avait plus aucun poids…

Je retombai si lourdement que la poussière voleta autour de moi. Je ne pouvais plus respirer parce que mes poumons s'étaient vidés sous la force de l'impact. J'eus aussi la sensation de me casser le dos. Ma dernière pensée consciente fut que les cowboys accomplissaient tout ça pour vivre, de façon délibérée… *pour l'amour de Dieu, pourquoi ?*

Puis il y eut le grondement du tonnerre…

Et plus rien.

VII

Si j'étais mort, je ne sentirais pas aussi fort le crottin. Du moins, c'était mon raisonnement... J'eus la sensation que je respirais toujours. Quand j'ouvris un œil, j'entendis un cri étouffé.

— Merci mon Dieu ! Merci, merci, merci !

J'ouvris l'autre œil pour examiner Everett.

— Hé, dis-je.

Mais ma voix me parut étrange, rauque, cassée.

— Reste couché. N'essaie pas de bouger. Tu m'as déjà flanqué la trouille de ma vie. Ça suffit pour une seule journée.

Je hochai la tête.

— Je t'ai dit de ne pas bouger ! hurla-t-il. Une ambulance va arriver.

— Non, je ne veux pas aller à l'hôpital.

— C'est ce qu'on verra, répondit-il, toujours penché sur moi.

Mais je connaissais mon corps mieux que quiconque, aussi, quand Everett se détourna pour regarder si l'ambulance arrivait ou bien les urgentistes ou bien je ne sais qui d'autre, je roulai sur le côté et me remis debout.

— Bordel, c'est pas vrai ! beugla Everett.

Aussitôt, une ovation retentit dans les gradins. Dusty, Chris, Tom, Pierce et Chase nous rejoignirent dans l'arène.

Dusty se jeta quasiment sur moi. Je mis un bras sur ses épaules, l'autre sur celles de Chase, et les laissai m'éloigner du milieu de la piste. Notre petit groupe avança en direction d'une porte où les hommes me soulevèrent carrément du sol pour me porter. De l'autre côté, il y avait les urgentistes en attente. Je me retrouvai peu après à l'arrière d'une camionnette afin qu'ils puissent m'ausculter.

Je leur donnai mon nom et celui de mon ranch. Dusty leur expliqua ce qui s'était passé puisque les gars, d'où ils étaient, n'avaient pu assister à ma spectaculaire prestation. Chase crut de son devoir d'insister sur le fait que j'étais tombé, très brutalement et très vite. Il paraissait s'inquiéter de l'état de mon crâne.

Dusty, lui, pensait d'abord à mon cou.

118

Chris affirma qu'il fallait vérifier ma cheville sur laquelle je ne pouvais pas m'appuyer.

Everett se rangea du côté de Chase : lui aussi s'inquiétait de ma tête. Il prétendit que j'avais les pupilles dilatées.

Glenn Holloway se joignit à nous.

— Est-ce que j'ai gagné ? lui demandai-je.

— Absolument pas, grommela-t-il en me regardant. Tu n'es resté que deux secondes sur ce cheval.

— C'est vrai ? Ça m'a paru bien plus long.

— Je m'en doute.

Il tendit la main et repoussa une boucle de mes cheveux derrière mon oreille.

— Bordel, Stefan, qu'est-ce qui t'a pris ? Mon père t'a dit que tu n'avais pas besoin de concourir.

— Oui, mais trop tard.

J'adressai à Glenn un grand sourire. Au même moment, une très gentille urgentiste me mit une lumière dans l'œil.

— Très bien, M. Joss, dit-elle à mi-voix.

Je la repris.

— Stef.

Avec un sourire, elle agita la main derrière moi, indiquant la civière.

— Stef. Je voudrais que vous vous allongiez, d'accord ?

— Pourquoi ?

— Parce que je pense que vous avez une commotion cérébrale.

— C'est vrai ?

— Oh oui.

— C'est grave ?

— Je n'en suis pas certaine, nous devons vous emmener à l'hôpital.

— Je viens avec toi, déclara Glenn en me regardant.

J'eus un sourire béat.

— Deux voyages dans la même journée. Vraiment, nous sommes brillants.

— Ouais, absolument, déclara la gentille dame d'un ton sarcastique. Toute cette histoire de rodéo, c'est vraiment brillant.

— Nous te suivons, m'indiqua Everett.

— Non non non…

Je m'agrippai à sa main lorsque je vis des étoiles.

— Restez ici, récupérez vos trophées, et vérifiez bien que la participation du ranch ait été validée.

— Il faut bien que l'un de nous y aille avec toi.

Tandis qu'il argumentait, je remarquai que son expression, d'ordinaire renfrognée, démontrait une inquiétude sincère.

— Ne t'inquiète pas, dis-je, Rand ne va rien te faire.

— C'est de toi que je m'inquiète, Stef, pas de Rand.

J'aurais aimé lui dire quelque chose de rassurant, mais j'avais bien trop envie de vomir.

MA COMMOTION cérébrale n'était pas trop grave, mais pour une raison que je ne compris pas, j'avais de fortes réactions post-traumatiques. Je restais sensible à la lumière, j'avais mal au cœur et une migraine tellement épouvantable qu'ils durent me faire une piqûre d'analgésiques. Après ça, tout alla beaucoup mieux. Ils voulurent me garder pour la nuit, mais je refusai. Il fallait que je sois dans un pickup à quatre heures du matin.

— Je le surveillerai, promit Glenn au médecin.

Je me contentai d'agiter la main.

Il se trouva que le problème ne venait pas de la cheville ; je m'étais cassé le péroné de la jambe droite, ce qui était moins grave que le tibia ou la cheville. Pourtant, ça me faisait un mal de chien. Une fois le plâtre qui m'enserrait la jambe du pied au genou posé, je reçus une seconde dose contre la douleur.

— Vu la façon dont tu es tombé, je suis surpris que tu ne te sois pas cassé le cou, m'indiqua Glenn.

D'après le regard qu'il avait dans les yeux et la raucité de sa voix, je déduisis que je lui avais flanqué une frousse de tous les diables.

— Bordel, mais qu'est-ce qui t'a pris ? continua-t-il.

Je désignai son plâtre du menton.

— Je voulais garder mes droits de pâture, connard, tout comme toi.

— Moi, je suis déjà monté sur un taureau.

Je lui éclatai de rire au nez.

— Et alors ? Ça rend simplement plus marrant que tu te sois cassé la gueule. Au fait, quelle heure est-il ?

— Un peu plus de dix-huit heures.

— C'est toi qui conduis pour nous ramener jusqu'au rodéo ou nous y allons à pied ?

— J'ai rendez-vous ce soir, indiqua-t-il. Je vais appeler un taxi.

Peu après, je grimpai dans la voiture avec lui. Durant tout le trajet de retour, je bavardai avec Glenn sans discontinuer. Une fois arrivé, il voulut me raccompagner jusqu'à ma caravane, mais j'avais prévenu mes hommes, aussi Everett et Dusty m'attendaient.

— Hé ! leur dis-je en guise de salut.

Je trouvai comique les regards d'horreur qu'ils me lancèrent.

Ils discutèrent entre eux tandis que je me traînais péniblement derrière eux. À mi-chemin, je m'arrêtai pour leur expliquer que marcher avec des béquilles, c'était épuisant.

— C'est d'un chiant ! dis-je avec un sourire. Et ne me regardez pas comme si j'étais dingue. Je ne le suis pas.

Everett secoua la tête sans rien dire. Il récupéra mes béquilles et fit passer mon bras par-dessus ses épaules. Il attendit que Dusty se positionne de la même façon de l'autre côté. J'avançai beaucoup plus vite avec eux deux pour m'aider.

La douche fut une véritable épreuve ! Quand j'eus terminé, je ne désirais rien d'autre que dormir un peu. J'avais dû emballer ma jambe blessée dans un grand sac poubelle – un véritable emmerdement, mais comme je n'avais pas le droit de mouiller mon plâtre, je fus bien obligé d'y passer. Et puis, j'étais sale, collant, avec du sable dans les cheveux. Je tenais absolument à me nettoyer. Quand je me couchai enfin, Bella posa la tête sur mes genoux, sans même essayer de m'arracher mes chaussettes des mains comme elle le faisait d'ordinaire. Je plantai une de mes chaussettes noires au bout de mon plâtre pour éviter de me geler les orteils. Je ne savais pas du tout si je pourrais conduire ou monter Ruby ou faire quoi que ce soit sur le ranch de Rayland. J'étais vraiment heureux que le rodéo soit officiellement terminé.

Dusty, Everett et les autres vinrent me récupérer. À les voir, on aurait pu croire que c'étaient eux tous qui s'étaient cassé la jambe, et non moi. J'avais du Vicodin – un analgésique opiacé – à prendre. Comme je n'avais rien mangé de toute la journée, prendre ces comprimés me fit tourner la tête et je redevins nauséeux. Il fallait que j'avale quelque chose.

Les hommes restèrent tous auprès de moi pendant que je dînai, puis ils m'escortèrent jusqu'aux gradins où je m'installai pour taper des mains, crier des félicitations, siffler ou hurler quand furent nommés et récompensés les gagnants de chaque épreuve. Les deux seules que nous n'avions pas gagnées, c'était la monte du taureau – que Glenn Holloway emporta – et la monte de *bronco* avec selle – qui fut octroyée au Twin Oaks. Ma prestation n'avait pas été pas la pire : j'étais avant-dernier – ce qui me remplit d'une certaine fierté. Je fus ravi de voir Glenn monter sur l'estrade et recevoir l'ovation de la foule. Sa compagne de la soirée, Rachel Webber, le regardait d'un air béat.

Un autre groupe de musiciens animait le bal de cette seconde nuit, celui-ci était plus banal, insipide, sans la moindre originalité musicale. Pourtant, ils jouaient bien et la piste de danse était très animée. Je cherchai du regard Rayland Holloway. Je voulais lui demander où je devrais le retrouver à quatre heures du matin. Je ne le vis nulle part, mais je repérai Glenn. Ça m'ennuyait un peu d'interrompre son tête-à-tête avec Rachel. Pourtant, je traversai les différentes tables pour m'approcher de la leur.

Glenn m'accueillit avec un sourire chaleureux ; il se leva pour me tendre la main.

— Stef, je ne pense pas t'avoir remercié ce matin. Apparemment, ce taureau s'apprêtait à me piétiner quand tu t'es précipité à la rescousse. Tu sais, beaucoup de gens ont filmé la scène avec leurs portables. Entre la nuit passée et aujourd'hui, tu es devenu une célébrité sur *YouTube*.

Je trouvai ça hilarant… durant environ une seconde et demie.

Rand.

Si jamais il tombait là-dessus, j'étais quasiment mort.

J'esquissai un sourire forcé.

— Eh bien, tu m'as renvoyé l'ascenseur en m'accompagnant à l'hôpital, aussi je t'en remercie.

— Tu t'en sors avec ces trucs ? demanda-t-il en désignant mes béquilles.

— Bien sûr.

— Tu devrais peut-être te reposer, tu ne crois pas ?

— Peut-être, admis-je, avant de regarder Rachel. Vous êtes superbe ce soir.

Elle s'empourpra. Je me baissai pour l'embrasser sur la joue.

— M. Joss, vous flattez vraiment mon ego, dit-elle, avec un grand sourire. Je suis heureuse que vous vous en sortiez bien. Vous savez, nous avons tous eu très peur pour vous.

— Merci, m'dame.

À nouveau, je regardai Glenn, qui me fixa aussi.

— Tu viens toujours avec nous demain matin ? s'enquit-il.

— Oui, si tu m'expliques où je dois vous retrouver.

— Je viendrai vous chercher, toi, ton cheval et ta foutue chienne, déclara-t-il, les yeux brillants.

— Bella est adorable. Tu apprendras à l'aimer.

— D'après mon père, c'est une bête terrifiante.

— Elle ne te fera rien.

— Tant mieux, dit-il, hochant la tête.

— Alors, je te dis à demain.

— À demain.

Quittant le couple, je trouvai un siège pour regarder un moment les gens qui dansaient. Il y avait bien moins de monde que la nuit précédente, la plupart partaient déjà ; c'était dimanche soir, il était plus de vingt-et-une heures, et sans doute devaient-ils travailler le lendemain. J'appréciai beaucoup de voir les hommes de Rand danser. Je ne remarquai même pas que Carly Landry prenait un siège à mes côtés, avant qu'elle ne toussote pour attirer mon attention. Je tournai la tête.

— Salut, dis-je.

— Je suis désolée de ce que vous a fait mon frère, Stefan.

Je me remis à regarder les danseurs. J'utilisai ma béquille pour attirer une autre chaise devant moi, afin de pouvoir surélever ma jambe.

— Ce n'est pas grave, dis-je. Il vous aime. Je le comprends.

— Ça n'excuse pas qu'il vous ait frappé.

— Je survivrai.

Je déplaçai ma cheville sur la chaise afin de ne pas avoir à supporter le poids du plâtre.

— Je pense que…

J'attendis une seconde qu'elle finisse sa phrase, puis je me retournai pour la regarder.

— Vous pensez quoi ? demandai-je.

Elle avait le visage pincé de douleur.

— Je suis désolée, mais je pense comme mon frère : il ne s'agit que d'une passade pour Rand. Il oubliera tout ça très vite. Ensuite, il reviendra vers moi.

Elle s'accrochait à cet espoir avec tant de force et de ferveur. Je m'apprêtai à lui répondre quand mon téléphone sonna. Quand je vis le numéro qui s'affichait sur mon écran – *son numéro* – mon cœur sombra.

— Excusez-moi, dis-je à Carly.

Je me remis debout, ce qui me fut difficile avec mes béquilles parce que j'essayais en même temps de tenir mon téléphone.

— Oh non, Stef ! Restez ici, je vous en prie.

— Je dois répondre. Mon…

J'hésitai, je ne voulais pas lui faire de la peine.

— Mon meilleur ami tient à me parler.

— Oui, bien sûr, répondit-elle avec un sourire. Mais je vous en prie, revenez ensuite.

— Voudriez-vous me rendre un service ?

— Bien entendu.

Je laissai une de mes béquilles appuyée contre la table.

— Voudriez-vous dire à mon ami Everett de ramener ceci à la caravane ? Vous savez de qui il s'agit ? Il est monté sur l'estrade tout à l'heure.

— Oui, dit-elle, avec un autre sourire.

Après un hochement de tête, je m'éloignai sur une béquille, puis j'appuyai sur le bouton pour prendre l'appel.

— Salut, dis-je. Tu m'as manqué.

— C'est vrai ? Je ne sais pas comment tu en as eu le temps. Tu étais très occupé à sauver les gens d'un putain de taureau.

— Attends…

— Mon Dieu, Stef. Tu viens de m'ôter dix ans de vie avec cette connerie.

Oh la la, il n'était pas content. Et encore, il ne savait pas le meilleur.

— Tu vois…, commençai-je.

— Tu as intérêt à ramener ton cul à la maison le plus vite possible, c'est compris ?

J'éclatai de rire.

— En fait, ça ne va pas être possible.

— Bordel ! beugla Rand. Et pourquoi ça ?

— Parce que j'ai promis…

— Et qu'est-ce qui t'a pris, bon sang, de te pavaner comme ça la nuit dernière dans ce jean et cette chemise…

— Me *pavaner* ?

— Je t'interdis de porter des vêtements aussi révélateurs quand je ne suis pas là pour te les enlever.

Pour une raison étrange, je ne pus m'empêcher de sourire.

— Tu crois ça ?

Le grognement de frustration qu'il eut pour me répondre rendit mon sourire nucléaire.

— Tu m'as trouvé bandant ? demandai-je.

— Stef, que Dieu m'assiste, j'ai l'intention de te massacrer…

— Qui te l'a envoyé ?

— Stef…

— Qui ? insistai-je.

Je me demandai s'il s'agissait d'Everett, de Chris ou de Dusty.

— Pierce, répondit Rand.

— Le petit cachotier ! dis-je en gloussant. Il faut se méfier de l'eau qui dort.

— Tu vas avoir de sacrés ennuis.

— Pourquoi ? Je suis venu jusqu'ici pour sauvegarder tes droits de pâture, Rand. Je ne vois pas ce que j'ai fait de mal.

— Est-ce que tu as envisagé le fait que je possédais une entreprise florissante et que l'une des spécificités d'un brillant homme d'affaires était une bonne organisation ? Qu'est-ce qui t'a fait croire que je ne savais pas la date exacte de ce foutu rodéo ?

— Tu ne le savais pas avant que quelqu'un te le dise, affirmai-je. Et je pense qu'il s'agit de Zach.

Il grogna. Je continuai :

— Ne t'avise pas de jouer les hypocrites avec moi. C'est de la connerie.

— D'accord. Je ne le savais pas. Mais jamais je n'aurais accepté que tu y ailles tout seul.

— Je ne suis pas tout seul. J'ai emmené la moitié du ranch avec moi !

— Mais moi, je ne suis pas avec toi.

— Et alors ? Tu es là où on avait besoin de toi. Moi aussi, je suis là où on avait besoin de moi. Je trouve que tout s'est merveilleusement bien arrangé.

— Alors pourquoi ne m'as-tu rien dit de tes projets ?

— Pourquoi ne m'as-tu pas dit ces deux dernières années que tu ne participais pas à ce rodéo ?

— Parce que ça n'avait rien à voir avec nous ! Je ne vois pas pourquoi je t'en aurais parlé.

— Rand, je ne veux pas seulement entendre ce qui nous concerne tous les deux. Je veux tout savoir. En particulier, je veux tout savoir de ta famille.

Il y eut un très long silence. Je dus m'arrêter et m'appuyer contre une clôture. J'avais *vraiment* besoin de m'allonger.

— Rand ?

— Pourquoi ?

— Pourquoi quoi ?

— Pourquoi veux-tu tout savoir ?

— Parce que si je suis vraiment ton partenaire et si tu tiens à ce que je m'installe avec toi, alors ta famille devient aussi la mienne.

— Je veux que tu restes avec moi. Tu le sais très bien.

— Alors… ?

Il inspira profondément.

— D'accord.

— D'accord quoi ?

— D'accord, ma famille est aussi la tienne, enfoiré !

J'éclatai de rire.

— Merci, ça me fait très plaisir.

— Je veux que tu rentres à la maison.

— Plus tard.

— Quand ?

— Bientôt.

— Bordel, quel merdier !

Je savais qu'il n'allait pas tarder à avoir des palpitations cardiaques, aussi je décidai de changer de sujet pendant que je le pouvais encore.

— Tu sais, tous les hommes s'inquiétaient de ce que tu leur ferais en découvrant qu'ils étaient venus avec moi.

— Ce sont tes hommes aussi bien que les miens. Ça me paraît logique qu'ils t'aient accompagné.

Bon sang, je l'aimais vraiment !

Rand continua :

— Et, puisque je ne t'avais rien dit, je comprends aussi que tu te sois précipité pour protéger mes droits – qui sont aussi les tiens…

— Je l'ai fait pour toi, Rand, coupai-je. Je sais bien que le ranch m'appartient à moitié et j'ai utilisé ça ce week-end parce que j'en avais besoin, mais quand je pense au ranch, c'est à toi que je pense.

Il resta silencieux.

— Rand ?

— Autrefois, quand je pensais au ranch, je pensais à mon père.

Il prit une grande inspiration.

— Alors, t'entendre dire que tu penses à moi comme ça... C'est probablement ce que tu m'as dit de plus merveilleux, après ton 'je t'aime' et ta promesse de rester avec moi.

J'avais la gorge serrée. Rand poursuivit :

— Pourtant, tu aurais dû me dire ce que tu comptais faire et où tu allais.

— Tu as raison, j'aurais dû.

— Attends... Je rêve ? Tu as bien admis que j'avais raison ?

— Ne sois pas chiant.

— D'après toi, je le suis toujours.

J'éclatai de rire avant de déclarer :

— Hé, je sais que ça va paraître très con maintenant que je suis venu ici et tout le reste, mais je pense que tu devrais peut-être donner à Rayland tes droits de pâture à King.

Il fallut à Rand une bonne minute pour me répondre.

— Mais de quoi tu parles ?

— Tu n'as pas vraiment besoin de faire paître du bétail par ici, n'est-ce pas ?

Il ne répondit pas.

— Rand ?

— Non, pas vraiment, grogna-t-il.

— Toi, tu as d'autres terres, mais Rayland n'a que celles-ci ; il n'a que son ranch.

— Et tu veux démontrer quoi ?

— Je pense qu'il y a trop de vieilles tensions entre lui et toi ; il serait vraiment temps que vous fassiez la paix.

— Pourquoi devrais-je m'en soucier ?

— Parce que nous parlons de ta famille.

— Laisse-moi comprendre. Tu veux que je fasse cadeau à ce gars de milliers d'acres qui m'appartiennent juste parce que ça te paraît être un beau geste ?

— Je verrais plutôt ça comme un rameau d'olivier.

— Hmmm-hmmm.

— Rand ?

— Après ce qu'il vient de me faire ? Tu déconnes ?

— Je veux juste que tu y réfléchisses.

— Je réfléchis à beaucoup de choses, Stef, mais je ne suis pas prêt à renoncer à ces terres pour le moment. D'accord ?

Ça me paraissait logique.

— D'accord.

— Au fait, mon cousin Zach...

Rand poussa un long soupir

— Il va vendre son ranch.

— C'est vrai ?

— Oui, il en a marre. Il ne sait pas encore ce qu'il veut faire ensuite, mais il en a marre d'être rancher. D'après ce que j'ai vu de ses hommes ce week-end, eux aussi en ont marre de travailler là-bas avec lui. J'ai offert du boulot à quelques-uns d'entre eux – deux ont accepté.

— Et les autres ?

— Les autres ne veulent pas travailler pour un gay.

— Rand, je suis désolé.

Il grogna.

— Tant pis pour eux, Stef. C'est un rare privilège de travailler sur le Red Diamond. Et je ne supplierai jamais personne d'accepter une main tendue.

Je ne pus que sourire devant la fierté de cet homme. J'aimais la confiance tranquille qu'il y avait dans sa voix.

— Sauf toi, bien sûr, reprit-il avec un rire bas. Toi, je te supplierais.

— Je ne pense pas que ce sera nécessaire.

— Non ?

— Non, affirmai-je.

— D'accord, alors Stef ? Rentre à la maison, s'il te plaît.

— Pas encore.

— Tu vois, quand je ne te supplie pas, ça ne marche pas.

— J'ai des trucs à faire.

— Quel genre de trucs ?

— Je veux que tu donnes à Rayland tes droits de pâture.

— Je croyais que le sujet était clos.

— Nous pouvons le rouvrir.

— Si j'ai bien compris, si j'accepte de donner mes droits à mon oncle, tu rentres à la maison ?

C'était mon seul atout.

— Oui.

— Vendu, répondit-il, sans une seconde de pause.

— Génial, fis-je avec un soupir. Dans ce cas, je te retrouverai au White Ash. Tu pourras donner tes droits à Rayland.

— Oh, bordel, non ! Pas question.

— Pas question que quoi ?

— Pas question que tu ailles au White Ash.

J'eus un grand sourire au téléphone.

— Pourquoi ne viendrais-tu pas m'y retrouver ?

Rand baissa la voix dans un avertissement menaçant :

— Stef…

— Tu pourrais aussi attendre à la maison que je revienne.

— Stef…

— Je veux que tu voies Rayland.

— Pourquoi ?

Ce n'était pas à moi de le lui expliquer.

— Comme ça. Et puis, Glenn a besoin de ton aide.

— Glenn ? Depuis quand te préoccupes-tu de Glenn ?

— Depuis que ta famille a besoin de se rapprocher. Rand, il faut faire cesser toutes ces querelles. Ça arrangerait les choses avec Rayland si tu lui donnais les droits fonciers. Et puis Glenn m'aime bien, alors…

— Il t'aime bien ?

— Ouais, nous sommes devenus potes.

— Toi, tu es devenu *pote* avec mon cousin ? répéta Rand.

— Ouais.

— Depuis quand ?

Depuis nos deux passages à l'hôpital, mais je préférais ne pas le dire, aussi j'optai pour un autre sujet.

— Depuis qu'il m'a tiré des pattes de Gil Landry.

Plusieurs secondes passèrent.

— Pardon ? dit enfin Rand.

— Tu sais, Glenn aimerait vraiment ouvrir un restaurant et je voudrais l'aider dans son projet, je pense qu'il a besoin d'un ami. Aujourd'hui, à l'hôpital, il m'a tenu la main, alors il me semble…

— Il t'a tenu la main ? coupa Rand.

— Glenn est à un carrefour, soit il tourne à gauche vers la réussite, soit à droite vers la solitude et la médiocrité.

— Tu es très mélodramatique.

Parce que j'étais encore sous l'effet des analgésiques.

— Si nous l'aidions, il pourrait devenir comme toi, affirmai-je.

— Comme moi ?

— Ouais. Heureux. Tu es heureux, pas vrai ?

Silence.

— Pas vrai ? insistai-je.

— À cette minute précise, pas vraiment, râla-t-il, furieux contre moi.

En l'imaginant tout renfrogné à l'autre bout du fil, j'eus un grand sourire.

— Oui, Stef, je suis heureux, finit par admettre Rand à contrecœur.

— Dans ce cas, viens me chercher au White Ash, d'accord ?

Il resta silencieux. Moi aussi. Puis au bout d'un moment, il demanda :

— Tu as parlé à ma mère, c'est ça ?

Une chance que je me tienne encore à la palissade du corral.

— Oui.

Il produisit un bruit indiquant qu'il comprenait. Tout à coup, pour moi aussi, ce fut l'illumination.

— Ton père…, dis-je avec un soupir.

— Bien entendu, gronda-t-il, irrité. James Holloway n'a jamais reculé devant rien, surtout pas devant la vérité. Il m'a dit, il y a déjà bien longtemps, que Rayland était mon père biologique.

Je toussotai.

— Ta mère l'ignore, tu sais.

— Ouais, je sais. Rayland aussi ignore que je suis au courant.

Merde ! C'était le plus long week-end de ma vie.

— Qui te l'a dit ? s'enquit Rand.

— J'ai tout compris, puis j'ai forcé ta mère à me le confirmer.

— Comment as-tu pu *tout comprendre* alors que personne ne l'avait fait jusque-là ?

— Parce que je te regarde – je te regarde *vraiment* – et je remarque aussi tous ceux qui te ressemblent. J'ai toujours cru que Charlotte et toi aviez exactement la même couleur d'yeux, mais les siens sont d'un bleu plus foncé, presque violet. Ceux de Glenn sont bleu roi ; les tiens sont d'un turquoise que j'ai vu aussi chez…

— … Rayland, coupa Rand.

— Ouais.

— Et alors ? demanda Rand. Tu comptais m'en parler ?

— Tu sais très bien que j'allais le faire.

Comment aurais-je pu agir autrement ?

— Même si ce n'était pas ton secret ?

— Il ne peut y avoir aucun secret entre nous, Rand, sinon ça ne marchera jamais.

— Je suis d'accord… Et tu veux que je te dise ? Ça compte beaucoup pour moi que tu prennes en priorité mon parti et que tu m'en parles en sachant que je ne te croirais jamais – c'est énorme, Stef.

— Tu te trompes, j'étais certain que tu me croirais.

— Quoi ? Tu penses que je t'aurais cru alors que tout le monde prétendait le contraire, même ma mère ?

— Bien sûr, répondis-je, très calme.

Ce qui m'avait inquiété, c'était que je risquais de lui faire de la peine. Par contre, je n'avais jamais imaginé qu'il me faudrait le convaincre que je disais la vérité.

— Je sais que tu me fais confiance, ajoutai-je.

Il inspira profondément.

— J'ai vraiment envie de te voir.

Il y avait tant de douleur dans sa voix que mes entrailles se contractèrent.

— Rand, il faut que tout soit exposé au grand jour, je t'assure. Viens au ranch, parle à Rayland, parle à Glenn. Que ce soit un combat à l'ancienne : tous les coups sont permis jusqu'au KO. Amène Tyler, amène Zach. Je téléphonerai à Charlotte. Les secrets finissent toujours par s'infecter. Tu n'en as pas ras le bol ?

— Non. En général, j'évite d'y penser, mais je voudrais que ma mère sache que je suis au courant. Sans doute dormirait-elle mieux. Et Charlotte devrait apprendre qu'elle n'a qu'un demi-frère.

— Je doute beaucoup que ça change quoi que ce soit pour elle.

— Nous verrons.

Il paraissait triste. Ça me brisait le cœur de l'entendre, mais je savais combien Charlotte l'aimait. Et je savais aussi que rien, jamais, ne changerait ses sentiments pour son frère.

— Tu vas appeler ta mère ? demandai-je.

— Oui m'sieur, absolument.

— Dans ce cas, viens au ranch et parle à Rayland.

— D'accord.

— Du coup, tu pourras me ramener.

— Tu n'as pas d'autres ordres à me donner pendant que tu y es ?

— Non, c'est tout, dis-je avec un soupir heureux.

— Alors, reprit-il d'un ton très doux, pourquoi Glenn a-t-il dû te tirer des pattes de Gil Landry ?

131

Sidérant. Après tout ce dont nous venions de discuter, après toutes les révélations de ces dernières minutes, il ne s'accrochait qu'à cette petite information.

— Quelle importance ?

— Bordel, c'est sacrément important pour moi !

La voix basse de Rand détenait une menace sans équivoque.

— Que s'est-il passé ?

— Rien de grave. Gil Landry m'a balancé un gnon et Glenn l'a empêché de faire pire que me flanquer par terre.

Il n'y avait plus aucun bruit, comme si Rand ne respirait même plus.

— Rand ?

Il toussa, puis grogna :

— Désolé, quoi ?

— Tu m'as très bien entendu, dis-je en gloussant. Ce cher Gil tient vraiment à ce que tu épouses sa sœur.

— Je vois.

— Alors, quand viendras-tu au ranch de Rayland ?

— Quand pars-tu ?

— À une heure horriblement matinale, dis-je en gémissant. Bon sang, Rand, les honnêtes gens ne se lèvent pas à quatre heures du matin.

— Si, les ranchers le font tout le temps, m'assura-t-il.

Il faisait des efforts louables pour paraître détendu, mais sa voix était toujours froide et tendue.

— Rand ?

— Ça va aller, d'accord ? Je te verrai demain au ranch.

— Je meurs d'envie de te revoir.

— Moi aussi, bébé.

En entendant ce ton rocailleux, mon cœur s'emballa dans ma poitrine.

— Je me suis vraiment amusé à ce rodéo, tu sais, dis-je.

— La prochaine fois, nous irons ensemble.

— Vendu !

Je soupirai. Et comme j'avais très mal à la jambe, je grimaçai sans pouvoir m'en empêcher.

— Qu'est-ce qui ne va pas ? demanda gentiment Rand.

— Rien.

Il se mit à rire.

— On t'a déjà dit que tu mentais très mal ?

— Tu crois ? Je pense au contraire que je peux être brillant.

— Dans ce cas, c'est juste avec moi.

— Possible, admis-je avec un sourire.

— Dis-moi ce qui ne va pas, insista Rand.

Je m'éclaircis la voix.

— Je vais très bien. C'est juste que j'ai été un peu bousculé aujourd'hui.

— Quand ? J'ai regardé cette vidéo avec le taureau sur le site Internet. Je n'ai pas remarqué que tu avais été touché.

Là, c'était une nouvelle.

— Le rodéo a un site Internet ?

— Ouais, et Pierce m'en a envoyé le lien. Ils ont posté les événements les plus marquants du rodéo pour inciter les gens à participer l'année prochaine, tu vois ?

— Oui, ça me paraît logique.

— Je suis actuellement connecté au site.

Une alarme soudaine se déclencha dans mon crâne.

— Houlà, tu ne devrais pas…

— Stef ?

— Oui ?

— Il semble y avoir… Explique-moi comment tu t'es fait mal, Stef ?

Je toussai.

— Qu'est-ce que tu regardes ? demandai-je.

— J'attends le téléchargement d'une vidéo où ton nom apparaît.

— C'est probablement quand j'ai animé la vente aux enchères des célibataires.

— Non, je ne crois pas.

— Tu devrais regarder Everett et Chris quand ils ont attrapé un veau en équipe. C'était vraiment…

— Qu'est-ce que c'est que ça… ? marmonna Rand comme s'il se parlait et à lui-même.

— Rand…

— Bon sang, ça met un bail à charger !

Il n'y avait plus aucun moyen d'éviter la catastrophe.

— Rand, tu sais très bien que tous les ranchers doivent participer à une épreuve du rodéo, d'accord ? Sinon, ils perdent leurs droits.

— Oui, je sais, répondit-il.

J'attendis parce que mon magnifique et merveilleux cowboy n'allait pas tarder à comprendre.

133

— Qu'est-ce que tu… Attends…

Je me préparai à l'explosion en grimaçant.

— Oh merde ! souffla Rand.

— Je vais très bien.

— Quoi… Stef ? Qu'est-ce que tu as fait ?

Je pris une grande bouffée d'air.

— Je ne pouvais pas monter comme toi sur un taureau… En plus, quand je suis revenu de l'hôpital avec Glenn, il ne restait plus qu'une seule épreuve, monter sur un *bronco* avec une selle.

Rand s'étouffa à l'autre bout du fil, mais sans rien dire. Je commençai à craindre que tout ça tourne très mal. J'en eus le cœur serré. J'attendis une minute avant de demander :

— Rand ?

— Non ! hoqueta-t-il comme s'il s'apprêtait à vomir. Qu'est-ce que… Non !

— Tu ne devrais pas regarder.

— Pourquoi ?

— Parce que ça va te flanquer un choc alors que je vais très bien. Je me suis juste cassé une jambe.

Il s'étouffa. Je continuai mes explications :

— D'ailleurs, c'est le péroné. Ce n'est pas très grave.

Il y eut des bruits suspects… Rand devait avoir couvert son téléphone de la main. J'étais pratiquement certain que l'homme que j'aimais tentait de cracher ses poumons. Il raccrocha. Sans doute pour m'éviter de l'entendre vomir. Je profitai de l'interlude pour boitiller jusqu'à ma caravane. En la voyant enfin, je poussai un grand soupir. Au même moment, mon téléphone sonna et le numéro de Rand apparut sur l'écran.

— Est-ce que ça va ? demandai-je.

— Non.

Il paraissait malade et enragé en même temps.

— Je suis toujours entier.

— D'après ce que j'ai vu, beaucoup de gens t'ont filmé.

— Parce que je suis photogénique, dis-je pour plaisanter.

— Stef…

— Tu as regardé la vidéo ?

— Pas encore… Elle charge toujours.

134

Ce qui signifiait qu'elle était lourde : soit parce qu'elle était très longue, soit parce qu'elle avait été prise en haute définition. Dans les deux cas, je ne voulais pas que Rand la voie.

— Ne regarde pas.

— Pourquoi ?

— Parce que ça va te rendre malade de penser…

— Voilà, ça ouvre, dit-il.

— Tu es à la maison ?

— Non, je suis toujours chez Zach, dans son bureau. Ses clients sont partis. Je rentrerai dans la mati… je… je… Oh bon Dieu ! hurla-t-il.

— Tu devrais me voir. Je vais très bien. Tu me parles, Rand. Tu dois bien entendre à ma voix que je vais très bien.

Il ne répondit pas. Il était tellement silencieux que je ne savais pas s'il respirait encore.

— Rand ?

— Attends.

— Rand, écoute…

— Je t'ai dit d'attendre.

Il paraissait franchement mal. Ça me brisait le cœur de réaliser le souci qu'il se faisait à mon sujet. Je restai silencieux durant de longues minutes.

Je l'entendis finalement s'éclaircir la voix.

— Tu as une commotion ? demanda-t-il.

— Je…

— C'est une question très simple, Stef. As-tu ou non une commotion cérébrale ?

— Qu'est-ce qui t'a donné l'idée de poser cette question ?

— J'ai vu avec quelle force tu as heurté le sol.

— Oh !

— Stef ?

— Oui, j'ai une commotion cérébrale, mais légère.

— Et tu t'es cassé la jambe ?

— Juste le péroné, c'est un petit os, pas un grand, expliquai-je.

— Je sais très bien ce qu'est un péroné !

— D'accord, dis-je.

En fait, ça me fichait la trouille que Rand reste aussi calme.

135

— Tu sais, reprit-il, les commotions cérébrales, ça peut être vicieux. En principe, après un traumatisme crânien, quelqu'un doit te surveiller toute la nuit et t'empêcher de dormir. Il y a quelqu'un avec toi ?

— Non, Rand, je…

— Y a-t-il quelqu'un qui s'occupe de toi comme je voudrais et j'aimerais le faire ?

Sa voix monta d'un cran.

— Qu'est-ce que tu ne me dis pas ?

— Non, Rand, tu…

— Et tu comptes quand même partir demain au White Ash ?

— Oui.

J'avais répondu d'une toute petite voix qui ne ressemblait aucunement à la mienne.

— Depuis quand Glenn et toi êtes-vous devenus aussi proches ? grogna Rand.

— Tu n'as aucune raison d'être jaloux de ton cousin, affirmai-je.

— Tu crois ?

— Ça suffit, dis-je. J'ai mal à la tête et tu n'arranges rien. Ce n'est pas gentil.

Son souffle s'étouffa. Puis il reprit :

— D'accord, alors je vais t'expliquer ce qui va se passer. Je file immédiatement à l'aéroport. Toi, tu restes où tu es et tu m'attends. C'est compris ?

— Je ne peux pas. Le rodéo est terminé, Rand, je ne peux pas rester là. Les gars vont vouloir rentrer au ranch et j'ai promis à Rayland et à Glenn de les accompagner au White Ash. Je ne veux pas rompre ma promesse après avoir passé deux jours à gagner leur confiance. Je…

— Tu peux m'attendre. Personne ne va te mettre à la porte de ta caravane. Beaucoup resteront sur place jusqu'à demain midi.

— Non, il y a déjà des gens qui partent.

— Pas ceux qui ont amené avec eux du bétail et des chevaux, Stef. Tous les ranchers et les cowboys resteront jusqu'à demain au moins.

— Glenn et Rayland comptent partir à…

— Ils partiront sans toi. Je veux que tu restes où tu es et que tu m'attendes.

— Rand…

— Stefan Joss ! hurla-t-il. Est-ce que tu m'as compris ?

— Je veux voir le White…

— Non, Stef, tu te fous complètement du ranch. Je te connais. Tu veux revenir à la maison. La seule chose qui compte pour toi, c'est que je signe une renonciation de mes droits. Parce que tu veux que j'arrange les choses entre Rayland et ma mère. Tu veux aussi que je découvre si Glenn est sérieux au sujet de ce foutu restaurant.

Il avait raison. C'était exactement ce que je voulais. Rand insista :

— Je parlerai à tout le monde, je te le jure, mais je le ferai à mes conditions, sur mon ranch. S'ils veulent me parler, ils viendront chez moi, pas le contraire. C'est bien compris ?

Rand était un homme fier. Ce n'était pas à moi de le dépouiller de son armure.

— Oui.

— Je vais venir te chercher pour te ramener à la maison, un point c'est tout. Peut-être que si tu n'avais pas été blessé, je t'aurais suivi chez mon oncle, mais plus maintenant.

J'avais vraiment envie de rentrer à la maison.

— Tu vas rentrer à la maison, insista Rand. Je ne veux plus rien entendre.

Je n'avais plus la force de lui résister. J'avais besoin de lui. J'avais besoin de le voir.

— D'accord.

— Tu es censé donner des cours mardi. Tu l'as oublié ?

Et zut. Effectivement, j'avais oublié.

— Tu as de la chance, insista Rand, demain, c'est *Columbus Day*, sinon, tu serais vraiment dans la merde.

Il avait raison.

— Viens me chercher.

— Bordel, ne t'avise pas de bouger. Où est ta foutue caravane ?

— C'est la dernière, tout au bout de la rangée.

— Et merde !

Il était encore très en colère.

— Mais enfin, Rand, je vais…

— Si tu me dis encore une putain de fois que tu vas très bien, je vais péter un câble, c'est compris ? Tu es con ou quoi ?

— Que voulais-tu que je fasse ?

— Certainement pas que tu risques ta vie pour quelques acres d'une terre dont je n'ai strictement rien à foutre !

— Je l'ignorais.

— Mais tu veux quand même que je donne ces terres à Rayland !

— Parce qu'il représente ta famille.

— Ma famille, c'est toi, pas lui. Bon Dieu, Stef, tu aurais pu y rester, et qu'est-ce que je serais devenu, hein ? Tu aurais foutu tout le reste de ma vie en l'air parce que je ne peux pas continuer sans toi, espèce de salaud, égoïste, enfoiré !

— C'est à toi que je pensais.

— Si tu avais vraiment pensé à moi, tu ne serais jamais monté sur ce cheval !

— Rand…

— Quant à Everett, Dusty, Chase et…

— Rand…

— … Ils sont virés. Tous. C'est compris, Stef ? Ils sont tous virés.

Non.

— Rand, tu ne peux pas faire ça.

— Ah tu crois ça ? Putain, tu vas voir. Comment ces connards ont-ils osé te laisser…

— Arrête de hurler ! criai-je.

Ce qui était plutôt marrant, mais je ne le réalisais pas sur le moment parce que j'étais livide de rage.

— Tu ne vas pas virer ces hommes de mon ranch parce que tu es en colère. Ils sont venus avec moi, ils ont été là pour moi. Et puis, ils ne voulaient pas que je monte sur ce cheval psychotique, mais je l'ai fait quand même, pour toi et pour le ranch. D'accord, je me suis cassé une jambe, et alors ? Je refuse que Rayland nous vole ces terres. Ce n'est pas comme ça qu'il les obtiendra. Nous les lui donnerons parce que ça nous plaît, pas parce que c'est un sale con manipulateur. Les mecs et moi, nous avons réussi, Rand. Nous avons démontré à tous ces connards homophobes qu'ils pouvaient aller se faire mettre. Quant à Gil Landry et sa sœur – qui pensent tous les deux que tu te lasseras de moi – qu'ils aillent se faire foutre, parce que ça n'arrivera jamais.

Il y eut un grand silence à l'autre bout du fil.

— Tu as fini ? demanda Rand.

— Oui.

— Reste là et attends-moi. C'est compris ?

— Oui.

L'air siffla entre mes dents quand je frissonnai sous le coup d'une vive crampe à la jambe. J'avais mal. En plus, j'avais froid après être resté planté dehors au milieu de la nuit.

— Tu devrais aller t'étendre pour reposer ta jambe, déclara Rand.

— Oui, tu as raison, admis-je.

— Quand tu es monté sur ce cheval, as-tu pensé une seconde que le pire pourrait arriver ?

— Non, je voulais juste te protéger.

— Où es-tu actuellement ?

— Devant ma caravane, je regarde Bella à travers la vitre.

— Tu as emmené ta chienne ?

— Pourquoi tout le monde me pose cette même question comme si c'était bizarre ? Ouais, j'ai emmené ma chienne, et alors ?

Rand éclata de rire, ce qui me fit du bien.

— Rand…

— Tu as raison, coupa-t-il.

— À quel sujet ?

— Je ne me lasserai jamais de toi.

— Oh ça ? fis-je avec un soupir.

— Ouais, je me sens beaucoup mieux quand tu es là.

Tout à coup, je n'arrivais plus à respirer. Je marmonnai :

— Alors, tu es sûr que je peux rester dans cette caravane jusqu'à demain ? Ils ne vont pas me jeter dehors une fois que les hommes seront partis ?

— Les hommes ne partiront pas. Je veux que tout le monde m'attende. Tu le leur diras.

— Tu es sûr ?

— Certain.

— D'accord. Et si Rayland et Glenn sont encore là demain, tu vas leur parler des droits de pâture ?

— Je les inviterai juste à venir au Red, Stef, c'est tout.

C'était mieux que rien.

— Merci, Rand.

— Ne t'endors pas, me rappela-t-il.

— D'accord.

— Est-ce que les médecins t'ont donné quelque chose contre la douleur ?

— Oui.

— Je ne veux pas que tu ingurgites un truc qui va t'assommer.

— Je vais très bien.

— Si tu continues à dire ça, je vais te massacrer.

— Dépêche-toi, grommelai-je, d'un ton faussement irrité.

— Compte là-dessus.

J'avais vraiment envie de le revoir.

VIII

J'ALLAI OUVRIR la porte de la caravane pour faire sortir Bella, puis je décidai de retourner jusqu'à l'endroit où les gens dansaient, afin d'expliquer à Glenn la modification de mes projets. Au bout de quelques pas, je croisai Everett : il me rapportait ma béquille.

— La reine de beauté m'a demandé de te ramener ça.

— Qui ?

— Carly Landry.

— Oh… Oui, bien sûr, dis-je avec un sourire forcé.

— On dirait que tu t'es fait sacrément baiser et que tu commences à couler.

— Ça me paraît répugnant, protestai-je. Je vais retourner dans ma tanière, tu peux me rendre un service ? Trouve-moi Glenn Holloway et demande-lui de venir me voir.

Il hocha la tête, puis je notai la façon dont il baissait les yeux et mettait les deux mains dans ses poches. Je reconnus son expression : la culpabilité.

— Enfoiré ! C'est toi qui as dit à Rand où j'étais.

— J'ai demandé à Pierce de le faire, c'est vrai.

— Et pendant qu'il était sur le site, à me regarder protéger Glenn de son taureau, Rand a aussi assisté à ma chute de ce *bronco*.

Il releva les yeux sur moi.

— Donc, je présume qu'il va rappliquer.

J'acquiesçai en silence.

— Je suis viré ? s'enquit Everett.

— Non, ne sois pas ridicule.

— C'est vrai ?

Il paraissait surpris.

— Il n'est pas furieux ?

— Oh si, il est furieux, mais pas contre vous, les gars, juste contre moi.

— C'est vrai ?

— Ouais, et ce serait sympa que ça ne te fasse pas autant plaisir.

— Ce n'est pas que ça me fait plaisir, c'est juste que ça me surprend, corrigea Everett. Je pensais qu'il serait furieux, point final.

141

— Il sera là demain.

— Très bien, je suppose que nous allons tous devoir l'attendre. De toute façon, nous ne comptions pas partir avant midi.

— Rayland et Glenn s'en vont bien plus tôt, c'est pourquoi je dois parler à Glenn.

Je récupérai mes deux béquilles et les positionnai sous mes aisselles, prêt à retourner à la caravane. Une idée saugrenue me fit demander :

— Tu trouves vraiment que Carly est une reine de beauté ?

— Je trouve que c'est une petite garce intéressée. Comme elle sait que je ne suis qu'un cowboy, elle refuserait de me donner l'heure, mais si demain je gagnais à la loterie, je l'intéresserais beaucoup plus.

Je lui adressai un sourire.

— Si tu parlais à Regina Kincaid au lieu de l'ignorer chaque fois que tu la croises, je t'assure que ta vie prendrait une toute nouvelle direction, Everett.

Il me regarda comme si je venais de le gifler.

— Son frère et son père me détestent, maugréa-t-il.

— Ce n'est pas vrai ! Ils ne te détestent pas. Ils pensent juste que tu ne cherches qu'à baiser… Et c'est un mari qu'ils veulent pour l'ange de la famille.

Il s'éclaircit la voix.

— Son père m'a dit, je cite : il ne veut pas d'un Blanc dans la famille.

Je grognai.

— J'étais là quand il t'a dit ça. La citation exacte c'était qu'il ne voulait pas dans la famille d'un Blanc *qui n'allait pas régulièrement à l'église*. Voilà ce qu'il t'a dit.

Everett me dévisageait avec de grands yeux. Je repris :

— Tu n'es pas un mauvais bougre. En fait, tu es même un mec très bien, mais si tu veux une femme comme ça, il te faudra changer quelques-unes de tes habitudes. Elle enseigne à l'école, elle va à l'église, elle est superbe. Je n'ai jamais vu d'aussi grands yeux bruns ni de sourire plus magnifique. Quant à sa peau, elle est…

Il émit un son qui me força à m'arrêter. Je changeai mon angle d'attaque :

— Et toi, tu es un coureur de jupons. Elle vaut mieux que toi, bien mieux.

— Elle n'est pas pour moi.

— Elle pourrait l'être si tu la voulais vraiment, corrigeai-je. Mais il faut que tu la désires davantage que la vie que tu mènes actuellement. Tu es le seul à savoir si tu peux changer ou pas.

Il hocha la tête.

— Alors, c'est bon, nous pouvons y aller ?

— Non, répondit-il avec un soupir.

Je savais bien que son cerveau venait de partir en vrille, mais soudain, Everett me fixa bien en face, avec un regard que je ne lui avais jamais vu.

— Bon Dieu, quoi encore ?

— J'ai travaillé dans de très bons ranchs où les cowboys étaient traités comme des membres de la famille. Malheureusement, ça ne dure pas, ces ranchs-là sont rachetés par de grosses compagnies de bétail ou bien ils font faillite, pour une raison ou une autre. Le Red Diamond est un ranch immense qui fonctionne comme un petit et, durant ce week-end, j'ai compris que tout ça, c'était grâce à toi.

Je lui jetai un regard étréci.

Il enleva son chapeau et se mit à jouer avec.

— Je ne veux pas paraître ignorant, je ne dis pas que tu es une femme, Stef, mais avec nous – avec les hommes – ton regard est bien plus doux que celui de Rand Holloway. À mon avis, c'est pour ça que tu lui es devenu indispensable.

C'était le truc le plus sympa qu'il m'ait jamais dit.

— C'est très gentil de ta part, mais le Red Diamond fonctionnait déjà comme ça avant que j'arrive. Tu sais bien que le ranch, c'est Rand, et vice versa.

— Non m'sieur, répondit-il, en secouant la tête. Avant que tu viennes, c'était un super endroit pour travailler, mais nous n'étions pas de la famille.

Une sensation étrange me frappa, m'envahit, me traversa ; je dus serrer la mâchoire et mes yeux me brûlèrent. Tout frissonnant, je luttai pour ne pas m'effondrer. Les mots qu'Everett venait de prononcer signifiaient infiniment plus pour moi qu'il ne pouvait le deviner. Peut-être… *juste peut-être*… que j'apportais autant à Rand Holloway que ce qu'il me donnait.

— Les choses ont beaucoup changé depuis ton arrivée, insista Everett.

Apparemment, c'était vrai pour tout le monde, pas que pour moi. Je restai silencieux, Everett continua :

— Rand est bien plus calme et heureux depuis que tu vis au ranch. Alors, je voudrais connaître ce genre de vie, moi aussi.

Il paraissait mal à l'aise, son chapeau tournoyait de plus en plus vite entre ses doigts nerveux. Je voulus lui donner une échappatoire.

— Quand tu parles de ce genre de vie, tu envisages juste de te caser, pas de coucher avec un mec ?

Je me préparai à encaisser… Il me frappa sur le bras, vraiment fort.

— Merde, Everett !

— Je ne peux pas te taper sur la tête, ça pourrait te tuer. Je ne peux pas davantage de balancer un coup de pied. Mec, tu es vraiment un emmerdeur de première classe !

Comme si personne ne me l'avait déjà dit !

— Rends-moi service et va me chercher Glenn Holloway, d'accord ? Je ne pourrai jamais retourner jusqu'au bal, j'ai la sensation que je vais m'écrouler.

— Pourquoi ne vas-tu pas te coucher ?

— Rand prétend que je ne devrais pas, c'est à cause de ma comm…

— Oh merde, coupa Everett. Bien sûr. Je vais te chercher Glenn, puis je resterai là pour te surveiller. Ne bouge pas.

Il se tournait déjà pour partir.

— Tu n'auras pas besoin de me le dire deux fois, dis-je, moqueur. Hé, est-ce que quelqu'un a pensé à nourrir Bella aujourd'hui ?

— Oui, je m'en suis occupé.

— Merci d'y avoir pensé.

Il se tourna vers moi avec un regard étrange.

— Pensé ? Je ne vois pas comment j'aurais pu l'oublier. Ta chienne est aussi emmerdante que toi.

Je lui souris. Avant de se remettre en marche, il appela Bella pour qu'elle l'accompagne. La chienne me regarda.

— Va avec lui, Bell, dis-je d'un ton enjoué.

Elle pencha la tête de côté, comme si j'étais complètement idiot, puis elle s'assit à mes pieds.

— Ça ne sert à rien, Stef, s'exclama Everett avec un bref éclat de rire. Ta chienne n'aime que toi.

Tandis que je lui caressais le museau, elle se frotta à mes doigts, sa queue tapant fort sur la terre battue. Je ne pus retenir mon sourire. C'était exact : Bella m'adorait.

Retournant dans la caravane, j'enfilai ma parka et mon bonnet parce qu'il faisait bien plus froid dehors que deux nuits plus tôt. J'étais assis sur la dernière marche de la caravane, occupé à jeter une balle de tennis à Bella quand elle se figea tout à coup, avec sa prise sale et pelucheuse entre les pattes.

— Stef ?

J'agitai la main pour accueillir Glenn.

— Je suis désolé de t'avoir fait revenir jusque-là, mais je ne crois pas pouvoir faire un pas de plus cette nuit.

Il hésita, planté sur place, en surveillant ma chienne.

— Elle ne te fera rien, assurai-je.

— Stef, elle est sacrément énorme.

J'appelai Bella à mes côtés ; elle obéit instantanément et s'installa d'un bond auprès de moi, afin que je puisse caresser une de ses oreilles soyeuses.

Glenn se remit prudemment en marche, un pas après l'autre, sans jamais quitter la bête des yeux.

Je lui rappelai :

— Mais enfin, cowboy, tu es monté sur un taureau aujourd'hui. Du cran !

— Ouais, mais le taureau n'en voulait pas à ma jugulaire.

— Elle est inoffensive.

— C'est toi qui le dis.

— Lance-lui sa balle.

Glenn ramassa la balle, la montra à la chienne, puis la jeta. Bella ne bougea pas d'un pouce.

— Je trouve suspecte la façon dont elle m'examine, remarqua Glenn en me regardant.

J'éclatai de rire. Bella se tourna vers moi et me heurta le visage de la truffe, avant de se frotter à mes cheveux pour me humer.

Glenn ricana.

— Elle te traite comme si tu étais son chiot.

Avec un sourire, je caressai ma chienne.

— C'est possible, admis-je. Allez, Bell, va chercher cette balle, attrape.

Elle se tourna au contraire pour regarder Glenn. Il s'agenouilla. Elle avança lentement vers lui, le surveillant. Elle se laissa caresser. Une seconde après, elle fila récupérer sa balle.

— Bon sang, ce chien est sacrément méfiant.

— Hé, Glenn, je ne vais pas pouvoir aller chez vous demain matin, mais si vous pouviez attendre que Rand arrive, je…

— Rand vient ici demain ?

— Ouais. Et si c'était possible, j'aimerais vraiment que tu puisses revenir au Red avec nous. Je voudrais que tu aies l'occasion de parler à Rand de tes projets de restaurant.

Il ouvrit la bouche, mais rien n'en sortit. Quand Bella déposa à ses pieds la balle dégoûtante, couverte de salive et de terre, il se baissa sans réfléchir et la rejeta.

— Tu m'as entendu ? insistai-je.

— Oui.

— Et alors ?

— Et alors, Rand me déteste.

— Non, affirmai-je, en secouant la tête.

— Non ?

— Tu devrais revenir avec nous au Red. Et demande à ton père de nous accompagner.

— Mon père ? s'exclama-t-il, sidéré.

— Oui, s'il te plaît.

— Bon Dieu, Stef, tu es sûr de ce que tu fais ?

— Certain.

— Tu voudrais que nous attendions Rand ?

— Oui, si c'est possible.

— Moi, je peux. Quant à mon père, je n'en sais rien. Je me demande s'il le voudra.

Oh, il le voudra ! pensai-je.

— Pose-lui la question, d'accord ?

Il se racla la gorge.

— Bien sûr.

— J'ai vraiment besoin de dormir, dis-je, tout en réalisant que je n'étais même pas certain de pouvoir m'étendre sur mon lit. Je te verrai demain.

Il me regardait… En vérité, il me scrutait.

— Tu sais, je te trouve très pâle. Tu veux que je t'aide à remonter dans la caravane ?

— Non.

— Stef, tu devrais me laisser…

— Ça va très bien, mentis-je. Va profiter du reste de la nuit.

Il acquiesça.

— D'accord, dans ce cas, nous attendrons Rand demain.

146

— Génial.

— Ils ont prévu de servir un petit-déjeuner demain avant que tout le monde s'en aille. Viens manger avec nous, si tu peux.

— Si je suis capable de bouger demain matin, je serai là.

Il fronça les sourcils, inquiet.

— Tu es certain que tu n'as pas besoin que je reste avec toi ?

— Certain. Je te signale que tu dois retourner auprès de Rachel.

J'eus un sourire.

— Tu sais, j'ai l'impression qu'il est déjà trois heures du matin, mais il n'est probablement que vingt-deux heures.

— Vingt-deux heures trente, corrigea-t-il.

— Tu vois ?

Je haussai les épaules.

— Se faire éjecter d'un cheval, ça détraque complètement l'horloge interne.

— Je crois que le responsable, c'est surtout le passage à l'hôpital.

À nouveau, je haussai les épaules, puis nous éclatâmes de rire ensemble comme des compagnons d'armes. Glenn Holloway s'en alla ensuite, me laissant jouer avec ma chienne. Je lui jetai sa balle, c'était le seul mouvement que je me sentais capable d'accomplir.

IX

Si j'avais porté mon chapeau de cowboy avec mes lunettes de soleil, la douleur que je ressentais aurait pu passer pour les séquelles d'une cuite, mais je débarquai ce matin-là plus courbaturé encore que la veille. Par contre, je me sentais l'esprit plus clair. J'avais la ferme intention de ne rien ingurgiter de plus fort que du Tylenol – du moins, si ça m'était possible. Les analgésiques opiacés me faisaient tourner la tête et du coup, je parlais beaucoup trop.

Je fus surpris de voir Carly Landry assise avec son frère à une table voisine. Je pris place tandis qu'Everett partait me remplir une assiette.

— Stefan.

Levant les yeux, je la vis penchée sur moi. J'attendis pour savoir ce qu'elle voulait.

— Je suis contente de vous retrouver ce matin. Puis-je m'asseoir ? demanda-t-elle.

— Bien sûr.

— Glenn vous cherchait tout à l'heure.

Parfait. Je m'apprêtai à le dire à haute voix, mais quand je me tournai vers Carly, je découvris qu'elle ne me regardait plus du tout. Elle paraissait très absorbée par autre chose. Elle avait les lèvres entrouvertes, les yeux écarquillés, et ses mains posées sur la table s'étaient crispées en poings. Je scrutai la foule afin de découvrir ce qui l'avait ainsi tétanisée.

Rand.

J'en fus sidéré. Parce qu'il était là, traversant la foule. C'était bien Rand Holloway qui marchait en ligne droite, forçant les autres à s'écarter de son passage. Il portait son Stetson gris, une chemise de flanelle, un jean et des bottes. Quelque part, sur lui, c'était une tenue à couper le souffle. D'après la réaction de Carly, je n'étais pas le seul à le penser.

Rand avait une démarche qui n'appartenait qu'à lui, fluide, avec un léger déhanchement. L'homme marchait avec une totale confiance en lui. Je ne connaissais personne qui possédait à ce point la certitude de sa place dans le monde. Cette exhibition naturelle de force, de pouvoir et de virilité me serra la gorge ; mon cœur s'emballa.

148

— Rand est là, annonça Carly.

C'était inutile, tout le monde l'avait remarqué. Elle se leva et agita la main. Rand la repéra. Et du coup, il me vit.

Je souris tandis qu'il s'approchait de moi, le regard étréci.

— Rand, commença Carly le souffle court, je suis tellement heureuse…

Il l'interrompit en disant :

— Stef.

Il ne put continuer, sa voix craqua. Il posa les mains sur mon visage en se penchant vers moi.

— Ne fais pas ça, dis-je à mi-voix.

Tournant vite le visage, j'effleurai sa paume de mes lèvres avant de m'écarter pour le regarder.

— Comment vas-tu ? demandai-je.

Je vis les muscles de sa mâchoire se crisper, mais il déglutit et réussit à se contenir. Je notai l'effort que cela représenta pour lui. Il souleva la chaise à mes côtés et la retourna avant de s'asseoir. Ainsi, il me faisait face, ses genoux encadrant les miens. Il posa les mains sur mes cuisses et s'y accrocha. Je pris une profonde inspiration tandis qu'une émotion soudaine me traversait. J'avais été blessé. J'avais réussi à traverser cette épreuve – parce qu'il le fallait – mais maintenant, Rand était là. Je pouvais me reposer sur lui. Jamais je n'avais été aussi content de le voir !

Il fit remonter sa main chaude et rassurante jusqu'à ma joue.

— Tu ne devrais pas me toucher en public, dis-je.

— Je me contrefous de ce que pensent ces gens, Stef. Je t'aime. Un point c'est tout.

En le regardant, en fixant ses yeux d'un bleu électrique que j'adorais, je me sentis mieux.

— Merci d'être là.

— Je suis venu aussi vite que possible, affirma-t-il.

Il avait une voix basse et profonde, rauque, terriblement sensuelle. Je hochai la tête. Rand s'écarta un peu et souleva ma jambe cassée pour la poser sur ses genoux.

— Tu es censé garder la jambe en l'air, me dit-il sévèrement.

Au même moment, Everett nous rejoignit et salua Rand d'un air inquiet.

— Hé, boss.

Rand désigna l'assiette que portait le cowboy à mon intention : des œufs et des biscuits.

— Ça m'a l'air pas mal, amène-moi la même chose, Ev. Dis aussi à Chris et Pierce que Stef et moi voulons du café et du jus d'orange.

Everett ne bougea pas. Il resta planté là à regarder Rand. Il attendait…

— Ai-je bafouillé ? demanda Rand.

Cette fois, Everett eut un grand sourire soulagé.

— Non, m'sieur. Merci.

— Non, c'est moi qui te remercie, indiqua Rand qui effleura le bord de son chapeau.

Everett poussa un profond soupir avant de s'éloigner. Je le regardai partir. En le faisant, je tournai le dos à Rand et aperçus Carly. J'avais complètement oublié qu'elle était là. On aurait cru une autre femme. Elle avait laissé tomber son masque, exhibant tout à coup sa douleur, son humiliation, sa haine et son désir éperdu. Le sentiment le plus fort, c'était ce désir.

— Rand, appela-t-elle.

Il cessa d'examiner ma jambe et tourna lentement les yeux vers elle.

— Je suis tellement heureuse de te voir, dit-elle.

Il acquiesça.

— Salut, tu as l'air en forme.

— Merci.

— Et ta famille, ça va ?

Tout en posant la question, manifestement par politesse, il plongea les doigts dans ma cuisse et se mit à masser mes muscles crispés. Mes pénibles déambulations de la veille en béquilles m'avaient laissé des crampes.

— Tout le monde va très bien, déclara Carly.

— Tant mieux. Tu diras bonjour à tes parents de ma part.

— Bien sûr.

Rand ramena les yeux sur mon visage.

— Pourrais-tu enlever ces lunettes, Stef ?

J'aurais vraiment préféré ne pas le faire.

— Stef…, insista Rand en grommelant.

Dans sa bouche, mon nom avait quelque chose de décadent. Je retirai mes énormes lunettes en les repoussant sur ma tête. Puis j'écartai mes cheveux de mon visage.

Il m'étudia durant plusieurs minutes. Je vis les muscles de sa mâchoire se crisper. Je tentai de l'apaiser, de calmer la douleur et la colère que je voyais briller dans ses yeux.

— Rand, dis-je, à mi-voix.

— Il faut que je dise deux mots à Gil.

— Non !

Carly et moi avions protesté ensemble. Rand ne répondit qu'à moi :

— Tu as vu ton œil ? gronda-t-il, les dents serrées.

Il se redressa et souleva d'un geste tendre ma jambe blessée de ses cuisses pour la reposer sur la chaise qu'il venait de libérer.

— Mais Rand, Gil voulait seulement…, commença Carly.

Rand l'interrompit d'une voix glacée :

— Il a frappé Stef – qui m'appartient.

Il parlait si calmement que, durant une seconde, je ne réalisai pas à quel point il était furieux… Pas avant de le voir s'écarter de notre table.

— Rand ! cria encore Carly.

Sans se retourner, il accéléra en fonçant droit vers son frère. Plus personne ne pouvait le raisonner, pas même moi. Personne ne pouvait l'arrêter. Et je compris pourquoi. Personne n'était autorisé à attaquer les gens que Rand Holloway aimait.

— Gil ! beugla-t-il.

Je vis le mec se lever de la chaise dans laquelle il était assis. Il paraissait terrifié, ce qui me poussa à appeler Everett à la rescousse. Je fus très soulagé de voir Glenn et Rayland s'approcher aussi des deux hommes, accompagnés d'autres cowboys.

— Glenn ! criai-je.

Il m'entendit. Il vit aussi Rand et se précipita vers lui. Malheureusement, il ne fut pas assez rapide. Dès que mon cowboy se trouva à portée, Gil lui balança un coup de poing qui le rata d'un kilomètre. Voilà qui en disait long sur mes capacités de combattant ! Comment avait-il pu me boxer aussi facilement ? En plus, j'étais parfaitement capable de me défendre. Par contre, le crochet que lui décocha Rand n'était pas du tout dans mes moyens. Je n'avais pas la force musculaire nécessaire. Le coup fut précis, délibéré, puissant. Il atteignit Gil en pleine figure. Même d'où j'étais, j'entendis le bruit de l'impact et vis le sang jaillir. Je compris alors que Rand venait de casser le nez de son adversaire en quelques secondes.

— Bordel, Holloway ! hurla Gil.

Glenn et Everett empoignèrent Rand chacun par un bras et l'écartèrent.

— Va te faire foutre, sombre connard ! J'aurais pu te briser la mâchoire.

Quand Gil renversa la tête en arrière, plusieurs de ses hommes lui tendirent des serviettes en papier afin d'éponger le flot de sang.

— Tout est de votre faute !

Je me tournai vers Carly et vis à quel point elle était en colère et blessée. Elle continua à m'apostropher :

— Croyez-vous vraiment qu'il vous remerciera dans un an, dans cinq ans, quand il réalisera qu'il n'a pas d'enfants, pas d'amis ? Il n'aura personne à qui léguer sa maison, pas de famille avec qui passer ses week-ends, pas d'amis pour aller au cinéma ou sortir en couple. Il n'aura que *vous*.

Il y avait tant de venin et de haine dans sa voix que j'en frissonnai.

Elle n'en avait pas fini.

— C'est un homme destiné à être père, à être entouré d'amis, et vous lui volez tout ça, sale égoïste, misérable tas de merde.

Comme d'habitude, c'était une querelle qui me dépassait. Ces derniers temps, je devenais une sorte de catalyseur. Au lieu de se créer une vie indépendante, Carly Landry attendait qu'un homme le fasse pour elle. Contrairement à la plupart des femmes que je connaissais, qui se donnaient la peine d'obtenir ce qu'elles désiraient avant de trouver quelqu'un avec qui partager leurs rêves, Carly attendait passivement l'arrivée d'un prince sur son cheval blanc. J'aurais aimé qu'elle m'en parle. Je lui aurais indiqué que, si elle se construisait un château, quelqu'un voudrait y vivre avec elle. Mais d'abord, il fallait le faire jaillir du sol.

— Vous lui volez la famille et le foyer qu'il pourrait avoir ! m'accusa-t-elle. Vous lui volez tout.

— Carly, dis-je, calmement.

— Je…

— Ça suffit, coupai-je, parce que vous ne savez strictement rien de Rand Holloway.

Elle fit siffler l'air entre ses dents tout en me fusillant du regard, les yeux rouges et humides.

Je cherchai à la calmer.

— Je ne sais pas dans quel genre de ranch vous vivez, Carly, mais au Red Diamond, Rand n'a pas le temps d'aller au cinéma ou de sortir en couple avec des amis. La plupart du temps, il prend son dimanche et ce jour-là, tous ceux qui vivent sur notre ranch viennent manger à la maison ; nous faisons une grande tablée avec toutes les familles, les femmes et les enfants. Chacun amène quelque chose. Durant l'été, nous organisons un barbecue ; l'hiver, c'est davantage des ragoûts, des plats mijotés, des trucs comme ça. Rand a des amis qui viennent régulièrement le voir le samedi soir, après qu'il a passé toute la journée à travailler. Tout le monde sait qu'il apprécie de jouer aux cartes, prendre un verre ou regarder un match.

Elle pleurait sans se cacher, mais elle m'écoutait. Aussi, je continuai :

— Oui, il a perdu quelques amis lorsqu'il m'a choisi, mais il en a également rencontré des nouveaux.

Elle accepta la serviette en papier que je lui tendais.

— Quant à sa famille, il l'a toujours parce que chacun d'eux m'adore. Le ranch est florissant, l'argent coule à flots.

Avec un sourire, je lui pris la main.

— Rand Holloway n'a pas besoin d'une femme. Ce qu'il lui faut, c'est aimer et être aimé en retour.

Elle tremblait si fort qu'elle en était secouée des pieds à la tête.

— C'est dégoûtant. Vous êtes malade. Vous vous trompez si vous pensez qu'il vous aime vraiment. Comment le pourrait-il ?

Manifestement, elle était bornée et enfermée dans ses préjugés. J'en fus attristé pour elle au point que je dus plisser les yeux pour ne pas pleurer. Je compris aussi que j'étais bien plus épuisé que je ne l'avais cru.

— D'accord, dis-je dans un souffle.

— Quand il vous jettera…

— Hé.

Levant les yeux, je vis que Rand nous avait rejoints. Il arborait un immense sourire lumineux. Ses yeux turquoise brillaient de chaleur et de joie, ils pétillaient littéralement.

J'en fus captivé.

— Alors, tu as vu, hein ? demanda Rand en agitant les sourcils.

Je secouai la tête ; son sourire en devint démoniaque. Rand était manifestement enchanté de lui-même.

— Ce n'est pas bien de taper sur les gens, dis-je, sévèrement.

— Dans ce cas, les gens ne devraient pas commencer par taper sur quelqu'un à qui je tiens comme à la prunelle de mes yeux, contra-t-il, un sourcil levé.

Je contemplai ses yeux bleus malicieux et réalisai, en voyant la façon dont cet homme me regardait, qu'il n'y avait aucune équivoque concernant ce qu'il éprouvait pour moi.

Carly en perdit le souffle.

Rand resta planté là à me fixer avec possessivité, passion et joie – un bonheur tout simple et naturel.

— Invite Glenn et Rayland à venir avec nous à la maison, dis-je.

— Je l'ai déjà fait.

Sur ce, Rand reprit sa place à mes côtés ; il leva ma jambe cassée et la posa sur ses genoux. Au même moment, Everett posa devant lui une assiette pleine.

Rand le remercia, puis reprit à mon intention :

— Ils vont nous suivre quand nous partirons. D'ailleurs, Zach les retrouvera également chez moi.

Chris apparut une seconde plus tard avec un sac de glace.

— Boss, c'est pour votre main.

— Merci, répondit Rand.

Il mangea de la main gauche puisqu'il dut poser les glaçons sur sa main droite. Dusty lui apporta du café et du jus d'orange.

Rand regarda autour de lui avec un sourire : ses hommes s'étaient tous installés à sa table, quittant leur place précédente pour se rapprocher de lui

— Bon sang, je crève la dalle, déclara Rand. Hé, Ev, je t'ai vu monter ton taureau, ce n'était pas si mal.

— Toi, tu aurais gagné, répondit Everett.

— Absolument, ricana Rand, moqueur. Mais si tu veux mon avis, Stef ne me laissera plus jamais monter un taureau, aussi il faudra que tu gagnes l'an prochain.

— Oui m'sieur, déclara Everett.

Se tournant vers Chris et Dusty, Rand les complimenta, chacun à leur tour. Je regardai Carly qui écoutait et analysait la scène se déroulant devant elle. En s'attardant, elle vit combien les hommes se disputaient l'attention de celui qui représentait leur univers. Parce que, sans Rand, il n'y avait pas de ranch, et sans ranch, ils n'avaient pas de foyer. Rand Holloway était le centre de tout. Plus elle restait là, plus elle le réalisait. Rand était le même ; pour ses hommes, je n'étais qu'une extension de leur patron. Que je sois un homme n'y changeait strictement rien.

Ce dont elle m'avait parlé, ses inquiétudes, son homophobie, tout ça aurait pu compter si Rand n'avait dépendu pour vivre que d'un seul endroit, ou s'il n'avait eu de clientèle que dans les petites villes autour de chez lui, mais il avait été prévoyant en décidant d'agrandir le ranch de son père. Il s'était assuré d'explorer toutes les options du marché, très loin, très largement. Que les autres le sachent ou pas, Rand était un homme d'affaires avisé et organisé. Il possédait d'excellents instincts, il comprenait les gens, et il avait désormais un partenaire avec un don pour les acquisitions. Alors, question finances, il était devenu vachement bon. Il ne manquerait jamais de rien, sauf d'enfants. Et il avait même un plan sur ce sujet, avec l'aide de sa petite sœur qui s'avérait être aussi…

— Ah merde, dis-je en sursautant.

Je venais de me souvenir que j'étais censé téléphoner à Charlotte.

Rand se tourna pour me regarder.

— Tu te rappelles que Char va chez le docteur mercredi ?

— Ouais, soufflai-je, en le dévisageant.

— Eh bien, quand elle a constaté qu'elle ne pouvait te joindre, elle m'a appelé, je lui ai raconté tes manigances, aussi elle passera pour une petite visite ce week-end. Nous pourrons parler de nos affaires.

— Oh bon Dieu, dis-je en gémissant. Je pense que je vais aller dormir dans le bâtiment des hommes. Tu diras à Char que je me suis enfui pour m'engager dans un cirque.

Il me sourit.

— Elle te retrouvera où que tu sois, parce qu'elle t'aime probablement plus que son mari, sa mère ou même moi.

J'aimais Charlotte de la même façon.

Rand m'adressa un sourire paresseux et sensuel.

— Elle va être tellement en colère…

— Oh la la !

— Tu ferais mieux de lui acheter un bijou, proposa-t-il. Ou une voiture.

Je hochai la tête avec frénésie, il éclata de rire.

— Rand ? appela Carly.

Il se tourna vers elle.

— J'espère que tu es heureux, ajouta-t-elle.

— C'est le cas, merci. J'espère la même chose pour toi.

Elle eut un petit mouvement de tête nerveux, puis elle se détourna et s'en alla. Rand cria derrière elle :

— Prends bien soin de toi.

Il se retourna vers moi.

— Tu sais, quand je vais expliquer à Char la situation, je pense que j'aurai moi aussi droit à la niche.

— Non, pour un tel secret, c'est la mort assurée.

Il repoussa mes cheveux de mon visage et me regarda en fronçant les sourcils.

— Ce n'est qu'un œil au beurre noir, dis-je. Tu aurais dû t'inquiéter davantage de me voir sur ce *bronco*.

— Tu as décidé de monter sur ce cheval, Stef. C'était ton choix. Tu n'as pas choisi de prendre un gnon.

— Je…

— Rand, espèce de sale con !

Mon cowboy tourna la tête et prêta toute son attention à un Gil Landry écumant de rage, le visage rouge et sanglant.

Il cracha :

— Je vais téléphoner au shérif et…

— Tu ne feras rien du tout, Gil, beugla Rand qui couvrit la voix de l'autre. C'est toi qui as frappé Stef le premier. D'ailleurs, avant de venir jusqu'ici, je me suis arrêté en ville pour voir Austin. Il a dit que tu n'avais qu'à l'appeler, si tu voulais lui parler.

Gil en resta stupéfait.

— Tu connais le shérif d'ici ? demandai-je à Rand.

— Bien sûr. Nous avions l'habitude de pêcher ensemble quand nous étions plus jeunes. Encore aujourd'hui, nous chassons tous les hivers. Tu l'as déjà rencontré d'ailleurs, Austin Cross. Il a ces chiens de chasse mouchetés.

— Oh !

Effectivement, je m'en souvenais.

— Il paraît abasourdi, remarqua Everett.

Je me tournai vers lui.

— Quoi ?

— En général, je n'ai pas souvent l'opportunité d'utiliser ce genre de mot, alors je trouve que Gil Landry paraît abasourdi.

— C'est un chouette mot, admit Dusty. Moi j'aime bien splendide. Je trouve que nous n'utilisons pas assez le mot splendide.

Everett approuva d'un hochement de tête.

— Et si nous considérions que le patron a une façon splendide de boxer ?

— Oui, acquiesça Dusty. C'était splendide.

Je levai les yeux au ciel et Rand commença à rire pendant que nous mangions.

— Vous êtes complètement tarés, les mecs, marmonna Pierce entre ses dents.

Il était difficile de le contredire sur ce point.

Après le petit-déjeuner, Rand se mit à aboyer des ordres à tue-tête et ses hommes les exécutèrent avec célérité, puisqu'ils en avaient l'habitude. Ensuite, Rand et moi allâmes ensemble discuter avec les organisateurs du rodéo. Hud Lawrence fut enchanté de le voir. Mon cowboy serra la main de Katie Beal – celle qui s'était donné la peine de nous prévenir en premier lieu concernant ce rodéo. Je la vis lever sur lui des yeux admiratifs… Et je la comprenais. Si on devait se faire une représentation mentale d'un cowboy, Rand Holloway en était le modèle idéal, avec son chapeau, son jean, ses cheveux noirs et ses yeux d'un bleu à tomber raide. Katie eut pour moi un regard adorable, comme pour me féliciter d'avoir capturé un pareil spécimen. Je trouvais de plus en plus intéressant cette façon qu'avaient certaines personnes d'accepter mon mode de vie tandis que d'autres en éprouvaient de la colère. Personnellement, je ne m'étais jamais soucié de qui les gens mettaient dans leur lit, aussi l'intérêt que l'on me portait me sidérait toujours.

Rand m'escorta ensuite jusqu'à la caravane. Avec son bras fort autour de ma taille, je me sentis bien plus à mon aise que ces derniers jours. Et tout à coup, je compris. Quand j'étais avec Rand, si tendre, si aimant, ça me permettait d'exprimer celui que j'étais vraiment. Bien sûr, je restais égoïste ; bien sûr, je restais entêté, irascible, mais avec lui, je devenais meilleur. Il me rendait meilleur.

Que pouvais-je demander de plus ?

X

RENTRER À la maison fut indescriptible. Je dormis dans le pickup durant tout le trajet, aussi Rand insista-t-il pour que je me repose sur le canapé à peine arrivé. Je n'avais jamais réalisé qu'un voyage aller était toujours bien plus long qu'un voyage retour.

— À l'aller, nous nous sommes arrêtés bien plus souvent que toi, dis-je à Rand.

— Ça ne m'étonne pas.

— Je pense que je vais peut-être annuler mes cours demain, proposai-je.

Au même moment, Tyler se présenta à la porte arrière du ranch en hurlant le nom de Rand.

— Ce serait aussi bien, me répondit Rand.

Il repoussa avec un sourire mes cheveux de mon visage. Il avait toujours dans les yeux le même regard qu'il avait eu durant tout notre trajet pour rentrer chez nous.

— Je vais très bien, affirmai-je. Tu veux que je me lève pour te faire la cuisine afin de te le prouver ?

Il secoua la tête, puis se pencha pour m'embrasser le front.

— Rand ! cria encore Tyler.

Mon cowboy se retourna et aboya :

— Quoi ?

C'était drôle de lui voir tant de hargne après la tendresse qu'il m'avait manifestée quelques secondes plus tôt.

— Ta mère a téléphoné pour te dire qu'elle serait là demain, s'exclama Tyler. Everett vient de m'appeler pour m'annoncer que Rayland et Glenn venaient également nous rendre visite – bordel, qu'est-ce qui se passe ?

— J'ai des trucs à régler avec tout le monde, même toi, mon petit vieux, parce que Stef a décidé de s'immiscer également dans ta vie.

Tyler se tourna pour me regarder.

— Que veux-tu faire au juste, Stef ?

— J'ignorais complètement que vous aviez des enfants, répondis-je.

Il me considéra d'un œil étréci.

— Et qu'est-ce que tu t'imagines faire de cette information ?

— Je compte les inviter à venir au ranch, bien entendu.

— Ils refuseront.

Je lui répondis par un lent sourire.

— Vraiment ?

Tyler leva les yeux au ciel tandis que Rand se mettait à rire.

— Tu sais bien que Stef est irrésistible, dit-il à son oncle.

— Je…

Rand l'interrompit en voyant des phares illuminer les fenêtres de devant.

— Voilà Glenn et Rayland.

Je réalisai alors combien j'avais envie de fermer les yeux. Rand se pencha pour me soulever dans ses bras.

— Viens, dit-il.

— Qu'est-ce que tu fais ?

— Ce soir, nous allons tous nous reposer. Je n'ai pas du tout envie de discuter alors que je suis fatigué et énervé. Je vais expliquer tout ça à Rayland et Glenn et envoyer tout le monde au lit.

J'ouvris la bouche pour l'interrompre.

— Oui, je sais, il faut que je pense à leur préparer des serviettes de toilette et à mettre pour nos invités de l'eau dans les pichets avec un verre assorti.

— D'accord, dis-je.

En soupirant, je me frottai très fort les paupières à deux mains.

— Ça suffit, ferme les yeux.

— Tu m'as manqué. Je veux te voir.

— Tu me verras demain matin.

Il me pressa contre sa poitrine. La tête appuyée contre son épaule, j'embrassai l'arrête de sa mâchoire.

— Et tu n'as pas besoin de t'occuper de moi, protestai-je. Je ne suis pas ta femme.

— Où diable es-tu allé chercher une connerie pareille ?

Au lieu de répondre, je frottai mon visage contre le col de sa chemise, humant son odeur musquée, puis je léchai le sel de sa peau, y goûtant avant d'ouvrir la bouche pour mordiller doucement.

Rand avança dans les escaliers tout en grommelant :

— Qu'est-ce que tu fabriques ?

— Je ne suis pas faible. Je peux m'occuper de moi et de toi aussi, si tu me laisses faire.

— Je sais que tu le peux, Stef, chuchota-t-il, en me regardant dans les yeux. Mais juste pour cette fois, laisse-moi le plaisir de prendre soin de toi.

À la façon dont il respirait, dont il plissait les yeux, dont il serrait les lèvres, à la crispation des muscles de sa mâchoire… à toute son attitude en fait, je devinai que je lui avais fichu une trouille bien pire que je ne l'avais cru.

— Je veux prendre une douche bouillante, puis je veux aller au lit avec toi, dis-je.

— Tu vas me laisser t'aider ?

— Oui, j'y compte bien.

Un frisson traversa de part en part sa lourde stature et, pour la première fois depuis plusieurs jours, je me sentis libre de respirer.

Ça me serrait le cœur de regarder Rand. Il était tellement gentil en me parlant ! Il cherchait à me calmer comme il le faisait avec ses chevaux : il tint un monologue régulier tout en m'enveloppant la jambe dans un grand sac poubelle afin que je puisse prendre une douche.

En temps normal, j'aurais fait de mon mieux pour le séduire. Lorsqu'il se pencha pour envelopper mon plâtre dans du plastique, si j'avais été à cent pour cent de mes capacités, j'aurais pressé sans cérémonie mon bas-ventre contre son visage. Mais à l'heure actuelle, le simple processus de passer dans la douche et d'en sortir m'épuisa. Je n'avais eu que trois heures de sommeil la nuit passée, aussi, en plus du stress de ma blessure, j'étais vraiment au bord de la rupture.

Rand me sécha les cheveux d'une serviette, puis il me mit au lit. Il m'avait fait enfiler un caleçon, rien d'autre, aussi m'emmitoufla-t-il dans la couette qu'il resserra autour de mes épaules et sous mon menton. Il embrassa mon front et m'assura qu'il reviendrait très bientôt. Je marmonnai un vague accord, mes yeux papillonnant et se fermant déjà.

Quand je me réveillai, plusieurs heures plus tard, je mourais de faim. Je trouvais Rand assis à mes côtés, occupé à lire. D'abord, il m'embrassa, ce qui était merveilleux en soi, ensuite, il m'apporta à manger et me fit prendre d'autres médicaments. D'accord, ce n'était que du Tylenol, mais comme en général je n'avalais rien de pire que de l'alcool, ce fut assez pour atténuer ce qui me restait de douleur. Le sandwich au rôti de bœuf était excellent, et parfois, même des chips paraissent une manne céleste. Un grand verre de thé glacé là-dessus et je me sentis un homme neuf. Quand Rand revint, je le remerciai et lui demandai s'il accepterait de lire avec moi enveloppé sur lui. Il répondit en se tapotant le torse.

— Merci de t'être occupé de moi, dis-je.

Je posai la tête sur sa poitrine, ma jambe blessée entre les siennes, et pressai mon bas-ventre contre sa cuisse.

Il frotta le visage dans mes cheveux. Quand je renversai la tête, il m'embrassa le nez.

— J'aurais aimé être avec toi tout le temps, Stef. Je t'en prie, ne recommence jamais à filer sans me dire ce que tu comptes faire. J'ai vraiment besoin de savoir exactement où tu es quand tu n'es pas avec moi.

J'acquiesçai, puis je posai les lèvres sous sa mâchoire. Il m'embrassa les cheveux, humant en même temps mon odeur. Je sentis le léger tremblement qui traversa l'énorme corps de cet homme.

— Je vais très bien, affirmai-je.

Rand ne fit que hocher la tête. Il m'aimait vraiment beaucoup. Je me tordis le cou en arrière pour lui parler encore, mais il se pencha et s'empara de ma bouche.

Ce fut un acte possessif, qui me disait sans avoir besoin de mots que je lui appartenais. Les mains de Rand étaient partout sur mon visage, tandis qu'il me maintenait la tête pour m'embrasser le menton, la mâchoire, la gorge. Des baisers humides, brûlants, qui me firent gémir. Je frottai mon membre durci contre sa cuisse.

— Qu'est-ce que tu veux ?

Baissant la main, Rand empoigna mon sexe à travers le fin tissu de mon caleçon. Je geignis de plus belle, la gorge serrée. C'était tellement bon !

Il me fit rouler sur le dos et baissa mon caleçon, libérant ainsi mon sexe déjà humide. Je pliai les genoux lorsque Rand s'installa entre mes jambes, les mains à l'arrière de mes cuisses. Il pencha la tête et engloutit ma rigidité jusqu'au fond de la gorge.

— Bordel, Rand !

Cambré dans le lit, je décollai le dos du matelas avec un cri étouffé.

Il avait une bouche chaude, humide ; il me suça entièrement. Je sentais se contracter les muscles de sa gorge. J'avais passé plusieurs jours sans lui et mon corps savait ce qui lui avait manqué, il le voulait. Maintenant.

— Je t'en prie, Rand… Retourne-moi et baise-moi. J'en ai besoin. Sois brutal. Je te veux brutal.

Doucement, il me fit rouler sur le ventre. Je me redressai à quatre pattes, tremblant déjà d'anticipation.

161

Il posa la main sur ma nuque et me pressa le visage contre la couette. En même temps, je le sentis étaler le lubrifiant à l'entrée de mon corps.

Je poussai un gémissement bruyant lorsque son énorme gland commença à me pénétrer.

Il n'y eut pas de préliminaires, pas de préparation, pas de lent glissement de ses doigts à l'intérieur de mon corps pour m'écarter et adoucir son intrusion. Il y eut juste la longue et puissante érection de Rand poussant très fort en moi.

— Vite, suppliai-je, même si mon cri était étouffé.

Il m'empala d'un seul coup. Je hurlai de plaisir, de soulagement, de désir. Personne n'aurait pu croire qu'un homme blessé, fatigué, meurtri, puisse désirer être baisé assez violemment pour en crier. Mais je voulais simplement me soumettre, m'abandonner, laisser mon corps être martelé afin que mon esprit puisse se libérer. Je voulais avoir suffisamment confiance en un autre être pour lui donner la moindre parcelle de mon âme. J'acceptai Rand Holloway dans mon corps, dans mon cœur. Je lui donnai tout, il ne restait plus rien en moi que je gardais à l'abri.

Je sentis les larmes jaillir de mes yeux et dégouliner sur mes joues.

— Je t'en supplie, criai-je encore. Oh Rand, s'il te plaît, ne me quitte jamais.

Il me pilonna. Notre union devint un tourbillon de baisers, morsures, coups de langue et suçons… et toujours, toujours ce va-et-vient brutal qui donna à mon univers un rythme brûlant jusqu'à ce que je hurle ma jouissance. Rand referma les doigts sur mon sexe qui pulsait, me procurant ainsi un orgasme détonnant. Je dus fermer très fort les yeux et, durant de longues minutes, je ne vis plus que la nuit, avant de sentir des jets de sperme brûlant me remplir et couler à l'arrière de mes cuisses.

Nous restâmes ensemble, unis. Mes muscles se contractaient toujours autour de lui. Son sexe avait encore des spasmes en moi. Rand et moi tremblions en cherchant à retrouver notre souffle.

— Rand ?

— Tu es le seul qui réussisse à me faire perdre la tête.

— Je t'aime.

Toujours pantelant, je sentis ses lèvres se refermer sur ma nuque et aspirer fort.

— Moi aussi je t'aime, grommela-t-il.

D'un coup de langue, il goûta la sueur de mon épaule avant de s'écarter doucement de moi, libérant mon fourreau toujours palpitant.

Quand il s'écroula sur le lit à mes côtés, je me pelotonnai sur lui, blottissant mon corps plus frêle contre le sien, si massif. D'une main tendre, Rand serra ma tête contre son épaule.

— Bordel, Stef, je t'aime plus que tout. Je ne te laisserai jamais me quitter et je refuse que tu puisses envisager que ça change. Il y aura des disputes, des combats, mais je te voudrai toujours à mes côtés. Tu m'entends ?

J'acquiesçai.

— Dis-le, insista Rand.

Je souris, les lèvres toujours plaquées contre sa gorge.

— Tu es toute ma vie, admis-je.

Je me rendormis ainsi, nu et collant, serré dans les bras forts de l'homme que j'aimais. Rien au monde ne pouvait être meilleur.

XI

RAYLAND HOLLOWAY fut surpris.

Je ne savais pas ce qu'il s'était attendu à trouver au Red Diamond, mais manifestement, pas à ce qu'il rencontra. Déjà, le petit-déjeuner l'étonna. Je fis la cuisine, Rand, le café, Tyler nous rejoignit, ainsi que tous les cowboys célibataires. Les hommes mariés arrivèrent de leurs maisons, que Rand avait fait construire sur ses terres suffisamment loin pour leur garantir une certaine intimité. Depuis deux ans que je m'étais installé ici, Rand avait bâti une maison pour Tyler, une autre pour Mac – devenu son contremaître –, une pour Tom, venu travailler au Red avec sa famille, tout comme son cousin Chase. Ce dernier avait rencontré une femme à Winston, mais comme ils étaient de couleur différente, il leur avait été difficile de trouver à se loger en ville. Aussi Rand leur avait-il fait construire une maison. Il avait ensuite décidé que tous les hommes mariés en recevraient une. Du coup, je pensais qu'Everett serait peut-être le prochain à s'en voir attribuer une, s'il finissait par se décider et se déclarer.

Tom et Chase nous rejoignirent. Eux aussi saluèrent Rayland et Glenn en arrivant dans la maison. Chacun passa vérifier mon état, m'adressa un clin d'œil et inspecta le plâtre de ma jambe. Tous, à leur façon, m'indiquèrent être heureux que je m'en sois bien sorti.

— Surtout qu'il ne t'arrive rien, déclara Tom avec un grand sourire. Je préfère mon patron comme il est aujourd'hui. Je ne suis pas prêt à retourner aux jours anciens.

Le matin même, Tyler avait promené son frère et Glenn tout autour du ranch. Rand leur montra ensuite son site Internet et les commandes qu'il recevait à toute heure via le net. Il leur fit même visiter, par webcam, le très efficace bureau de Dallas qui gérait sa comptabilité, les présentant à sa directrice des ventes, June Thomas, à son chef comptable, et aux dix autres employés qui s'assuraient qu'aucun des clients du Red Diamond n'ait à attendre longtemps avant de recevoir son bœuf.

— Encore une fois, toutes mes félicitations pour le contrat de Grillmaster, Rand, déclara June avec un grand sourire.

C'était une très jolie femme. Beaucoup d'hommes commettaient l'erreur de ne pas voir le cerveau qui se cachait derrière cette agréable façade. En vérité, June était un requin de la finance. Elle avait le sourire d'un prédateur.

— Merci.

— Nous serons très heureux d'avoir à travailler davantage avec vous.

— Ce que j'apprécie, lui assura-t-il.

— Transmettez à Stefan mes amitiés.

Elle ne pouvait me voir depuis l'autre côté de la pièce.

— Oui m'dame, répondit Rand, très aimable.

Il appréciait qu'elle m'inclue dans ses salutations, comme elle le faisait pour les épouses des autres hommes avec lesquels elle travaillait. Pour elle, j'étais le partenaire de Rand, aussi s'enquérait-elle poliment de ma santé. Elle ne faisait aucune différence ou ségrégation et mon cowboy la respectait pour sa largeur d'esprit.

Rand dut ensuite aller travailler sur son ranch, comme tous les jours. Glenn et Rayland l'accompagnèrent à cheval, afin d'inspecter sa façon de faire avec soin et de découvrir les terres de plus près.

Quand je vérifiai mes e-mails, j'y trouvai un charmant message de ma patronne à l'université. Elle m'indiquait que, *bien sûr*, je pouvais m'absenter une journée de plus, prendre mon mardi et me reposer. Si j'avais aussi besoin du mercredi, il me suffisait de le lui faire savoir. Dans ma réponse, je lui assurai que je serai là le lendemain matin, mais j'appréciai sa souplesse.

À l'heure du déjeuner, en voyant l'expression de Glenn et de Rayland, je les sus complètement dépassés par ce qu'ils avaient découvert sur le Red Diamond. Quand Zach fit son apparition, je surveillai leur rencontre de ma place, sous le porche.

Zach était un homme grand et beau – comme tous les Holloway – mais alors que les autres avaient des yeux bleus, les siens étaient d'un merveilleux brun doré. D'après ce que je pus entendre, il était en colère contre son frère, Glenn, l'accusant d'avoir abusé à des fins égoïstes du service que Rand lui avait rendu. Du coup, il en résulta des hurlements et des bourrades. Rand et Rayland durent intervenir pour séparer les deux frères lorsque les insultes se mirent à voler. Je m'apprêtais à aller jusqu'à la rambarde, mais Tyler apparut alors avec May. Décidant de les laisser gérer tout ça entre eux, je restai où j'étais, étalé sur une des chaises Adirondack – en bois rustique – les pieds posés sur la table basse. Je n'aurais jamais pris une telle liberté dans la maison, mais là, sur le porche, ça me paraissait tout à fait acceptable.

— Approchez-vous tous, j'ai quelque chose à vous dire.

Quittant ma position vautrée, je me redressai en entendant des pas lourds claquer sur les marches du perron – les bottes de cowboy sont extrêmement bruyantes. Rand conduisit la meute jusqu'à moi, il passa ensuite derrière mon siège, les mains posées sur mes épaules.

May poussa un cri étouffé puis elle courut vers moi, s'assit à mes côtés et me prit la main.

— Mon Dieu ! Mon cœur, que t'est-il arrivé à l'œil ?

— Maman…, intervint Rand.

Quand elle leva les yeux vers lui, il continua :

— Pourrais-tu attendre une seconde, d'accord ? Hum – Zach, voici Stef. Stef, Zach.

C'était vraiment la pire présentation qui soit. Rand s'était contenté de prononcer nos deux noms, un point c'est tout.

— Enchanté de te rencontrer, dis-je avec un sourire.

Zach paraissait très intéressé de faire ma connaissance, si je devais en juger par la façon dont il scrutait mon visage.

— Pareil, répondit-il

Rand resserra sa prise sur mes épaules.

— D'accord, dit-il. Maman…

Oh non.

Je tournai la tête pour le regarder.

— Attends…

— Je sais que Rayland est mon père biologique. Papa me l'a dit quand j'ai eu dix-huit ans. Je suis vraiment désolé de ne pas t'en avoir parlé plus tôt, mais d'abord, ça m'a rendu furieux, et quand j'ai fini par m'y habituer, je n'ai pas eu le cœur de revenir sur le sujet. Pardonne-moi.

Je me tournai pour regarder May.

Silence.

Elle resta assise, figée, sans voix, la bouche grande ouverte. Du coup, je vérifiai la réaction des autres : Rayland s'était transformé en pierre ; Tyler s'accrochait à la rambarde du porche ; Zach ressemblait à un cerf pris dans le faisceau des phares d'une voiture. Quant à Glenn, j'étais quasiment certain qu'il n'allait pas tarder à vomir.

— Ah, c'est malin, c'est vraiment malin ! grognai-je.

166

Je pivotai dans mon siège pour lever les yeux vers l'homme que j'aimais. Il haussa les épaules et planta les deux mains dans les poches de son jean.

— Écoute, parfois, c'est mieux d'annoncer la vérité sans fioriture. Je ne suis pas très doué pour les grands discours, tu le sais.

Je le savais.

— Oui, d'accord, mais quand même, bon sang… Rand !

Ce fut alors que l'enfer se déchaîna.

— Tu le savais ? hurla May à son fils.

— C'est ton fils ? rugit Glenn à Rayland.

— Seigneur ! haleta Zach.

Je ne savais pas trop comment déchiffrer l'expression de son visage.

— *Tu le savais ?*

La voix de May avait encore gagné quelques décibels.

— C'est ton père ? beugla Tyler à Rand.

Je me relevai parce que je ne voulais pas rester assis ici ; je voulais parler à ma meilleure amie. Charlotte me manquait. Retournant dans la maison, je récupérai mon téléphone portable sur la table basse du salon afin de l'appeler. Parce que c'était elle, et parce que Rand m'en avait donné la permission – ce matin même, avant que nous descendions prendre le petit-déjeuner – je lui annonçai la nouvelle concernant son frère.

— Je sais, admit-elle avec un soupir.

Ce fut à mon tour de rester stupéfait.

— Quoi ?

— Oui, Papa me l'a dit quand j'ai eu dix-huit ans. Il voulait que je le sache. Il ignorait si Rand m'en parlerait de lui-même, mais il voulait quand même que je le sache.

— Et alors ?

— Et alors, quoi ? Rand Holloway et moi avons la même mère et nous avons été élevés par le même père, nous sommes frère et sœur. Personne ne changera jamais ça pour moi. Même quand j'ai envie de le tuer, je considère quand même qu'il est à moi.

Bien sûr, j'avais été certain que cette nouvelle ne changerait rien pour Charlotte.

— Je suis désolée de ne pas t'en avoir parlé, ajouta-t-elle.

— Oh, Char, ce secret ne t'appartenait pas.

— J'aurais dû lui en parler. Peut-être que je vais venir avant ce week-end pour vous voir tous les deux.

Je grognai.

— Qu'est-ce que tu as ? s'étonna-t-elle.

— Rien.

— J'ai vu les vidéos, tu sais. Quand je te verrai, je vais te massacrer.

— Quelqu'un l'a déjà fait.

— Qu'est-ce que ça veut dire ?

Je lui expliquai ce qui s'était passé, concernant Gil Landry et sa sœur, et son cousin Glenn qui voulait ouvrir un restaurant, mais la seule chose qui l'intéressa, ce fut que Gil m'avait frappé.

— Je vais le tuer !

Elle était vindicative au point d'être capable d'essayer.

— Rand lui a déjà cassé le nez.

— Oh, génial ! Passe-le-moi.

Mais quand je sortis sous le porche, je vis que Rand ne s'y trouvait plus. Regardant autour de moi, je le découvris plus loin, devant le grand corral, accoudé à la balustrade, entouré par Tyler et Rayland. Il avait les deux bras croisés sur la deuxième planche, le front pressé contre le bois. Rayland était tout proche de lui, bien plus que je ne l'avais jamais vu – et je sus qu'il était le seul à discourir.

— Ça te dit de parler à ta mère ? proposai-je à Charlotte.

— Bien sûr, dit-elle doucement.

Je compris à sa voix qu'elle ressentait enfin le contrecoup émotionnel de la situation.

Quand je tendis à May mon portable en lui indiquant qui était au bout du fil, elle me l'arracha des mains et fila avec dans la maison. Je me retrouvai avec Glenn et Zach, toujours aussi abasourdis qu'une demi-heure plus tôt quand je les avais abandonnés. Ils étaient tous les deux assis, en silence, et je ne voulais pas les déranger. Mais avant que je puisse retourner dans la maison, j'entendis quelqu'un se racler la gorge.

Je me tournai. C'était Zach.

— Penses-tu que… hum – que Rand me laisserait habiter ici avec vous autres ?

— Bien sûr, dis-je à mi-voix. Mais tu es certain que cela ne te dérangerait pas ?

Ses yeux fouillèrent les miens.

— Non, je ne pense pas.

Je regardai Glenn et dis :

— Je sais que Rand t'aidera à démarrer ton restaurant si tu désires réellement te lancer. Il…

Glenn m'interrompit en prenant le siège à mes côtés, son genou heurta le mien lorsqu'il se pencha en avant.

— Non. Mon père et moi allons le faire ensemble. Hier, durant notre trajet, il m'a viré de mon poste de contremaître et m'a annoncé que je n'avais qu'à ouvrir un restaurant ou ce que je voulais d'autre.

Zach étouffa un cri. Je lui adressai un sourire.

— Oui, c'est tout à fait de lui.

— C'est sûr, admit Zach. Il ne t'a même pas dit que c'était une bonne idée, il t'a simplement jeté de son ranch. Par contre, il te donnera l'argent pour ouvrir ce restaurant – dont tu ne cesses de parler depuis quatre ans.

— Ouais.

— Bon Dieu !

— C'est comme ça qu'il fonctionne.

— Je sais, rétorqua Zach. Quel enfoiré !

— Si tu veux, lui dit son frère, tu pourrais sans doute reprendre mon poste de contremaître.

— Sûrement pas ! protesta Zach avant de ricaner. Quand j'aurais vendu mon ranch, je me poserai un moment le temps de réfléchir à ce que j'ai envie de faire ensuite. Peut-être que rester ici provoquera une étincelle.

— Peut-être, répéta Glenn d'une voix rauque.

Il s'adossa dans son siège, son épaule contre la mienne.

Nous restâmes silencieux, à regarder le trio en face de nous, près du grand corral. Tyler hurlait mais, à cause du vent, je n'entendais pas ses paroles. Rayland pointa Rand du doigt, puis il se frappa la poitrine en rugissant une réponse. Quant à mon cowboy, il paraissait effondré, prêt à s'échapper de sa propre peau. Je me redressai, avançai jusqu'à la balustrade et l'appelai.

Quand il tourna la tête vers moi, je lui intimai du geste de venir me rejoindre. Il quitta ses deux oncles sans un mot et se mit en route à grands pas.

— Qu'est-ce qu'il te faut, Stef ? s'enquit Glenn. J'aurais pu t'aider si tu as besoin d'un truc.

— Non, je ne veux que Rand, répondis-je.

L'intéressé arrivait déjà aux marches du porche, il les monta, les yeux dans les miens.

— Ta mère est dans la maison, dis-je.

Il hocha la tête, mais sans entrer tout de suite dans la maison. Au contraire, il traversa le porche jusqu'à moi, me prit la nuque, se pencha et posa les lèvres sur mon front.

— Ça va aller, lui promis-je.

Il acquiesça et s'en alla.

— C'était sympa.

Je me tournai pour regarder Zach d'un air interrogateur.

— Tu savais qu'il avait besoin d'un break, aussi tu le lui as donné – mais sans que ça se voie trop.

Exactement.

Il m'accorda un bref sourire.

Revenant vers les deux frères, je repris mon siège à côté de Glenn. Quand il tourna la tête et me fixa dans les yeux, je soutins son regard.

— Je me pose peut-être des questions sur *qui* je veux, mais pas sur *ce* que je veux.

— Je sais, dis-je.

Je lui tapotai le genou avant de placer les pieds sur la table et tendre les jambes. Au bout d'une minute, Glenn posa les siens à côté. Puis Zach, à son tour, fit comme nous.

Il y eut un long silence.

— Il ne nous manque plus qu'une bière, déclara finalement Glenn avec un soupir.

— Mais nous n'avons pas encore déjeuné, protesta Zach.

— Je pense que la bière pourrait être notre déjeuner, suggérai-je.

Les deux autres s'accordèrent à trouver mon idée géniale, mais aucun de nous trois ne bougea. Nous étions bien, là, sous le porche. Le ciel était gris et plombé, peut-être allait-il pleuvoir… Il y avait dans l'air une odeur d'automne, mélange de bois brûlé, de terre humide et de pluie.

— Ce ranch est un vrai foyer, Stef, déclara Zach au bout d'un moment.

— C'est vrai, c'est tout à fait vrai, confirma Glenn, la tête en arrière, les yeux fermés.

— Tu as mal au bras ? demandai-je.

— Un peu. Et toi, ta jambe ?

— J'ai un peu mal, répétai-je, moqueur.

Il sourit, sans ouvrir les yeux.

— Alors, tu t'es fait à cette idée au sujet de Rand ?

Il émit un grondement profondément masculin.

— Rand Holloway n'est pas mon frère. Je n'ai qu'un seul frère – et il est assis à ma droite. Rand restera pour moi ce qu'il a toujours été : un cousin que je supporte à peine… Et ça me va très bien.

Zach tendit la main pour tapoter la jambe de Glenn, provoquant ainsi un autre grognement du gars.

— Quand j'aurai vendu mon ranch, je passerai un moment à la maison. Si tu veux, je t'aiderai à lancer ton restaurant.

— Merci, ce serait sympa. Ça te dira peut-être de rester avec moi. On ne sait jamais.

— Tu as raison, on ne sait jamais.

Après cette admission, Zach s'allongea et baissa son chapeau sur son front.

Je les regardai tous les deux, assis ensemble. Glenn paraissait s'être endormi. Quant à Zach, il fixait le vide. Je me demandai pourquoi ils n'avouaient pas être désolés de s'être engueulés un peu plus tôt. Ils auraient pu s'étreindre un bon coup et en finir. Mais la proposition de Zach d'aider son frère et la tranquille acceptation de Glenn semblaient être leur mode de réconciliation.

Tyler et Rayland revinrent ensemble vers la maison ; tous les deux se laissèrent tomber dans les sièges en bois du porche. Ils paraissaient épuisés.

— Alors ? dis-je à Tyler.

— Tu aurais dû me le dire, marmonna-t-il.

— J'ignorais tout de cette histoire avant que May m'en parle, durant le rodéo.

— D'ailleurs, à ce sujet, s'exclama Tyler qui se tourna vers Rayland, qu'est-ce qui t'a pris, bon Dieu, de laisser le gamin monter sur ce foutu cheval ? Si tu savais qui était Rand pour toi et ce que Stef représentait pour lui – mais bon sang, à quoi pensais-tu ?

Rayland me désigna du doigt.

— Tu t'imagines que j'aurais pu l'en empêcher ? Il n'écoute rien, ni personne. Il est aussi borné que toi, ou Rand, ou Glenn…

— En bref, il est comme tous les Holloway.

May venait de faire sa réapparition sur le porche. Lorsqu'elle avança jusqu'à moi, tous les yeux se braquèrent sur elle, sauf ceux de Glenn – qui s'était endormi. Elle me rendit mon téléphone.

— Rayland, viens marcher avec moi.

Il se releva d'un bond et la suivit. Ensemble, ils descendirent les marches et s'éloignèrent en direction du grand corral. Nous restâmes à les regarder avancer côte à côte. Rayland avait offert son bras à May qui s'y était accrochée. J'espérais qu'ils trouveraient tous les deux l'apaisement dont ils avaient tant besoin. Leur histoire demandait un épilogue.

— Hé.

Je me tournai quand Rand rejoignit notre petit groupe. Il prit place dans un siège à côté de moi et posa les pieds près des miens sur la table.

— J'ai bien discuté avec elle, continua mon cowboy. C'était sympa.

Il parlait de sa mère, bien entendu.

— Parfait.

— J'ai également eu Charlotte sur ton téléphone.

Je hochai la tête.

— Tu parais épuisé, dis-je ensuite.

— Je pense que nous avons tous besoin d'un verre.

— C'est exactement ce que j'ai dit tout à l'heure.

Il soupira profondément.

— Au fait, je voulais que tu saches, je ne compte pas abandonner à Rayland mes droits de pâture à King.

— Tu avais dit que tu y réfléchirais !

— Eh bien, justement, j'ai réfléchi, je refuse. Après ce qu'il a fait pour tenter de les récupérer…

Rand émit un bruit de gorge.

— Il m'a dit que tout venait de lui. En se pointant ici, Glenn comptait rejoindre avec moi le ranch de son frère, comme je le pensais. Et puis, il y a eu cette engueulade… Lui et moi avons toujours eu un don pour ça, nous sommes aussi cons l'un que l'autre.

À mes côtés, Glenn se mit à ronfler en sourdine. Rand faillit sourire. Il continua :

— Glenn est un enfoiré, mais je le savais déjà. Par contre, c'est bien Rayland qui a tenté de me voler mes terres.

— Ouais, c'est aussi ce que ton cousin m'a dit quand je lui ai parlé au rodéo, mais je n'étais pas sûr de le croire. Il peut être très con parfois.

— Normal, tu le prenais pour un con, donc il s'est efforcé de te donner raison.

Je hochai la tête.

— Vous faites tous la même chose, les mecs.

— Ouais, je sais.

— Rand, je crois toujours que tu devrais laisser ces droits à Rayland. Tu n'as pas besoin d'envoyer ton bétail jusqu'à King.

— Ça pourrait venir, répondit-il. Ça dépendra de l'expansion que prendra le Red. Et puis, là n'est pas la question. Rayland te traite toujours comme si tu ne comptais pas, Stef. Après ce que vous avez fait, les hommes et toi… J'ai maintenant le choix. Je ne perdrai pas mes droits parce que mon oncle a décidé de me poignarder dans le dos. Franchement, tu trouves que c'est une façon d'agir en famille ?

— Je suis d'accord, intervint Tyler.

Je tournai la tête vers lui. L'oncle de Rand insista :

— Quand on a tenté de voler un homme, on ne vient pas ensuite réclamer un siège à sa table.

— Mais Rayland est le père de Rand.

— Non, c'était James, son père. Voilà pourquoi il n'a pas mal tourné comme Glenn ou Zach.

— Va te faire foutre, vieux débile ! aboya Zach, furieux.

— Vous vous mentez sur ce que vous désirez vraiment.

Tyler désigna Glenn.

— Lui, il faisait un boulot dont il n'a jamais voulu…

Puis, il se tourna vers Zach.

— Et toi, c'est pareil. Vous avez tous les deux fait le mauvais choix parce que vous aviez peur de votre père.

— Si James était vivant, tu crois que Rand pourrait installer un gars chez lui ?

Rand intervint dans la conversation.

— Oh oui ! Je le lui avais dit.

— Quoi ? m'exclamai-je, sidéré.

Des yeux bleu turquoise croisèrent les miens.

— Mon père et moi, nous parlions de tout. Quand j'ai commencé à courtiser Jenny, je lui ai dit qu'un jour, j'allais l'épouser. Il n'était pas certain que ce soit une bonne idée. J'ai voulu savoir pourquoi… pourquoi il considérait que ce n'était pas une bonne idée d'épouser Jenny, et il m'a dit que je devrais plutôt te demander de venir vivre avec moi sur le ranch, Stef.

Je n'arrivais même plus à respirer. Rand poussa un profond soupir.

— J'ai fait de mon mieux pour tout nier, bien entendu. Mon père a souri, il m'a dit d'accord. Il savait que je n'étais pas encore prêt.

Je me penchai en avant pour lui tendre la main. Rand déglutit et se redressa pour saisir mes doigts entre ses deux paumes.

— Mon père m'a dit que, quoi qu'il arrive – c'est-à-dire si je décidais de vivre avec toi, Stef – ça ne lui posait aucun problème. Il avait de toi une haute opinion parce que Charlotte t'adorait.

Je m'éclaircis la voix.

— Comment pouvait-il savoir pour toi et moi ? Même moi, je l'ignorais.

— À mon avis, il l'a su parce que je parlais tout le temps de toi.

— Pour dire quoi ?

— Rien de gentil.

— C'est bien ce que je pensais, admis-je, en lui souriant.

— Je passais mon temps à me plaindre de toi ; je te traitais de tous les noms d'oiseaux que je connaissais. Comme je viens de te le dire, ce n'était pas gentil.

— Et maintenant, les gens te traitent des mêmes noms.

— Ce qui, au final, m'ennuie bien moins que je ne l'aurais cru. Écoute, je vais te dire un truc : j'ai encore du mal à m'avouer que je suis gay. D'accord, je le suis, mais je ne me sens pas différent. Je suis toujours le même.

— Bien sûr, ça ne change rien à ce que tu es, Rand. La seule chose qui a changé, c'est avec qui tu couches.

— Tu es toujours aussi chiant, que tu sois hétéro ou homo, lui assura Zach.

— Toi, ta gueule, personne ne t'a demandé ton avis, râla Rand.

— D'accord, grommela son cousin.

Rand reporta les yeux sur moi, puis il me tira en avant afin de m'embrasser sur le front.

— Mon père savait que, le jour où j'ouvrirais enfin les yeux, je réaliserais que c'était toi, Stef. Alors oui, maintenant tu vis ici au Red – et je souhaiterais que mon père soit vivant pour voir ça.

Je fermai les yeux, serrai très fort les mâchoires, et luttai pour ne pas émettre le moindre bruit tandis que je laissais ces mots me pénétrer et s'installer en moi, à jamais.

Quand j'ouvris les yeux, Rand ajouta dans un souffle :

— C'est la différence entre mon père...

Il se tourna vers Zach.

— ... Et le tien. Tu es certain que ça ne te posera aucun problème de vivre ici, avec Stef et moi ?

174

— Aucun, grommela Zach. À condition que je n'aie pas à vous regarder.

— Comme si c'était une option ! jeta Rand furieux.

Puis il se tourna vers moi et me considéra d'un regard étréci.

— Qu'est-ce qui ne va pas ? m'étonnai-je.

— Tu devrais aller te coucher. Tu parais épuisé.

— Je vais très bien.

— Ce n'est pas vrai, rétorqua-t-il. Debout.

Quand j'obtempérai, il me prit par la taille et je glissai mon bras sur ses épaules.

— Je vais mettre Stef au lit, annonça Rand aux deux autres. Je lui apporterai aussi quelque chose à manger, puis je reviendrai vous donner à manger.

— Prends ton temps, déclara Tyler avec un sourire. Stef, tu t'es bien débrouillé au rodéo. Je suis très fier de toi.

— Tyler, je tiens toujours à vous parler de vos enfants.

— Ils sont tous les deux plus âgés que toi, Stef.

— Je ne vois pas ce que ça change au problème. Je compte les inviter tous les deux à venir nous rendre visite au Red.

— Ils accepteront peut-être une invitation de toi ou de Rand, admit Tyler.

— Tant mieux, dis-je, en lui souriant chaleureusement.

Il secoua la tête puis retomba dans son siège.

Une fois dans la maison, j'expliquai à Rand qu'il lui fallait parler à Glenn et à Zach.

— Oui, je sais.

Il se pencha, plaça un bras sous mes jambes et me souleva contre lui.

— Je ne suis pas invalide, protestai-je.

— Tais-toi et laisse-moi te porter dans notre maison si j'en ai envie.

Tandis qu'il montait l'escalier, j'appuyai ma tête contre la sienne.

— C'est mieux, chuchota-t-il.

— Tu as dit à Rayland que tu garderais tes droits de pâture ?

— Oui.

— Et qu'est-ce qu'il a dit ?

— Il a dit que s'il était à ma place, il ferait pareil.

— Et alors ?

— Et alors, je ne sais pas, Stef. Nous verrons où tout ça va nous mener. Nous ne serons jamais père et fils – parce que j'ai déjà un père – mais peut-être, avec le temps, nous nous entendrons mieux que pour le moment.

— Tu vas laisser Zach rester avec nous, c'est ça ?

— Oui, bien sûr.

— Et que vas-tu faire concernant Glenn ?

— Je vais lui proposer mon aide pour son restaurant – ou autre chose, si c'est ce qu'il veut. Enfin, jusqu'à un certain point.

— Quoi ? Qu'est-ce que ça veut dire ?

— Ça veut dire qu'il n'est pas question que je le laisse t'avoir.

Je ricanai, puis je me penchai pour l'embrasser sous l'oreille.

Il me reposa, ici même, dans le couloir. Quand il fut certain que j'avais retrouvé mon équilibre, il me prit dans ses bras et me serra très fort. Je me retrouvai plaqué contre lui. Il avait le visage dans mes cheveux et humait mon odeur.

— Je t'aime tellement, chuchota-t-il d'une voix féroce, en me serrant davantage.

C'était la vérité.

— Moi aussi je t'aime, Rand.

Nous restâmes ainsi tous les deux, heureux, jusqu'à ce qu'il me soulève pour m'emporter dans la chambre. Il m'étendit sur le lit et plaça des coussins sous ma jambe plâtrée pour que je sois le plus à l'aise possible.

— Viens ici, dis-je, en tapotant l'espace vide à mon côté. Repose-toi une minute.

Il secoua la tête.

— J'ai des trucs à faire.

Mais je savais que Mac Gentry était capable de s'en occuper. Le contremaître de Rand avait paru heureux de me retrouver, bien plus qu'il ne l'était naguère quand je rentrais à la maison. Le matin même, au petit-déjeuner, il m'avait envoyé une bourrade dans l'épaule en me disant que tous les cowboys se faisaient éjecter d'un cheval au moins une fois ou deux dans leur vie.

— Juste une seconde, Rand, s'il te plaît, insistai-je.

Il enleva ses bottes, déposa son chapeau texan sur la table de chevet puis grimpa sur le lit à côté de moi. Il posa la tête sur mon cœur et enroula un bras autour de ma taille. Je caressai les épais cheveux noirs tout en continuant à parler :

— Ta mère et toi, quand vous étiez tout seuls à l'intérieur, vous avez dû discuter un moment, hein ?

Il grogna.

— Elle va bien ? insistai-je

Il hocha la tête.

— Tant mieux, dis-je. J'en suis heureux. J'aimerais vraiment qu'elle se pardonne de ne pas t'en avoir parlé plus tôt.

— Je lui ai dit que j'étais désolé. Elle m'a répondu qu'elle l'était aussi.

— Je savais bien que vous vous réconcilieriez. Par contre, je n'étais pas trop sûr de comment ça se passerait entre Rayland et toi.

Il pressa plus fort son corps musculeux contre le mien, puis releva légèrement le visage pour le plaquer contre mon cou.

— Rayland ne comprend pas ce qui existe entre toi et moi. Le jour où il le fera, il y aura davantage entre lui et moi.

Ça me paraissait logique. Rand reprit :

— Je trouve que c'est vraiment sympa de ta part de vouloir aider Tyler et ses gosses.

— Nous essaierons tous les deux, Rand, d'accord ?

— D'accord, répondit-il, en bâillant. Tu étais superbe sur cette estrade pour les enchères des célibataires, Stef. Est-ce que je te l'ai déjà dit ?

— Oui.

— Ne recommence jamais. Je ne veux pas que tu ailles où que ce soit sans moi.

— D'accord.

Il bâilla encore, frotta son visage contre moi, puis soupira. Et je sus qu'il s'endormait. Mon cowboy, si fort, si terrifiant, était tout blotti contre moi tandis qu'il se reposait.

Quelques minutes plus tard, Bella vint s'assurer que j'allais bien : elle pénétra dans la chambre et sauta au pied du grand lit en me regardant d'un air inquiet.

— Pour cette fois, ça va, dis-je.

Elle se coucha, la tête entre les pattes et pressa son museau sur l'arche de mon pied. Même à travers la chaussette, je sentis la chaleur de son souffle.

Quand la chienne releva la tête, je me tournai vers la porte – trois secondes plus tard, May apparut.

— Oh, il est là.

— Il est fatigué, répondis-je doucement.

La mère de Rand eut un adorable sourire.

— Il est vraiment amoureux – et ça se voit.

— Moi aussi.

Elle traversa la chambre jusqu'à un fauteuil à bascule, au coin près de la fenêtre. Elle le souleva et le rapprocha du lit.

— Je n'arrive pas à croire qu'il ait gardé ce vieux machin.

— Il l'adore. C'était à vous, pas vrai ? Il s'y installe quand il envisage un nouveau projet, chaque fois qu'il a besoin de réfléchir.

Elle se mit à rire.

— Je faisais la même chose autrefois.

Durant quelques minutes, nous restâmes silencieux. J'étais certain que chacun de nous pensait à Rand.

— Alors, dis-je enfin, vous avez parlé à Rayland ?

— Oui.

— Et alors ?

— Et alors, rien n'a changé, mais Rand est au courant, ce qui rend les choses plus simples entre nous.

— James était un homme étonnant.

— Oui, c'est vrai. Et je retrouve tant de choses de lui chez Rand.

— Rand a vraiment adoré son père.

Je me penchai pour embrasser mon cowboy sur le front.

— C'était réciproque. Bien sûr, aucun des deux ne le disait à l'autre, mais chacun d'eux le savait.

— J'aime bien pourtant le dire et l'entendre.

— Oh, Stef, ça me fait plaisir de voir que Rand est le genre d'homme qui n'a pas peur d'avouer ses sentiments. Il ne le faisait jamais avec Jenny, aussi je m'inquiétais qu'il n'en soit pas capable – avant de te connaître.

— Il me dit… Et il me le démontre.

— Je sais. Et j'en suis tellement heureuse pour lui.

Quand elle hocha la tête, je vis qu'elle avait les yeux pleins de larmes. Elle me tendit la main, je la pris. Elle chuchota :

— Si tu n'étais pas allé à ce rodéo, Stef, rien de tout cela ne serait arrivé. C'est merveilleux ce que tu as fait, aussi bien pour Rand que pour nous tous.

— Eh bien, je ne suis pas certain que Rayland m'acceptera un jour. Je ne sais pas non plus si Rand et lui finiront par s'entendre, mais au moins, il y a moins de tension entre eux.

— Et Rayland a vu la vie que Rand s'était créée : son ranch, ses hommes ; ce qu'il vit avec toi.

— Rayland me déteste.

— Ce n'est pas vrai. C'est juste qu'il n'arrive pas à comprendre que Rand puisse t'aimer comme lui-même aimait sa femme ou…

Elle s'interrompit. Je lui serrai les doigts, puis je les lâchai et terminai sa phrase pour elle :

— … Ou vous.

— Oui.

— Peut-être ne le comprendra-t-il jamais. Tant pis. Il lui faudra cependant m'accepter, sinon il ne pourra jamais être proche de Rand.

— Et il y tient vraiment. Quel homme sain d'esprit pourrait refuser la paternité de Rand Holloway ?

— Aucun.

Elle m'adressa un sourire. Je lui rappelai :

— Rand est également votre fils, vous savez. James ne l'a pas élevé tout seul.

Elle hocha vivement la tête.

— Je sais.

Je notai la façon dont elle me scrutait.

— Quoi ?

— Tu me parais plus détendu, comme si tu avais abandonné ton parachute.

— Quoi ?

Elle se mit à rire.

— Stefan Joss, je sais que tu t'es engagé dans cette relation avec Rand en étant prêt à filer si les choses devenaient difficiles – et avec la quasi-certitude que ce serait le cas. Tu t'es assuré d'avoir un bon boulot afin de garder une échappatoire.

— Bon Dieu, dis-je en gémissant.

Elle se mit à rire plus fort.

— Mais depuis que tu as pris ce poste à l'université, j'ai la sensation que tu as complètement oublié tes anciennes précautions. Tu t'es décidé à planter tes racines, maintenant, avec lui. Tu envisages de rester. Et ça se voit.

— C'est vrai.

— J'en suis très heureuse. Je n'ai jamais vu mon fils aussi épanoui. C'est pour ça qu'il n'est pas en colère contre Rayland ou moi. Il est plus

179

prompt à accepter les erreurs, à pardonner. Non pas que tout soit parfait, mais Rand est bien dans sa vie. Et j'adore le voir comme ça.

— Il faut que Rayland et lui fassent la paix.

— Ça les regarde. Dorénavant, nous n'aborderons plus le sujet. C'est de toi que je veux parler, Stefan Joss. Tu as changé bien des choses dans la vie de Rand, tu lui as donné le foyer qu'il désirait depuis toujours. Oui, bien sûr, chacun crée son destin, mais Rand se sent mieux de t'avoir avec lui. Tu es le seul à pouvoir le rendre aussi heureux. Il construit toute sa vie autour de toi.

Je le savais, aussi j'acquiesçai, mais j'avais la gorge trop serrée pour pouvoir l'admettre à haute voix. Et puis, les idées que nous avons dans la tête prennent une toute nouvelle réalité une fois qu'elles sont énoncées haut et clair.

— Si tu n'avais pas été là, Stef, les conséquences de tout ça… Ces secrets que Rayland et moi avons gardés toutes ces années – auraient été horribles. Rand a beaucoup de qualités, mais le pardon et la tolérance n'en faisaient pas partie avant ton arrivée. C'est grâce à toi qu'il a changé.

— En bien, j'espère.

Elle eut un sourire chaleureux et se leva pour venir m'embrasser.

— Oh, mon cœur. Bien sûr que c'est en bien.

Je la regardai effleurer les cheveux de son fils, puis poser la main sur sa joue.

— C'est quelqu'un de bien, dis-je à May.

— Oui, je sais.

Après un hochement de tête, elle s'éloigna jusqu'à la porte ; elle s'arrêta pour caresser Bella, puis elle se tourna vers moi et dit :

— J'aime la façon dont ta présence ici a modifié la routine de ce ranch, Stef. Même un simple détail comme ce chien, ici, dans la maison, au milieu de la journée et pas seulement durant la nuit… Ce sont de petites choses comme ça qui transforment une maison en foyer. Garde Rand ici aussi longtemps que possible. Il a besoin de se reposer. Je vois bien qu'il est épuisé.

— May…

— Charlotte m'a annoncé qu'elle allait vous aider, Rand et toi, à avoir des enfants.

J'ouvris la bouche, rien n'en sortit. May m'adressa un beau sourire.

— J'en suis toute émoustillée. Maintenant, je vais m'occuper du repas. Je vous apporterai quelque chose à tous les deux dès que j'aurai vu ce qu'il y a dans le frigo.

— Merci.

Elle me souffla un baiser du bout des doigts et quitta la chambre.

Avec une clarté infinie, je vis mon futur s'étaler devant moi : ma vie avec Rand, le ranch, la communauté qu'il allait créer... tout ce qu'il tenterait d'accomplir deviendrait possible. Et le plus merveilleux, c'était que ma présence en était le catalyseur. Rand avait besoin de moi pour le stabiliser. J'étais reconnaissant de tant représenter pour l'homme que j'aimais de tout mon cœur.

— Merde.

Baissant les yeux, je vis Rand rouler sur le dos.

— Je me suis endormi, c'est ça ? maugréa-t-il.

— Quelques minutes à peine.

— Bon sang, Stef, j'ai des trucs à faire.

Je m'étalai sur lui, le clouant au lit.

— Reste avec moi encore un moment, dis-je.

— Ce n'est pas juste. Tu sais que je ne peux rien te refuser.

— Je sais, Rand Holloway, et c'est l'une des nombreuses choses que j'adore à ton sujet.

Question de
TIMING

Mary Calmes

Comme toujours, merci à Lynn et à Poppy pour leur aide efficace,

I

— C'EST LÀ, patron, prenez à gauche.

Je suivis ces directives et aussitôt, les cinq passagers avec moi dans le pickup – trois sur la banquette arrière, deux sur celle de devant – hurlèrent avec un bel ensemble que non, la maison était à droite.

Il y avait de la lumière et, éparpillés sur la pelouse de devant, des vêtements et des animaux en peluche.

Merde.

Quand je descendis, j'entendis s'ouvrir la portière du côté passager et du mouvement à l'arrière du pickup.

— Non ! aboyai-je en me retournant.

Sur ce, je claquai violemment ma portière.

Cinq paires d'yeux, de dix-huit et vingt-deux ans, se fixèrent sur moi. Quand j'étais parti récupérer Josie Barnes, un quart de mon personnel avait insisté pour m'accompagner, usant d'abord de cajoleries, puis refusant purement et simplement de descendre de mon véhicule. Les autres plus âgés avaient eu le bon sens de réaliser qu'il serait inconscient de quitter le restaurant à l'heure de pointe, pendant l'affluence du dîner, aussi étaient-ils restés s'occuper de tout. Pour eux comme pour moi, le Bronco représentait tout, foyer et maison familiale.

Avant de traverser la rue, j'ordonnai fermement :

— Vous restez tous dans le pickup, je ne veux pas que l'un de vous risque de prendre un mauvais coup.

— Mais, patron, il y a son père et son frère là-dedans. Nous devons venir avec vous ! s'écria d'un ton suppliant Andy Tribble, un de mes serveurs. Vous n'allez tout de même pas entrer sans renfort !

— Kevin ne devrait pas tarder, expliquai-je rapidement. Il était juste derrière nous, il m'accompagnera.

— Oui, mais… commença Shawnee Clark.

Je l'interrompis d'un hurlement et d'un geste péremptoire.

— Non ! Si j'en vois un qui descend, je le vire, c'est clair ?

Danny LaRue intervint :

— Mais c'est moi qui ai reçu l'appel de Josie. Je lui ai promis que je viendrai, il faut que j'aille avec vous, quoi.

Aidez-moi à ne pas perdre patience ! Après cette brève prière au ciel, je grinçai :

— Et qu'est-ce qu'elle t'a répondu, Danny ? Donne-moi ses mots exacts.

Silence.

— Dépêche-toi ! insistai-je. Tu nous fais perdre du temps.

Il toussota.

— Elle a dit… euh, d'accord, puisque vous étiez à la pêche, alors…

— Justement, coupai-je, c'était *moi* qu'elle voulait, et je ne suis plus à la pêche, donc, j'y vais. C'est compris ?

Aucune réponse.

— Dan ?

Il finit par souffler :

— Ouais.

— Parfait.

Quand il releva la tête, son visage était tout crispé.

— Vous ne devriez pas y aller seul.

Tous les autres acquiescèrent vigoureusement. Et je savais bien pourquoi ils s'inquiétaient tant pour moi. C'était logique. Ils avaient besoin de moi. J'étais leur patron, le propriétaire du restaurant Le Bronco, notre restaurant. J'avais créé cet établissement et, au fil du temps, il était devenu le seul refuge que connaissaient tous ces gamins, que j'avais recueillis un par un, d'une façon ou d'une autre. Et c'était encore moi qui maintenais notre petit groupe soudé. Leur ancre, leur amarre. S'il m'arrivait quelque chose… tous ceux qui travaillaient avec moi se retrouveraient à la dérive. Pour certains, ce serait simplement une nouvelle expérience, mais les autres, encore trop jeunes pour avoir appris à se débrouiller seuls seraient à nouveau livrés à eux-mêmes.

Alors, je comprenais leur terreur, pour moi, d'abord, mais surtout pour eux-mêmes. Une terreur réelle, tangible, qui n'avait rien d'égoïste. Ils voulaient simplement me garder sain et sauf.

Cependant, ma décision restait ferme et immuable :

— Je vous interdis de quitter cette putain de voiture !

Tous acquiescèrent, pas un ne bougea. Et je savais bien que ce n'était pas ma menace de les virer qui les faisait obéir, mais plutôt mon expression : la situation était grave et je ne cherchais pas à le leur cacher.

185

J'avais atteint le porche lorsque la porte s'ouvrit violemment. Le frère de Josie – que je connaissais sous le nom de Bubba – en émergea. Il avait une vingtaine d'années et une guitare électrique serrée dans le poing. Je savais, depuis la fête de Noël que nous avions organisée huit mois plus tôt, que cet instrument ne lui appartenait pas, aussi le lui arrachai-je par surprise.

— Bordel ! rugit-il.

Il chercha à récupérer la guitare, mais je le maintins à distance de deux doigts sur sa clavicule.

— Recule, grognai-je.

Sans le quitter des yeux, je hurlai :

— Kev, par ici !

Mon chef barman, Kevin Ruiz, était plus grand que moi (et je faisais un mètre quatre-vingt), deux fois plus lourd et tout en muscle. Il avait suivi mon pickup dans une Chevy Avalanche qui écrasait mon vieux Dodge. Je l'avais entendu se garer pendant que je traversais le jardin.

— Dégagez de là, tous les deux, aboya Bubba, sinon j'appelle les flics.

Je ne bougeai pas, me contentant de tendre la guitare derrière moi jusqu'à ce que Kevin soit assez proche pour la récupérer.

— Kev, cherche aussi l'ampli, indiquai-je ensuite.

— D'accord, patron.

— Merde, quoi ! Pour qui vous vous prenez…

— Toi, tu la fermes.

À titre d'avertissement, je repoussai violemment Bubba, puis le dépassant, je montai les marches du perron et pénétrai dans la maison.

Bubba s'élança derrière moi et me rattrapa dans le salon.

— Qu'est-ce que vous foutez ? hurla-t-il.

Le spectacle était tellement horrible que je m'étais arrêté net, un frisson dans le dos, une nausée me remontant dans la gorge. Mon désir de pivoter et de flanquer mon poing dans le mur, dans n'importe quel mur, fut presque irrépressible.

Josie Barnes était née sous le nom de Joseph William Barnes. Et je le savais parce que, quand j'avais engagé cette fille, je m'étais occupé avec elle de remplir la paperasse administrative. Et là, elle était assise sur le sol, aux pieds de son père. M. Barnes brandissait encore des ciseaux et une tondeuse. Les longs cheveux auburn qui, naguère, descendaient jusqu'au milieu du dos de Josie avaient été coupés à ras, irrégulièrement. Quelques touffes hirsutes restaient de-ci de-là ; ailleurs, le cuir chevelu apparaissait. En général, Josie se maquillait volontiers. Aujourd'hui, elle avait le visage à nu, les taches de rousseur qui lui parsemaient les joues et le nez contrastaient avec son teint blafard. Elle ne portait que sa culotte et son soutien-gorge. Elle joignait les jambes aussi fort qu'elle le pouvait et serrait ses bras autour d'elle-même, ses mains cachant sa poitrine.

Je vis rouge.

Traversant la pièce comme un bison en furie, j'empoignai d'une main le cou de M. Barnes et de l'autre la tondeuse. Je projetai l'homme en arrière et il s'écroula sur le canapé. Quant à l'objet du crime, je le jetai de toutes mes forces contre le mur : la tondeuse explosa sous l'impact, projetant partout des débris de plastique et de métal.

Près de la cheminée, une femme qui serrait une Bible contre son sein se mit à couiner :

— Seigneur, qui est cet homme ?

C'était Miranda, la mère de Josie. Je connaissais son nom : il était dans le dossier de Josie, celui de la personne « référente » à prévenir en cas d'urgence. J'avais d'ores et déjà l'intention de le biffer à peine de retour au restaurant.

— Son patron ! hurlai-je.

Chez les Holloway, tous les mâles étaient grands, solides et dotés d'une voix de stentor. Une caractéristique génétique, tout comme nos cheveux noirs, notre mâchoire carrée, nos muscles de bûcheron, notre entêtement et notre franc-parler – parfois considéré comme de la grossièreté. Même si j'étais le plus petit de la famille, et de loin, je pouvais cependant me montrer tout aussi désagréable et bruyant que les autres. C'était un fait, un fait incontestable.

Aussi, en entendant ce rugissement qui émanait de mon diaphragme, Miranda recula jusqu'au mur contre lequel elle se serra, terrorisée.

M. Barnes se redressa en titubant, puis il cracha :

— Joey est un garçon, vous le savez, vous le savez très bien, espèce de sale con !

— Non, quand je la regarde, je ne vois pas un garçon, rétorquai-je, en toute franchise.

Soudain, une main se posa sur mon mollet. Je baissai les yeux sur Josie : elle tremblait.

Quand je me tournai vers Mme Barnes, mon regard devait être éloquent. Elle se recroquevilla plus encore.

— Apportez-moi une couverture, madame, articulai-je à grand-peine. Je vais emmener votre enfant et vous ne la reverrez jamais.

En temps normal, mon accent sudiste n'était pas aussi prononcé. Il devenait aussi épais seulement quand j'étais enragé.

Barnes s'écarta d'un pas.

— Je sais qui vous êtes ! grogna-t-il. Le patron de Joey, hein ? L'enculé qui possède le Bronco, le restaurant où il travaille ?

Je faillis sourire. Barnes ignorait que j'étais gay. Il me traitait d'« enculé » juste pour me provoquer, ce qui ne m'atteignait pas du tout.

— Oui, monsieur, exactement.

— Alors, vous comptez l'emmener chez vous et le baiser ?

La bile me brûla la gorge. Cet homme parlait de sa fille, il l'avait connue *bébé* et tenue dans ses bras dès le berceau, il l'avait élevée… Un comportement pareil défiait la compréhension et la compassion humaine.

J'étais tellement écœuré que j'eus du mal à retrouver ma voix.

— Pas du tout, monsieur, croassai-je. Voyez-vous, Josie est une fille. Je ne baise pas les filles. Moi, je préfère les garçons. Les vrais.

Il se jeta sur moi, les poings en avant. D'un simple crochet, je l'envoyai au tapis. Mme Barnes hurla. Un instant plus tard, j'expédiai Bubba rejoindre le tas informe que son père formait au milieu du salon. Mme Barnes hurla encore.

Franchement, qu'un plouc essaie de me coller un gnon ou deux ne me faisait ni chaud ni froid. J'avais grandi sur un ranch ; depuis tout petit, j'avais appris à dresser les chevaux sauvages, à conduire le bétail, à me battre avec tous ceux qui s'en prenaient à moi.

Le père de Josie était bedonnant, son frère squelettique. Ils ne faisaient pas le poids. Par rapport à eux, j'étais un titan.

Je pris un plaid sur le canapé, me penchai et enroulai Josie dedans avant de me relever avec elle dans les bras. Aussitôt, elle éclata en sanglots désespérés.

Je lui demandai gentiment :

— Que veux-tu emporter de cette maison ? Dis-le-moi vite parce que tu n'y reviendras plus jamais.

Elle eut un hoquet de chagrin.

— Il… il a cassé ma guitare ! Je ne peux pas…

Je pivotai et me dirigeai vers la porte d'entrée.

— Non, dis-je gentiment, ne t'inquiète pas. J'ai récupéré ta guitare, elle n'est pas cassée. C'est Kevin qui l'a. Et l'ampli, où est-il ?

En l'espace d'une seconde, elle perdit son expression catastrophée. Une lumière brilla dans ses yeux, même si ses joues étaient encore inondées de larmes.

— Vous avez ma guitare, patron ? Vous l'avez reprise à Bubba ?

— Bien sûr, pour qui me prends-tu ? dis-je d'une voix bourrue. Il manque juste l'étui. Tu sais où il est ?

Elle pointa du doigt.

— Juste là, à côté de la porte.

— Et ton ampli ?

— Je l'ai laissé au restaurant. Je ne l'emporte jamais à la maison.

Je poussai un grognement.

— Mmm.

Kevin m'attendait sous le porche, les bras tendus. À peine avais-je ouvert la porte que je lui fis passer Josie. Quand je revins dans la maison récupérer l'étui de la guitare, M. Barnes, le visage moite et empourpré, avançait vers moi en brandissant une batte de baseball.

Je préférai l'avertir :

— Réfléchissez bien à ce que vous allez faire de ce truc-là, vieillard, sinon, je vous ferais avaler votre batte en même temps que vos dents.

— Espèce de…

— Croyez-vous que je n'ai pas remarqué les ecchymoses qu'elle a sur le cou et au visage ? Elle a un œil poché et une lèvre éclatée.

— Ça suffit ! hurla-t-il. Ce n'est pas « elle ». Joey est un garçon ! C'était un garçon à la naissance, il restera un garçon et je…

Je coupai net à ses divagations.

— Elle chante comme un ange, vous savez. Un jour, elle deviendra célèbre et tout le monde saura ce que vous avez fait. Je vous garantis que vous le regretterez.

— Au moins, il ressemble à un garçon maintenant !

Je secouai la tête.

— Non, monsieur. Elle ressemble à un petit oiseau bien maltraité.

— Espèce de…

Il s'interrompit quand je me redressais de toute ma taille.

— Je ne le dirai qu'une fois, je ne veux pas vous voir au Bronco ni vous ni son frère. Sinon, je préviendrai la police et je vous ferai arrêter

— Et Joey, hein, où il va vivre ? Qui va payer son école…

— Ce que fait Josie à partir d'aujourd'hui ne vous regarde plus.

189

Sur ce, j'ouvris la porte d'un coup de pied et sortis de la maison. Une fois dehors, je scrutai le porche et les objets qui le jonchaient : une pochette de maquillage, un sèche-cheveux cassé – de toute façon, Josie n'en aurait pas besoin tout de suite –, mais aussi des sous-vêtements féminins, strings, culottes, soutiens-gorge. Je rassemblai le tout et quittai la cour, à présent déserte.

J'allais atteindre la barrière quand un hurlement unanime retentit. La voix de Josie était particulièrement suraiguë :

— Nooon !

Je jetai un coup d'œil par-dessus mon épaule et constatai que M. Barnes était revenu avec un fusil. En pivotant pour lui faire face, j'envisageai les différents scénarios possibles… malheureusement, la conclusion était toujours la même.

J'étais mort.

Après m'avoir tiré dessus, Barnes pourrait même invoquer la légitime défense parce que je me trouvais sur sa propriété. Et mon personnel me regarderait mourir, saigné à blanc : ce serait leur dernier souvenir de moi, du temps que nous avions passé ensemble. Ou alors…

Je pouvais tenter de jouer mon dernier atout.

— Vous connaissez Rand Holloway ?

Il me regarda d'un œil méfiant.

— Bien sûr, tout le monde connaît Rand Holloway à Hillman, sombre crétin…

Je saluai, la main sur le cœur.

— Je me présente, Glenn Holloway.

Ce fut assez drôle de voir son visage devenir blême. Rand n'était pas le genre d'homme qu'il était sain d'avoir comme ennemi. En fait, ce n'était pas seulement mon cousin (ou plutôt, mon demi-frère) qui provoquait chez les gens une peur pareille, mais le fait que son ranch était peu à peu devenu un petit état. Et Rand employait des hommes plutôt dangereux – dont Mac Gentry, qui avait une bien sinistre réputation. Même la police ne représentait pas une menace aussi sérieuse que les cowboys du Red Diamond [1] !

Quand je vis trembler le fusil, je tournai les talons, traversai la rue et m'approchai de la portière latérale du truck.

Shawnee m'ouvrit un sac de voyage dans lequel je fourguai le ballot de sous-vêtements que je portais toujours. Quand je repris ma place derrière

1 « Diamant rouge ».

le volant, Josie s'était rhabillée. J'ôtai mon Stetson et le lui enfonçai sur tête, bas sur les yeux.

— Nous allons nous arrêter chez Caffrey pour t'acheter un chapeau. Tu le porteras demain pour travailler.

Elle grimpa sur mes genoux, enfouit son visage dans mon cou et se mit à pleurer. Je décidais que, si je cherchais à la repousser, nous ne partirions jamais.

Je respirai un grand coup, démarrai et filai aussi vite que possible.

Alors seulement, mon cœur se remit à battre.

UNE HEURE plus tard, revenu au restaurant, je demandai à Éric et Jamal de bricoler sur le toit une douche de fortune afin que Josie puisse se nettoyer. Les cheveux coupés dont elle était couverte devaient la démanger horriblement, car elle ne cessait de se gratter. Nous gardions au bureau une tondeuse à cheveux, Kevin la prit et tenta d'égaliser la coupe de Josie, lui laissant une brosse d'environ trois centimètres. Comme je l'avais annoncé, nous nous étions arrêtés en chemin pour acheter plusieurs couvre-chefs : un chapeau de cowboy pour travailler, un bonnet tricoté violet, une casquette militaire bleu pâle avec des étoiles argentées et trois longues écharpes que Josie pourrait se nouer autour de la tête. Nous avons également acquis un flacon de teinture bleu pétrole, ainsi sa brosse aurait-elle au moins une couleur intéressante.

Nous fîmes ensuite l'inventaire de ses affaires. Tout y était, en particulier la guitare et l'ampli, les possessions les plus prisées de Josie.

Quand je l'avais prise dans mes bras pour quitter le pickup, elle m'avait déjà remercié au moins neuf cents fois de « l'avoir sauvée ». Elle avait même noué ses bras autour de mon cou et ses jambes autour de ma taille comme une gamine, alors qu'elle avait au moins dix-sept ans.

Les garçons installèrent un tuyau au robinet du lavabo du vestiaire du personnel et, par la porte arrière, le firent grimper sur le toit – où les filles prenaient souvent le soleil avant de travailler. Ils suspendirent sur des fils d'étendage de grandes serviettes pour donner un peu d'intimité à Josie. Tout ça prit un certain temps, mais quand elle fut lavée, habillée, maquillée, les cheveux teints, l'estomac rempli d'un encart roboratif, et serrée de bras en bras, Josie cessa enfin de trembler et recommença à respirer. Du coup, moi aussi.

Plus tard, je reçus un coup de fil de l'adjoint du shérif m'annonçant que les Barnes avaient déposé une plainte contre moi.

— Alors, que dois-je faire à présent ? demandai-je.

À l'autre bout du fil, il se racla bruyamment la gorge.

— *Rien du tout*, répondit-il.

Il paraissait très nerveux. Il finit par ajouter, en baissant la voix :

— *Écoutez... vous pourriez faire savoir à Rand que nous avons étouffé l'affaire, hein ? Ce serait... ce serait sympa.*

— Bien entendu, répondis-je, avec un accent sudiste plus marqué. Il en sera très satisfait, j'en suis certain.

L'adjoint poussa un soupir particulièrement bruyant.

Ça m'arrangeait bien que tout le monde ait une peur bleue de Rand Holloway !

VERS 11 heures le lendemain, alors que Josie dormait sur le canapé de mon bureau, je m'installai au bar sur un tabouret pour m'entretenir avec Kevin, Callie et Marco.

La veille, j'avais fermé plus tôt que d'habitude à minuit au lieu de 2 heures du matin, et convoqué tout mon petit monde dans la salle de repos du personnel.

Tous les yeux étaient fixés sur moi.

Deux jours.

Que tout parte à vau-l'eau en deux jours paraissait incroyable ! Pourtant, c'était le cas.

Dès que je m'absentais, mon restaurant résonnait de cris de colère et de frustration, injures et coups bas s'échangeaient. D'un côté, j'étais heureux d'en connaître enfin la raison et de pouvoir débrider la plaie, de l'autre, j'aurais préféré me passer de tout ce mélodrame.

Je ne supportais pas les drames !

Je m'étais donc adressé à mon personnel :

— Si l'un de vous tombe à l'eau, le bateau tout entier va couler.

Le tintamarre explosa immédiatement. Chacun accusait son voisin, pointait du doigt, s'égosillait. Je les laissai faire, sachant que le bruit permettrait de dissiper la tension qui alourdissait l'atmosphère.

Kevin me rejoignit. Au bout d'un moment, je lui fis signe et il souffla dans une corne de brume. Le hurlement sinistre créa une vague de panique, tout le monde sursauta. Je me redressai, les mains levées, et réclamai

192

le silence à tue-tête. Je l'obtins, mais les regards fixés sur moi étaient franchement furieux.

Je repris la parole :

— Pourquoi n'ai-je pas été averti plus tôt que JT se tapait toutes femmes qui passaient au restaurant ?

Du coup, plus personne n'osait me regarder dans les yeux.

— Il est parti, ajoutai-je.

Et là, à nouveau, tous les regards étaient fixés sur moi, pleins d'espoir. Bien entendu, j'en comprenais la raison. JT avait encaissé son salaire sans rien faire pour le mériter. Et tous avaient pensé que c'était avec ma bénédiction. Pas du tout. La vérité était bien pire – et bien plus ridicule : je n'étais pas au courant. Je prenais JT pour un brave garçon, alors qu'au contraire il avait un fond de cruauté, en plus d'être paresseux et coureur. Kevin et moi l'avions surpris en flagrant délit : dans mon bureau, en train de baiser une cliente de l'hôtel.

Je l'avais viré sur-le-champ. Jamal et Éric avaient pris un grand plaisir à le raccompagner, par la porte de derrière. Et Callie Pena, notre DRH, avait déposé sous un de ses essuie-glaces son solde de tout compte et son dernier chèque, calculé au cent près.

Elle était douée avec les chiffres.

Tout le monde attendait la suite.

— Pour remplacer JT, j'ai promu Kevin directeur, annonçai-je.

D'un signe de tête, je désignai Bailey Kramer qui, assise dans le fond, tenait la main de Josie, et j'enchaînai :

— Bail, tu seras son assistante.

Elle en resta stupéfaite, puis elle m'offrit un lent sourire, un peu penaud, qui révéla ses dents très blanches. Je ne pus m'empêcher d'y répondre.

Puis je continuai :

— J'espère que tout ira bien dorénavant. C'est Marco qui prendra la relève comme chef barman.

L'annonce fut reçue par des applaudissements. Marco se leva, salua, et promit d'être à la hauteur. Je lui faisais confiance : le Bronco était important pour lui. À sa sortie de prison, il avait eu du mal à trouver du travail. Que je lui aie donné sa chance avait fait toute la différence, pour lui et sa famille.

C'était également le cas de beaucoup de mes employés. Mon chef de cuisine, Javier Garza, avait été renvoyé de son dernier poste pour vol (soi-disant), mais d'après lui, c'était du racisme : il était mexicain. J'avais fait le bon choix, car ses nouveaux plats – viande en croûte de pécan, marinade au mesquite [2] ou pilon de dinde pour enfants – avaient complété nos steaks et hamburgers habituels, et très vite remporté un succès foudroyant.

MITCH POWELL, promoteur et propriétaire du King Resort, luxueux complexe golfique, hôtelier et thalasso, devait beaucoup à Rand Holloway. Deux ans plus tôt, il s'était partiellement acquitté de sa dette en me proposant un emplacement à proximité de son golf pour établir mon nouveau restaurant. Nous étions situés assez loin du centre-ville – et des autres restaurants –, aussi personne ne misait-il lourd sur notre succès. Mais moi, le Bronco, c'était mon rêve, il y avait des années que j'y pensais, que j'en planifiais le moindre détail.

Quand le jour vint où je pus me lancer, je n'hésitai pas.

Nous avions recouvert notre parking du matériau caoutchouteux qu'on trouve dans les aires de jeux des enfants, à l'école primaire, monté des poteaux pour éviter aux voitures d'y entrer, placé autant de tables de pique-nique que le permettait l'espace disponible et fait construire une corniche tout autour. Seules les familles avaient accès aux tables. C'était amusant de voir les parents isolés, ou les couples homosexuels accompagnés d'enfants croire qu'ils ne correspondaient pas au terme « famille » – dans sa définition classique. Ils étaient d'autant plus reconnaissants et heureux d'être acceptés, certains nous arrêtaient au passage, moi ou un membre de mon personnel, pour nous remercier chaleureusement. Ils nous expliquaient aussi le plaisir qu'ils éprouvaient, avec des enfants à charge, de pouvoir s'asseoir un moment et décompresser sans se soucier de déranger les tables voisines. Nous laissions également s'attabler les personnes âgées (en général, des grands-parents). Par contre, les jeunes couples ou les groupes d'amis restaient sur la corniche, où ils avaient à peine la place de poser une assiette. Et ils devaient manger debout, en regardant ceux accompagnés d'enfants, bébés en poussettes ou ados, se prélasser sous un parasol.

2 Acacia originaire du Mexique.

Nous avions d'excellentes critiques sur Yelp [3], Zomato [4] et TripAdvisor [5], mais aussi sur notre Page Facebook, notre compte Twitter et dans le journal local, le *Lubbock Avalanche*. Tout le monde s'accordait pour dire que le service était parfait et que le propriétaire du Bronco savait vraiment s'occuper de ses clients. C'était des commentaires bien agréables à lire !

Le jour où Guy Fieri [6] me proposa de tourner chez nous une de ses émissions, *Diners, Drive-Ins et Dives* [7], je faillis tourner de l'œil. Guy s'était régalé de notre Bronco Burger : de la viande de bison servie avec une sauce *ponzu* [8]. Et même si je n'étais pas l'un des cuisiniers qui avaient préparé son repas, je fus très fier, en lui serrant la main, de l'entendre me remercier d'avoir accepté son offre. C'était mon restaurant, après tout !

J'étais aux anges, mon personnel également et nous affrontâmes vaillamment l'afflux des nouveaux clients que l'émission nous procura. Entre les avis élogieux, les articles de presse, le bouche-à-oreille et les blogs indépendants, l'argent se mit à couler à flots.

D'après moi, notre réussite venait de deux choses : un excellent service et des produits de qualité, parfaitement cuisinés. Au début, à l'ouverture, nous ne proposions que des steaks marinés, avec sauce au vin rouge et à l'ail, et des hamburgers. Il n'y avait rien d'autre sur la carte, sauf les accompagnements, bien entendu, c'est-à-dire croquettes de pommes de terre, patates douces, coleslaw, macaronis au fromage et haricots rouges. Nous n'avions pas de menu enfant, mais pour eux, nous proposions des demi-portions. Et quel gosse n'aime pas les frites, les <u>hamburgers</u> ou les macaronis ? Peu après, nous avons ajouté un

3 Multinationale de San Francisco (Californie) qui héberge et commercialise Yelp.com et l'appli mobile Yelp et publie des avis participatifs sur les commerces locaux.

4 Application pour chercher un restaurant qui couvre vingt-trois pays, dont l'Inde, l'Australie et les États-Unis.

5 Site web international d'origine américaine qui offre des avis et conseils touristiques émanant de consommateurs (hôtels, restaurants, villes et régions, lieux de loisirs, etc.).

6 Restaurateur, auteur et animateur de la télévision américaine, copropriétaire de six restaurants en Californie.

7 Émission de télévision culinaire américaine créée en 2007.

8 Sauce japonaise à base d'agrumes *sudachi, yuzu, kabosu*, etc.

tofu-hamburger tout à fait étonnant. Un nom guère inspirant, d'accord, cependant ça se vendit bien. C'était la recette d'un de mes cuistots, Han Jun dont la mère venait des Indes orientales et le père d'Okinawa [9]. Plus tard, c'est lui aussi qui ajouta la sauce *ponzu*, qu'il améliora d'une pointe d'ail. Devant le succès des tofus-hamburgers, quand vint le moment d'inaugurer le second grill, j'optai pour une formule à 100 % végétarienne. Le barbecue était neuf, nous ne l'avions pas encore utilisé. Il y avait même encore l'étiquette : « *bidoche, tu devrais filer, parce que ça va chauffer.* »

À dire vrai, les tofus-hamburgers ressemblaient aux autres du même nom, sauf qu'ils ne contenaient pas de bœuf. Leur succès avait dépassé toutes mes attentes. Ce qui avait commencé comme un à côté devint une nouvelle activité à la rentabilité excellente et qui ajoutait une nouvelle étiquette à mon restaurant. Trois de mes filles, qui étaient artistes, peignirent et décorèrent la nouvelle zone qui ressembla vite à un jardin secret. Et beaucoup de clients y fonçaient tout droit.

L'endroit comprenait un bar et un immense îlot central où les gens pouvaient s'attabler, pour boire et manger. En fait, le passage au bar était obligatoire pour prendre place, la nourriture venait d'ailleurs.

Durant l'hiver, nous dressions sur le parking une tente avec des infrarouges et des radiateurs. L'été, c'était plutôt brumisateurs et ventilateurs.

C'était Stefan Joss, le partenaire de Rand, qui s'était occupé de négocier ce matériel pour moi lors de mon installation. En affaires, ce gars-là était un vrai requin, ce qui m'avait assez surpris. À première vue, il paraissait doux, gentil, mais il cachait en lui un prédateur, doté de dents et de griffes. Et Stefan avait aussi veillé à négocier pour moi le seul détail auquel je n'aurais jamais pensé : un prêt à intérêts fixes. Pendant sept ans.

J'en avais eu des vapeurs.

— *Comment as-tu pu obtenir un truc pareil ?*

— *C'est un don.*

Il m'avait souri, ses yeux vert émeraude tout pétillants de plaisir. À ce moment-là, éperdu de reconnaissance, j'avais vendu mon âme au diable : j'avais dit à Stef que je ferais n'importe quoi pour lui, le jour où il aurait besoin de moi.

Vu ce que je lui devais, ça me paraissait la moindre des choses.

9 Île japonaise de l'archipel du même nom.

ET AUJOURD'HUI, deux ans plus tard, Rand escomptait me voir payer ma dette à son partenaire. Voilà pourquoi je m'étais offert deux jours de solitude, à pêcher au calme. J'en avais bien besoin avant d'être contraint d'obéir à Rand ou d'écouter les commentaires de son contremaître, Mac Gentry, qui me traiterait d'abruti.

Je devais prendre des forces et m'éclaircir les idées avant de passer un long weekend avec eux dans la prairie. Nous devions ramener au Red Diamond un petit troupeau – à peine deux cents têtes de bétail, sans compter les veaux – qui se trouvait actuellement à pâturer dans le *panhandle* [10].

En tout cas, c'était ce que j'avais cru comprendre. Je n'en étais pas certain. Ce bétail n'appartenait pas à Rand, ces bêtes n'étaient pas nées sur le ranch, pas plus qu'elles y avaient été élevées. Non, mon cousin les avait acquises aux enchères, à la suite d'une saisie du gouvernement fédéral après un raid de l'USDA [11] (le département de l'Agriculture des États-Unis). Apparemment, une enquête sur de la viande contaminée avait mené la FDA [12] (l'Agence américaine chargée de contrôler les denrées alimentaires et les médicaments) jusqu'à la Bannon Company, au Montana, où les agents infiltrés avaient découvert des anomalies flagrantes, depuis les enclos où était gardé le bétail jusqu'aux abattoirs. Le bétail était maltraité et, pire encore, abattu de façon inhumaine.

Durant la vente aux enchères, aucun éleveur n'avait voulu investir du temps et de l'argent pour des bêtes qui, même si par hasard elles survivaient, risquaient d'être dans un état irrécupérable. Rand avait été le seul à tenter le coup.

Il avait acquis tout le lot, l'avait fait transporter par camion du Montana au Texas, et installé pendant six mois dans de riches pâtures, à l'écart de ses autres bêtes. D'ailleurs, son bétail était facile à repérer : Rand ne castrait par ses taureaux, ne décornait aucune bête, pas plus qu'il ne leur coupait la queue ou ôtait la langue de ses veaux. Le ranch Red Diamond, « chevaux & bétail » – Rand avait modifié son en-tête quand il s'était mis

10 (Anglicisme littéralement « queue de poêle »), bande de terre, longue et étroite, qui forme la frontière d'une division administrative américaine ou d'un État à l'autre.

11 *United States Department of Agriculture.*

12 *Food and Drug Administration.*

à vendre sa viande dans le monde entier – était toujours à la pointe du progrès. Ainsi, depuis l'an passé, Rand ne marquait même plus ses bêtes au fer. Pourquoi l'aurait-il fait ? Personne ne s'aviserait de les lui voler ! Il employait tellement d'hommes – de façon permanente, pas seulement durant le weekend – qu'il était devenu une puissance dont il fallait tenir compte, presque un petit état indépendant. Toutes les bêtes du Red Diamond étaient solides, en bonne santé, et traitées royalement. Tous les hommes du ranch suivaient les critères de Rand.

Quant à ceux qui continuaient à affirmer que tuer un animal pour le manger était une abomination, eh bien, ils n'avaient qu'à passer au ranch ; ils constateraient eux-mêmes qu'ici, le bétail était roi.

Si Ranch ne maltraitait jamais les animaux, il ne prenait pas de gants avec les gens. Moi par exemple, j'étais condamné à passer un long weekend à souffrir.

Le problème était qu'entre deux mariages, un accouchement et les vacances, Rand se trouvait à court de main-d'œuvre, aussi avait-il pensé à moi – et à ce que je devais à Stef. Il m'avait convoqué pour m'annoncer que j'allais devoir passer trois jours en selle, du lever au coucher du soleil. Nous partirions tôt le vendredi matin et rentrerions tard le dimanche soir. Et, durant tout ce temps, j'étais censé afficher un air aimable.

Voilà pourquoi, avant d'affronter l'enfer, j'avais eu besoin d'aller à la pêche.

C'était pour le lendemain matin.

Aussi, dès que j'eus terminé ma réunion du personnel, je proposai à Josie de la ramener chez son amie, où elle devait passer la semaine. Il me faudrait ensuite passer chez moi et récupérer mes affaires, puisqu'on m'attendait au Red dans quelques heures à peine.

— Vous ne serez pas trop fatigué ? s'inquiéta Josie.

— Avec un peu de chance, je dormirai sur ma selle, marmonnai-je. Au moins, ça m'évitera de supporter les conneries.

— Quoi ?

Je secouai la tête. Je n'avais pas l'intention de discuter de mes problèmes familiaux. Elle monta dans mon pickup et je me rendis chez moi.

Dans mon salon, elle examina tout ce qu'il y avait autour d'elle. Et je devinai dans son attitude une critique implicite.

— Quoi ?

Elle toussota.

— Oh, non, rien.

Cinq cartons vides de repas à emporter traînaient sur la table basse du salon. Il fallait que je les jette !

— Je sens bien que tu as quelque chose à me dire, Josie, je t'écoute.

— Vous, hum… vous vivez seul ici, non ?

— Oui, pourquoi ?

Elle eut un grand sourire.

— Pour rien, c'était juste une question.

Je roulai des yeux, puis quittai la pièce. Une minute après, elle me suivait dans ma chambre, tout en restant à l'entrebâillement de la porte, effrayée, aurait-on dit, d'avancer plus loin.

— Quoi encore ? aboyai-je.

Elle retint son souffle, les yeux ronds comme des billes.

— Qu'est-ce que ça sent ?

— Rien.

Elle pencha la tête, examinant ma chambre d'un air dégoûté.

— Vous cachez un cadavre sous votre lit ?

— C'est hilarant !

Je vérifiai les vêtements que j'avais préparés. Elle continuait à faire des grimaces, elle finit même par se boucher le nez. Je ne pus supporter plus longtemps son manège :

— Mais enfin, qu'est-ce qui te prend ?

— Vous plaisantez ou quoi ? Vous venez de sentir une chemise sale avant de l'ajouter à votre sac !

— Justement, dis-je distraitement, je vérifiais si elle était encore mettable.

Je continuai à ramasser les habits qui traînaient un peu partout par terre.

Elle pointa du doigt ma commode dans le coin de la chambre.

— Patron, je présume que vos vêtements propres sont rangés dans les tiroirs.

Je poussai un vague grognement.

— Mmm.

— C'est dingue ! hurla-t-elle.

Vu que je venais de faire un bond, je me retournai vers elle, furibard.

— Non, mais ça ne va pas la tête ?

— Vous êtes censé être un adulte, quelqu'un de res-pon-sa-ble ! J'ai vu une buanderie en bas, avec une machine à laver et un séchoir. Ils avaient l'air flambant neuf. Je présume qu'ils fonctionnent !

Elle paraissait horrifiée, son visage était tout crispé.

— Oui, bien sûr.

— Alors ?

— Alors, quoi ?

— Tout pue ici, annonça-t-elle sans ménagement. La cuisine, le salon, la chambre. Je ne comprends pas que vous viviez dans un taudis pareil.

— Je comptais justement…

— De l'extérieur, cette maison est franchement chouette, mais quand on entre, c'est infect.

Sa grimace accentuait ce jugement péremptoire. Je me sentis tenu de me justifier

— Je n'y suis presque jamais.

Elle croisa les bras et pencha la tête, l'air sévère.

— Je sais. J'ai une proposition à vous faire. Plutôt que m'incruster une semaine chez l'un ou l'autre, en jouant au canapé-lit musical, je pourrais m'installer ici et tout remettre en ordre. Je dormirai dans le studio que vous avez installé au-dessus de votre garage.

— Il est plein d'outils et d'araignées énormes !

— Eh bien, je descendrai les outils dans le garage et je me débarrasserai des araignées.

— Mais…

— Vous avez bien une douche et des toilettes là-haut, pas vrai ?

— Euh, oui. Comment…

— Je vous rappelle que tout le monde est venu vous aider quand vous avez emménagé.

— Je…

— Un studio me suffira largement.

— Je suis ton patron. Tu ne devrais pas vivre avec moi. Ce n'est pas correct.

Elle m'adressa un grand sourire.

— Au contraire ! rétorqua-t-elle. Je me sens en sécurité avec vous. En plus, vous avez sacrément besoin de moi !

— Tu…

— Alors, c'est réglé ! s'exclama-t-elle gaiement. Vous allez aller faire du cheval et moi, pendant ce temps, je rangerai votre maison et la rendrai habitable. Vous verrez ! Vous ne reconnaîtrez plus rien à votre retour.

— Non, je…

— Je ne peux pas vous payer de loyer, mais en plus du ménage, je me chargerai de temps en temps de vous faire de bons petits plats. Au fait, pour votre pelouse, votre jardin serait bien mieux si vous y passiez parfois la tondeuse, vous savez.

— Je ne peux pas avoir une fille à demeure. Qu'est-ce que les gens vont dire ?

— Ils diront : « ben, dis donc, Glenn Holloway est un mec adorable, et une petite sœur à la maison, ça rend toujours service. »

Vaincu, je sortis pour elle mon second trousseau. Je lui marmonnai l'ordre de ne pas boire mes bières ni rien manger de ce qui traînait dans le frigo.

Ensuite, j'éclatai de rire devant la grimace qu'elle ne put retenir.

— Votre frigo sera désinfecté quand vous reviendrez, je vous le garantis ! jeta-t-elle. Je vais devoir louer une combinaison anti-contamination et mettre de la chaux vive un peu partout.

Mon gémissement d'horreur fut spontané.

— Quant à boire vos bières, ajouta-t-elle, cela ne risque pas. Je déteste l'alcool. Vous n'avez rien à craindre.

— Je ne veux pas de garçons ici, sauf ceux du restaurant, c'est compris ?

Elle me regarda comme si j'avais perdu l'esprit – et ne s'en cacha pas. Apparemment, les garçons n'étaient pas dans ses priorités, pour le moment.

En finissant mes bagages, je proposai à Josie de dormir dans la chambre d'amis en attendant que le studio soit nettoyé.

— Appelle les autres, dis-leur de venir t'aider.

— Bien entendu ! Je n'ai pas l'intention de tout faire toute seule.

— Et pense à te débarrasser des araignées, je parle sérieusement, Josie.

— Je sais. Je ne suis pas idiote.

Elle me suivit dans la cuisine, où j'ouvris le frigo pour prendre une bouteille d'eau. Elle poussa un cri horrifié.

— Quoi ? protestai-je. Tu exagères.

— C'est quoi ce truc verdâtre ? C'est *dégueulasse* !

— Tu…

Elle s'approcha prudemment et pointa du doigt ce qui, d'après moi, avait été – il y a pas mal de temps déjà – de la salade de pommes de terre.

— Il y a de la mousse, bredouilla-t-elle. Et des champignons !

Peu après, je sortais de la maison et verrouillais la porte derrière moi.

II

L<sc>E LENDEMAIN</sc> matin, il était 3 h 45 quand j'arrivai au Red Diamond, avec un van en remorque qui était en meilleur état que mon truck. J'étais d'abord passé au haras Blue Rock [13] dont le propriétaire, Addison Finch, acceptait de garder ma jument. Pas question que je demande à Rand une stalle dans ses écuries ! Le gros avantage était qu'Addison s'occupait aussi des chevaux du King Resort, alors, quand je voulais monter ma jument Juju, la distance à pied de mon restaurant à chez lui était-elle parfaitement faisable. J'avais mon petit train-train : un jogging jusqu'au haras, une balade à cheval pour dégourdir les jambes de ma jument, puis je rentrais chez moi en courant, même si c'était un peu loin.

Le problème, c'était que Juju devenait un oiseau de nuit, comme moi. Alors ce matin, vu que j'étais passé à l'aube la faire monter dans le van, elle avait du mal à garder les yeux ouverts, comme moi.

Quand je me garai devant le Red, la maison était illuminée, je compris donc que tout le monde était debout. Logique, d'ailleurs. En général, Rand se levait à 4 heures, mais nous avions bien quatre à cinq heures de route pour rejoindre le bétail.

Je restais assis, en réfléchissant à l'option de téléphoner à mon cousin pour lui annoncer que j'avais une pneumonie fulgurante, ou la peste, bref, *n'importe quoi* pour m'éviter cette corvée. En fait, ce n'était même pas la faute de Rand, mais il réussissait tout ce qu'il touchait ce qui rendait compliqué de se mesurer à lui.

Rand avait hérité de son père, James Holloway, le plus grand territoire privé qui existe entre Dallas et Lubbock, et, par nécessité, il avait dû rendre son ranch indépendant, autonome. Tout avait commencé quand il s'était fait éjecter non seulement du conseil communautaire de Winston – dont, en principe, le Red dépendait –, mais de la ville elle-même sous prétexte que le comté avait revu ses zones. Ainsi, alors que sa maison restait plus ou moins limitrophe à Winston, c'était sur la ligne de démarcation, ce qui basculait le Red Diamond sur Hillman. Là où se trouvait également le King Resort

13 « Rocher bleu ».

dont faisait partie mon restaurant. Je n'avais jamais compris comment les édiles avaient déterminé ce zonage, parce que Rand possédait plus de cent vingt mille hectares qui s'étendaient sur sept cent cinquante kilomètres, ce qui allait bien au-delà d'un comté et même des deux suivants. Pourtant, il semblait que c'était l'emplacement de la maison principale qui comptait… et Rand Holloway n'était plus le bienvenu dans sa ville natale.

Il avait été renié après son coming-out, après qu'il eut demandé à l'homme qu'il aimait – Stefan Joss – de s'installer avec lui au ranch. Winston, ville conservatrice, n'avait pas supporté de voir un pilier de la communauté s'afficher comme un gay notoire. Aussitôt, le conseil municipal avait pris des mesures pour se séparer de Rand et de ses terres. Une erreur colossale, car le ranch était devenu encore plus rentable que ces bigots homophobes n'auraient pu l'imaginer, donnant ainsi à Rand le pouvoir et l'argent nécessaire pour apporter de grands changements à Hillman, la ville dont il dépendait dorénavant, et pour transformer sa propriété en un petit monde clos qui vivait en autarcie.

Le ranch hébergeait des centaines de Quarter horses [14], des milliers de têtes de bétail et je ne savais combien d'hectares consacrés à l'agriculture. Outre le domaine principal, le ranch comportait plus de cinquante maisons et des camps de cowboys. J'en ignorais le nombre, vu que je n'avais jamais eu le temps ou l'envie de vérifier.

L'ensemble représentait une puissance avec laquelle il fallait compter et tout le monde, moi y compris, pâlissait en comparaison. Conscient qu'essayer de me mesurer à Rand serait épuisant, je l'évitais soigneusement, ainsi que son mari, leur fils et la vie idyllique qu'ils menaient tous au Red Diamond. Je préférais ne pas perdre ma santé mentale.

Sauf aujourd'hui, parce que j'étais coincé, parce que j'avais une dette à rembourser. J'étais bien certain que ma présence n'avait rien d'indispensable, mais me débarrasser enfin de cette épée de Damoclès qui pesait sur ma tête était trop tentant. Ensuite, ne devant plus rien à Stef, je n'aurais plus à revenir dans ce ranch où je souffrais d'un complexe d'infériorité, je n'aurais plus à revoir Rand ni à désirer (malgré moi) ce que je ne pourrais jamais avoir, je ne me retrouverais plus à envier la vie que menait mon cousin avec son amant, et la sérénité dont il paraissait imprégné jusqu'à la moelle des os.

14 Race chevaline originaire des États-Unis, qui remonte au XVIe siècle, au temps des premiers colons.

Ma vie n'avait rien de catastrophique, je le savais parfaitement, mais pour le moment, terré dans mon truck, dans le noir, sans oser bouger, à regarder la maison de Rand et de Stef, je me trouvais pathétique. Il était temps de prendre une décision.

J'inspirai profondément, puis je pris mon courage à deux mains, sortis de mon véhicule et avançai vers le porche.

Quand je frappai à l'écran moustiquaire, je ne reçus pas de réponse. Au bout d'un moment, j'ouvris la porte. J'entrai dans le salon quand surgit un énorme Rhodesian ridgeback [15] qui se précipita sur moi avec un aboiement, un seul. Bella me souhaitait la bienvenue, ce qui m'arracha un sourire. Mais déjà, la chienne se mettait à geindre plaintivement. Je m'agenouillai, ce qui, devant un molosse de plus de trente-cinq kilos, pouvait paraître inconscient. Mais je savais qu'elle m'avait reconnu, comme le prouvaient ses gémissements heureux, la façon dont elle remuait la queue et la truffe froide et humide qu'elle me collait au visage. Pour finir, elle me lécha le menton.

En réponse, je la grattai dans le cou et derrière les oreilles.

— Salut, Bella. Tu es toute seule ? Où sont-ils tous ?

— Glenn ? C'est toi ?

Par chance, il ne s'agissait pas de Rand, mais de son partenaire, Stefan. Comme il n'entendait pas de cris d'épouvante, il savait que sa chienne ne démembrait personne au milieu du salon – et, donc, ne se pressait pas pour vérifier qui venait de pénétrer chez lui. « L'intrus » ne pouvait être que moi ou oncle Tyler, les seuls à pouvoir pénétrer dans l'immense maison victorienne sans devoir attendre qu'on nous ouvre. Le Red Diamond était volontiers accueillant, tous ceux qui y résidaient faisaient partie d'une grande famille, mais la maison était quand même celle du patron et, depuis la naissance de Wyatt James Holloway, deux ans plus tôt, personne n'avait le droit d'entrer chez Rand Holloway sans être annoncé.

Presque personne.

— C'est moi ! criai-je.

Stef émergea de la cuisine, un torchon sur l'épaule, avec dans les mains un plateau rempli de bacon doré et croustillant.

— Salut. Tiens, tu peux me porter ça à table ?

_____

15 Ou « chien de Rhodésie » race originellement développée en Rhodésie du Sud (actuel Zimbabwe).

Je le rejoignis pour récupérer le plat. En approchant, je fus, comme toujours, émerveillé par la vision qu'il présentait. Avant de rencontrer Stef, je n'aurais jamais cru qu'un homme puisse être aussi joli ! Celui que Rand aimait avait des traits si beaux, si délicats qu'il ressemblait à un ange, image que complétaient sa peau dorée et la crinière de cheveux blonds qui lui tombait sur les épaules. Et Stef avait été, apparemment, le dernier morceau de mon puzzle. Quand je l'avais vu, quand j'avais détaillé son visage, sa peau, sa façon de bouger et le son de sa voix, tout ce qui composait son personnage, mon intérêt, mon désir sexuel mort depuis longtemps s'était ranimé. Alors, j'avais enfin admis l'évidence.

À l'époque, deux ans plus tôt, j'en avais déjà plus qu'assez de me poser éternellement la même question : « suis-je gay ou pas ? » Rencontrer Stefan Joss, le partenaire de mon cousin (je n'étais pas encore au courant que nous avions un autre lien), m'avait enfin donné la réponse.

Puis Rand, outre le fait d'avoir un ranch, une relation monogame et presque tout ce que je pensais vouloir de la vie, me créa un nouveau problème. Parce que j'appris alors que mon père, Rayland Holloway, avait engendré un bâtard en plus de deux fils légitimes, mon frère Zach et moi. Sur le papier, Rand Holloway était l'aîné des enfants de mon oncle James et de sa femme, May. Foutaise ! Et la famille aurait dû le réaliser depuis des années.

À son premier regard sur Rayland, Stef avait noté sa ressemblance avec Rand et compris la vérité. Débile, non ? Qui fait ce genre de relation, qui se dit : « au fait, tes yeux ne sont pas de la bonne couleur » ? Bon, d'accord, Stef avait gardé ses soupçons pour lui avant de découvrir qu'il avait vu juste.

Il m'avait mis dans une rage folle. C'est vrai, quoi, pour qui se prenait-il, pour Sherlock Holmes ? Il était sorti de cette histoire auréolé de gloire – imméritée selon moi pour avoir déterré un sordide petit secret de famille. Mais si Stef n'avait pas pris la peine de s'entretenir avec May et Rand, aucun d'eux ne serait passé aux aveux et la famille n'aurait jamais appris la vérité. Je préférais que Stef les ait convaincus de parler, d'accord, mais ce lien biologique renforcé entre Rand et moi me contrariait énormément, comme le fait que Zach ne soit plus « rien qu'à moi ». C'était comme si j'avais acquis Rand, avec lequel je ne m'étais jamais entendu, et perdu le droit de revendiquer Zach, que j'avais longtemps cru être mon seul et unique frère !

À présent, j'avais deux frères et aucun des deux ne me supportait. Par contre, ils s'entendaient très bien. J'étais le seul à l'écart.

Pire encore, Rayland, « notre » père tentait désespérément de se réconcilier avec Rand alors que moi, il semblait avoir oublié que j'existais. Et Zach travaillait désormais sur le ranch de Rand…

Je m'étais senti trahi, sur de nombreux points. Mon père, après avoir promis de financer une partie de mon restaurant, avait changé d'avis quand il avait eu l'opportunité d'acquérir de nouvelles terres pour son ranch, le White Ash [16]. Il ne cessait de chercher des minéraux et du pétrole, ce qui lui coûtait une fortune. Cette acquisition était, d'après lui, une occasion inespérée qu'il ne pouvait laisser passer. Très vite, l'argent qu'il devait me donner avait été investi ailleurs. Au moins, Zach avait une excuse pour ne pas m'aider que je pouvais comprendre et accepter : il travaillait pour Rand, au Red, ce qui lui prenait tout son temps. Finalement, j'avais dû vendre tout ce que je possédais, sauf ma jument – je ne supportais pas l'idée de me séparer de Juju. J'avais obtenu (de justesse) la somme nécessaire pour lancer mon restaurant.

En clair, voilà le résumé de ma vie : après mon coming-out, j'avais annoncé à mon père que je préférais ouvrir un restaurant que travailler sur le White Ash, et du jour au lendemain, ma famille – du moins, celle que je reconnaissais comme telle – m'avait laissé tomber. Depuis toujours, je regrettais ma mère – sa disparition m'avait laissé au cœur une plaie béante –, mais jamais elle ne m'avait autant manqué que le jour où je tentai de réaliser mon rêve sans elle à mes côtés. Le désintérêt de mon père et de mon frère ne m'aurait pas tant pesé si, elle au moins avait pu me soutenir. Du coup, j'avais à nouveau porté son deuil comme si elle était morte une seconde fois.

Je me serais retrouvé dans une merde noire si mon restaurant n'avait pas marché. Par chance, le chiffre d'affaires avait décollé assez vite. De plus, je m'étais constitué avec mon personnel une nouvelle famille, qui peu à peu prenait la place de l'ancienne. Cela avait été ma planche de salut.

— Qu'est-ce que tu fais ? demanda Stef.

Je réalisai alors que je n'avais pas bougé depuis qu'il m'avait tendu son plateau. Il me dévisageait avec attention.

— Désolé, grommelai-je.

_____

16 « Frêne blanc »

Je le contournai pour passer dans la cuisine que je traversais jusqu'à la porte arrière. Dans la cour, il y avait plusieurs tables de pique-nique où les hommes devaient être attablés.

Stef vint se placer sur mon chemin pour m'intercepter.

— Qu'est-ce qui ne va pas ?

— Tu as laissé Rand me convoquer, Stef. Je déteste mener du bétail !

Il agita les sourcils.

— Ce n'est qu'une petite balade qui te donnera l'opportunité de parler à Rand, te réconcilier avec lui, et même renouer avec Zach.

Je me renfrognai.

— Tu rêves en couleurs. Je ne suis pas venu pour ça, mais pour te payer ma dette. Je ne veux renouer avec personne !

— Tu pourrais au moins essayer.

— Quoi ?

Je ne pus retenir un sourire en le voyant lever les yeux au ciel.

— Laisse tomber, dit-il. Porte ce bacon sur les tables. Et surtout, n'en donne pas à la chienne, quoi qu'il arrive.

Je ne comprenais plus rien.

— Ça veut dire quoi, *quoi qu'il arrive* ?

— Elle va te sortir le grand jeu, prétendre que nous la laissons mourir de faim et qu'un petit bout de lard la sauverait de la famine. C'est une menteuse et une manipulatrice !

Pas de doute : le gars était bizarroïde.

— C'est juste une chienne, Stef.

— Ah ! C'est ce qu'elle cherche à faire croire !

Après un ricanement sceptique, je dépassai Stef et je sortis de la maison par la porte de la cuisine avec Bella sur les talons. Sur une impulsion, je lui donnai prestement un morceau de bacon, puis me remis à longer la maison jusqu'aux tables installées sous un énorme chêne. Dans la journée, il offrait une ombre agréable, rafraîchissant de plusieurs degrés la température ambiante, mais à cette heure matinale, il faisait froid partout. En me voyant arriver, les mains chargées, les hommes de Rand me saluèrent bruyamment, puis se jetèrent sur mon plateau à peine posé, ajoutant du bacon aux contenus variés de leurs assiettes : œufs, biscuits, sauce, bouillie d'avoine, pommes de terre rissolées, tomates frites et jambon de pays. Plusieurs pichets de jus d'orange et des pots de café trônaient au milieu de la table.

On aurait cru une fête, pourtant, ce n'était pas le cas. Les employés du ranch mangeaient là tous les jours et, le dimanche, Rand et Stef offraient le petit déjeuner à tous ceux qui résidaient sur leurs terres. Le Red Diamond fonctionnait comme une grande famille.

Ça me plaisait bien, mais moi, j'en avais une autre. Pas trop tôt !

Je m'apprêtai à retourner à mon truck quand un hurlement me figea sur place. Pivotant sur mes talons, je vis Rand Holloway, debout, les bras croisés, les sourcils froncés. Il paraissait très grand – dix bons centimètres de plus que moi – et plutôt menaçant.

— Où comptes-tu filer comme ça ?

— Je retourne chercher un truc dans mon truck, dis-je, sèchement, avant de le planter là.

Tout en marchant, je levai les yeux vers les collines et aperçus la forme des éoliennes – je savais qu'elles se trouvaient là-haut. Entre elles et les panneaux solaires installés sur toutes les maisons de la propriété, le Red Diamond ne dépendait pas du réseau électrique du comté. Personnellement, j'ignorais la différence entre un moulin à vent, une pompe, une turbine ou une éolienne, mais Rand s'était renseigné. Et je n'avais pu m'empêcher de lui demander ce qu'il ferait si des pluies diluviennes le privaient de son énergie solaire, ou si, par manque de vent, ses éoliennes ne tournaient pas. Quel était son plan B ?

J'appris alors que l'électricité fournie pouvait être stockée. Mieux encore, Rand s'organisait pour recycler ses déchets organiques : ceux-ci fourniraient du méthane qui s'ajouterait aux autres moyens naturels déjà à sa disposition. Le dispositif serait bientôt opérationnel, le rendement imminent.

Rand ne cessait d'imaginer de nouvelles idées, il demandait ensuite à Stef de les chiffrer et de l'aider à les concrétiser. Ils formaient une remarquable équipe.

Et je gardais à Stef une grande reconnaissance pour les conseils qu'il m'avait autrefois donnés, même si je trouvais très déprimant de devoir, en échange, endurer trois jours de torture.

— Et moi qui croyais que tu ne t'abaissais plus à conduire le bétail !

La voix sarcastique se trouvait quelque part derrière moi. Ma journée, à peine commencée, se détériorait déjà de minute en minute. D'abord, Rand, maintenant, Mac Gentry ? Il était bien trop tôt pour que j'écoute ses habituelles conneries.

Pour être franc, cette voix rocailleuse, basse et sensuelle aurait provoqué chez moi une excitation des plus délicieuses si le gars n'était pas l'un des pires connards de la création.

À ma connaissance, il n'y avait que Rand pour lui en disputer le titre.

— Glenn ?

Je l'ignorai et continuai en direction de mon truck. Une fois-là, je sortis mon sac, enfilai une veste en jean bordé de mouton retourné, déposai mon téléphone dans la boîte à gants et refermai la portière. Je n'avais pas à m'inquiéter de mon véhicule pendant mon absence. Il ne risquait rien sur le ranch.

En me retournant, je trouvai Maclain « Mac » Gentry planté devant moi. Aussi grand que Rand, un mètre quatre-vingt-douze, et cent-dix kilos de muscles solides, compacts. Des chiffres que je connaissais parce que j'avais entendu Mac parler un jour à l'un de ses hommes. Étrange, cependant cela ne m'avait jamais gêné de devoir renverser la tête pour regarder Rand ; par contre, je supportais mal que Mac soit plus grand que moi, plus lourd, plus musclé, avec des épaules plus larges et un torse plus épais. Par rapport au contremaître du Red Diamond, je me sentais petit et faible, ce qui ne me plaisait pas, mais, vraiment pas du tout.

— Pousse-toi, dis-je d'un ton sec.

Quand j'essayais de le dépasser, il m'empoigna par le biceps. Me cassant presque le cou pour le dévisager, je croisai son regard gris fumée.

— Si tu passes ton temps à geindre, je ne veux pas de toi dans le groupe.

J'avais l'habitude de l'entendre me critiquer. Pourtant je restais muet, frappé par la façon dont la lueur du porche mettait des reflets dans ses cheveux châtain clair et le chaume qui recouvrait ses joues râpeuses et sa lèvre supérieure, ses sourcils et la pointe de ses longs cils. Moi qui avais les cheveux foncés et les yeux sombres des Holloway, je me fondais dans l'ombre, mais Mac scintillait comme un dieu doré.

Furieux contre moi-même d'avoir remarqué la beauté de ce rustre, je me libérai de son emprise bien plus brusquement que je ne l'aurais dû.

— Inutile de te faire du mouron, aboyai-je. Je n'ai pas l'intention de prononcer un mot.

Il se renfrogna, mais déjà, je m'en allais. Je n'avais pas le temps d'écouter ses sempiternelles conneries de macho. Dès notre première rencontre, j'avais remarqué le regard méprisant que Mac me lançait – comme si j'étais à ses yeux, l'être plus inutile de la planète – et compris que

210

notre antagonisme serait irrémédiable. Mac acceptait Zach, qui travaillait au ranch avec Rand, il acceptait mon père, qui possédait un ranch, comme Rand, mais moi qui avais renoncé à l'élevage pour tenir un restaurant, il n'arrivait pas à me comprendre. De ce fait, il ne me supportait pas.

Ce qui ne me faisait ni chaud ni froid, bien entendu. Maclain Gentry était un sale con. Moi non plus, je ne le supportais pas.

Je rejoignis les autres, posai, comme tout le monde, mon sac sur la table, puis m'installai pour déjeuner.

La route allait être longue, j'avais besoin de me sustenter.

J'AVAIS DÉCIDÉ d'éviter Rand, Mac et Zach, dont la compagnie ne me tentait pas. Je montai donc dans le second truck avec Pierce et Chase, Tom, Dusty et son fils, Rebel – un nom pareil, je vous jure, ça n'existe qu'au Texas !

Rebel conduisait ; il retournerait au ranch après nous avoir déposés. J'ignorais qui rapporterait l'autre véhicule. Derrière, en remorque, il y avait un van avec nos chevaux.

Il manquait au groupe un des meilleurs hommes de Rand, Everett. Sa femme, Regina, venait d'avoir un bébé et l'heureux père ne tenait pas à s'éloigner de la petite fille encore à la maternité, mais qui devait sortir incessamment. Rand avait bien volontiers accordé à Everett le droit de rester au ranch. J'étais certain qu'il se souvenait de sa fierté en ramenant son fils chez lui pour la première fois.

C'était Charlotte, la demi-sœur de Rand et ma cousine, qui avait fourni un ovule, fécondé in vitro par Stef, et joué la mère porteuse pour que le couple puisse avoir un enfant. Wyatt James Holloway, né à la mi-juillet, avait fêté ses deux ans un mois plus tôt. Venant peu au ranch, je voyais rarement mon neveu.

Cependant, je trouvai adorable sa façon d'agiter la main pour nous dire au revoir tandis que nous nous engouffrions dans nos camions. C'était un magnifique petit garçon. Il ressemblait à un Rand miniature avec ses cheveux d'un noir de jais, mais ses yeux bleu marine lui venaient de Charlotte.

Rand avait les prunelles turquoise de Rayland, mon père – et le sien.

Je devinai que Rand souffrait d'être séparé de son fils à sa mâchoire serrée, à la façon dont il le tenait contre lui dont il s'accrochait à Stef... Il détestait quitter son ranch. S'il l'avait pu, il serait resté éternellement sur ses terres, le seul endroit au monde où il aimait à se trouver. Déjà, il

211

souffrait d'être séparé de Stef et voilà qu'en plus, il y avait son fils. En y réfléchissant, c'était de la douleur que je voyais dans ses yeux.

Quand Stef le rappela, Rand se retourna et le rejoignit en courant. Ils étaient superbes, tous les trois, sous le porche : Stef avec la main sur la poitrine de son mari, Rand, la sienne sur la joue de son amour et l'enfant qui s'accrochait aux jambes de ses deux papas. Puis Rand plia sa haute taille pour poser un baiser sur le front de Stef.

Quand il nous rejoignit, il semblait ému. D'un seul coup, tout disparut, tristesse, émotion, regret, le masque venait de retomber. Rand n'était pas du genre à afficher sa vulnérabilité, sauf avec Stefan. Il était à nouveau rigide et claquemuré au moment où nous prîmes la route.

Puisque je ne conduisais pas, je baissai mon chapeau sur mes yeux et m'offris un petit somme.

QUELQUES HEURES plus tard, nous nous arrêtâmes pour déjeuner. Je fus surpris de voir Zach quitter Rand et les autres pour venir s'installer à côté de moi. Je le sentis me dévisager avec attention, ce qui me crispa. Il ressemblait terriblement à notre mère, qui me manquait toujours. Il avait ses yeux, très grands, très bruns. Dommage que la bouche soit si différente !

— Tu as terriblement maigri, Glenn, remarqua-t-il. Tu es malade ?

— Pas du tout, répondis-je d'un ton sec.

Il frotta ma barbe de son poing serré, puis, avant que je puisse l'en empêcher, posa le doigt sur ma moustache.

— Pourquoi as-tu laissé pousser tout ça ? demanda-t-il.

En général, les Holloway étaient rasés de près. C'était justement pour me différencier que je m'étais laissé pousser la barbe – même si elle n'était pas encore très fournie.

Sa question me hérissa.

— Ça me fait gagner du temps, dis-je, sur la défensive. J'ai beaucoup à faire.

— Dans un restaurant ? persifla-t-il. Je vois mal comment c'est possible.

Sa remarque prouvait simplement qu'il n'y connaissait rien, aussi refusai-je de me laisser provoquer. Je serrai les dents et me tus.

Il m'envoya une forte bourrade entre les omoplates.

— Je plaisantais ! s'exclama-t-il. Merde, Glenn, t'es pas obligé de tout prendre au tragique !

Il m'avait fait mal, le con, n'ayant sans doute pas mesuré sa force, mais je ne dis rien, pour ne pas entamer une querelle.

Je préférai changer de sujet :

— Alors, comment ça se passe au ranch ? Le boulot te plaît toujours ?

Il répondit avec moult détails, me parlant des veaux qui venaient de naître, de leur nombre, des chevaux qu'il avait contribué à dresser, des qualités qu'il trouvait à chacun d'eux et enfin du prix aberrant qu'avaient atteint à la vente les derniers taureaux du Red.

— Quitter le ranch en ce moment n'est pas facile, mais Rand avait accepté la proposition de Hawley McNamara. En plus, ce n'est pas trop long et comme nous avons des touristes…

— Des touristes ?

— Ben ouais. Tu sais bien que Rand ne voulait pas mélanger les deux troupeaux, hein ? Alors, il a envoyé les bêtes de la Bannon Company pâturer sur le ranch de McNamara

Je m'ennuyais déjà.

— Pourquoi ?

— Un peu de patience, s'il te plaît !

Je grognai.

— Nous n'avions plus de place disponible, reprit Zach d'une voix plus forte, alors, Rand a demandé à McNamara de lui louer un pâturage.

— Mmm.

— Mais ce n'était pas de l'argent que McNamara voulait en échange. Son ranch reçoit des hôtes payants, il a demandé à Rand d'emmener un groupe qui tenait à connaître la « vie des cowboys sur la prairie ».

— Je vois.

— Fastoche, pas vrai ? Ça sera sympa de recommencer.

J'avais encore perdu le fil.

— Recommencer quoi ?

Il me dévisagea d'un œil suspicieux.

— Tu le sais très bien ! Franchement, tu deviens lourd !

— Pas du tout, je voulais seulement…

— Ben voyons !

J'en avais ras la casquette.

— Zach, coupai-je sèchement. Je crois que ton maître vient de te siffler.

— Va te faire foutre, Glenn !

En se redressant, l'enfoiré s'arrangea pour renverser mon verre. De l'eau glacée coula sur mes genoux. Consterné, je baissai les yeux sur la tache humide qui marquait mon entrejambe. Tout le monde éclata de rire : on aurait cru que je venais de me pisser dessus.

Dire qu'on ne cessait de me demander pourquoi je ne passais pas davantage de temps avec ma famille !

Peu après, en quittant les toilettes, je trébuchai dans les graviers. Je me serais étalé si une main ferme ne m'avait retenu par le bras.

— Fais attention.

J'aurais préféré me retrouver à plat ventre, couvert de poussière que de devoir parler à Mac deux fois dans la même journée.

— Regarde un peu où tu marches, insista-t-il.

— Merci, ça va aller, grognai-je.

Je lui en voulais de ma maladresse, de mon manque de coordination. En temps normal, j'étais moins empoté, mais aujourd'hui, j'avais le cerveau embrumé.

— Tu as failli t'étaler, dit-il, statuant l'évidence. Tu aurais pu te casser le nez.

— Et alors ? Tu veux une médaille ?

Il me secoua vertement, je dus relever la tête pour croiser son regard.

— Tu n'as rien à faire ici, Glenn. Rentre chez toi, retourne dans ton restaurant. C'est là qu'est ta place.

— Je ne peux pas, grinçai-je. Je dois remplacer Everett…

— Nous nous en sortirons très bien sans toi !

Ça, j'en étais certain. Personne n'avait besoin de moi, ni lui, ni les autres, mais j'avais une dette envers Stef et la rembourser restait ma priorité.

— Oh, je n'en doute pas, dis-je lourdement sarcastique. Mais ton patron m'a convoqué pour un boulot. Alors, je le ferai, un point, c'est tout.

J'essayai de dégager mon bras, mais en vain. Mac était plus grand que moi, plus fort que moi. Tant qu'il refuserait de me lâcher, j'étais impuissant.

— Personne n'a besoin de toi.

Je retins mon souffle : les éclairs argentés qui brillaient dans ses yeux gris étaient *vraiment* magnifiques.

— Tu as compris ? insista-t-il.

Je n'avais jamais pensé à demander à Mac d'où il venait – et où il aurait mieux fait de rester d'ailleurs –, mais il n'était certainement pas né au Texas comme nous autres. Son accent était plus marqué, surtout quand le mec s'énervait.

Il dut remarquer que mon changement d'expression.

— Quoi ?

Il scrutait mon visage. Je secouai la tête. Je n'avais certainement pas l'intention de lui révéler qu'une voix aussi sensuelle me convaincrait sans peine d'arracher mes vêtements. D'abord, c'était le genre de réflexion qui mettait les hétéros mal à l'aise, ensuite, Mac était un connard.

D'un geste brusque, il me rapprocha de lui, je dus me casser encore plus le cou pour maintenir notre contact visuel. Quelle foutue hauteur il avait !

Ses yeux couleur d'orage n'étaient plus que des fentes.

— Pourquoi es-tu aussi maigre, Glenn ?

— Quoi ?

— Je t'ai posé une question.

— Je ne suis pas maigre, assurai-je. C'est juste que j'ai beaucoup à faire. Alors, la plupart du temps, je n'ai pas le temps de manger.

Il eut un lent hochement de tête.

— Par contre, tu as le temps de courir ?

— Pardon ?

— Je t'ai souvent vu courir au milieu de la nuit.

Une fois de plus, j'essayai de libérer mon bras de l'étau dans lequel j'étais pris.

— Comment est-ce possible ? Je croyais qu'un cowboy se levait à 4 heures du matin et se couchait avant 21 heures.

— Ça arrive, répondit-il. Mais certains soirs, je n'arrive pas dormir, alors, je fais un tour près du King Resort. C'est là que je t'ai vu courir, ou monter à cheval.

Je trouvais étrange qu'il m'ait reconnu dans l'obscurité. Sinon, il disait vrai : je courais aussi souvent que possible. Et j'avais effectivement perdu du poids, du muscle, j'étais devenu plus mince qu'auparavant. Mais je restais solide. Je ne me laissais pas dépérir. Le changement de ma morphologie avait été progressif, mais ni lui ni Zach ne m'avaient vu assez régulièrement pour le réaliser.

— Je…

— Ce n'est pas bon pour ce cheval de ne sortir que la nuit. Tu vas finir par le détraquer.

J'étais trop bête ! Dire que j'avais failli lui répondre comme à un homme normal, oubliant que c'était un connard, toujours prêt à me critiquer – exactement comme son patron, mon cousin.

— « La » rectifiai-je. C'est une jument, et elle va très bien. Merci quand même de t'en préoccuper.

Il secoua la tête, sans pour autant me lâcher.

— Je ne suis pas malade du tout, Mac, insistai-je, je t'assure. À l'époque, tenter d'être aussi large que mon père, Zach, ou Rand me demandait un effort constant.

Pour faire gonfler artificiellement mes muscles, je m'injectai alors des stéroïdes. J'avais tout arrêté en quittant le White Ash. À présent, je menais une vie plus saine ; ma musculature était naturelle, provenant du footing et de la natation, des sports qui me plaisaient et me permettaient de brûler mon énergie et ma nervosité. D'ailleurs, les stéroïdes m'avaient rendu aussi agressif et odieux. Depuis vingt-quatre mois, depuis que mon système s'en était débarrassé, j'avais senti la différence dans mes interactions avec les autres. En tout cas, avec ceux qui ne me traitaient pas comme un gamin de cinq ans.

À nouveau, il hocha lentement la tête. Sans mot dire.

Je me débattis une fois de plus.

— Laisse tomber, grognai-je. Je ne sais même pas pourquoi je... En tout cas, je ne suis pas malade, tu n'as pas à t'inquiéter pour moi, d'accord ?

— Dis-moi merci.

— De quoi ?

— De t'avoir empêché de tomber.

— Oh, oui, aboyai-je. Merci beaucoup.

Il me repoussa si violemment que je trébuchai une fois de plus avant de retrouver mon équilibre. Bien entendu, je pris le temps de lui faire un doigt d'honneur avant de retourner au camion. En remontant à ma place, sur la banquette, je dus endurer quelques railleries concernant mon pantalon mouillé. En guise de réponse, je leur fis à tous un doigt d'honneur, puis me rendormis sur-le-champ.

J'avais lu quelque part qu'une personne capable de sombrer en moins de cinq minutes manquait probablement de sommeil.

Alors, en moins d'une minute, qu'est-ce que ça voulait dire ?

III

À MON avis, Green Leaf [17] n'était pas terrible comme nom pour un ranch. Pour un salon de thé pourquoi pas, une crèche, éventuellement, mais pas pour un ranch.

Aussi, quand nous y arrivâmes quelques heures plus tard, je crus d'abord que nous nous arrêtions pour manger et qu'il s'agissait d'un magasin bio. Mais pas du tout, c'était un ranch – un ranch « touristique », d'accord, ce qui changeait un peu la donne.

Je restais néanmoins stupéfait.

Sur un vrai ranch, un ranch d'élevage, le travail débutait avant l'aube. Sur un faux, apparemment, ce pouvait être à la mi-journée. Une fois de plus, je maudis Stef et mon putain sens de l'honneur jusqu'au moment où j'aperçus un jeune homme traverser le porche de la maison d'où tout le monde sortait. « Splendide » ne lui aurait pas rendu justice. Il était plus petit que moi, mince, et sa démarche fluide était un enchantement dont je me gorgeai. Avec un sourire qui illumina ses grands yeux myosotis, il avança vers Rand suivi d'un couple. Je compris alors que ces trois-là nous accompagneraient, ainsi que beaucoup d'autres.

Bien entendu, une fois tout le monde à cheval, je me retrouvai loin de ce joli petit mec. Apparemment, ce n'était pas un cavalier émérite, aussi, au lieu de monter à l'arrière avec moi, se trouvait-il à l'avant, avec Rand, Mac et Zach. Et deux cents têtes de bétail me séparaient d'un gars qui m'intéressait – bien ma chance ! J'aurais au moins l'occasion de lui parler quand nous ferions étape en fin de journée.

Je me sentais prêt à chercher un compagnon sérieux, pas seulement un plan cul pour la nuit. Au cours des deux dernières années, j'avais tenté de découvrir le sexe gay et donc, de coucher avec un homme, mais ni les bars de Lubbock, ni deux autres où je m'étais rendu à Dallas lors d'un déplacement professionnel n'avaient correspondu à mes attentes. Les habitués y passaient à l'acte bien plus vite que j'en avais l'habitude. Les

17 « Feuille verte »

clubs ne m'intéressaient pas non plus ni leurs clients qui vivaient tous bien trop loin de chez moi.

Et puis, je n'avais pas l'intention que ma première fois ait lieu dans les toilettes. Franchement, dans des conditions aussi sordides, comment étais-je censé avoir une conversation sur le mode opératoire ? Je me voyais plutôt en actif, mais il me paraissait difficile d'expliquer à un gars courbé sur le lavabo ou plaqué au mur des chiottes que je comptais le prendre en douceur. Je voulais discuter de ces choses-là, même si j'étais celui qui agissait – oui, bien sûr, c'était nécessaire, j'en avais besoin pour rester moi-même –, car j'avais… des questions. Tant de questions !

Pour commencer : que *ressentait* l'homme qui se trouvait sous moi quand mon corps pesait sur lui, l'enfonçant dans le matelas, quand mon sexe commençait à le pénétrer. J'avais *besoin* de le savoir.

Je voulais entendre mon amant me dire qu'il était prêt à me recevoir en lui, qu'il me désirait.

D'après moi, c'était à cause de Rand. Oui, *tout* était de sa faute. Je voulais ce qu'il vivait avec Stef. Une relation exclusive, me coucher tous les soirs dans le même lit, avec le même homme, me réveiller tous les matins auprès du même visage. Je voulais un partenaire qui ne me considérerait pas comme un idiot, qui penserait au contraire que j'avais beaucoup à offrir, un homme qui me verrait *vraiment*…

C'était mon rêve le plus secret.

Jusqu'à ce jour, tous ceux que j'avais croisés dans les bars, dans mon restaurant, ou à l'hôtel du King Resort n'étaient que de passage. J'avais reçu moult propositions de sexe torride, sans liens attachés. Le problème, c'était que je rêvais d'appartenir à quelqu'un. Aussi n'étais-je pas encore passé à l'acte.

J'attendais au moins de croire que la rencontre puisse évoluer vers une vraie relation.

LORSQUE NOUS nous arrêtâmes pour déjeuner, je décidai d'aller trouver Rand, car, à mon avis, le rythme actuel était trop rapide pour les vaches ayant récemment mis bas et les veaux qui restaient à l'arrière du troupeau.

Mon cousin était occupé à démontrer à un groupe d'enfants comment manier un lasso. Tandis que filles et garçons s'agglutinaient autour de lui, je notai le regard que leurs mères posaient sur Rand. Un homme plutôt remarquable, je dois le reconnaître. Des yeux, je cherchais le joli blond qui m'intéressait. Lui aussi, lèvres entrouvertes, admirait mon cousin. Je sus alors que mon gaydar ne s'était pas trompé : seul un gay fixait un autre homme d'un regard aussi ardent.

Maintenant, il ne me restait plus qu'à attirer son attention.

J'allais m'approcher de lui quand Mac quitta sa position, derrière Rand, pour avancer vers le buffet. C'est là que je compris : ce n'était pas Rand que le joli petit mec convoitait, mais son contremaître. Effectivement, il se précipita pour faire la queue juste derrière Mac, posant même une main sur son avant-bras pour attirer son attention. Mac se retourna, les sourcils froncés. L'autre ne parut pas le remarquer. Soit il était inconscient, soit trop concentré sur l'objet de ses désirs pour s'en soucier. Manifestement, le joli minet s'intéressait aux grosses brutes superbes. Ce que Mac était, de toute évidence. J'avais beau lui trouver tous les défauts de la terre, il n'en restait pas moins superbe. S'il avait été gay, il aurait fait un beau couple avec le joli petit mec. Quant à ce dernier, j'aurais pu, bien sûr, l'avertir qu'il se trompait de cible, mais s'il ne me voyait pas, il est probable qu'il ne m'écouterait pas davantage.

— Glenn !

Je tournai la tête : Mac venait de hurler mon nom.

— Quoi ?

— Viens manger. Tu en as besoin !

Ayant déjà pris dans mon sac deux barres granola, je secouai la tête. Je tournai les talons et décidai de rejoindre Juju, installée sous un arbre, près des chiens de troupeaux. Elle n'était pas attachée, je n'avais jamais à le faire, car elle ne bougeait pas… sauf quand je l'appelais.

En passant devant Zach, attablé avec d'autres, je l'entendis narrer une anecdote ridicule me concernant : ma dernière tentative à la monte de taureau [18]. J'étais loin d'avoir brillé ! Mon nom se trouvant toujours parmi les cowboys du ranch de mon père, j'étais tenu, comme tout le monde, de participer aux épreuves annuelles du rodéo. L'année précédente, Stef était venu lui aussi. Et je m'étais cassé le poignet [19]. Un an plus tôt, je m'étais cassé le même poignet, plus trois côtes et le nez. Par une chance incroyable, mes jambes n'avaient pas été brisées quand le taureau m'avait piétiné, ses lourds sabots ne me ratant que de quelques centimètres. Ce que personne ne mentionna, bien entendu, pas même Zach. Les rires moqueurs, comme

18 Épreuve officielle de rodéo.

19 Voir *Bon timing pour un Rodéo*, de la même série.

ceux de la foule le jour de ma chute, ne firent qu'entériner ma certitude : je ne faisais pas partie de ce monde.

À mon avis, je n'y avais jamais eu ma place.

— Ah, ah, railla Zach, le bon vieux Glenn déteste qu'on rit de lui. Il se vexe facilement.

J'accélérai le pas. En arrivant près de Juju, j'étais fou de rage. Le regard qu'elle me jeta – du style « hé, tu as pensé à m'apporter quelque chose, j'espère ? » – ne fit qu'aggraver mon humeur, car j'avais bel et bien oublié de lui prendre une pomme au buffet.

— Je suis désolé.

Elle réagit comme d'habitude. En me tournant le dos.

— Oh, allez, dis-je d'un ton geignard.

Je fis le tour, elle détourna la tête jusqu'à ce que j'ouvre ma barre granola. Elle reconnut le bruit du papier déchiré, me donna un coup de tête et chercha à récupérer sa part. Je ne pus m'empêcher de rire en la voyant m'arracher la barre tout entière, la mastiquer une ou deux fois, puis l'avaler. Heureusement que j'en avais une seconde. Sinon, j'aurais dû jeuner.

— Ça ne te gêne pas si je mange un peu, Juju ?

J'eus l'impression qu'elle haussait les épaules. Je réalisai alors que j'étais vraiment très fatigué, si j'en étais réduit à parler à ma monture.

Au nom du ciel !

Je lui caressai l'encolure et passai les bras autour de son cou. Elle me laissa faire, à son habitude, avant de souffler de l'air sur mon visage. Un geste affectueux, d'ailleurs, comme Juju l'était toujours envers moi. Je souris quand elle frotta un moment son museau contre ma poitrine avant de le poser sur mon épaule. Tendre envers moi, elle était aussi possessive. S'il m'arrivait de monter un autre cheval, elle tentait de me mordre.

En quittant le White Ash, j'avais emmené ma jument.

C'était une bête superbe, à la robe entièrement noire, à part une marque blanche sur le front. Dans son pedigree, c'était noté « étoile » ; pour moi, ça ressemblait davantage à une tête de mort.

Quand Juju était née, sa mère, pour une raison inexpliquée, l'avait prise en aversion et avait tenté de la tuer à coups de dents et de sabots. Nous les avions donc immédiatement séparées et j'avais été chargé de m'occuper de la pouliche.

La mère, Voodoo, était un pur-sang arabe, acquise pour se reproduire avec l'étalon arabe de mon père, Hamza. Trois ans plus tôt, Rayland Holloway s'était séparé d'une partie de ses terres pour se l'offrir. Il aimait les pur-sang arabes, mais au Texas, les éleveurs étaient si nombreux qu'il ne trouvait pas de bonne jument. D'où l'achat de Voodoo. Au grand désespoir de mon père, elle s'avéra farouche et capricieuse, et refusa Hamza. Plusieurs tentatives d'insémination artificielle furent sans résultat : la première fois, ça ne prit pas, la seconde, il y eut avortement spontané. D'après le vétérinaire, c'était dû au stress du long processus que la jument ne supportait pas. Alors qu'approchait la date du troisième essai, un nouvel employé du ranch, un novice, commit une erreur lourde de conséquences : au lieu de placer Voodoo dans le corral où Hamza l'attendait, il la mit avec Medallion, le Quarter horse de mon père. Voodoo prouva alors qu'elle ne refusait pas le sexe opposé, seulement Hamza. Avec Medallion, tout se passa très bien et mon père hérita de Juju, une sang-mêlé qui ne l'intéressait pas du tout.

À la délivrance de la pouliche, personne ne se souciait de ce qu'il adviendrait d'elle : si elle ne vivait pas, tant pis. De toute façon, mon père comptait réitérer ses tentatives avec les deux pur-sang.

Quand je vis que Voodoo ne voulait pas de son nouveau-né, je fus le premier à me précipiter dans la stalle, à récupérer la petite bête, à la serrer contre moi, à l'emporter à l'abri. Dès les premières minutes, je m'y attachais éperdument. Très vite, tout le monde la surnomma Juju – parce que ce qui lui était arrivé, c'était « *bad juju* – pas de bol ».

Je dormais à côté d'elle, je la nourrissais, je la promenais. Plus tard, je courais à côté d'elle. Elle commençait déjà à grandir. Elle et moi étions inséparables.

Elle se montrait ombrageuse avec tout le monde, sauf avec moi. Et elle était d'une intelligence incroyable, presque diabolique, en particulier quand il s'agissait de s'évader d'un corral dans lequel elle n'avait pas envie de rester, ou de refuser un cavalier. Oh, elle ne ruait pas, cela aurait été bien trop fatigant ! Elle préférait se coucher par terre, les antérieurs tendus devant elle, les postérieurs repliés. Et si ça ne suffisait pas, elle basculait sur le dos, ce qui poussait rapidement l'audacieux à s'écarter pour éviter d'avoir la jambe coincée sous son corps massif.

Au début, mon père n'arrivait pas à y croire. Après avoir assisté à la même scène, une fois, deux, puis trois, il finit par se résigner. Il n'avait jamais connu de cheval aussi buté ! Si elle avait rué, peut-être aurait-il cherché à la dompter, quitte à la briser, mais cette résistance passive le désarçonnait.

Dès que je m'approchais, Juju se redressait instantanément, prête à suivre mes instructions. Aussi mon père décida-t-il de me l'attribuer.

Comme s'il avait eu d'autres choix !

Juju me ramena au présent : d'un coup de tête, elle m'écarta, puis se remit à brouter l'herbe qui poussait à l'ombre des arbres. Elle y goûtait juste, sans réellement se sustenter. Plutôt difficile, elle ne considérerait jamais quelques brins d'herbe comme un repas sérieux.

Par chance, j'étais un peu à l'écart, aussi personne ne se sentait-il tenu de me parler. Les chiens étaient étendus à l'ombre, je les rejoignis et m'assis avec eux. Ils s'approchèrent pour m'accueillir, l'un après l'autre. Finalement, Beau, le chef de la meute posa la tête sur mes genoux. Alors que je le caressais, que je parlais aux autres, avec Juju à proximité, qui me surveillait d'un œil, je sentis enfin la majeure partie de mon irritation se dissiper.

Si j'avais été chez moi, au restaurant, et si les autres m'avaient taquiné, je n'aurais pas hésité à rétorquer. Dans mon équipe, j'étais considéré comme un bon vivant. Mais les Holloway et ceux qui travaillaient pour eux faisaient ressortir mes pires côtés. Je décidai que la morosité n'avait rien d'attrayant, aussi repoussai-je le joli petit mec de ma tête.

Maintenant, il me fallait juste faire un effort pour survivre à ces trois jours.

Et je m'étais d'ores et déjà promis de ne plus jamais rien devoir à Stefan Joss.

Autant tirer une leçon de ses erreurs.

En fin d'après-midi, nous tombâmes sur une rivière, pas très profonde, mais que les veaux étaient incapables de traverser sans se noyer. Tandis que les autres cowboys s'occupaient de faire traverser les bêtes adultes, je glissai de ma selle, laissai Juju se désaltérer et décidai de porter les veaux un par un. Tant qu'ils étaient dans l'eau, tout allait bien, mais il leur fallait un coup de main pour monter sur la rive. Et chaque mère me suivait dès que j'emportais son petit.

Je reçus d'innombrables coups de sabot et tombai à l'eau un nombre incalculable de fois. Bref, il me fallut une éternité pour mettre au sec mes vingt protégés.

Après cet effort, je m'étais assis pour vider l'eau de mes bottes quand je vis Rand, Mac et Zach revenir au galop.

— Bordel, mais qu'est-ce que tu fous... commença Rand.

Puis il s'interrompit et demanda :

— Où sont Pierce et Tom ?

Comment pourrais-je être le savoir ? Relevant la tête, je haussai un sourcil et attendis qu'il comprenne tout seul. Je continuais à essorer mes vêtements.

— Tu aurais dû avoir deux gars pour t'aider, insista-t-il.

Il regarda les deux côtés de la rivière, se retournant même sur sa selle pour vérifier derrière lui avant de reporter son attention à moi.

— Tu leur as donné un contrordre ? demanda-t-il.

Je ricanai.

— Tu parles ! Comme si quelqu'un m'aurait écouté !

— Dans ce cas, où sont-ils ?

— Je n'en sais rien, c'est toi le patron, pas vrai ? répondis-je, d'un ton sec.

Zach rapprocha son cheval de l'étalon de Rand et me fixa d'un œil noir.

— Pourquoi es-tu trempé ?

Il remarqua alors les veaux qui caracolaient autour de nous, près de leur mère.

— Oh, non, gémit-il. Au nom du ciel, Glenn !

Je me relevai.

— Je me suis dit que les gosses qui nous accompagnent risquaient d'être traumatisés à vie s'ils voyaient des veaux se noyer, Zach.

— Où diable sont Pierce et Tom ? Insista Rand.

Il s'adressait à mon frère. Pour une fois, je n'étais pas la cible de son mécontentement.

— Je croyais que tu les voulais à l'avant pour surveiller les parents et les gosses, répondit Zach.

Après m'avoir jeté un coup d'œil, il affronta le regard furibard de Rand. Ce dernier me désigna d'un geste.

— Non, tonna-t-il. Ils étaient censés aider Glenn.

— Pourquoi n'as-tu pas appelé pour réclamer de l'aide, Glenn ? gronda Zach.

Il était en colère et je savais pourquoi : vu que Rand venait de l'engueuler, mon frère cherchait à se défouler sur moi.

— À ton avis ? Sans doute parce que je pensais que vous vous en fichiez.

— Nous allons trop vite, c'est ça ? grogna Zach. Tu aurais dû nous le dire !

Effectivement, et j'en avais eu l'intention à l'heure du déjeuner, mais j'avais été distrait par le joli petit blond… et Mac.

— C'est exact.

— Alors, comment voulais-tu que nous devinions… Merde, Glenn, tu saignes !

Je m'étais effectivement égratigné la hanche droite, mais je n'en mourrais pas.

— Ce n'est rien.

— Tu seras plein de bleus demain matin.

— Qu'est-ce que ça peut te foutre ? aboyai-je. Retourne caracoler à l'avant et fous-moi la paix.

Il éperonna son cheval et avança vers moi, le regard meurtrier.

— Tu…

— Ça suffit ! intervint Rand avec autorité. Zach, va me chercher les gars qui devaient rester avec Glenn à l'arrière du troupeau.

— Rand, je…

— Tout de suite ! coupa Rand.

Sans laisser à Zach une chance de s'expliquer davantage, il se tourna vers moi. Après un dernier regard noir dans ma direction, mon frère s'éloigna enfin. Quant à Rand, du haut de sa selle, il me foudroyait des yeux.

— Quoi encore ? dis-je.

— Je vais laisser Pierce et Tom à l'arrière pour t'aider.

— Je n'ai pas besoin d'un traitement de faveur.

— Non, mais, quel emmerdeur ! cria Rand. Pourquoi est-ce que tu t'obstines à être aussi chiant ?

— C'est un don, précisai-je avec un rictus.

Il abandonna et tourna bride. Par contre, Mac mit pied à terre.

— Bon Dieu, que tu me veux encore ? Dis-je, excédé.

— Contrairement à Rand, *moi*, je n'hésiterai pas à t'assommer, me prévint-il à mi-voix. Maintenant, montre-moi cette coupure.

— Ce n'est rien, répétai-je.

J'enlevai mon chapeau et passai les doigts dans mes cheveux mouillés pour les écarter de mes yeux. Ils étaient assez longs, m'arrivant aux épaules. Je remis ensuite mon Stetson en place.

— Je veux voir.

Je soulevai ma chemise de flanelle et mon tee-shirt pour dénuder ma hanche.

— Là, tu vois, ce n'est rien.

— Tu plaisantes, j'espère ? Bon sang, Glenn !

Il usait de ce ton supérieur qu'il avait toujours envers moi, si plein de dédain. Du bout des doigts, il effleura la plaie.

— Il te faut des points de suture.

— C'est juste une éraflure, m'entêtai-je.

— Non, c'est profond. Mieux vaut suturer cette entaille pour qu'elle cicatrise correctement.

— Tu rêves en couleurs si tu t'imagines…

— Tais-toi, dit-il, bourru.

Il posa la main sur ma hanche et serra les doigts.

— Bon Dieu, quel emmerdeur ! marmonna-t-il.

— Dans ce cas, laisse-moi tranquille.

D'un coup de reins, je lui échappai, reculai de quelques pas et remis mes vêtements en place. Mac bougea beaucoup plus vite que je l'en aurais cru capable. Il m'empoigna et me fit pivoter, et nous nous retrouvâmes face à face, avec seulement quelques centimètres entre nous.

— Laisse-moi m'occuper de toi, Glenn.

Après un bref moment de silence, son regard rencontra le mien. À mon grand étonnement, une prière brillait dans ses yeux. Surpris, je me figeai.

— S'il te plaît, insista-t-il.

Ça, c'était inattendu. Et puis, ces mains fortes sur mes bras, ces doigts crispés, ce regard, cette attention, eh bien, je les trouvais très réconfortants. Une réaction vraiment très étrange de ma part !

— D'accord, concédai-je.

Après tout, il était parfaitement capable, s'il le souhaitait, de me soulever et de m'emporter son épaule. Pris au dépourvu, je ne me souciai plus qu'il abuse de sa force envers moi, parce que sa domination provoquait soudain en moi une sensation bizarre, comme si des papillons voletaient dans mon estomac.

Il avait retenu son souffle. Le regard furieux qu'il m'adressa fonça le gris de ses yeux, qui prirent la couleur du charbon de bois. C'était vraiment quelque chose !

— Très bien. Suis-moi jusqu'au chariot.

— Mais les veaux… dis-je, en les désignant d'un geste

— Tu as entendu Rand, Zach va renvoyer Pierce et Tom à l'arrière du troupeau.

— D'accord, cédai-je.

Il tourna les talons, m'offrant la vue de son dos, de ses larges épaules, des muscles puissants qui gonflaient sous la chemise, triceps, trapèzes et deltoïdes. Le jean moulait des hanches minces et un cul délicieusement bombé, mais aussi d'interminables jambes. Mac était superbement bâti, mais j'emporterai ce secret dans ma tombe.

— Tu es tellement bizarre, déclara-t-il tout à coup en se retournant.

Perdu dans mon admiration, je faillis le télescoper. Pour cacher mon embarras, je m'emportai :

— Si tu recommences à m'insulter, je…

— Tais-toi. Ce n'est pas du tout ce que je voulais dire.

— Sans blague ? Alors, quoi ?

— Eh bien, reprit-il, irrité, tu es du genre à te lamenter et à râler deux fois plus que la plupart des gens de ma connaissance, pourtant, tu sautes sans hésiter dans une rivière glacée pour faire traverser tous ces veaux un par un. Qu'est-ce qui t'a pris ?

— Je ne me lamente jamais !

— Fais attention, si tu continues à mentir comme ça, ton nez va s'allonger.

— Je…

— Tu n'avais pas envie de nous accompagner, ça se voyait, même si avec ton expérience, tu es un des rares à pouvoir le faire. Et tu trouves que Rand nous fait porter trop de matériel.

Il semblait établir une sorte de liste de mes lacunes. Il n'avait pas terminé.

— Tu es fatigué, affamé, mais au moment de la pause, au lieu de manger et de te reposer, tu vas caresser les chiens. Et encore, ça n'est que pour ce matin ! Je préfère ne même pas penser à la façon dont tu râles chaque fois que tu viens au Red.

Je sentis mes joues devenir brûlantes.

— Eh bien, tu n'auras plus à t'en faire, c'est mon dernier passage.

Il gronda et me saisit par le bras.

— Tu n'as vraiment rien compris. T'es idiot ou quoi ?

Me libérant, je retournai vers Juju.

— C'est ce que j'entends en permanence, c'est vraiment agréable !

— Ramène ton cul ici, tout de suite !

Une fois remonté en selle, je jetai un coup d'œil derrière moi, puis lançai ma jument au galop pour rattraper les bêtes qui, sans surveillance, avaient commencé à s'égayer à droite et à gauche. Aidé par les chiens, bien

226

dressés, et par Juju, rapide et agile, je rassemblai les veaux et leurs mères, puis les dirigeai sur la piste.

J'avais l'intention de continuer à avancer, quitte à y rester, mais je ne voulais plus aucun contact avec Mac, Rand et Zach. Vivement que cette épreuve se termine afin que je puisse rentrer chez moi !

QUELQUES HEURES plus tard, entre le frottement de mon jean, de ma ceinture et des crampes sur le côté parce que je cherchais à m'asseoir de travers, je dus m'avouer la vérité : j'avais mal, vraiment très mal.

J'ôtai donc mon tee-shirt, le pliai et m'en servis comme d'un tampon que je glissai entre la ceinture élastique de mon caleçon et ma peau, sur mon éraflure. Une fois la pression atténuée, je me sentis mieux. J'avais le vertige – sans doute parce qu'il faisait très chaud et que je n'avais presque rien mangé de toute la journée.

À la rivière suivante, après avoir transporté avec Pierce et Tom tous les veaux d'un côté à l'autre, je laissai Juju se reposer et se désaltérer, pendant que je m'aspergeais plusieurs fois le visage d'eau.

— Glenn !

Au nom du ciel !

Rand avait une voix sans doute capable de découper du verre.

Toujours à cheval, il s'était rapproché tout en restant à bonne distance de Juju. Je remontai en selle avant de me tourner vers lui.

Il m'examinait, en silence.

— Quoi ? demandai-je sèchement.

— Attends ici avec le bétail, le temps que Pierce et Tom aient fini de rattraper les fuyards.

— Pourquoi ?

Il serra les dents.

— Nom de Dieu, Glenn ! D'abord, tu es furieux parce que tu travailles tout seul. Et maintenant que je te donne du renfort, tu voudrais continuer seul ? Franchement, tu n'es pas logique.

Je poussai un grognement d'irritation et serrai les cuisses. Aussitôt, Juju fit un pas de danse sur le côté. En face de nous, cheval et cavalier nous fixaient avec des yeux exorbités. L'étalon secoua la tête et hennit, manifestement nerveux. Quant à Rand, il fronça les sourcils.

— Quoi ?

227

— Tu demandes quoi ? répéta Rand, incrédule. Qu'est-ce que fout ta jument ? C'est un cheval de cirque ou quoi ?

N'appréciant pas du tout cette critique implicite, je me hérissai aussitôt :

— Pas du tout ! Elle agit toujours comme ça quand elle me sent énervé.

Il pointa le doigt sur nous.

— Ce n'est pas normal.

— Ça te va bien de dire ça ! rétorquai-je. Ton étalon est une brute épaisse.

Il secoua la tête avec une moue de dégoût.

— Ne pars pas tout seul, tu vas te perdre. Tu es si loin derrière nous qu'à mon avis, tu ne retrouverais même plus la piste.

— J'ai une boussole, marmonnai-je.

Je m'apprêtai à descendre pour fouiller dans ma sacoche, quand Rand m'ordonna de ne pas bouger. Je me raidis.

— Qu'est-ce que tu veux encore ? Que je me paume pour prouver que je…

— Tais-toi ! aboya-t-il. Seigneur, je me demande comment tu as survécu aussi longtemps !

Je croisai les bras et attendis.

— Et merde, grogna-t-il.

— Bon, c'est fini, je peux y aller ?

— Mac dit que tu es blessé.

— Mac raconte n'importe quoi.

— Tu as du sang plein ta chemise, idiot !

— Du sang séché. Je ne sens plus rien.

— Viens avec moi jusqu'au chariot, je vais t'injecter de la pénicilline et des analgésiques. Ensuite, je te ferai un pansement.

— Dommage que tu n'aies pas aussi une agrafeuse.

— En revenant au ranch, je préviendrai notre toubib pour qu'il passe regarder ta plaie, dit-il.

— Sans blague ?

Il acquiesça avant d'ajouter :

— Bien sûr, nous avons à demeure un médecin et une infirmière à présent.

Je ne pus m'empêcher de glousser.

— Ton ranch vit de plus en plus en autarcie. C'est ça que tu veux, Rand ? Ne dépendre de personne ?

— Effectivement, reconnut-il avec un sourire. Maintenant, allons-y.

Sans plus protester, je le suivis parce qu'il s'était montré gentil envers moi. Et dans ce cas, il m'était vraiment très difficile de lui dire non.

UNE FOIS devant le chariot qui transportait le matériel, la nourriture, les boissons et les fournitures médicales, nous descendîmes tous les deux. Plusieurs tentes avaient été installées, ce qui m'étonna. En temps normal, nous nous arrêtions pour manger, rien de plus. Cette fois-ci, nous avions des touristes avec nous, y compris des enfants, sans doute était-il nécessaire de prévoir davantage de temps de repos.

— Une des tentes nous sert d'infirmerie, déclara Rand. Il y a même une civière à l'intérieur.

— Tant mieux ! Je préfère ne pas me tenir le cul à l'air contre ton cheval pour ma piqûre.

— Toujours à faire le mariole !

Je haussai les épaules et je le suivis. En entrant dans la tente, il me poussa vers l'avant. Je m'étendis sur la civière et roulai sur le côté.

— Glenn, bon Dieu ! Tu saignes encore !

Je desserrai ma ceinture, ouvris le bouton de mon jean et tentai de le faire glisser sur mes cuisses. Une terrible douleur m'en empêcha.

— Merde.

Rand soupira.

— D'accord, ça ne va pas le faire. C'est tout collé.

Avec un grognement plaintif, je lui demandai d'arracher le plus vite possible le tissu de la plaie.

— Je vais m'en occuper, mais il te faut des points de suture.

— Non, je…

— C'est une entaille profonde.

À l'heure actuelle, je voyais difficilement de pire épreuve au monde que de laisser Rand me planter une aiguille dans la peau.

— Écoute, ce n'est rien, je…

— Ferme ta gueule ! aboya-t-il. Il faut désinfecter cette blessure et la suturer au plus vite, point final. Si tu voyais ce que je vois, tu cesserais d'ergoter.

J'avais oublié qu'avec le bétail, sur la piste, les accidents sont assez fréquents.

— Pourquoi pas un petit bout de sparadrap, hein ?

— C'est bien trop béant. Merde !

— Je crois que tu exagères…

Il ne m'écoutait même plus.

— Je vais t'administrer un anesthésique local, indiqua-t-il.

— Tu en as ? Comment ça se fait ?

— Je viens juste de te dire que nous avons un médecin au ranch.

Je n'avais plus envie de discuter. Il me fit une première piqûre – l'analgésique –, dans la fesse gauche et une seconde – l'antibiotique –, côté droit.

Je ne pus m'empêcher de dire :

— Et maintenant, c'est quoi la prochaine étape ? Le fer rouge ?

— Nous ne marquons plus nos bêtes. Tu ne l'as pas entendu dire ?

Il paraissait si exaspéré que je ne me donnai même pas la peine de répondre.

— Glenn ?

— Cesse de papoter, tu vois bien que je saigne !

J'entendis parfaitement son grognement dégoûté.

— Je ferais bien une petite sieste, remarquai-je.

— Ça ne m'étonne pas, rétorqua-t-il. Tu aurais bien besoin d'une semaine au Red pour manger, dormir et te remplumer.

— Tu parles ! Je te connais : tu me mettrais illico au travail.

Il resta silencieux un long moment.

— Non, reprit-il enfin. Je te laisserai tranquille.

À mon avis, c'était la conversation la plus bizarre que je n'avais jamais eue avec lui. Ensuite, je dus somnoler… jusqu'au moment où il demanda :

— Tu as mal ?

— Non, je sens une vague pression, c'est tout.

— Tant mieux, parce que je viens de te planter une aiguille dans la peau.

Je gémis. Il nettoya d'abord la plaie avec de l'eau et du savon antiseptique, en prenant tout son temps, ce qui me surprit.

— Tu peux aller plus vite, tu sais. Je ne sens rien.

— Tais-toi, par pitié, tais-toi !

Je décidai de fermer les yeux et de me détendre. Et je m'endormis pour de bon.

La voix de Zach me réveilla :

— Oh, merde !

Je n'avais pas eu conscience de sa présence. Ça aurait pu m'inquiéter, mais j'étais trop dans les vapes pour ouvrir les yeux. Je commençai à me demander ce que Rand m'avait injecté au juste. Un produit trop fort, manifestement.

Sans doute.

Peut-être.

Que ça ne m'inquiète pas du tout aurait dû alerter. Mais je n'avais pas assez d'énergie pour me sentir concerné.

— C'est bien pire que ce que je croyais ! s'exclama Zach.

Sa voix paraissait venir de très loin. Pourtant, il devait se tenir à mon chevet.

— Oui, il a fait du sacré boulot, grommela Rand.

— Il va s'en sortir, dis-moi ? insista Zach.

Je suis très surpris d'entendre l'inquiétude qui faisait trembler sa voix.

— Bien sûr, tout ira bien quand je l'aurai nettoyé et recousu.

Une main chaude se posa sur mon biceps, serrant doucement, mais fermement mon bras, une autre dans mon dos, entre mes omoplates, dessina des petits cercles – un geste, dont ma mère, avait l'habitude, autrefois.

— Dieu, tu ne peux pas imaginer le souci que je me fais en permanence pour lui.

— Si, bien sûr, c'est pareil pour moi, déclara Rand, d'une voix étranglée. J'aimerais tellement qu'il vienne s'installer sur le ranch. Au moins, je pourrais le garder à l'œil.

Ah, bon ?

Une minute après, Zach poussa un profond soupir.

— Oui, ça serait chouette. Ça me plairait beaucoup.

Sans blague ?

— À Stef aussi. Il ne cesse de me le demander.

Stef aussi ?

— Mais il ne voudra jamais.

— Non. Il est bien trop têtu, cet emmerdeur.

Sans aucun doute.

— J'aimerais, reprit Rand, qu'il comprenne enfin que nous ne souhaitons ni le changer ni le pousser à agir contre son gré, nous tenons juste à lui, un point c'est tout.

— Penser le pire de sa famille, c'est un problème qu'il a toujours eu, expliqua Zach. C'est à cause de papa, le seul qui correspondait à ce schéma.

Rand se contenta de grogner

— Personne n'a jamais réussi à satisfaire Rayland Holloway, insista mon frère, sauf toi, Rand.

— Il n'est pas mon père.

— Génétiquement, si.

— Tu sais très bien ce que je veux dire, marmonna Rand, irrité. C'est James qui m'a élevé. C'est lui mon père. Quant à Rayland, je vous le laisse, à toi et à Glenn.

— C'est très sympa de ta part, merci, persifla Zach.

Au bout de quelques secondes, Rand poussa un profond soupir.

— Si je pouvais, je ramènerais ma mère à la maison, je lui dirais de venir avec Tate. Je construirais une maison pour Charlotte et Ben sur le ranch, une autre pour Glenn. Ainsi, nous y serions en famille, tous ensemble.

— Pourquoi pas Tyler, si tu tiens tellement à réunir tout le monde ?

— Parce qu'il est ravi de vivre six mois chez sa fille et sa famille, six autres chez son fils et la sienne. Il ne s'ennuie jamais, tout heureux d'apprendre à mieux connaître ses petits-enfants. Jamais je ne gâcherai son plaisir en le ramenant au ranch, surtout après tout le mal que Stef s'est donné pour le réconcilier avec ses enfants.

— Bien sûr.

— D'ailleurs, Tyler sait très bien qu'il est le bienvenu quand il veut au ranch.

— Oui, je m'en doute.

— C'est pareil pour toi, d'ailleurs. Tu le sais, hein ?

— Bien sûr.

— Je ne connais pas très bien Cyrus et les siens. Quant à Brandon, il a flanqué son poing dans la figure de Stef le weekend du mariage de Char [20]. Je ne crois pas que je pourrais le lui pardonner.

La voix de Rand était devenue dure.

— Je n'étais pas au courant.

20 Voir *Mauvais Timing*, de la même série.

— Demande à Stef de te le raconter. C'est surtout l'épisode où il a dû porter Brandon sur son dos pour le sortir du ravin [21] qui est bien plus drôle quand c'est *lui* qui le raconte. Personnellement, je ne trouve pas ça tellement amusant.

— Apparemment, c'est une sacrée histoire, je ne manquerai pas de la lui réclamer.

Rand émit un grognement.

— J'aimerais convaincre Glenn de revenir au ranch, ça serait… ça serait chouette.

— C'est vrai, ce serait bien plus facile pour lui. Et il pourrait aussi nous laisser sa jument débile.

Rand répondit aussitôt :

— Je n'arrive pas à comprendre pourquoi ce foutu cheval n'est pas dans nos écuries !

— Tu connais sa fierté.

— Bien sûr, nous avons tous été élevés de la même façon. Ne jamais rien demander à personne.

— Exactement, dit Zach à mi-voix.

— Avec lui, c'est comme si la famille ne comptait pas.

— Tu peux parler ! le rembarra Zach. Tu n'as pas vécu sous la férule de Rayland Holloway.

— Et je ne le regrette pas, déclara Rand d'une voix sinistre.

— Hé !

C'était la voix de Mac. Elle aussi paraissait émaner de très loin. Du coup, je ne m'agitai pas.

— Pourquoi hurles-tu, Mac ?

— C'est juste… tu es couvert de sang, Rand.

— Ce n'est pas le mien. Je m'occupe de Glenn, comme tu peux le voir.

— Qu'est-ce que tu lui fais ?

— À ton avis, Maclain ? railla Rand. Je suis sûr que tu vas deviner tout seul, non ? Je le recouds.

Mac toussota.

— D'accord, patron. Vas-y doucement

— Comment ça, *doucement* ?

— Fais attention à lui, s'il te plaît.

21 Idem.

Après un temps de silence total, Rand reprit :

— Mac ?

Il paraissait perplexe.

— Quoi ? Zach, pousse-toi, laisse-moi ta place.

— Mac, je peux très bien m'occuper de…

— Pousse-toi.

— Qu'est-ce que tu fabriques ?

J'entendis quelqu'un se racler la gorge, puis les mains de Zach disparurent, remplacées par une autre, plus lourde, qui passa dans mes cheveux et frotta mon cuir chevelu. La seconde, chaude et solide, caressa mon flanc de ses doigts calleux, glissant langoureusement sur ma peau.

— Mac ? répéta Rand.

— Quoi ? aboya une voix bourrue.

— Aurais-tu quelque chose à me dire ?

— Non, je ne pense pas.

— Très bien.

Sur ce, Rand reprit sa tâche de nettoyage un peu plus énergiquement, un peu plus vite, mais je m'en fichais, car je n'avais pas mal du tout. Bercé par la main qui flattait mes cheveux, je me rendormis.

— GLENN.

Avec un sursaut, j'ouvris les yeux, mais une main doucement pressée sur mon épaule me rassura aussitôt. Je plissai les paupières pour lutter contre la luminosité et trouvai penché sur moi un merveilleux regard, d'un gris liquide comme du mercure.

— Maclain ?

Je venais de décider d'utiliser son nom complet, afin de conserver le plus longtemps possible l'intimité sereine qui existait entre nous. Il était là, avec moi, près de moi, si proche que je sentais la chaleur qui émanait de son grand corps dur. J'avais rêvé de sa proximité et voilà que j'en profitais aussi, alors je ne voulais rien faire qui puisse troubler cette paix fragile.

Il se racla la gorge.

— Depuis quand ?

— Quoi ? croassai-je.

— Depuis quand m'appelles-tu Maclain ? précisa-t-il, d'une voix un peu lente, rauque et sensuelle.

Je soutins son regard.

— Tu ne me brutalises pas, pour une fois, alors j'ai préféré ne pas utiliser le nom du gars qui me déteste.

— Tu crois que Mac te déteste ?

J'acquiesçai. Il soupira.

— Non. Je ne te déteste pas.

— Tu caches bien ton jeu.

Il se pencha davantage et marmonna :

— D'accord, tu peux m'appeler Maclain pour marquer la différence.

Je souris

— Merci, ça me plaît.

Il s'étendit à côté de moi sur le côté.

— Alors, comment te sens-tu ?

— Très bien. Combien de temps ai-je dormi ?

— Environ une heure.

— Je peux remonter à cheval.

Je m'apprêtai à me redresser. Il m'en empêcha, d'une main sur l'épaule pour me maintenir en place.

— Reste couché. Nous avons déjà dressé le camp pour la nuit. Les touristes, on ne peut pas trop les pousser, ils n'ont pas l'habitude, ils ne sont pas comme nous.

Ça me parut logique. Pourtant, j'aurais dû insister pour me lever et donner un coup de main aux autres, mais au même moment, Mac écarta d'une caresse mes cheveux de mon front. Je n'aurais jamais pensé qu'un geste aussi simple puisse accélérer le battement de mon cœur : mon pouls en devint erratique. Même si c'était la première fois que j'éprouvais cette sensation, mon étrange réaction me parut, elle aussi, tout à logique.

En fait, alors que je croyais chercher un homme comme Stef, joli, petit et délicat, j'avais aussi le fantasme que Mac me plaque au mur de l'écurie pour abuser de moi – une perspective qui m'attirait tout autant, sinon davantage. Je craignais de devoir me soumettre, mais tant qu'à y passer, je savais exactement avec quel genre d'homme je tenais à le faire.

J'avais très souvent rêvé des fortes mains de Mac sur moi.

— Est-ce que… Rand m'en veut beaucoup ? réussis-je à formuler.

— En fait, c'est à lui qu'il en veut de t'avoir laissé tout seul. Nous pensions tous qu'il y avait quelqu'un avec toi, derrière.

Sa main était si chaude, si agréable. J'aurais voulu qu'elle soit plus bas… beaucoup plus bas.

— Maclain ?

— Mmm, grommela-t-il.

— Je ne sais pas si tu es au courant, mais tu me touches…

— Effectivement.

Son sourire amusé me coupa le souffle. C'était dangereux, vraiment dangereux. Il allait me causer des ennuis. J'aurais dû me lever et m'enfuir. J'aurais dû mettre des kilomètres entre cet homme tentant et moi, cet homme magnifique doté d'une bouche pécheresse et d'yeux à l'éclat diabolique. Oui, voilà ce que j'aurais dû faire, mais…

Seigneur, il sentait tellement bon ! Comment pouvait-il avoir une telle odeur après une journée à cheval ? Il sentait le cuir et la fumée, un peu le savon, le soleil et l'herbe fraîchement coupée. J'aurais voulu inspirer à plein nez, presser mon visage dans son cou et lécher le sel de sa peau. Et mon cerveau me hurlait que c'était de la folie.

Sans doute Mac ignorait-il ce qu'il faisait en me touchant, sans se douter de ce qui se passait dans ma tête, ou des fantasmes que j'avais en ce qui le concernait.

— Maclain, murmurai-je.

Je trouvais agréable le son de son nom sur mes lèvres.

— Mmm ?

Je déglutis avec difficulté.

— Pourquoi ? tentai-je.

— Pourquoi, quoi ?

— Tu le sais très bien.

— À ton avis ?

Il avait un sourire vraiment merveilleux, un sourire qui créait des rides profondes aux coins de ses yeux et soulevait les commissures de sa bouche. Il était très beau. Pas parfait à couper le souffle, comme une star du cinéma, mais beau, solide. Il évoquait un shérif de western, si fort, si viril, si sûr de lui, toutes les qualités qui me manquaient.

Quel dommage qu'il ne soit pas pour moi !

— Glenn ? Qu'est-ce que tu as ?

Alors même que ma poitrine était prise dans un étau de terreur, je répondis en toute sincérité :

— Je ne sais pas.

— Tu ne veux pas essayer de m'expliquer ?

Si, pourquoi pas ? J'espérais juste qu'il n'allait pas me frapper. Il faisait facilement vingt-cinq kilos de plus que moi, rien que du muscle. Son corps paraissait aussi dur que du béton. S'il levait le poing sur moi, j'allais déguster.

Mais je ne pus y résister. Il fallait que je sache. Donc, après m'être éclairci la voix, j'oubliai toute prudence pour jeter :

— Je te croyais hétéro.

— Je ne le suis pas, répliqua-t-il.

Ma bouche s'assécha. Pendant une seconde, je crus que le temps s'était arrêté et que j'allais rester éternellement coincé dans cette seconde de totale incompréhension, d'incrédulité, alors que tout ce que je croyais savoir venait de s'éparpiller aux quatre vents.

— Pardon ?

— Tu m'as très bien entendu.

Mais qu'est-ce qu'il racontait ?

Il eut un gloussement démoniaque.

— Si tu voyais la tronche que tu tires !

Même au prix de ma vie, je n'aurais pu jurer que je ne rêvais pas. Comment savoir ? J'aurais donc voulu vérifier ses dires puisque je ne savais pas si j'étais bel et bien réveillé.

Mac Gentry était *gay* ? Comment diable avais-je pu ne pas le remarquer ? Un frisson me parcourut des pieds à la tête, puis je retrouvai mes esprits et affrontai son regard, bien en face, sans détourner les yeux.

— Pourquoi ne me l'as-tu jamais dit ?

— Parce que tu ne me l'as jamais demandé.

Je toussai dans mon poing, pour me donner le temps de réfléchir.

— Rand a appelé le ranch, reprit Mac. Everett a accepté de passer vous récupérer, toi et ton cheval au nom ridicule.

Il me fallut une seconde pour comprendre.

— Quoi ?

Déjà, il s'était renfrogné.

— Tu m'as très bien entendu.

— Pourquoi dois-je retourner à la maison ?

— Parce que tu ne peux pas monter avec une plaie pareille. Ne sois pas idiot.

Bien sûr, je me faisais traiter d'idiot. Comme d'habitude.

Je me rassis, repoussai ses mains qui tentaient de m'en empêcher, ou de me recoucher. Je demandai froidement :

— Quand Everett doit-il arriver ?

— Il sera ici à l'aube, je présume.

237

— Et Rand et toi avez pris cette décision comme ça, sans me demander mon avis ?

Il pointa du doigt ma hanche.

— Non, Glenn, rétorqua-t-il sèchement. C'est ta blessure qui en a décidé.

Buté, je secouai la tête.

— Tu es venu contraint et forcé, me rappela-t-il. Tu ne l'as pas caché. Tu détestes le ranch, tu détestes mener du bétail, tu détestes tout. Eh bien, comme ça, tu pourras t'échapper plus tôt que prévu.

Ce qui ne correspondait pas au « marché » que j'avais passé.

— J'avais une dette à rembourser à Stef.

— D'après Rand, il n'y a jamais de dette en famille. Tu ne lui devais rien, imbécile.

— Stef n'est pas de ma famille !

— Bien sûr que si ! s'emporta Mac. Il a épousé ton frère, sombre crétin.

Je dus faire un gros effort pour ne pas me mettre à hurler. *Idiot. Imbécile. Crétin.* Des mots différents, mais qui fondamentalement, disaient tous la même chose quand ils étaient destinés. Mac me prenait pour un con, voilà tout.

Ça n'aurait pas pu être plus évident.

— Qu'est-ce que tu fiches encore ici ?

J'espérais que ma voix était aussi froide que le reste de ma personne.

Mac me jeta un regard féroce. Manifestement, la tendresse qu'il avait brièvement ressentie pour moi venait de s'évaporer, comme si elle n'avait jamais existé.

— Je me le demande aussi.

Quand il disparut, manifestement furieux, l'atmosphère de la tente changea : toute la chaleur était partie en même temps que Mac. Mais je m'en fichais. Il venait de me démontrer, pour la milliardième fois, je crois, que je n'avais pas ma place au Red Diamond.

Quelle importance que Mac soit gay ? Dans tous les cas, il n'était pas pour moi. Il me trouvait idiot, nul, inutile – comme tous les membres de ma famille, depuis toujours, comme tous les employés du ranch et ceux qui y vivaient.

À leurs yeux, je ne servais à rien, c'était une vérité pure et simple.

Quant à ce que Rand et Zach avaient dit pendant mon sommeil, c'était sans doute dû à une vague culpabilité, ou parce qu'ils avaient pitié de moi.

Malgré notre lien de parenté, nous ne partagions ni affection, ni respect, ni sentiment authentique. Bien sûr, ils m'avaient cru endormi, aussi aurais-je pu les croire sincères, mais de toute évidence, ce n'était pas le cas.

Pour eux, seuls les cowboys étaient de vrais hommes. Et comme je refusais de l'être, ni l'un ni l'autre ne s'intéressait à moi.

J'étais impatient qu'Everett vienne me chercher. Ensuite, plus jamais je ne mettrai le pied au ranch.

C'était fini, définitivement terminé.

IV

JE NE pouvais pas dormir.

Parce que je pensais à Mac, Rand et Zach, aux espoirs de réconciliation de Stef, ou à ma connerie récurrente, aux leurs aussi, d'ailleurs, qui ne cessaient de créer des problèmes. Il fallait avancer.

Plus je réfléchissais, plus j'avais des remords. Alors, au milieu de la nuit – ou plutôt au petit matin, car ma montre m'indiquait qu'il était déjà 2 heures – je finis par céder aux injonctions de ma conscience. Je quittai la couchette sur laquelle j'étais étendu. En passant devant Juju, je lui donnais une petite tape distraite, elle s'ébroua avec un souffle irrité, sans doute parce que je venais de la réveiller.

J'avançai vers le cercle des lanternes. D'autres auraient pu s'inquiéter des serpents, araignées, scorpions et bestioles en tout genre, pourtant pas moi, car, je savais que ma jument, même endormie montait la garde. Elle avait une ouïe bien plus fine que la mienne et, au fil des ans, je l'avais souvent vue piétiner des créatures nuisibles. Elle était sans pitié, une vraie sanguinaire – malgré son régime végétarien. Ou herbivore. Peu importait.

À l'heure du dîner, j'avais fait semblant de dormir afin que personne ne se sente obligé de venir me parler ou me tenir compagnie, mais à présent, en sachant que d'ici quelques heures j'allais partir, sans même savoir quand je reviendrais au Red Diamond… ou *si* j'y revenais un jour, j'éprouvais le besoin irrésistible de faire amende honorable.

La nuit venue, mon cerveau ne s'était pas déconnecté et j'avais ressassé, encore et encore, et encore, cet échange entre Rand et Zach. Que cela me plaise ou non, je devais admettre une vérité toute simple : nous étions de la même famille, nous partagions un lien de sang. De ce fait, nous aurions toujours à tenir compte les uns des autres. Je devais le faire rentrer dans mon crâne épais. Et aussi me sortir la tête du cul pour admettre que, même si le travail d'un rancher ne m'intéressait pas, ce n'est pas pour autant qu'il était à rejeter complètement. Je n'avais pas à sans cesse critiquer ce mode de vie – et les cowboys – pour tenter de valoriser mon choix de carrière. De plus, mon personnel, ma seconde famille, avait exactement le même mode de fonctionnement que celui du Red Diamond : mes employés dépendaient de moi comme ceux du ranch de Rand. Mon cousin et moi n'étions pas aussi différents que je le prétendais.

L'élément déclencheur avait été d'entendre Mac me révéler son orientation sexuelle. Pour le meilleur ou le pire, le contremaître du Red était la passerelle qui enjambait le fossé entre Rand et moi. J'aurais pu intégrer Maclain Gentry dans mon monde, mais il avait déjà sa place au Red Diamond. Il nous restait une chance de coexister si je cessais d'être sur la défensive, ou en colère, si je respirais un grand coup pour me calmer. Mac et moi ne serions au mieux que de vagues connaissances, mais quand même, le cessez-le-feu devenait nécessaire.

J'avais déclenché la querelle, j'étais toujours celui qui portait le drapeau au cœur de la bataille, c'était donc à moi de proposer une trêve. D'ailleurs, c'était ce que Stef voulait depuis le début : bâtir un pont, puis le franchir.

Pour communiquer, il fallait bien commencer quelque part.

Je fis le tour du camp et vérifiai les tentes les unes après les autres. Je finis par trouver celle où dormaient Rand et Zach. Je me glissai à l'intérieur, avançai sans bruit jusqu'à la couchette de Rand et m'agenouillai au niveau de sa tête. Beau qui dormait sous le lit de son maître ne bougea pas, même quand je plaçai mon genou près de son museau.

Je secouai Rand par l'épaule. Il ouvrit les yeux. Je lui souris.

— Salut.

Brièvement, il parut perplexe, puis il eut un violent sursaut.

— Qu'est-ce qui ne va pas ? Tu as mal ? Ta blessure s'est rouverte, ou bien…

Je l'interrompis pour le rassurer :

— Non, ne t'inquiète pas, je vais très bien. Je voulais juste m'excuser d'avoir été aussi pénible, tout à l'heure. Je suis désolé aussi d'avoir été blessé.

Il ouvrit de grands yeux.

— Je ne suis pas certain d'être réveillé…

J'étouffai un rire.

— Écoute, je suis venu te présenter mes excuses, tu pourrais au moins faire un effort. D'accord ?

Il eut un sourire ensommeillé.

— D'accord. J'avais besoin de toi pour déplacer le troupeau, Glenn. Avec toi, c'est plus facile pour moi de…

— Non, sûrement pas. Tu sais très bien que je passe mon temps à te compliquer la vie.

Il secoua la tête.

— Pas du tout. En te sachant à l'arrière, je ne me suis pas fait le moindre souci de toute la journée… en tout cas, pas avant d'apprendre que tu étais blessé.

C'était sympa de sa part de me dire ça.

— C'est juste… ma vie n'a plus rien à voir avec le ranch.

Il me scruta avec attention

— Je sais. Mais ça ne veut pas dire que tu n'as pas ta place au Red Diamond. Travailler au ranch et y vivre, ce n'est pas du tout la même chose. Tu n'as qu'à le demander à Stef, il le sait mieux que personne.

J'acquiesçai.

D'un geste affectueux, il me tapota la joue.

— Hé, passe au moins nous rendre visite… S'il te plaît. Tu n'imagines pas le plaisir que ça me ferait de te voir régulièrement.

— D'accord, j'y penserai. Merci de m'avoir recousu.

Je me redressai.

— Je sais bien que tu n'iras pas avoir un médecin, mais j'aimerais quand même t'entendre m'assurer que tu le feras.

Je souris de plus belle.

— Tu me connais bien.

Il secoua la tête tandis que je tournai les talons.

Je soulevai le rabat de la tente quand une autre voix m'interpella :

— Ça ne te tuerait pas de passer me voir, tu sais.

Je me retournai, mais dans le noir, je ne distinguais pas mon frère.

— Toi et moi sommes très occupés, Zachariah, mais puisque tu ne travailles pas le dimanche, tu peux avoir le temps de pêcher avec moi, ou de regarder un match à la télé. Si tu veux, je passerai te chercher.

Il se racla la gorge.

— Ça me plairait beaucoup. Appelle-moi, d'accord ?

Je le ferai assurément, il était temps d'enterrer la hache de guerre. Et c'était à moi de le faire. Les autres n'avaient fait que réagir à mon agressivité, à ma colère, à ma douleur. Et je les avais tous pris pour cible parce que mon père était hors d'atteinte.

Une fois dehors, j'inspirai profondément. Je me sentais bien mieux que la veille, malgré la douleur lancinante de ma hanche. Et comme j'avais encore Mac à voir, je décidai de chercher où il dormait.

Au bout du campement, je faillis entrer en collision avec une silhouette furtive : le joli petit mec qui m'avait tapé dans l'œil la veille.

Il poussa un piaillement et s'agrippa à moi pour garder l'équilibre.

— Merde ! haleta-t-il. Désolé, je ne vous avais pas vu.

— Pas de souci. D'ailleurs, vous n'auriez pas pu me voir, il fait trop noir.

J'avais parlé à voix basse, en espérant qu'il suivrait mon exemple. Sa voix aiguë résonnait dans le camp endormi et risquait de réveiller tout le monde.

— J'étais juste… je…

Il s'arrêta net et scruta mon visage. Il me lâcha, recula d'un pas et demanda :

— Puis-je vous demander ce que vous faites par ici au milieu de la nuit ?

Je répondis calmement :

— Je cherchais la tente de Mac.

Il émit un petit ricanement.

— Justement, j'en viens.

— Oh.

Je ne sus quoi dire d'autre. Puis je tournai les talons, prêt à rebrousser chemin.

Mais il me rattrapa et se plaça devant moi, me barrant le chemin. Il se rapprocha, très près – trop près –, et se pressa contre moi, les yeux dans les miens, me dévisageant avec une attention extrême.

— C'est à cause de vous… à cause de vous qu'il n'a pas voulu que je reste.

— Quoi ?

J'étais tellement sidéré qu'il aurait pu me renverser avec une plume. Pourquoi croyait-il que j'avais un lien avec le contremaître du Red Diamond ?

Le joli blond enchaîna :

— Mais bien sûr, Mac Gentry n'est pas le genre d'homme auquel on s'attache. C'est juste pour le fun, pas vrai ?

J'étais tétanisé, comme un cerf prit dans les phares d'une voiture, incapable de bouger. Et je ne comprenais rien à ses paroles. Ce qu'il racontait n'avait rien à voir avec moi – sauf dans mes fantasmes les plus secrets, quand j'acceptais la vérité de mes désirs.

— Mac, c'est juste du sexe, précisa-t-il. À consommer et à jeter. Mais quand même... J'avais pensé tirer de lui une nuit de plus.

Une nuit de plus ?

Il était fou ou quoi ? S'il avait eu la chance d'avoir Mac dans son lit, il aurait dû tout faire pour le garder. C'était ce que j'aurais fait à sa place, sans aucun doute.

D'un autre côté, si Mac avait un homme aussi parfait à sa disposition – et apparemment, c'était le cas –, pourquoi s'intéresserait-il à moi ? Je n'avais rien d'angélique, de gracieux, de souriant.

— Pas vrai ? insista-t-il.

Il se frottait contre moi, les mains sur mes hanches. J'ignorais ce que j'étais censé dire, mais peu à peu, une certitude me vint : il n'était pas un ange, loin de là. C'était plus un prédateur qu'un lapin.

— Personne ne me dit jamais non, ronronna-t-il.

Ça me paraissait crédible qu'il n'ait jamais été refusé.

Il recula, les yeux plissés, et m'examina de haut en bas

— Alors je me demande... qui tu es, s'enquit-il.

— Pour lui, personne.

— Tu en es sûr...

— Robin, tu es bourré, va te coucher... Oh !

Mac venait de sortir de sa tente dans la tenue qu'il portait pour dormir : caleçon et tee-shirt à manches longues. Même en plein été, il faisait froid dans la prairie au petit matin, très froid même. Personnellement, j'avais mis ma veste avant de sortir.

Sans doute Mac venait-il à peine d'émerger de son sac de couchage. Il paraissait encore endormi, les cheveux hérissés, les yeux cernés, une ride au front. Jamais il ne m'avait semblé aussi parfait ! Aussi magnifique !

Franchement, je n'aurais jamais dû être attiré par un homme pareil. Pourquoi n'avais-je pas plutôt choisi un homme délicat comme Stef ? Quelqu'un de fragile, voilà ce qu'il me fallait. C'est le type d'homme que j'avais cherché à rencontrer, avec lequel je m'étais imaginé vouloir vivre. Le plus bizarre, c'était qu'il m'était arrivé de recevoir des propositions d'hommes qui correspondaient exactement à ces critères, des minets beaux à couper le souffle... et j'avais refusé. J'avais eu beau me dire que c'était les aventures sans lendemain qui ne m'intéressaient pas, je commençais, en regardant Mac, à me demander si je ne m'étais pas leurré.

Depuis notre première rencontre, le contremaître du Red Diamond m'avait obsédé. Je me souvenais de ce jour-là, je l'avais vu à cheval, il revenait au ranch pour parler à Rand, il avait mis un pied à terre et…

pendant les présentations, j'avais dû lui donner une première impression affreuse parce que ma langue était restée coincée à mon palais. Le regarder marcher vers moi m'avait rendu muet.

Sa foulée me faisait regretter de ne pas être poète, ses mains fortes, solides auraient mérité qu'une chanson leur soit dédiée.

Mac était capable de me plaquer au lit pour faire de moi ce qu'il voudrait… donc, ça n'allait pas du tout. Ce n'était pas ce que je voulais : j'étais un actif, pas un passif ! Évidemment, cet a priori était ridicule. Je le réalisais tout particulièrement en regardant Rand et son mari, car je n'arrivais pas à m'imaginer Stef comme l'actif du couple. Je me trompais peut-être, ou alors ils changeaient parfois de rôle. Mais un homme comme Mac…

Dans ma tête défilaient tous les scénarios possibles, sans arrêt.

J'avais pensé qu'après mon coming-out, une fois mon homosexualité annoncée à tout le monde – mon père, Zach, Rand et Stef –, le pire serait derrière moi, mais pas du tout. Devenu officiellement gay, je restais tout aussi torturé qu'auparavant.

— Glenn ? chuchota Mac. Qu'est-ce que tu fais là ?

Je fus surpris de l'expression qu'il arborait, mi-malaise, mi-irritation. J'eus très envie de lui balancer une vacherie – comme quoi chasser un joli garçon de sa tente au petit matin était une idée débile – jusqu'au moment où ses yeux gris rencontrèrent les miens… et s'adoucirent notablement.

Oui, dans la faible lueur de la chandelle, son regard se réchauffa, ses larges épaules se décrispèrent. Avec un profond soupir, Mac croisa les bras sur sa poitrine immense.

Il paraissait plus calme.

Ce qui n'avait probablement rien à voir avec moi. Tandis que j'examinais avidement le moindre muscle de son corps puissant, sa lèvre inférieure bougea de façon lente, décadente…

Il me fallut un moment pour réaliser que Mac esquissait un sourire.

Il ne m'en voulait pas ! Ce qu'il éprouvait au juste, frustration, irritation, je ne savais trop ne me concernait pas, c'était dirigé sur celui qui se trouvait avec nous – Robin.

Et j'en fus très heureux ; après avoir goûté un échantillon de la douceur de Mac, j'étais tout à fait prêt à recommencer. Diable, et si j'en devenais accro ?

— Maclain ? dis-je dans un souffle.

Son regard enflammé rencontra le mien.

— Viens ici.

Sans hésitation, je m'écartai du joli petit mec qui cherchait à se presser contre moi. Dès que je voulus avancer vers Mac, Robin s'agrippa à ma chemise.

— Attends !

Je ne le regardais même pas, je n'avais d'yeux que pour Mac. Jamais il n'avait eu pour moi une expression si chaleureuse, si accueillante… tout en gardant son aura dangereuse. Un éclair de désir me traversa. Je dus faire un effort pour ne pas me précipiter et le rejoindre.

— C'est très embarrassant, murmura Robin.

Cette fois, à mon corps défendant, je dus abandonner Mac pour me tourner vers lui.

— Quoi ?

— Je pensais qu'il voulait jouer, déclara Robin avec lubricité.

— Qu'est-ce que vous avez fait ? Vous êtes entré dans sa tente pendant qu'il dormait pour lui sauter dessus ?

J'essayais de garder un ton désinvolte, mais j'avais la gorge serrée et la bouche desséchée. Robin écarquilla si grand ses yeux bleus qu'il en devint comique.

— Euh… non. Pas exactement. Je croyais juste…

Je levai la main pour l'interrompre. Il se plaqua à moi, tout souple et détendu.

— Mac est le contremaître du Red Diamond, dis-je, sévèrement. Il a des responsabilités, surtout durant un déplacement de troupeaux. Il s'occupe de la sécurité des personnes et des bêtes. Il n'est pas libre de son temps.

Robin jeta à Mac un coup d'œil, puis reporta sur moi son attention.

— Il y a autre chose, déclara-t-il, l'air fat. J'ai déjà été le voir au Red Diamond, tu sais.

— Oh.

Ainsi, j'avais raison, Mac s'était tapé Robin. Une autre pièce de son tableau de chasse ? Je n'avais plus qu'une envie : échapper aux griffes du joli petit mec.

— Précise-lui que c'était il y a longtemps, ordonna Mac, glacial.

— Quoi ? bredouilla Robin.

J'en profitai pour détacher ses mains crispées sur moi et reculer de quelques pas. Apparemment, j'étais tombé en pleine querelle… domestique ? J'étais la troisième roue du carrosse. Il fallait que je file au plus vite afin que les deux amants puissent discuter en tête-à-tête.

— Je vais vous laisser vous expliquer…

— Non !

Après ce cri véhément, Mac avança vers moi à grandes enjambées et m'empoigna par le biceps pour m'empêcher de détaler.

— Tu n'as aucune raison de t'en aller, précisa-t-il, gentiment.

Puis il se tourna vers Robin, le regard étincelant :

— Dis-lui. !

Le petit mec regardait Mac – et paraissait éberlué.

— Quoi ? Moi ? Pourquoi ?

— Parce que c'est ce que je veux.

— Va te faire foutre, Mac ! Je n'ai pas à te… Bordel !

Robin recula d'un pas et vacillait comme un ivrogne. Mac se chargea donc lui-même de m'expliquer, tout en m'entraînant vers sa tente.

— Robin Halsey travaille à l'hôtel de Mitch Powell, il reçoit les clients et organise leurs déplacements.

— Au King Resort ? demandai-je.

Avant d'entrer dans la tente, Mac me fit pivoter pour me regarder droit dans les yeux.

— Exactement. Il est venu au Red avec Powell, avant même que les travaux du complexe commencent. C'est comme ça que nous l'avons connu.

Mon regard passait de l'un à l'autre des deux hommes.

— Je ne voulais pas vous déranger, chuchotai-je. J'avais juste un truc à te dire.

Mac me désigna sa tente.

— Entre, nous parlerons aussi bien à l'intérieur.

— Oui, mais…

Mac jeta à Robin un dernier regard dur.

— Tu n'as rien interrompu du tout, précisa-t-il. Lui et moi, c'est terminé depuis longtemps. Pas vrai, Rob ?

Le joli petit homme secoua nerveusement la tête.

— Non, pas du tout. Moi aussi, je voulais te parler et tu m'as…

— Et je t'ai viré parce que je n'ai rien à te dire ! aboya Mac.

— Tu as tort. Tu te trompes complètement…

— Va cuver, Robin.

— Non, ça ne va pas la tête ? couina Robin. Comment peux-tu me préférer ce type-là ? C'est dingue !

Il paraissait très en colère. Et il parlait bien trop fort.

— Absolument pas, répondit Mac.

Sur ce, il me propulsa dans sa tente. Quand je retrouvais mon équilibre et me retournai, il tirait déjà la fermeture éclair du rabat.

— Désolé, grommela-t-il.

Il s'approcha de moi et prit mon visage en coupe dans ses grandes mains calleuses. J'en perdis le souffle.

— Dis-moi ce que tu voulais me dire, Glenn.

Il voulait que je parle ? Maintenant ? Il plaisantait ou quoi ?

Il m'offrit un sourire qui m'enflamma des pieds à la tête. Je sentis mes joues devenir brûlantes, et c'était une réaction très étrange, parce qu'il se contentait de me caresser la mâchoire en me regardant dans les yeux.

— Glenn ?

Sa voix éraillée me fit frissonner, ce que je ne pus dissimuler. J'étais enivré par l'odeur de Mac, son haleine mentholée, sa peau récemment savonnée. Et la chaleur de ses mains sur moi ne m'aidait pas à retrouver mes esprits.

Il soupira et secoua la tête.

— C'est épuisant, tu sais, d'attendre que tu comprennes enfin.

— Quoi ?

— Laisse-moi être plus clair.

Il me plaqua à lui, baissa la tête et m'embrassa. Un gémissement émana du plus profond de ma gorge. J'ouvris la bouche, accueillant son intrusion. Aussitôt, sa langue plongea entre mes lèvres et trouva la mienne.

Le pourquoi du comment ne m'intéressait plus du tout. Il y avait des lustres que je désirais embrasser Mac, découvrir sa puissance, sa chaleur, sa force. Même si je ne comprenais rien à ce qui se passait, c'était sans importance. Je profitais du moment.

Il me serra plus fort, une main glissa sur ma nuque et son baiser s'approfondit, devenant possessif, agressif et brutal, comme si Mac voulait me dévorer tout entier. Non que je m'en soucie, d'ailleurs. J'étais tout à lui, prêt à accepter ce qu'il voulait, à me soumettre.

Je passai les bras autour de son cou, lui abandonnant mon poids. Il plaqua sa main libre au creux de mes reins pour broyer mon bas-ventre contre le sien. Il insinua une jambe entre les miennes, les écartant. J'eus de plus en plus de mal à rester debout.

Son baiser me faisait tourner la tête, mais je le rendais avec enthousiasme. J'avais désespérément besoin d'assouvir ma curiosité, de sentir la bouche de Mac sur la mienne, sa langue m'explorer, ses dents me mordre…

Ses mains, dorénavant, me malaxaient le cul, explorant, découvrant.

— Putain ! cronda-t-il.

Il rompit notre connexion sublime, euphorique. Et le baiser enivrant cessa lorsque Mac me repoussa.

Sans comprendre, je le dévisageai. Il pantelait, les lèvres rouges et enflées, les poings serrés. Même ses larges épaules étaient agitées d'un léger tremblement.

— Je devrais t'étrangler ! aboya-t-il

— Quoi ?

Je fis un pas vers lui.

Il leva la main pour m'empêcher d'avancer davantage.

— Je tiens d'abord à mettre les choses au clair.

— Je ne veux…

— Tu n'es pas un actif !

De quoi parlait-il ? Je n'en avais aucune idée.

— Bon Dieu, mais regarde-toi ! Avec ces yeux si sombres, si bleus… Bordel, Glenn.

Il me sauta dessus et me serra dans ses bras. Je glissai les miens autour de sa taille et renversai la tête juste à temps pour recevoir un baiser torride qui me fit frissonner jusqu'au bout des orteils, enflammant au passage tous les endroits intéressants de mon corps. Sa langue dansa avec la mienne.

Puis Mac m'empoigna aux cheveux et serra le poing pour me maintenir en place. Son autre main glissa sous la ceinture de mon jean, déboucla ma ceinture, ouvrit le bouton et fit glisser rapidement la fermeture éclair. Ensuite, des doigts burinés se refermèrent sur mon sexe et tirèrent dessus.

Je faillis me ridiculiser en jouissant sans attendre. Je me cambrai sous la sensation, mais je tins bon. Je me contorsionnai, les mains dans ses cheveux pendant qu'il me caressait d'une main énergique, mais tendre.

Impatient d'être plus proche de lui, je tirai sur son tee-shirt, lui réclamant de l'enlever.

— Bon sang, Glenn, grogna-t-il.

Il s'écarta, me prit par le biceps et me poussa vers sa couchette. Je tombai lourdement assis et levai les yeux, attendant la suite.

Il s'accroupit devant moi, me souleva un pied et me débarrassa de ma botte, fit la même chose de l'autre côté. Ensuite, il se releva, souleva mes jambes, tira sur mon jean et m'en débarrassa rapidement.

Il gesticula en me désignant :

— Regarde un peu comment tu es : tu attends… avec ce regard soumis… Ça aurait quand même dû te donner une idée, non ?

J'ignorais de quoi il parlait et je m'en fichais complètement. Ce qui m'obsédait, c'était mon envie de le toucher.

— Déshabille-toi, dis-je d'un ton geignard. Je veux te voir. Je veux tout voir.

Il obtempéra avec le déhanché et la gestuelle d'un strip-teaseur professionnel : il fit glisser son tee-shirt centimètre par centimètre, dévoilant sa taille, ses abdominaux durcis, ses pectoraux sculptés, dotés de petits mamelons brun foncé, puis les creux sensuels de ses clavicules, ses bras musclés et ses épaules massives. Il était superbe ! Je voulais sentir ce corps lourd et puissant peser sur moi.

Le sexe érigé soulevait le coton du caleçon, une tache humide marquant déjà le tissu.

Je ne pus y résister. Sans même attendre que Mac finisse de se déshabiller, je me jetai en avant et m'accrochai à l'élastique de la ceinture. Le caleçon glissa sur ses cuisses, bloqua une seconde avant de libérer le sexe, long et épais, aussi rigide qu'une batte de baseball.

Ébloui, je ne m'occupais plus du sous-vêtement qui glissa sans mon aide jusqu'aux chevilles de Mac.

— Glenn !

— Laisse-moi faire, gémis-je.

Le souffle court, je me léchai les lèvres avant d'engloutir le gland renflé, délicieusement humide. Sur ma langue, le contact fut soyeux et chaud. Le goût à la fois âcre et salé me monta à la tête, surtout combiné avec l'odeur musquée qui émanait de l'aine, plus forte au niveau des boucles de la toison pubienne.

Je le désirais tellement que ça devenait douloureux

— Tu ne sais même pas… Glenn, bon Dieu ! Tu es tellement… Laisse-moi t'avoir.

Marrant, c'était exactement l'idée que j'avais en tête.

Question pipe, je m'étais entraîné à la maison sur des sex toys – soigneusement planqués loin des yeux indiscrets d'un éventuel hôte de passage. De ces tentatives, j'avais au moins constaté ne pas avoir de réflexe nauséeux et que ma gorge était d'une force préhensile tout à fait satisfaisante. Je fus heureux d'être rassuré sur ce point, car je pus me mettre à l'œuvre avec ardeur et enthousiasme.

Les grognements étranglés de Mac me confirmèrent qu'il appréciait ma prestation.

En vérité, je n'avais aucune expérience, aucune vraie technique, mais ayant déjà reçu ce genre de caresses, j'avais une idée de ce qu'il convenait de faire.

Pendant que je le léchais, le suçais, le mordillais avec prudence, Mac m'empoigna aux cheveux et tira vigoureusement sur ma tignasse. Par ses gestes, il dirigeait mes mouvements, ma cadence, tout en me laissant comprendre que mes efforts lui plaisaient.

À un moment, cependant, il s'exclama :

— Glenn, je veux savoir qui t'a appris tout ça. D'abord, je le remercierai, ensuite, je le tuerai.

— Pourquoi…

Je n'allai pas plus loin, m'occupant plutôt de lécher son sexe sur toute sa longueur, depuis la racine jusqu'au gland, avant de l'engloutir à nouveau.

— Putain !

Mac tressauta, il mit un moment à retrouver sa respiration et sa voix.

— Comment un puceau peut-il avoir les compétences d'un prostitué de haut vol ?

Je ricanai, sans m'écarter, la vibration de ma gorge se transmettant au membre que j'avais dans la bouche.

Puis je reculai pour pouvoir parler :

— J'ai perdu ma virginité à quinze ans !

— Pourtant, tu n'as jamais été avec un homme, affirma Mac.

Il prit à pleine main son sexe humide de salive et le frotta sur ma lèvre inférieure. Obéissant, j'ouvris la bouche, Mac s'y engouffra aussitôt et se mit à me pilonner.

Je bandais si fort que j'avais mal. Il resserra les doigts dans mes cheveux.

— Attends, attends, croassa-t-il. Si tu continues, je vais jouir…

En réponse, je suçai plus fort, plus vite. Je glissai aussi mes deux mains sur son cul, mes doigts jouant dans sa raie des fesses.

251

Quelle vision magnifique il m'offrit en jouissant ! La tête renversée, les yeux fermés, les dents plantées dans sa lèvre inférieure, tous ses beaux muscles contractés, il ne respirait même plus.

Les jets brûlants heurtèrent le fond de ma gorge, épais, au goût salé. Ce n'était pas désagréable. Je déglutis, encore et encore. Puis j'attendis qu'il retrouve ses esprits et se retire lentement.

Quand il ouvrit les yeux, je lui souris, très fier de moi.

— Tu as commis une grave erreur, annonça-t-il.

Il prit mon visage en coupe et tomba à genoux pour m'embrasser. Une erreur ? Vu la façon dont j'étais récompensé de ma pipe, je n'étais pas du tout d'accord.

Après avoir frotté sa langue contre la mienne, Mac prit mon sexe dans sa main, et pressa son pouce sur le méat. Sans pouvoir me retenir, je poussai un cri aigu.

— Une erreur ? haletai-je. Pourquoi

Il releva la tête pour me regarder.

— Parce que maintenant que je t'ai, je te garde.

Personnellement, j'étais d'accord.

— Et ta blessure ? s'inquiéta-t-il. Tu as mal ?

— Quoi ?

Je respirais son souffle, inhalai son odeur. Je le désirai éperdument, mais comment le convaincre ? Devais-je lui sauter dessus et faire de lui ce que je voulais ?

— Tu as mal ?

— Terriblement, affirmai-je. Je crois que mes boules sont au bord de l'implosion.

Il ne répondit pas à mon invitation équivoque. Il me dévisageait d'un air sérieux, concerné.

— Tu t'es déjà fait prendre, Glenn ?

Après un sursaut, je tentai de m'écarter pour mieux déchiffrer son expression.

— Je... non. C'est toi qui vas devoir y passer.

Il me scruta une seconde.

— D'accord, dit-il ensuite. Si c'est ce que tu veux.

Il se remit à m'embrasser, si bien que perdu dans mes sensations, j'en oubliai de quoi nous parlions.

J'étais pourtant conscient de mon problème : je me voyais comme un actif. D'accord, jusqu'à ce jour je n'avais connu que des femmes, mais quand j'envisageais le sexe gay, je me voyais avec un joli mec, comme Stef, plus petit que moi. Alors, bien évidemment, j'aurais été celui qui…

Et puis, j'avais regardé beaucoup de pornos et, même en sachant que ça ne se passait pas exactement comme ça dans la réalité, j'avais quand même vu des gars énormes, bâtis façon Hulk, se faire mettre par de frêles minets. Bref, je savais que la taille des partenaires n'indiquait rien. Dans un couple gay, toutes les combinaisons existaient, y compris les passifs dominateurs ou les actifs soumis. On ne pouvait rien deviner en voyant deux hommes marcher main dans la main dans la rue. L'image qu'ils donnaient en public ne reflétait pas forcément ce qui se passait dans leur lit.

Pour Rand et Stef, j'avais mon idée, bien sûr – et, à mon avis, je n'étais pas le seul –, à cause de ce que je connaissais de leur personnalité, mais peut-être nous trompions-nous tous. Peut-être que mon gigantesque cousin, qui paraissait si effrayant, aimait à se soumettre. Ou peut-être Stef et lui changeaient-ils parfois de rôle. Bien sûr, ça ne me regardait pas et je ne m'en souciais guère, mais cette perspective troublait des certitudes et surtout l'image que j'avais de moi-même.

Parfois, je me demandais si je ne cherchais pas le contraire de ce qu'il me fallait.

Je fixai donc les yeux assombris de Mac, presque charbonneux sous l'emprise de la passion. Son souffle était erratique, ses paupières alourdies.

— Qu'est-ce que tu attends ? demanda-t-il.

— Maclain ?

J'ignorais ce que je devais faire. Je connaissais le principe, bien sûr, la préparation, le lubrifiant – pas question de le sodomiser précipitamment. Il y avait des étapes à respecter, mais comment faire le premier pas ?

Il étouffa un petit rire.

— Mon cœur, j'ai déjà du mal à ne pas t'agresser, alors ne m'en demande pas davantage. Si tu veux me prendre, vas-y. J'ai du lubrifiant dans mon sac. Prends-le et baise-moi.

Je fis de gros efforts pour contrôler ma voix.

— C'est vrai, tu serais d'accord ?

— Si tu veux que je te supplie, je le ferai aussi.

Bon Dieu. Il me désirait à ce point ? Il se fichait de tenir un rôle ou l'autre ? Je trouvais ça dément, incroyablement érotique ! Pourtant, tout à l'heure, il m'avait affirmé que je n'étais pas un actif – ça me revenait à présent. Alors, il avait dû prévoir de me prendre. Et cette idée, loin de me terroriser, m'excitait.

Je ne me posais plus de questions, je n'étais plus qu'acceptation.

Un dernier reste de perversité me poussa à protester :

— Je croyais... je croyais que tu me détestais.

— Idiot, murmura-t-il.

Sur ce, il se jeta sur moi de tout son poids, m'écrasant sur sa couchette. L'impact me vida les poumons. Déjà, Mac m'embrassait.

En si peu de temps, j'étais accro à cette délicieuse sensation qui me traversait de la tête aux pieds, me recroquevillant les orteils, me faisant fondre la moelle épinière, me rendant éperdument avide.

Refermant les bras sur Mac, je laissai mes mains s'égarer et le toucher partout comme je l'avais toujours voulu : les épais cheveux blond foncé, le dos large, gonflé de muscles, la colonne vertébrale, les côtes, les reins.

Quand il redressa la tête pour pouvoir respirer, je déposai une pluie de baisers sur son cou, sa mâchoire, ses clavicules. Mes lèvres brûlaient du frottement de sa barbe drue.

— Attends, dit-il.

Il esquissa le geste de se soulever. Pour l'en empêcher, je saisis sa lèvre inférieure entre mes dents. Il céda et se remit à m'embrasser.

Puis je le poussai aux épaules et le fis rouler sur le dos, m'installant sur ses cuisses à califourchon.

Il soupira.

— Ça ne t'a pas pris trop longtemps.

— Quoi ?

Il m'empoigna par les cuisses, m'empêchant de bouger.

— De me montrer ce que tu voulais, répondit-il. Maintenant, si tu pouvais me dire ce que tu penses, je me sentirais moins seul.

Je fis glisser mes mains sur sa poitrine, sur son ventre.

— J'aime te regarder, avouai-je, j'ai toujours aimé le faire. Et je n'aurais jamais cru qu'un jour, tu me laisserais te toucher.

— N'importe quel homme serait d'accord, Glenn, affirma-t-il. Il serait même prêt à tout pour ce privilège. Apparemment, tu ignores l'impact de ton sourire, de tes cils si épais quand ils reposent sur ta joue. J'ai toujours eu envie de les caresser. Si tu savais aussi le nombre de fois où j'ai failli te sauter dessus pour t'embrasser ! Je savais que tu en avais besoin.

J'en perdis le souffle. Découvrir qu'il me trouvait attirant était plutôt enivrant, une vague de chaleur se répandit en moi. Mais je préférais ne pas y penser pour le moment, car j'avais quelque chose d'important à lui dire :

— Écoute, je ne veux pas être baisé et balancé le lendemain. J'ai toujours cherché à éviter ça.

— Tu as passé ta vie à éviter les gens, point final.

— Qu'est-ce que tu veux dire par là ?

Il secoua la tête.

— Tu réalises, j'espère, que quand on t'approche, tu es aussi aimable qu'un porc-épic avec une rage de dents ?

— Moi ?

Il ricana.

— Oui, toi. Tu as le don de te braquer contre ceux qui ne cherchent qu'à te garder.

— Me garder, moi ?

— Bordel, Glenn ! jeta-t-il, presque en colère. Au ranch, tout le monde ne rêve que de t'avoir et de te garder.

— Mais qu'est-ce que tu racontes ?

— Tu le sais très bien.

Je haussai les épaules, mais je repensai quand même à ma conversation de cette nuit avec Rand et Zach, et aussi ce qu'ils avaient dit hier, à mon chevet, en me croyant endormi.

— Peut-être… Maintenant, c'est possible.

Il se redressa et me fit rouler sur le dos avant de se coucher avec précaution sur moi, veillant à ne pas appuyer sur ma blessure. Pourtant, il me maintenait en position, je ne pouvais pas bouger.

— Rand aimerait avoir toute sa famille sur le Red Diamond, indiqua Mac. Et il tient tout particulièrement à toi.

— Je ne…

— Déshabille-toi.

Il commença à déboutonner ma chemise.

Puis il reprit :

— Quand tu as lancé ton restaurant, nous espérions tous, moi y compris, que ça ne marche pas…

— Quoi ?

Furieux, je cherchai à le repousser.

— Arrête de gigoter, tu ne partiras pas.

— Je…

— Nous voulions que le Bronco se casse la gueule afin que tu reviennes au ranch.

— C'est vrai ?

— C'est vrai pour moi, c'est vrai aussi pour tous les autres, assura-t-il. Mais tu as brillamment réussi, et nous en sommes tous très heureux. Au moins, au Bronco, tu parais épanoui.

— Oh ?

Ces louanges, aussi agréables qu'elles soient, risquaient de me causer un infarctus.

— Tu as un excellent relationnel, Glenn.

Exact, sauf quand il s'agissait des membres de ma famille, ou du contremaître du Red.

— J'ai vu aussi, continua Mac, la façon dont tu motivais ton équipe à te suivre. C'est exactement ce que fait Rand avec ses hommes.

De sa part, c'était un compliment vraiment remarquable. D'ailleurs, un peu plus tôt, je m'étais aussi fait la réflexion que Rand et moi avions davantage de points communs que je l'avais cru jusqu'ici.

— Merci.

— De rien, c'était sincère, répondit-il avec un sourire. Et ça nous ramène à ce que Rand veut par-dessus tout : que tu reviennes au Red.

Si ses paroles me faisaient plaisir, ce qui comptait davantage encore, pour moi, c'était le regard qu'il posait sur moi, le regard le plus tendre que je lui ai jamais vu. Je ressentais entre nous un lien serein, intime, comme si nous étions enfin connectés après avoir été adversaires, presque ennemis.

À chaque seconde qui s'écoulait, le changement s'affirmait, là, sous mes yeux. Je savais, sans l'ombre d'un doute que je plaisais à Mac et qu'il désirait passer du temps avec moi, mieux me connaître. C'était la première fois que je sentais un intérêt authentique à mon égard, mais je le reconnaissais intuitivement, même si Mac gardait un sourire arrogant et une attitude possessive.

— Rand veut que tu transfères ton restaurant au Red Diamond.

Occupé à déchiffrer son expression, j'avais perdu le fil de la conversation.

— Quoi ?

Il me débarrassa de ma chemise et de mon tee-shirt avant de répéter d'un ton distrait :

— Rand veut Le Bronco sur le ranch. À défaut, il se contenterait que tu y résides.

— Mais je…

— Zach tient à t'avoir sous la main. Et moi aussi.

— Toi ?

— Oui, moi, grogna-t-il.

Il me caressa le ventre, traçant la ligne des abdominaux qui m'avaient coûté tant d'efforts physiques.

— Contrairement aux autres, reprit Mac, moi, je peux te proposer d'habiter chez moi.

— Tu as bu ? Qu'est-ce que tu racontes ?

Il leva les yeux au ciel, puis eut un lent sourire qui transforma ses prunelles en mercure étincelant.

— Quand je veux quelque chose, je suis prêt à tout pour l'obtenir.

— Sans blague ? Et qu'est-ce que tu veux ?

— Toi, Glenn Holloway. Juste toi.

V

Je ne pouvais plus respirer. Il essayait de me tuer avec une telle franchise.

— Maclain, tu… Bon sang !

À nouveau, il s'était emparé de mon sexe, d'où l'interruption de ma phrase.

— Chaque fois que tes yeux bleus croisent les miens, Glenn, j'ai le cœur qui remonte dans la gorge. J'ai toujours su que ta place était avec moi.

Comment pouvait-il être aussi sûr de lui, de ses choix, alors que moi, je ne comprenais rien à ce qui se passait ?

Il s'étira sur le côté pour fouiller dans son sac dont il sortit un tube de lubrifiant. Puis il enchaîna :

— Tu es aveugle, mais si tu veux mon avis, tes problèmes, tes doutes, tes questions, tout se passe dans ta tête.

— Je ne comprends pas.

— Je sais, mon cœur, dit-il gentiment.

En même temps, il faisait glisser mon caleçon le long de mes cuisses. Bientôt, j'étais aussi nu que lui.

— Oh, putain ! gronda Mac.

— Parle-moi.

En réponse, j'obtins un bref sourire.

— Excuse-moi, J'ai été distrait par la vue que j'avais sous les yeux. Ta peau me rend dingue.

Ah bon ?

— C'est vrai ?

Il me regarda d'un air féroce, les sourcils froncés. Au lieu d'en être contrarié, je trouvai cette expression incroyablement érotique.

— Je viens de comprendre un truc incroyable, annonça Mac. Toutes tes fanfaronnades, cette bravade que tu affiches en permanence, c'est du bidon. En vérité, tu doutes de toi, tu n'as aucune idée de l'image que tu donnes.

— Tu te fous de moi, c'est ça ?

— J'ai l'air de plaisanter ?

En fait, pas du tout.

— Tu dis n'importe quoi, insistai-je. Je ressemble simplement à mon père, à Rand, à Zach et à mon oncle…

— Absolument pas.

— Maclain, je…

— Rand et tous les autres Holloway sont de grands gaillards, d'aspect assez effrayant. Des alphas, comme on dit. Toi, pas du tout.

— J'étais comme eux avant, quand je vivais sur le ranch.

— Tu l'*étais* peut-être, mais uniquement parce que tu t'injectais ces saloperies qui te…

— Tu le savais ? Tu savais que j'utilisais des stéroïdes ?

Il se redressa pour s'asseoir. Hébété, je constatais que j'avais Mac à un endroit où je n'aurais jamais cru qu'il se trouve un jour : à cheval sur mes cuisses. Je m'empressai de tendre les mains pour le toucher, le caresser, dessiner du bout des doigts le tracé des muscles de ses jambes.

— Regarde-moi, ordonna-t-il.

Je n'obéis pas, trop pris dans mes sensations enivrantes.

— Hé ! insista-t-il.

Cette fois, je levai les yeux sur lui.

— Ces derniers temps, je savais que tu ne maigrissais pas, pas vraiment. Tu te débarrassais simplement des anabolisants, en particulier de ces crises de violence incontrôlable que leur prise régulière te provoquait. Tu n'étais plus toi-même, mais je présume que tu as fait ça pour te sentir plus à ta place sur le ranch, hein ?

— Je n'ai jamais été à ma place, précisai-je. Je ne veux plus jamais retourner en arrière.

— Comme cowboy, c'est certain, convint-il. Mais ce n'est pas ce que Rand attend de toi. Tu es de sa famille, c'est tout ce qui compte pour lui. Il te veut à ses côtés, comme Stef et Wyatt. Il tient aussi à tes compétences, parce que lui, côté relationnel, il est nul.

J'éclatai de rire. Mac s'empressa de préciser :

— Oh, je sais d'expérience qu'il inspire à ses hommes une fidélité inébranlable, mais ce n'est pas d'eux que je parlais.

Connaissant bien Rand, je savais exactement ce que Mac avait voulu dire. Je n'eus pas le temps d'ouvrir la bouche. Mac enchaînait déjà :

— Glenn, tu sais très bien que Rand est trop abrupt, il prend les gens à rebrousse-poil. Essayer de discuter avec lui, c'est comme traverser un nid de crotales.

Dieu, qu'il était beau !

Je me sentais parfaitement à l'aise en l'écoutant, comme si nous avions l'habitude de converser. J'aurais voulu retrouver ma voix et lui exprimer ce que je ressentais, mais alors, il resserra les cuisses sur mes hanches. J'étouffai un cri de douleur.

— Oh, merde ! grogna-t-il.

En quelques secondes, nous avions changé de positions : j'étais à califourchon sur lui, étendu de tout son long sur le léger matelas du lit de camp.

— C'est mieux comme ça ? demanda Mac.

Comme j'avais son membre énorme coincé entre mes fesses, j'eus du mal à répondre. Rien que cette sensation me donnait le vertige.

Effectivement, je me trouvais *beaucoup* mieux.

— Maclain, soufflai-je.

— Soulève-toi, indiqua-t-il, en plaçant les mains sur ma taille. Récupère le lubrifiant, fais en couler dans ta main et ne lésine pas sur la quantité.

Mais j'avais les yeux fixés sur le sexe érigé et humide qui se dressait entre nous. À présent, je ne voulais plus prendre Mac, j'avais plutôt envie qu'il…

— Tu devras mettre mes jambes sur tes épaules, Glenn, tu seras parfaitement positionné pour me…

— Maclain.

Il me sourit.

— Oui, Glenn ?

— Dis, quand tu fais ça, tu n'as pas l'impression de…

Comment diable lui poser une question pareille ?

— Parle-moi, insista-t-il.

Il me caressa tendrement le visage, suivant la ligne de mon sourcil gauche. Je ne pus retenir un sourire ravi

— On dirait que tu apprécies mon visage !

Il acquiesça.

— Ça, c'est sûr. Je manque de m'étaler chaque fois que je te regarde.

— Non ! Celui qui trébuche, c'est moi. Je le fais tout le temps.

— C'est vrai, parfois, quand tu es fatigué, reconnut-il. Mais sinon, tu as une parfaite motricité, mon cœur. Je t'ai vu courir au beau milieu de la nuit. Tu es magnifique, coordonné et rapide.

Je fronçai les sourcils.

— Si c'est ce que tu penses, pourquoi t'es-tu montré aussi odieux envers moi jusqu'à aujourd'hui ?

Il me pinça le cul.

— Parce qu'aujourd'hui, pour une fois, tu es à nu. Et je ne parle pas seulement d'avoir ôté tes vêtements.

— Quoi ?

— Je te *vois*, dit-il en insistant sur le verbe. Tout ce que tu fais, tu le fais à fond, même quand c'est complètement idiot – comme tenter de ressembler aux autres hommes de ta famille, alors que tu es totalement différent d'eux, plus mince, plus souple, avec de longs cils recourbés, de grands yeux liquides et une bouche qui me fait bander chaque fois que je pose les yeux sur elle.

Je frissonnai des pieds à la tête. Je serrai fort le flacon de lubrifiant et m'en mis plein les doigts, mais au lieu de le verser sur mon sexe, ce fut le sien que je préparais. C'était lui que je voulais toucher, pas moi.

— Et regarde ceux qui travaillent pour toi, dit encore Mac, tu cherches tous à les prendre sous ton aile.

— Comment sais-tu que…

— J'ai déjà mangé dans ton restaurant. Je leur ai parlé, mais surtout, je les ai écoutés.

— Je ne t'ai jamais vu au Bronco !

— Comme je le disais, tu es aveugle. Au sens littéral.

— Dis, tu ne serais pas un peu harceleur sur les bords ? demandai-je, plein d'espoir.

— Je te garde à l'œil, concéda-t-il.

— Je vois mal la différence.

Je baissai la tête et serrai les doigts sur son sexe, admirant le fluide qui perlait sur le méat.

— Je…

Mac ferma les yeux. Je pris alors ma décision. J'inspirai profondément et attendis qu'il me regarde. Il rouvrit les yeux en sentant que je m'étais figé

— Qu'est-ce que tu as ? demanda-t-il.

Je me penchai pour l'embrasser, forçai ses lèvres et insinuai ma langue dans sa bouche. Je suçai la sienne avec ardeur et le baiser se prolongea, lent et profond.

Mac poussa un grognement de fauve qui me fit glousser.

— Ainsi, maintenant que tu as découvert ton pouvoir sur moi, tu en abuses de façon éhontée, gronda-t-il d'une voix gutturale.

261

Je glissai une main entre nos deux corps, m'emparai de son sexe lubrifié et le positionnai à l'endroit où je le voulais.

Mac s'agrippa aux montants métalliques de son lit de camp, de chaque côté.

— On dirait que tu ne veux pas me toucher. Pourquoi ? demandai-je. Je ne te plais plus ?

— Si je pose les mains sur toi, j'oublierai que tu es blessé, que tu es vierge, et je risque de te prendre comme une brute en rut.

— Non, tu ne ferais jamais ça, répondis-je, en toute confiance.

Je m'empalai tout doucement. À peine, son gland avait-il forcé mon anneau musculaire que la sensation et surtout la brûlure me coupèrent le souffle.

Mac se cambra.

— Tu crois que c'est vraiment le bon moment pour discuter ? Je ne peux pas... Bon Dieu, Glenn, vas-y... Continue... Prends tout !

Sa voix était suppliante, cassée, à peine audible.

Mais je ne pouvais pas bouger, j'avais trop mal. Au point que j'en perdis presque mon érection.

Par chance, Mac lâcha enfin son lit, il referma les doigts sur mon sexe et me caressa si bien que quelques secondes plus tard, rendu fou par le désir, j'étais prêt à n'importe quoi.

Même à m'empaler sur sa queue.

— Tu n'auras pas mal, promit-il.

Il se souleva et m'embrassa les yeux, les joues, le nez, et enfin la bouche avec une telle tendresse que j'oubliais la douleur. Un sentiment brûlant envahit ma poitrine et peu à peu tout mon corps, créant sur son passage des étincelles comme un éclair de foudre. Je tressautai, m'enfonçant davantage.

En moins de temps qu'il en faille pour le dire, je sentis le bas-ventre de Mac contre mes fesses. J'ouvris de grands yeux.

Mac chercha aussitôt à me rassurer :

— Attends, Glenn. Ne bouge plus ! Laisse à ton corps le temps de s'ajuster.

Mais non, je ne voulais pas attendre, je ne *pouvais* pas attendre. Son érection avait atteint en moi cet endroit « magique » dont j'avais tant entendu parler dans mes lectures. Et même si j'étais novice, hésitant, mal à l'aise, mon corps, lui, devinait le plaisir à venir : il frémissait d'une excitation renouvelée, impatiente et urgente.

Ainsi empalé sur Mac, j'aurais voulu le chevaucher fort, vite. D'instinct, je me penchai, ce qui fit glisser son sexe hors de moi, puis je me redressai, créant une délicieuse friction.

Mac prit mon visage en coupe pour me regarder dans les yeux

— Tu es dément, si chaud, si serré. Écoute, ça ira mieux si… retourne-toi… Mets-toi à quatre pattes.

— Ah, bon, tu crois ?

— Absolument, m'assura-t-il de sa voix éraillée que je trouvais si enivrante.

Sans plus hésiter, je me soulevai. La couchette étant trop étroite, je me laissai tomber sur le tapis de sol de la tente, dans la position qu'il m'avait demandée. Une seconde plus tard, il était à genoux derrière moi. Il posa les mains sur mes reins, écarta mes fesses, se positionna et me pénétra d'un seul coup de boutoir.

— Oooh !

Je poussais un long cri suraigu avant de perdre le souffle et la voix. C'était divin ! Je me demandais comment on pouvait s'en passer après avoir connu une sensation pareille.

Puis mes pensées cohérentes disparurent quand Mac se mit à me pilonner, encore et encore, exactement comme j'en avais rêvé.

— C'est aussi jouissif que je l'avais imaginé, scanda-t-il. Ça fait des mois que je rêve de te baiser. Maintenant, j'aimerais t'avoir chez moi.

Chez lui ?

— Nous serons bien mieux dans mon lit, sous ma couette, continua-t-il. Glenn, dis-moi que tu viendras, dis-moi que tu prendras le frais sous mon porche, que tu mangeras dans ma cuisine et que tu dormiras dans mon lit.

Non seulement je vivais le moment le plus sexuel de ma vie, mais en plus mon cœur menaçait d'exploser.

— Ça veut dire… ça veut dire que tu veux continuer à me voir ?

Il m'empoigna par les hanches, veillant à éviter ma blessure, mais en incrustant si fort ses doigts dans ma chair que j'en garderai sans doute des ecchymoses

— Bien sûr, dit-il avec conviction. Je veux te garder. Nous serons tous les deux, en tête-à-tête. Dis-moi que tu viendras.

— Oh, oui !

— Et jure-moi qu'entre nous c'est sérieux, exclusif, que tu ne verras jamais personne d'autre.

— Je te le jure.

En fait, dans mon état d'esprit actuel, j'aurais juré n'importe quoi. J'adorais ce que Mac me faisait. J'en avais rêvé, bien sûr, mais jamais je n'aurais imaginé que ce soit aussi intense.

— Parfait.

J'entendis son rire satisfait près de mon oreille quand il se pencha pour m'embrasser à ce même endroit. Je me tordis le cou pour lui offrir ma bouche. Il la ravagea un moment, puis se redressa et m'ordonna de me caresser.

— Je veux te voir jouir le premier…

— Alors, continue à me marteler. Plus vite…

— Putain, oui ! Tu es à moi, à moi, à moi, scandant ses coups de reins.

Toutes mes terminaisons nerveuses se concentrèrent soudain sur ce sexe qui me ramonait les entrailles.

— Maclain ! criai-je.

J'eus la sensation de me démembrer sous lui, de me dissoudre tandis que mon orgasme explosait en longs jets brûlants. Peu après, il se vidait en moi.

Jamais encore je ne m'étais senti aussi proche de quelqu'un, jamais.

Le sexe n'était pas de l'amour, je le savais, mais cette nuit avec lui m'avait irrémédiablement changé. Et pas seulement parce que j'avais enfin découvert ce qui me manquait jusqu'à aujourd'hui.

Non, c'était surtout parce que Mac me connaissait et me *voyait*.

Il était le premier à s'en être donné la peine.

Puis Mac me prit par la taille et me releva contre lui. J'étais encore à genoux avec son sexe qui pulsait encore en moi. Une de ses mains remonta pour s'enrouler autour de ma gorge, l'autre se plaqua à mon ventre.

— Oh, Glenn, croassa-t-il derrière moi. Tu es baisé. Complètement baisé.

Je ricanai.

— Euh, oui. J'avais remarqué, tu sais.

— Non, je ne parlais pas de ça, murmura-t-il dans mes cheveux. Tu n'as aucune idée de ce que tu viens de faire.

— Ah, bon ? Dans ce cas, explique-moi.

Je renversai la tête, frottant ma joue à la sienne, ma barbe et ma moustache s'accrochèrent aux poils drus de sa mâchoire.

— Tu es à moi. C'est un cadeau auquel je n'ai pas l'intention de renoncer

J'étais à lui, c'était exact.

— Tu sais, tu as raison, j'étais idiot. Je pensais…

— Dis-moi ce que tu pensais.

— Je pensais qu'un homme, un vrai, ne pouvait pas être passif.

— Oh, tu pensais que te soumettre allait te diminuer, te rabaisser ?

— Oui.

— Tant mieux si tu as réalisé que c'était inepte. Il arrive qu'un homme ne soit pas un homme, mais c'est un autre contexte. Un gay, qu'il soit actif ou passif, reste un homme. Le principe, c'est d'agir comme on le sent, comme on en a envie. L'important, c'est de prendre son pied.

Je ne pus que hocher la tête.

— Mais si ça te dit, nous pourrons changer de rôle la prochaine…

Je le coupai rapidement, d'une voix que la passion et l'émotion rendaient rauque :

— Non. J'aimerais… j'aimerais recommencer, mais de la même façon.

— Je ferai ce que tu veux.

Il s'écarta enfin, doucement, précautionneusement, quittant mon fourreau sensible. Je sentis son sperme glisser le long de mes cuisses.

Tout à coup, une idée me frappa. Je me raclai la gorge.

— Maclain ?

Il comprit instantanément. Il s'assit à mes côtés et attrapa mon visage entre ses grandes paumes.

— Tu viens de constater que je n'avais pas utilisé de préservatif. Et ça t'inquiète…

— Euh, pas vraiment. Je n'ai jamais fait… Même avec une fille, ça ne m'est pas arrivé depuis des années. En plus, j'ai été testé, je suis clean, mais j'aurais dû te le dire. J'ai mes résultats dans ma boîte mail, alors, si tu veux…

Il repoussa mes cheveux de mes yeux et me caressa les joues avec ses pouces.

— Les miens sont sauvegardés sur mon téléphone. Je peux te les montrer tout de suite…

— Non, je te fais confiance. Je me demandais juste pourquoi tu n'avais pas mis de préservatif.

— D'abord, je savais que tu n'avais jamais connu d'homme. Quant à moi, j'ai toujours fait attention, je ne risque rien.

— Comment savais-tu que je n'avais eu personne ?

— Je t'ai déjà dit que je veillais sur toi, pas vrai ?

Effectivement.

— Oui. Et alors ?

— Eh bien, chaque fois que je repérais un gars qui venait un peu trop souvent dans ton restaurant, qui attendait la fermeture, ou qui cherchait à t'accoster, je m'arrangeais pour… le décourager.

— Tu plaisantes ?

Je gloussai un peu nerveusement, le cœur tambourinant. Quelque part, j'espérais qu'il disait vrai. Tant de possessivité aurait pu m'inquiéter, mais je trouvais étrangement érotique que Mac me considère comme sien, sans même que je m'en doute.

Ses yeux gris, encore assombris de désir, restèrent rivés à mon visage.

— Absolument pas, affirma-t-il. Et je ne te raconte pas le nombre de douches froides que j'ai dû prendre chaque fois que je pensais à te baiser. Alors, cette nuit où mes fantasmes sont enfin devenus réalité, je n'ai vraiment pas eu envie de gâcher l'expérience avec du latex. Et j'avais une bonne raison pour m'en passer.

— Cette bonne raison, c'est que nous ne risquons rien.

— Exactement.

Sans me quitter des yeux, il se pencha pour m'embrasser. Ce fut un baiser tendre, mais intense. Quand il eut fini de goûter à mes amygdales, Max se redressa avec un sourire satisfait.

Puis il retrouva son sérieux.

— Jamais je ne te ferais courir un danger, Glenn. Je te le jure.

— Je te crois.

Je soupirai de plaisir. Je me sentais serein, rassasié. Manifestement, baiser avec un homme d'expérience – qui de plus, me désirait autant que moi, j'avais envie de lui – était un don du ciel. Peut-être devrais-je me rendre à l'église et allumer un cierge en signe de reconnaissance ?

— Si tu veux mon avis, Mac, tant que nous restons monogames, nous n'avons pas besoin de préservatif. Qu'est-ce que tu en dis ?

— Je suis d'accord.

Il repoussa mes cheveux en arrière et soupira.

— Tes cheveux sont devenus vraiment longs.

— C'est vrai, je devrais les faire couper.

Il protesta aussitôt :

— Non, ce serait dommage. Ça te va trop bien. J'aime aussi ta barbe et ta moustache.

Je lui souris.

— Il y a beaucoup de choses qui semblent te plaire chez moi.

Il m'embrassa à nouveau.

— Il n'y a pas de « semble » qui tient, tout me plaît chez toi, point barre. Maintenant, ne bouge pas, je vais m'occuper de toi.

— Tu l'as déjà fait, rappelai-je.

Cette fois, pour me faire taire, il me mordit l'épaule. Du coup, dompté, je ne bougeai plus. Il arracha son drap de la couchette duvet et son oreiller, les déposa par terre et me fit étendre. Je m'étirai langoureusement avec un soupir repu, le corps et l'âme en paix – comme jamais.

Il utilisa son tee-shirt pour me nettoyer, ce qui me fit sourire.

— Ça ne sert à rien, dis-je gaiement, je continuerai à sentir le sexe, la sueur et le sperme séché.

— Je sais, et comme c'est mon sperme, ça me plaît beaucoup. J'aimerais que tu portes en permanence cette odeur.

— Tu es très possessif, Maclain Gentry.

— Tu commences à me connaître, Glenn Holloway.

Il se laissa tomber à côté de moi, me serra contre lui et s'attaqua mon oreille, qu'il suça, lécha, embrassa. J'étais certain que sa barbe me laisserait des marques sur ma peau.

Puis il glissa jusqu'à mon cou et y frotta son nez.

— Bon sang, je me doutais bien que tu sentirais délicieusement bon.

— Est-ce que tu pensais souvent à moi ?

— Nuit et jour.

— Et à quoi pensais-tu ?

— Des trucs tout bêtes.

— Par exemple ?

— Que j'aime te regarder.

— C'est pareil pour moi, soufflai-je.

— Que tes yeux me rendent dingue.

Quant à moi, j'étais fou du gris orageux de ses prunelles.

— C'est pareil pour moi.

Il eut un rire rauque, sensuel et même charnel, puisque désormais, je savais où ces préliminaires allaient nous mener.

— T'entendre rire comme ça, ça me fait bander, dis-je d'une voix traînante.

— Oh, je savais que tu serais du vif-argent au pieu ! Ça, j'en étais sûr

— Qu'est-ce que tu racontes ?

— Vu la vitesse avec laquelle tu te mettais en colère, toute cette passion… également, ta façon de manger avidement, goulûment… quand tu suces un pilon de poulet, ça me met dans tous mes états.

Je lui ris au nez. Il me fit rouler sur le dos et pressa son visage contre mon ventre. Il y déposa une pluie de baisers avant de se servir de moi comme d'un oreiller : sa tête était au niveau de mon cœur.

— C'est vrai, tu sais, reprit-il. Tu es un bon vivant. L'été passé, te regarder croquer des fraises a été pour moi une expérience édifiante.

Je le pris aux cheveux pour lui faire relever la tête et l'embrasser.

— Moi, ce que j'aime, c'est de te regarder marcher. J'aime ta foulée, ton déhanchement.

Notre baiser fut langoureux. Je prenais tout mon temps, parce que ça m'était possible désormais. Je ne considérais pas que Mac m'appartienne… pas encore, en tout cas… mais notre démarrage était fulgurant.

Après l'avoir poussé à s'étendre sur le dos, je m'allongeai sur lui, savourant la sensation que cette puissante virilité me serve de matelas.

— Nous serons de retour au ranch dimanche après-midi, déclara Mac. Je te veux au Red Diamond à notre arrivée. Ensuite, tu m'accompagneras chez moi.

— C'est vrai ?

J'étais presque anxieux, tout me paraissait trop beau. Mac faisait des projets, presque des promesses. Quant à moi, pour le moment, je me satisfaisais simplement qu'il y ait plus entre nous qu'une aventure sans lendemain.

— Promets-moi que tu seras là, insista Mac.

— C'est promis.

— Parfait.

Il glissa la main autour de ma taille, m'empoigna le cul et insinua ses doigts dans ma raie des fesses. Je frémis tout entier.

— Maintenant, reprit-il, je veux savoir si ça t'a plu, ce que nous avons fait, ce que je t'ai fait.

En guise de réponse, j'émis un ronronnement, puis je roulai sur le côté – là où je n'étais pas blessé – pour presser mes reins contre Mac.

— Glenn ? Insista-t-il. Réponds-moi.

J'entendis le bruit significatif d'un bouchon qui sautait : celui du flacon de lubrifiant.

— Je ne comprends même pas que tu me poses une question pareille, grommelai-je. Je ne me suis jamais senti mieux de ma vie.

Ensuite, je décollai du sol parce que les deux doigts qu'il venait d'enfoncer en moi avaient trouvé ma prostate.

— Je te fais mal ? S'inquiéta-t-il.

— Non.

— Il faut que je profite de l'occasion, chuchota-t-il. Je crains de me réveiller demain matin et de réaliser qu'il s'agissait seulement d'un rêve érotique particulièrement vivace.

— Ce n'est pas… un rêve.

Il avait déjà retiré ses doigts et son sexe me pénétrait, lentement, mais sûrement.

— Tant mieux.

Il prit le temps de me préparer, de m'assouplir, s'enfonçant centimètre par centimètre. Il fut enfin enfoui en moi jusqu'à la garde. Je me contractai autour de lui. Il recula un peu, puis revint, puis se figea.

Sa lenteur provoqua en moi un désir de plus en plus vorace.

— Non ! Ne t'arrête pas. Je t'en prie, vas-y, ne t'arrête pas.

— Réponds-moi d'abord, ordonna-t-il.

Il contourna ma hanche, veillant à mes points, et referma les doigts sur mon sexe. Puis il reprit :

— Je ne bougerai pas avant d'avoir obtenu une réponse à ma question. Je tiens à une totale communication entre nous.

— J'ai oublié la question.

— Je veux savoir si ça t'a plu. Je veux en être certain.

— Ça m'a plu. Ça m'a énormément plu. Je veux recommencer. Tout de suite.

— C'est vrai ?

— Avant, je croyais…

Je m'interrompis avec un gémissement d'extase tellement c'était bon de le sentir aller et venir en moi, m'étirer, me remplir… Une sensation plus exquise que tout ce que j'avais pu imaginer, ce qui me rendait difficile de parler de façon cohérente.

Mais alors, il s'arrêta à nouveau.

— Tu croyais quoi ?

— Que si j'étais passif, si je me soumettais au pieu, ça allait me changer, mais ce n'est pas vrai, je ne suis pas différent, je suis toujours le même.

J'étais toujours un homme. En m'offrant à mon amant, je n'avais rien perdu, au contraire, j'avais découvert un plaisir incommensurable.

— Je ne savais rien, repris-je, sauf les bêtises que j'avais lues ou entendues, à droite à gauche. Et ça m'avait mis la tête à l'envers.

— Tu ne connaissais pas ta vraie nature, c'est tout. De plus, je comprends mal pourquoi le bruit court que dans un couple gay, un rôle est moins viril que l'autre. La soumission volontaire n'a rien d'une faiblesse.

— Je sais, c'était idiot.

Tourmenté par le désir, Mac paraissait avoir moins envie de poursuivre notre discussion.

— En tout cas, rappelle-toi bien que si tu veux, nous pouvons changer de rôle. Pour toi, je suis prêt à tout. Je suis… tout à toi

Je devinais qu'il ne parlait plus uniquement de son corps.

Cependant, j'avais un aveu à lui faire :

— Maclain ?

— Oui, mon cœur.

Il avait accéléré la cadence, je commençais à avoir des étoiles devant les yeux.

— C'est comme ça que ça me plaît. J'adore que tu me baises.

Je jouis à peine avais-je fini de parler

VI

LE LENDEMAIN matin, en me réveillant, j'avais mal partout. Mais je me rassérénai très vite en ouvrant les yeux, quand je vis la large poitrine de Mac et son regard magnifique levé sur moi.

Je déclarai avec un grand sourire :

— Tu sais, c'est la meilleure façon de commencer une journée !

Et il m'embrassa, sans se soucier – et moi non plus – de son haleine chargée. Il me serra contre lui, le visage enfoui dans mes cheveux.

— Nous arrivons dimanche vers 16 heures, je veux te trouver dans la cour du Red Diamond. J'en ai vraiment besoin.

— Je serai là.

— C'est promis ?

Il paraissait craindre que je change d'avis une fois séparé de lui – loin des yeux, loin du cœur. Il se trompait, j'étais au paradis : jamais je n'avais été attendu, espéré à ce point. Tout était neuf, vibrant, pétillant.

— Oui, bébé, je serai là.

— Parfait. Et ça me plaît aussi que tu m'appelles bébé.

— Dis-moi, d'où viens-tu au juste ? Je me le suis toujours demandé.

Il écarta mes cheveux de mon visage, un geste qui me devenait déjà familier alors que nous n'avions passé qu'une nuit ensemble.

— J'ai grandi dans un ranch, à Jackson Hole [22], dans le Wyoming. Quand j'ai annoncé à ma famille que j'étais gay, ils m'ont renié et flanqué à la porte.

Je le serrai très fort dans mes bras, parce que rien de ce que je pouvais dire en ce moment n'était susceptible de le réconforter.

Il se blottit contre moi et soupira.

— À mon avis, reprit-il, ça se serait passé différemment si ma mère avait été encore en vie. Je l'ai perdue quand j'avais dix ans. Je crois que mon père a enterré son cœur avec elle. Il n'a plus jamais été le même ensuite.

— Seigneur, Maclain, je suis tellement désolé !

22 « Hole » signifie « trou » en anglais, le jeu de mots concernant le nom de la ville est intraduisible en français.

271

— Oh, ce n'est pas grave. Sheridan Gentry avait cinq autres fils pour s'occuper de lui. Je doute de lui avoir beaucoup manqué.

Je renversai la tête pour l'embrasser.

— Pour moi, personne ne pourrait jamais te remplacer.

Je trouvais presque effrayant la rapidité avec laquelle nous nous engagions l'un envers l'autre, alors que notre relation débutait à peine. On aurait vraiment cru que chacun de nous avait patiemment attendu que l'autre se décide – tout en ayant eu, durant tout ce temps, le même objectif à long terme.

— Eh bien, j'espère que tu n'auras jamais à envisager de le faire. En fait, je compte même que tu me garderas à tes côtés.

— Tu peux y compter, c'est bien mon intention.

Il eut un sourire diabolique.

— Tu vois, nous sommes déjà du même avis. Nous étions faits pour nous entendre. Même si c'est allé un peu vite.

« Un peu vite » ! C'était un euphémisme. Peut-être était-ce une bonne chose qu'Everett vienne me chercher pour me ramener au ranch : ça me donnerait le temps de réfléchir à tête reposée.

Dans le camion d'Everett, qui fonçait à toute vitesse, je ressassai ce qui venait de se passer. Je trouvais complètement idiot d'avoir pensé, une heure plus tôt, à gérer « lentement » ma relation avec Mac et, pour commencer, de la garder secrète avant d'être certain que nous ayons réellement une chance d'un avenir à deux.

Je n'avais pas eu l'intention de piéger Mac, mais dans le tourbillon d'activités qui précéda mon départ, je me rendis compte que j'avais oublié de lui demander quels étaient ses projets. Et, vu que j'avais déjà prouvé que mes suppositions se trompaient souvent, c'était plutôt inquiétant.

Aussi avais-je rebroussé chemin pour retourner à l'endroit où les hommes du Red et les touristes prenaient leur petit déjeuner.

— *Qu'est-ce que tu as encore oublié ? demanda Zach en me voyant arriver.*

J'avais refusé de partager leur repas. Personnellement, je n'avais pas faim. Quant à Everett, il était pressé de retrouver sa famille, aussi avions-nous décidé de repartir sans attendre.

Mais, à la réflexion, je n'étais pas tout à fait prêt.

J'avais donc demandé à Everett de s'arrêter, puis sauté du véhicule pour partir à la recherche de Mac.

Il était toujours à l'endroit où je l'avais laissé, dix minutes plus tôt, l'air renfrogné, les bras croisés, les sourcils froncés, personnification de la colère.

J'avançai vers lui, un grand sourire aux lèvres. Une fois devant lui, je m'arrêtai et lui massai la nuque pour tenter de détendre ses muscles crispés.

— Salut, dis-je, tranquillement.

Je parlais comme si ce n'était pas stupide de ma part de revenir quelques minutes après être parti une première fois. Je découvris alors que Mac était capable de s'assombrir encore.

— Qu'est-ce que tu fabriques ?

Je glissai ma main libre sur sa hanche.

— Tu te souviens, ce matin, avant de sortir de ta tente, je t'ai dit que ce serait aussi bien que nous gardions notre relation secrète ?

— Je m'en souviens très bien, je ne suis pas sénile, répondit-il d'un ton aussi glacial que son regard.

— Eh bien, c'est à toi que je pensais, tu es plutôt introverti, j'ai cru que tu préférais peut-être garder ta vie privée… privée. Mais après coup, j'ai craint que tu interprètes mal ma réaction, que tu croies que j'avais honte de m'afficher avec toi.

Il grommela, mais une lueur chaleureuse commençait à dégeler le mercure de ses prunelles. En tout cas, Mac s'adoucissait, c'était manifeste.

Je renversai la tête, les yeux fixés sur sa bouche.

— Alors, Gentry, je suis revenu te dire que j'ai changé d'avis, je veux que tout le monde soit au courant pour nous deux.

Le baiser que je lui offris exprimait mon désir, bien sûr, mais aussi mes espoirs. Et je fus tout à fait certain que tous ceux qui nous regardaient avaient compris, une bonne fois pour toutes, que Mac et moi étions ensemble.

Je reculai d'un pas, très heureux de constater que Mac avançait, pour ne pas rompre notre connexion. Ses yeux n'avaient plus rien de sombre, ils brillaient comme de l'argent en fusion.

— Je vais aussi t'avouer quelque chose : je suis nul pour garder un secret, dis-je avec un sourire.

Il tira son stetson sur son visage.

— Ce n'est pas grave. Nous avons chacun nos défauts. Quant à moi, comme tu le sais déjà, je suis un tantinet trop possessif. La plupart des gens ont du mal à s'y faire.

— Je ne suis pas « la plupart des gens ».

— Non, je l'avais déjà remarqué.

— Je vais te manquer, hein ?

— Tu n'as pas idée à quel point !

Je tournai les talons, très satisfait de moi. Une fois remonté à ma place dans le camion, j'agitai gaiement la main et Mac, qui me regardait partir, me rendit mon salut.

C'était chouette. Un homme capable d'assumer une relation… très chouette.

Je m'ennuyai à mourir pendant tout le trajet du retour au Red Diamond parce qu'Everett ne se sentait pas d'humeur à discuter. Il se concentrait sur sa conduite, sur la route – et sur les éventuels policiers postés pour veiller au respect des limitations de vitesse. Il conduisait si vite qu'il me fichait la trouille.

Je dus lui réclamer de ralentir. Derrière le truck, il y avait le van de Juju et je ne voulais pas qu'elle ou moi finissions écrabouillés dans un arbre au bord de la route.

— Tu aurais dû refuser de venir, Ev. Tu as mieux à faire.

— C'était moi ou Stef, répondit-il d'une voix brève. Tu l'as déjà vu conduire un camion avec une remorque ?

Il me jeta un coup d'œil, les sourcils levés. J'éclatai de rire.

— Si je comprends bien, c'est terrifiant.

— Non, répondit-il, c'est pire.

— Je vois.

— D'ailleurs, si j'avais laissé Stef venir, Rand aurait été furieux, plus dangereux qu'un crotale après la mue.

C'était probable.

— Bon, d'accord, je te remercie. Et je te serai encore plus reconnaissant de lever le pied.

Il obtempéra enfin. Pour l'en remercier, je le libérai au portail du Red Diamond, en lui assurant que j'allais faire descendre Juju et retourner avec elle jusqu'à la cour, où se trouvaient toujours mon truck et mon van.

Ça évitait à Everett le détour. Il en fut ravi.

274

— Merci, Glenn, dit-il avec un grand sourire. C'est mon premier bébé, tu sais, alors… je n'ai qu'une envie : rentrer à la maison et passer le plus de temps possible avec ma femme et ma petite fille.

J'acquiesçai, puis je descendis et fis sortir ma jument de la remorque. Je m'apprêtais à monter en selle quand Everett me retint par l'épaule.

— Quoi, Ev ?

Il inspira un grand coup.

— Je voulais juste te dire… Mac, c'est quelqu'un de bien. Pas un coureur, quelqu'un de solide.

Je ne sus quoi répondre.

— D'accord.

Il parut réfléchir une seconde.

— Vous deux, vous allez bien ensemble, je trouve.

Ah, bon ?

— C'est vrai ?

— Oui. Il est du genre agressif, plutôt intimidant. Toi, tu ressembles à Stef, tout gentil, tout aimable. Vous vous compléterez très bien.

Il me trouvait *gentil* ?

— Everett, tu m'as déjà vu être gentil ?

Il se renfrogna, ce que je trouvais très amusant.

— Tu recueilles les orphelins, tu t'en occupes, tu leur donnes du travail au Bronco. Et puis, un jour, je t'ai vu porter Bella sur cinq kilomètres à travers les buissons parce qu'elle s'était fait attaquer par des coyotes. Tu n'as jamais un mot blessant, sauf envers les membres de ta famille, bien sûr, mais ça ne compte pas.

Je souris béatement, très ému par la façon dont il parlait de moi. Peut-être devrais-je aussi me voir à travers ses yeux. Peut-être étais-je meilleur que je le pensais, en tout cas, plus altruiste.

Peut-être ressemblais-je davantage à ma mère que je l'avais cru.

— … parce que tout le monde sait très bien qu'on peut tout dire à sa famille, ajouta-t-il.

— C'est vrai.

— Donc, si tu reviens vivre au ranch, par exemple, dans la maison qu'occupait autrefois Tyler près du ruisseau… Eh bien, ça me conviendrait parfaitement.

Il me tendit la main. Je l'acceptai, toujours sidéré.

Je trouvais incroyable que les gens réussissent régulièrement à me surprendre.

Il était presque 11 heures quand Juju coupa à travers champs au grand galop, tout heureuse d'avoir quitté la remorque et de se dégourdir les jambes. Quant à moi, j'étais heureux tout court.

Mes points de suture me tiraillaient un peu, mais la douleur n'avait rien d'insupportable. Ce matin, Mac avait refait mon pansement, je n'avais vu ni rougeur suspecte, ni œdème, ni signe d'infection. Rand avait fait du beau boulot. Du coup, avant de m'en aller, je l'avais serré avec enthousiasme dans mes bras pour le remercier – ce qui, d'après son sursaut, l'avait méchamment surpris.

Je repensai à la scène…

— *Reviens vite nous voir, me jeta-t-il avec un toussotement gêné.*

— *Bien sûr, patron, répondis-je en riant.*

De façon encore plus étrange, il posa la main sur ma joue pour me dévisager.

— *Rand ? demandai-je.*

— *Viens nous voir, j'y tiens.*

À ce moment-là, je l'avais cru – parce que la nuit précédente, j'avais cru les explications de Mac concernant ce que Rand attendait de moi.

Effectivement, tous tenaient à ma présence. Sans doute était-il temps pour moi de cesser de jouer au con en déformant tout ce qu'on me disait au Red, en croyant que ça provenait de leur pitié, de leur sens du devoir, ou de je ne sais quoi.

Mon père ne s'était jamais intéressé à moi, et alors ? C'était dans son caractère. Si le reste de ma famille tenait à moi, j'avais déjà plus que je l'aurais cru possible.

En arrivant devant la maison, j'étais sur un petit nuage, mais pas au point de ne pas remarquer deux voitures inconnues garées devant la porte.

C'était bizarre.

C'était même très étrange.

Les employés du Red Diamond, pour la plupart, garaient leur voiture près des écuries, bien entendu ; quant aux clients de passage, ils s'arrêtaient à la réception – les bureaux se trouvaient non loin des grilles principales –, ou parfois chez Mac s'il leur avait donné rendez-vous. À ces endroits-là, je n'aurais pas tiqué si j'avais vu une voiture inconnue, mais là, devant la grande maison, l'endroit était réservé à la voiture de Stef ou au truck de

Rand. Bien sûr, il pouvait s'agir de visiteurs, par exemple, des amis citadins de Stef, il en avait beaucoup.

À la réflexion, c'était peu probable. En temps normal, quand Rand s'absentait, Stef en profitait pour quitter le ranch et rendre visite à Charlotte, ou à ses autres connaissances dispersées dans tout le pays. Aucune des deux voitures n'était celle de la mère de Rand, May, une Jeep Wrangler dont le rose effrayant était reconnaissable.

J'envisageai diverses possibilités et finis par conclure que Stef recevait sans doute des amis. Étaient-ils récemment arrivés à l'aéroport de Lubbock ? Non, ce n'était pas des voitures de location...

Je me jouais certainement des films. Je ne connaissais sûrement pas toutes les relations de Stef, alors...

À ce moment-là, je vis Bella tourner en rond sous le porche. Mes cheveux se hérissèrent sur ma nuque. Pourquoi la chienne était-elle sortie ?

J'avais été élevé sur un ranch, un monde figé où la routine ne changeait jamais. Du coup, la moindre anomalie éveillait d'étranges et ridicules soupçons. Par exemple, pourquoi le jeune Mullins conduisait-il aussi vite ? Ou pourquoi les Ballard avaient-ils changé de véhicule ? Ou, dans le cas présent... pourquoi diable y avait-il deux Toyota, une Highlander et une Prius – franchement ! – garées devant chez Rand ?

À une exception près – celle de Stef –, les véhicules du Red Diamond étaient 100 % américains, comme dans tout le comté, depuis toujours. J'en étais certain.

Mon truck était un Dodge que mon père avait utilisé avant moi. Je n'avais pas encore pris la peine de le remplacer, car j'estimais que le vieux moteur poussif avait encore quelques kilomètres à donner.

Or deux voitures d'importation étrangère se trouvaient devant chez Rand. C'était plus qu'étrange.

C'était inquiétant.

Et puis, j'étais peut-être parano, mais qui rendrait visite à Stef un samedi après-midi alors que presque tous les hommes – qui en temps normal travaillaient à proximité, Rand y compris – s'étaient absentés ?

Une brève seconde, j'envisageais un cambriolage : Stef était peut-être parti, lui aussi. Non, sa nouvelle voiture, une Volvo S60, était dans l'allée, donc, il devait être dans la maison. Pourtant, la chienne était dehors, alors que Stef s'en séparait rarement.

Que se passait-il ?

Au lieu de descendre de selle pour prendre l'escalier principal, je dirigeai Juju derrière la maison jusqu'à la haie épaisse, plantée sur la gauche pour dissimuler le bunker en béton où se trouvait le réservoir des eaux usées. Je glissai de ma selle et attachai ses rênes dans les branches pour qu'elle n'attire pas l'attention.

Revenant sur l'aile ouest, je montai sous le porche et glissai un coup d'œil à travers la dernière fenêtre de gauche. Instantanément, Bella s'approcha de moi, elle geignait doucement. Je m'agenouillai pour la caresser et lui fis signe de ne pas faire de bruit. C'était un ordre qu'elle connaissait bien, car Rand dressait tous ses chiens de troupeau à circuler en silence au milieu du bétail.

Dès mon premier coup d'œil dans la maison, je fus soulagé que Bella soit aussi obéissante.

Stef était au salon, avec Wyatt dans les bras, le petit garçon paraissait dormir. Devant lui, quatre personnes : un jeune homme, d'environ dix-neuf, vingt ans, genre intello avec son pantalon gris et sa chemise blanche ; une fille du même âge en mini short et débardeur ultracourt qui exhibait un ventre bronzé et deux piercings au nombril ; enfin deux autres gars, plus âgés, plus lourds. Le premier portait une casquette de baseball et une chemise en jean dont il avait arraché les manches, l'autre un chapeau de cowboy en paille et un tee-shirt gris trop petit de deux taille qui moulait ses abdominaux, ses pectoraux et ses biceps. Il était plus grand et plus large que moi, mais ce n'est pas lui qui m'inquiétait. C'était plutôt le gars à la casquette : le seul à brandir un revolver.

Je n'osais abandonner Stef et Wyatt pour retourner vérifier s'il restait des hommes au ranch. Évidemment, dans un film, j'aurais envoyé Bella prévenir Everett, mais ça ne marchait pas comme ça dans la réalité. D'après moi, si je réussissais à récupérer le revolver, les autres fileraient sans demander leur reste.

Ma priorité était de les faire sortir de la maison de Rand, de les éloigner de sa famille.

Nous nous occuperions plus tard de les retrouver ; le comté n'était pas si grand.

J'envisageai de faire le tour par la cuisine, mais les planches grinçaient, la porte-moustiquaire aussi. Et puis, ils me verraient tous arriver, car les nombreuses fenêtres du porche étaient toutes restées ouvertes.

La maison bénéficiait de l'ombre des grands chênes qui poussaient alentour : même en plein été, leur feuillage enlevait plusieurs degrés à la température extérieure.

Quittant donc le porche, je me précipitai vers la gauche de la maison, qui donnait sur les collines et les éoliennes. J'allai jusqu'à la fenêtre du petit-salon qui, quelques années plus tôt, avait été réaménagé pour devenir le bureau de Stef.

Je m'accrochai au rebord, me hissai, puis me plaquai à la paroi, les pieds sur la corniche qui faisait le tour de la maison. Elle était relativement large, je n'eus aucun mal à avancer. Pour me débarrasser de l'écran, je le soulevai de ses gonds et le posai de côté, sans faire de bruit. Ensuite, je n'eus plus qu'à me glisser à l'intérieur. Un petit saut acrobatique et j'étais dans la place.

Deux ans plus tôt, sans doute n'aurais-je pas réussi à exécuter tout ça aussi silencieusement. J'étais alors bien plus lourd, bien plus raide. Grâce à la natation et au footing, j'avais acquis de la souplesse.

Revenant à la fenêtre, je jetai mon stetson sur l'herbe, puis, d'un geste, j'intimai à Bella d'aboyer :

— Vas-y, ma belle !

Elle s'en donna cœur joie.

Aussitôt, j'entendis dans la pièce d'à côté une voix demander :

— Bordel, c'est quoi ce boucan ?

— C'est ce con de chien qu'il a mis dehors, répondit un autre gars.

Je me plaquai contre le mur. Dehors, Bella aboyait toujours, faisant un tel raffut que les intrus finiraient sûrement par s'inquiéter qu'elle donne l'alerte.

Enfin, l'un d'eux fit la suggestion que j'attendais.

— Je vais flinguer ce clebs.

— Non, ne la tuez pas, supplia Stef.

— Elle fait trop de bruit.

— Elle veut juste rentrer.

— Si elle ne la boucle pas, je lui mets une balle dans la tête.

Arrivé à la porte du bureau de Stef, je me penchai pour inspecter le couloir qui menait à une autre petite pièce, assez sombre et rarement utilisée. Je m'y rendis prestement et utilisai le canapé, la table basse et les différents fauteuils pour traverser la pièce. Très tôt dans ma vie, j'avais appris que le meilleur moyen de ne pas faire craquer les planchers d'une vieille maison était de circuler sur les meubles déjà en place.

À quelques centimètres de la porte qui donnait dans le salon, je remarquai que le cadran de la vieille horloge, sur le mur, à ma droite, faisait office de miroir : je distinguais ce qui se passait dans la pièce voisine. En me tournant légèrement d'un côté ou de l'autre, j'apercevais tout le monde.

Ils avaient bougé, se regroupant au fond de la maison, près de la cuisine.

Et je comprenais leur raisonnement. J'ignorais qui étaient ces gens – des voleurs, des kidnappeurs ? –, mais après avoir réussi à entrer par effraction, ils préféreraient éloigner Stef de la porte principale, où quiconque arrivant dans l'allée aurait pu le voir. Moi, je leur avais échappé parce que j'étais arrivé à cheval et à travers champs.

— M. Joss, je suis désolé, se lamenta Chemise blanche, je me suis trompé.

Il voulut avancer, mais la fille s'accrocha à son bras.

— Pas du tout, rétorqua Chapeau de paille. Tu nous as suivis parce que tu savais qu'il n'y aurait pas de casse.

Il se tourna vers Stef et ajouta :

— Y aura pas de grabuge si vous obéissez sans discuter.

— Pourquoi ne pas le flinguer et se barrer avec le gamin, déclara froidement Minishort.

Col blanc parut atterré.

— Non !

— Je ne parle pas de le tuer, mon chou, rétorqua-t-elle, juste lui mettre une balle dans la jambe pour récupérer le mioche. Ce serait bien plus facile.

Stef serra Wyatt contre lui. Quant à moi, je pris un tisonnier dans la cheminée, non loin d'un énorme fauteuil rembourré placé devant un antique secrétaire marqueté que je n'avais jamais vu personne utiliser. La maison avait été bâtie à une époque où n'existaient ni la climatisation ni le chauffage central. Et comme Rand ne les avait jamais fait installer, chaque pièce du rez-de-chaussée – et la chambre principale de l'étage – gardait une cheminée opérationnelle, sauf la cuisine et la salle à manger. La vieille maison était pittoresque, désuète et pleine de charme. Du coup, Stef n'avait aucune envie de la moderniser même si Rand, depuis son arrivée, évoquait régulièrement de grands projets de rénovation. Comme toujours, Stef avait eu le dernier mot.

Donc, la maison gardait des tas de petites pièces et d'innombrables cloisons, ce que je trouvais très pratique pour me cacher. Je remerciai intérieurement Stef pour son sens de la préservation du patrimoine.

— Nous devrions aller dans la cuisine, déclara Casquette. Au moins, nous aurions la porte de derrière pour filer en cas d'urgence.

— Bonne idée, convint Chapeau de paille.

Casquette s'écria tout à coup :

— Attends, c'est quoi cette pièce au bout du couloir ? Tu as bien vérifié qu'il n'y avait personne d'autre dans la maison ?

Déjà, il avançait vers l'endroit où j'étais caché, contre le mur. À peine était-il entré que je balançai mon tisonnier, visant la tête. Je l'atteignis au cou et il bascula en avant avec un hurlement d'effroi, tomba sur le canapé, roula et se heurta violemment le crâne sur la table basse. Je tentai de récupérer son arme tombée sur le tapis quand Chapeau de paille se jeta sur moi, par-derrière. Nous nous écrasâmes ensemble contre le mur.

— Stef ! hurlai-je. La cuisine ! Ouvre la porte, fais entrer Bella !

Il se précipita, Minishort courant derrière lui, Col blanc les suivant. Quand il passa devant moi, je tendis le pied pour le faire tomber, tout en me débattant contre Chapeau de paille. Je reçus alors un coup de couteau sous la clavicule gauche.

Merde ! Je n'avais même pas remarqué qu'il était armé.

— Connard ! bramai-je, furieux.

C'était un couteau à cran d'arrêt, illégal, doté d'une lame de vingt centimètres. Par chance, je l'avais reçue dans le pectoral et non dans le cœur. Et comme j'étais droitier, je pus envoyer un crochet vengeur qui prit le gars sous le menton. Il bascula en arrière. Pour faire bonne mesure, je le frappai au genou, disloquant son articulation dans un craquement écœurant. Le hurlement qu'il poussa, dans un espace aussi confiné, fut assourdissant.

Je ne m'occupais plus de lui, qui geignait de douleur en se tordant sur le sol. Je savais que l'arme était tombée quelque part, mais je ne m'attardai pas à la chercher. Après tout, Casquette était dans les vapes, Chapeau de paille continuait à hurler, aussi courus-je retrouver Stef traversant à toute allure le couloir.

En arrivant dans la cuisine, je m'arrêtai net devant le délicieux spectacle qui m'attendait : Minishort et Col blanc étaient recroquevillés contre le comptoir, tétanisés, les mains sur la tête. Devant eux, une Bella très énervée montrait les dents, les oreilles couchées sur le crâne, un grondement féroce émanant de sa gorge.

Elle était prête à attaquer, ça se voyait.

— Bravo, ma belle, dis-je.

Je vacillai et dut me raccrocher à la porte. Stef était au téléphone, Wyatt toujours serré contre lui.

Le petit garçon releva la tête et me regarda d'un air endormi. En me reconnaissant, il eut un grand sourire et me tendit les bras.

— Ongen !

« Ongen », c'était moi, condensé de « oncle Glenn » parce que l'adorable bambin n'arrivait pas encore à prononcer les « l ». J'aurais voulu m'approcher, j'aurais voulu le prendre, mais je ne pouvais pas. Apparemment, mon bras gauche avait cessé de fonctionner. Je n'arrivais plus à le soulever.

Et je pissais le sang. Je m'emparai d'un torchon posé près de la cuisinière et le pressai sur ma plaie, au-dessus du cœur. Je dus aussi me tenir au comptoir pour ne pas tomber.

— Rappelez ce chien, protesta Col blanc.

— Non, répondis-je sèchement.

— Il fout vraiment la trouille !

Ce psychopathe avait tenté d'enlever un enfant et il critiquait Bella ? Non, mais franchement !

— Comment va mon mec ? pleurnicha Minishort, les vieux noyés de larmes. J'espère que vous ne l'avez pas tué !

Col blanc la regarda, horrifié :

— Je croyais que nous étions ensemble ! bredouilla-t-il.

Le con ! Il s'était fait manipuler.

— M. Holloway ? insista-t-elle.

Comment connaissait-elle mon nom ? J'étais tellement secoué qu'il me fallut une seconde pour comprendre…

Ah, bien sûr…

— Je ne suis pas Rand Holloway, précisai-je.

Elle et Col blanc ouvrirent de grands yeux.

— Quoi ?

— Je ne suis que le petit frère de Rand, presque une demi-portion à côté de lui. Attendez un peu qu'il vous mette la main dessus, dis-je avec un ricanement sinistre.

J'éprouvai une grande satisfaction à les voir blêmir.

— Mon Dieu ! croassa Stef. Tu saignes !

Effectivement, le torchon était déjà imbibé. Mais ce qui me surprenait le plus, c'était d'avoir pour la première fois revendiqué Rand comme mon frère, et non mon cousin.

Réaliser que ma vie avait changé aussi vite était un vrai choc.

Puis Stef vint se placer devant moi, il posa la tête sur mon épaule – mon épaule droite. Très vite, Wyatt, écrasé entre nous, protesta et se tortilla.

— Merci de nous avoir sauvés, mon fils et moi, Glenn.

— Tu aurais pu t'en tirer tout seul. Je te connais, je sais que tu en es capable.

C'était la vérité, Stef cachait un fond de férocité sous son extérieur angélique.

— C'est vrai.

Il se tourna vers Minishort et Col blanc avec un sourire glacial.

— Je vais asseoir Wyatt sur le comptoir et te le confier un moment, Glenn, ajouta-t-il, le temps que j'aille chercher ma batte de baseball dans ma chambre.

Par chance, Rand avait emporté tous ses fusils. Si Stef avait pu mettre la main sur une arme à feu, je n'aurais pas donné cher de la peau des deux abrutis qui tremblaient toujours devant Bella.

Dire que Stef était en colère était un euphémisme.

— Tu as prévenu le shérif ? demandai-je.

— Oui, il est déjà en route.

— Tant mieux. Parce que je pense que je vais tomber dans les pommes.

Mon dernier souvenir conscient fut Wyatt qui criait « ongen ! »

VII

SE RÉVEILLER à l'hôpital n'est jamais amusant. Se réveiller auprès d'un Stefan Joss hyper stressé aggravait la situation.

— Qu'est-ce que tu as ?

En tout cas, c'était la question que j'avais eu l'intention de poser, mais ma voix était franchement déformée. J'étais sans doute déshydraté.

— Dieu merci ! Tu as repris connaissance !

Il poussa un soupir de soulagement qu'il lui vida les poumons, puis se pencha en avant, perché sur son siège et s'empara de ma main et de mon poignet en affichant un sourire vaillant.

— Pour l'amour du ciel, Stef, j'ai juste perdu un peu de sang ! Je ne suis pas à l'article de la mort

Il se redressa afin de pouvoir me serrer contre lui, très fort. Je supportai son étreinte éperdue environ une seconde avant de lui demander de dégager.

Il avait les yeux pleins de larmes.

— Tu t'es évanoui, souffla-t-il d'une voix à peine audible.

— Et merde ! grommelai-je. Bon, si je t'ai fait peur, excuse-moi.

Il retint son souffle.

— Je n'avais jamais vu quelqu'un saigner autant. Je n'avais jamais vu quelqu'un s'évanouir comme ça, d'un seul coup.

— D'accord. Je comprends que ça t'ait fichu un choc. Moi, j'ai l'habitude.

Il en resta bouche bée.

— Comment ça ? Ça t'est déjà arrivé ?

— Bien entendu. Je te rappelle que j'ai grandi sur un ranch, Stef.

— Oh, mon Dieu ! gémit-il. Je ne suis pas certain que j'autoriserai Wyatt à apprendre à monter sur un cheval.

Je ricanai.

— Si tu veux mon avis, c'est sans espoir !

Il haussa les épaules, l'air sceptique.

— Au fait, puisqu'on parle chevaux… commençai-je.

— Ta jument est dans l'écurie du Red Diamond, répondit aussitôt Stef. Elle va très bien. J'ai demandé à Elliot, un de nos nouveaux lads, de veiller à ce qu'elle soit bien installée.

— Je t'en débarrasserai dès que je sortirai d'ici.

— Ou tu pourrais aussi la laisser.

Effectivement, c'était une option… un rameau d'olivier en quelque sorte pour conforter les changements, dont ma nouvelle relation avec Rand. J'allais y réfléchir. Mais je n'avais pas l'intention d'en parler.

Aussi, je changeai de sujet :

— Combien de temps ai-je passé dans les vapes ?

— Environ deux heures.

— Bon, ce n'est rien, alors, dis-je avec un sourire.

— Rien ? hoqueta-t-il.

Il ouvrit de grands yeux horrifiés et inquiets. J'avoue que le voir se faire tant de soucis pour moi était assez émouvant, mais je disais vrai, j'avais connu pire. J'étais resté assommé bien longtemps à l'époque où j'étais chargé de dompter des chevaux sauvages, où je tentais de rester sur le dos d'un taureau, ou même le jour où, lancé au grand galop sur un nouveau cheval, j'avais commis une erreur de rênes et valdingué dans une clôture.

Je tapotai gentiment la main de Stef.

— Je t'assure, je n'ai rien de grave. Je boirais bien un peu d'eau, d'accord ?

Il préféra appeler l'infirmière pour vérifier si j'y étais autorisé – manifestement, il ne voulait pas prendre de risque avec ma santé. Peu après se présenta « Paisley Chambers », comme le précisait son badge. Elle était petite, blonde et toute mignonne, avec sa longue queue de cheval et sa blouse rose. Elle m'annonça, comme Stef me l'avait déjà dit, que j'étais resté inconscient pendant deux heures, mais qu'à présent, j'avais retrouvé mes couleurs et paraissais beaucoup mieux.

— Nous vous avons injecté du sérum et du glucose pour faire remonter votre taux de sucre dans le sang. Pourquoi étiez-vous aussi déshydraté ? Pourquoi est-ce que vous ne mangez pas assez ?

Elle me fixait d'un œil critique, presque sévère. Je trouvais amusant qu'une femme aussi jeune soit dotée d'une voix aussi autoritaire.

Je lui expliquais donc que je revenais de la prairie, que j'avais été occupé, que j'avais sauté un repas, mais qu'en temps normal – c'est-à-dire quand je ne passais pas ma journée en selle –, je me nourrissais normalement.

— C'était idiot d'avoir sauté un repas, admis-je

— Effectivement. Je vais vous faire envoyer un plateau. Et vous mangerez tout, d'accord ?

— Oui, madame, dis-je, poliment.

Elle m'accorda un sourire.

Elle se tourna ensuite vers Stef pour le prévenir qu'elle allait m'envoyer le docteur. En attendant, oui, je pouvais boire, mais pas trop. J'étais censé faire attention.

Quand nous nous retrouvâmes seuls, Stef versa de l'eau glacée dans un gobelet en plastique qu'il me tendit.

Je finis par poser la question qui me démangeait :

— Bordel, Stef, qui étaient ces gens ?

— Je ne connaissais que David Lawrence, celui qui portait la chemise blanche. Un de mes anciens étudiants.

Stef était professeur à l'université du comté.

Je sirotai mon eau, attendant la suite.

Il se racla la gorge et enchaîna

— La fille s'appelle Kree Walton. Ils voulaient…

— Oh, je sais ce qu'ils voulaient, coupai-je. Ils comptaient kidnapper le fils de Rand Holloway et réclamer une rançon.

Il acquiesça en silence

— Et ce David, il a pensé à toi, comme ça, d'un coup ? demandai-je encore.

— Eh bien, oui, il est venu me voir pour une lettre de référence et… Mon Dieu, Glenn, je… je…

Il s'étouffa d'émotion. Il respira profondément, puis reprit :

— C'était un étudiant brillant, il m'assistait même pendant certains cours. Je ne me suis jamais méfié de lui. Comment aurais-je pu me douter…

— Voyons, Stef, ne te mets pas martel en tête. Ça n'est pas de ta faute.

— Je me sens tellement stupide !

— De quoi, d'avoir voulu aider un de tes étudiants ?

Il leva les yeux sur moi et me scruta.

— Tu aurais pu y rester.

— Toi aussi, rétorquai-je du tac au tac.

Je préférai cependant ne pas parler du danger qu'avait couru Wyatt.

Je repris très vite :

— Nous en sommes sortis sains et saufs, tous les deux. Inutile de ressasser plus longtemps ce qui aurait « pu » se passer.

Il eut un sourire rayonnant.

— Tu as raison, Glenn.

Une idée me vint, je penchai la tête.

— Tu réalises, j'espère, que Rand va vouloir revoir de fond en comble la sécurité du ranch ?

Il leva les yeux au ciel.

— Oh que oui ! M. Holloway a été très clair sur ce point quand je lui ai parlé au téléphone, il y a environ une demi-heure.

Je ricanai.

— Il va revenir encore plus vite que prévu.

Il fit la grimace. Au même moment, la porte s'ouvrit et une adorable petite serveuse m'apporta un en-cas. C'était de la bouffe hospitalière : thé instantané, une pomme, une biscotte et un verre de lait. Je la remerciai et me mis à manger.

Je ne pus retenir un sourire en entendant Stef, qui reprenait son siège, m'annoncer que quand Rand aurait terminé, le Red Diamond serait sans doute aussi inaccessible que Fort Knox [23].

— Écoute, dis-je, je ne vois pas en quoi ça t'étonne. Wyatt et toi représentez ce qu'il a de plus cher au monde.

— Tu as raison, répondit-il avec tendresse. Tous les changements qu'il entend faire, c'est une preuve d'amour après tout. Tu ne crois pas ?

— Bien entendu. Ne t'inquiète pas, on s'habitue sûrement à vivre en prison.

— Oh, mon Dieu !

— En tout cas, à condition qu'il ne force pas trop sur les fils de fer barbelé, les détecteurs de mouvement et les miradors.

Je fus le seul à trouver ma réflexion très amusante.

QUAND STEF essaya de rappeler Rand, il ne réussit pas à le joindre. Ce qui ne m'étonnait pas : il y avait peu de réseau dans la prairie. Rand avait bien un téléphone satellite qui captait n'importe où, mais il l'avait prêté à Charlotte, qui visitait Paris avec sa mère. Du coup, Stef n'avait aucun moyen de le contacter.

23 Camp militaire du Kentucky, où le gouvernement fédéral américain entrepose la réserve d'or des États-Unis.

S'il ne pouvait parler à Rand, je ne pouvais pas davantage parler à Mac. J'espérais que Rand transmettrait les nouvelles me concernant à celui avec lequel j'envisageais une vie à deux, mais je ne pouvais en être certain.

J'aurais dû éviter les miradors, car Stef était rancunier et pervers.

Quand il revint à mon chevet, dans la soirée du samedi, il m'annonça avoir téléphoné au Bronco et prévenu celui qui avait décroché que j'avais été poignardé et que je me trouvais à l'hôpital d'Hillman, dans un état jugé satisfaisant par le corps médical.

Je gémis, consterné.

— Non, mais quel enfoiré ! Tu sais ce qu'ils vont faire à présent ?

Avec un grand sourire, il acquiesça, puis alluma la télé et se mit à zapper d'une chaîne à l'autre.

— Ils vont tous se pointer ! insistai-je.

— Pas ce soir en tout cas, répondit-il, très amusé. Tu as un répit, les heures de visite sont terminées. On ne les laissera pas entrer.

— Et toi, alors ?

— Moi, je suis de la famille, enculé.

Charmant.

— Tu ne devrais pas rentrer chez toi où ton fils t'attend ?

— Il est chez Morgan et sa femme, il n'a pas besoin de moi.

— Morgan ? Je ne connais aucun Morgan.

— Morgan Sowers, notre nouveau maréchal-ferrant. Un garçon vraiment charmant.

— Et si lui et sa femme oublient de surveiller Wyatt, hein ? Et s'ils le font tomber sur la tête ?

— Tu ne réussiras pas à m'inquiéter, Glenn, Mme Sowers – ou plutôt le docteur Sowers est notre pédiatre, au Red Diamond.

— Si tu veux mon avis, Rand devrait arrêter de collectionner les gens et les spécialistes, Stef. Les forces de l'ordre vont finir par se méfier et le prendre pour un trafiquant de drogue.

Stef éteignit la télé et se retourna pour me regarder.

— Alors ? demanda-t-il avec entrain.

— Alors, quoi ?

— Tu t'es réconcilié avec les garçons ?

Je ne répondis pas.

— As-tu oui ou non réglé tes différends avec Rand et Zach ? insista Stef.

— Mmm, grognais-je.

Il leva les sourcils, puis sourit béatement.

— Tu l'as fait !

— Eh bien, oui, nous avons été touchés par la grâce divine.

— Et alors ?

— Eh bien, il se peut que tu me voies un peu plus souvent au Red.

Il parut enchanté de cette perspective et joignit les mains, les yeux brillants de larmes.

— Écoute, ne t'emballe pas, d'accord, ajoutai-je, c'est juste un premier pas.

— Bien sûr, bien sûr. Je suis tellement heureux !

— Ça te plaît de rabibocher les Holloway, pas vrai, Stef ?

Il avait déjà réussi à réconcilier Tyler et ses enfants.

— C'est vrai, reconnut-il. Le prochain sur ma liste, c'est ton père. J'aimerais qu'il se rapproche de toi, de Rand et de Zach.

Là, j'étais franchement pessimiste sur ses chances de réussir.

TÔT LE lendemain matin, à peine les heures de visite avaient-elles débuté que, comme prévu, il y eut de l'animation dans ma chambre.

Avant même d'ouvrir les yeux, je sentis mon lit bouger et j'entendis marmonner un « ferme-la, bon Dieu ! » suivi de « tu vas finir par le réveiller ! »

J'ouvris les yeux. Il y avait dans ma chambre bien plus de visiteurs que le règlement l'autorisait : une dizaine de mes employés entouraient mon lit. Je ne distinguais même plus la porte au-delà de la marée des têtes.

Je leur lançai un regard torve

— Ben merde, alors, qu'est-ce que vous foutez là ? Qui s'occupe du Bronco ? Le dimanche est un de nos meilleurs jours !

Ma question déclencha un sacré tintamarre. Ils cherchaient tous à me répondre en même temps, chacun essayant de parler plus fort que son voisin.

Je dus hausser le ton :

— Silence !

Je l'obtins. Je me tournai ensuite vers Josie : elle était assise à mon chevet, les deux mains serrées sur mon avant-bras droit, la respiration erratique. Ses yeux étaient rouges et gonflés.

— Arrête de pleurnicher, voyons, dis-je d'un ton bourru. Tu vois bien que je vais très bien.

Elle renifla.

— Vous avez été blessé, patron. Quand M. Joss a téléphoné au restaurant, c'est Kev qui a pris l'appel. Nous avons eu tellement peur pour vous !

Ce qui avait été l'intention de Stef, ce vil démon. S'il ne se surveillait pas davantage, il irait tout droit en enfer.

— Nous étions tous très inquiets, confirma Callie d'une voix contrainte.

Je la vis se mordre la lèvre pour l'empêcher de trembler.

Puis Kevin contourna les deux filles et approcha sur ma gauche, il effleura délicatement mon bandage.

— Vous n'avez jamais été blessé. Vous ne vous êtes jamais évanoui, vous n'avez jamais dû être emporté à l'hôpital dans une ambulance.

— Bien sûr que si, corrigeai-je. Et souvent. C'est juste que vous tous ne me connaissiez pas à l'époque où je travaillais au ranch.

— D'après votre médecin, vous avez perdu beaucoup de sang entre vos points de suture à la hanche et ce coup de couteau, renchérit Shawnee. Il a dit à Bailey qu'il comptait vous garder deux jours en observation.

Elle se trouvait au pied du lit et, de toute évidence, n'avait rien écouté de ce que je venais de dire.

— Certainement pas, je sortirai demain à la première heure, assurai-je

Manifestement rassurés, ils échangèrent soupirs de soulagement et sourires de bonheur.

— Quand as-tu eu mon médecin, Shawnee ? demandai-je.

— Oh, ce n'est pas moi, c'est Bailey qui s'est chargé de téléphoner. Vous savez bien que, quand elle veut vraiment quelque chose, elle sait se montrer persuasive.

Effectivement, j'étais au courant. Elle paraissait douce et innocente, mais à l'intérieur, c'était un pit-bull.

Je me tournai vers Kevin pour demander :

— Qui s'occupe du restaurant ? Bail ?

— Oui, elle est avec Jamal, Sandy, Estéban, Marco, Deshaun et Kelly. Au fait, on risque d'avoir un problème.

— Ah, bon, lequel ?

Callie et Kevin échangèrent un regard inquiet.

— Qu'est-ce qui se passe ? insistai-je.

Callie se lança.

— Apparemment, le King Resort est poursuivi en justice pour discrimination raciale.

— D'accord, et alors ? Qu'est-ce que ça a à voir avec nous ? Tu dis toujours que le Bronco devrait poser pour une pub de… comment s'appellent-ils, déjà ?

— United Colors of Benetton [24], répondit-elle avec un sourire.

— Donc, tout va bien pour nous.

— Il est certain, reconnut-elle, que votre personnel représente la plus vaste diversité raciale de tout le comté, patron.

— Pareil pour les orientations sexuelles, tint à préciser Shawnee.

Callie s'empressa de revenir au sujet qui lui importait :

— Voilà, Gillian est passée hier…

— Qui ?

— La nouvelle DRH.

Callie et Kevin connaissaient le personnel de l'hôtel : lui avait un don pour se souvenir des noms et titres de chacun, afin d'en soutirer le maximum, tandis qu'elle négociait habilement un échange entre repas gratuits et services. Grâce à Callie, portiers et concierges étaient toujours prêts à donner un coup de main à nos clients. Personnellement, j'étais nul dans ce domaine où tous deux excellaient, mais après tout, chacun son truc, car ni l'un ni l'autre n'avait à se charger de trouver les contrats, gérer les installations ou payer les factures du Bronco.

— Continue, dis-je à Callie.

— D'après ce que j'ai compris, ils ont un contrôle la semaine prochaine et elle aimerait nous envoyer les ressources humaines.

Je ne comprenais plus rien.

— Pourquoi ?

— Gillian va prétendre que nous faisons partie du complexe et utiliser notre équipe pour atteindre les quotas exigés par la loi.

C'était absurde.

— C'est le truc le plus débile que j'aie jamais entendu ! Leurs contrôleurs verront bien que nous ne sommes pas payés par l'hôtel, donc, ça va foirer.

— Elle espère qu'ils se contenteront du fait que le restaurant est situé dans l'enceinte de l'hôtel, expliqua Kevin. D'ailleurs, elle dit aussi

24 Marque mondiale de prêt-à-porter parmi les plus connues de la planète, grâce à son style international coloré, de qualité et très tendance.

que s'il y a procès, le King sera sans doute obligé de se séparer de nous, puisqu'officiellement, nous ne faisons pas partie du complexe.

— Je doute que Mitch Powell l'accepte. Il doit beaucoup à Rand. C'est bien pour ça qu'il nous a offert cet emplacement.

— Oui, mais là, M. Powell serait dépassé, surtout si le conseil d'administration vote contre lui. Si nous devons partir, il nous faudra vite un nouvel endroit pour réinstaller le Bronco.

Le plus étrange à mes yeux, c'était que ni Kevin, ni Callie, ni les autres qui se pressaient dans ma chambre ne paraissaient particulièrement concernés par notre éventuel déménagement.

À dire vrai, j'étais très déconcerté par leur réaction.

— Et alors, Kev ? grinçai-je. Tu vas accoucher ou quoi ?

Il m'offrit un grand sourire.

— Par chance, la nuit dernière, juste après que Bailey a eu votre toubib au téléphone, elle a appelé M. Joss, parce qu'elle savait qu'il se trouvait à l'hôpital avec vous. Elle voulait des nouvelles de vous.

Elle avait fait les choses *à fond*.

— Alors, enchaîna Kev, ils ont discuté, elle lui a raconté notre problème avec l'hôtel – puisque M. Joss s'était justement chargé de négocier les clauses de notre contrat avec M. Powell. Et il l'a rassurée, en lui disant que s'ils nous forçaient à partir, un alinéa contractuel les obligeait à nous rebâtir le Bronco à un autre endroit.

— Sans blague ?

— C'est ce qu'a dit M. Joss. Il enseigne à l'université, mais il a longtemps été négociateur dans l'est, vous savez. Il connaît bien son affaire.

Ça, je n'en doutais pas.

— Alors ?

— Alors, il m'a donné le nom de son avocat à Chicago, Knox Jenner. Il s'occupe aussi du Red Diamond. Au départ, je croyais qu'il s'agissait juste d'un homme, mais, en fait, c'est tout une firme juridique…

Je le prévins très calmement :

— Je vais te tuer, Kevin.

Il se racla la gorge.

— Donc, ce matin, j'ai parlé à M. Richard Jenner. Il m'a confirmé que si l'hôtel décidait de fermer notre site actuel, la totalité des frais de notre relocalisation leur incomberait.

Je poussai un soupir de soulagement : c'était un gros souci de moins !

— D'accord.

— Il m'a dit aussi qu'il vous contacterait demain matin à la première heure.

— Tu l'as eu au téléphone ? Un dimanche ? J'ai du mal à y croire.

— Eh bien, c'est aussi ce que j'ai dit à M. Joss quand il m'a demandé de passer ce coup de fil à Knox Jenner : jamais un célèbre avocat de Chicago ne prendrait au téléphone le jour du Seigneur le gérant d'un restaurant d'une ville du Texas dont il n'avait probablement jamais entendu le nom. Pourtant M. Joss m'a affirmé que si je précisais que je venais de la part du Red Diamond, je n'attendrais sans doute pas longtemps ma communication.

Là, je comprenais mieux.

— Donc, reprit Kevin, je présume que ce ranch est une affaire plutôt importante, hein ?

— Apparemment.

— Si vous voulez mon avis, patron, ce serait bien d'avoir Rand Holloway dans notre camp.

Il n'avait pas tort.

— On verra comment ça évolue, dis-je sans me compromettre. En tout cas, nous sommes couverts, c'est le principal.

— C'est vrai, convint Kevin. Au fait, il y a autre chose.

— Quoi encore ?

— Eh bien, M. Joss tenait à vous faire dire que, si nous devons quitter le King, le Red Diamond était prêt à nous recevoir.

— Sans blague ?

— Oui, d'après lui, nous aurions un emplacement idéal sur la route principale et il veillerait à nous faire bâtir quelque chose de magnifique, avec un parking trois fois plus grand que celui dont nous bénéficions actuellement. Et aussi, avec la proximité du ranch, nous pourrions travailler en toute sécurité.

Je trouvais terrifiant de constater que Stef savait *exactement* comment Rand raisonnait, au point qu'il pouvait parler à sa place à n'importe quel moment. Ces deux-là avaient atteint un stupéfiant niveau de communication.

Moi, je savais déjà que Rand voulait m'avoir sur le ranch, bien sûr, puisqu'il me l'avait dit la veille, mais j'ignorais que Stef ait le même objectif.

— Ça me plaît bien, renchérit Callie. Travailler sur une propriété privée nous donnerait la protection de Rand Holloway. Ce n'est pas rien. Au moins, on ne se fera plus voler.

— Tu n'as toujours pas digéré de t'être fait piquer ton iPod dans ta voiture, hein ?

— Bien sûr que non ! s'exclama-t-elle. Et puis, quand nous quittons le restaurant tard dans la nuit, nous sommes toujours obligés de rester en groupe. Si nous étions sur le ranch, primo, nous n'aurions pas à ouvrir aussi tard qu'actuellement, sous prétexte d'avoir les mêmes horaires que les autres restaurants du King, secundo, personne ne s'aviserait de voler nos affaires. Qui a envie de se mettre à dos le Red Diamond, hein ? On dit que Rand Holloway emploie les gars les plus effrayants de tout le comté. Tout le monde en a la trouille.

— Bref, si nous devons partir, vous êtes tous d'accord afin que nous allions nous installer sur le ranch ?

— Oui, confirma Kevin avec un sourire. Nous avons déjà voté à l'unanimité.

Ce qui ne m'étonnait pas du tout. J'avais un personnel tout à fait proactif.

— Eh bien, espérons que nous ne serons pas obligés d'en arriver là, mais si c'est le cas, eh bien, à mon avis, nous serons tous très bien au ranch.

Un grand silence me répondit.

— Quoi ? m'étonnai-je.

— Vous parlez sérieusement ? demanda Kevin. Vous envisageriez d'accepter ? Pour de vrai ?

— C'est quoi cette façon de parler ? Tu n'as plus dix ans !

— C'est le choc.

— Eh bien, oui, je parle sérieusement, eh oui, j'envisage d'accepter.

— Oooh ! piailla Callie d'un ton suraigu. C'est génial, vraiment génial ! La seule chose qui m'inquiétait, c'était que vous refusiez d'approcher du ranch. Mais puisque vous êtes d'accord, c'est génial, je suis folle de joie. Je n'aurais pas voulu vous voir malheureux, vous savez. Pour rien au monde !

— Je sais.

Elle se pencha pour me serrer dans ses bras.

— Qu'est-ce qui te prend, Cal ?

— C'est juste un câlin, dit-elle en riant.

Effectivement, elle me lâcha très vite, mais pas avant de poser un baiser sur ma joue.

— J'ai eu tellement la trouille, avoua-t-elle. Soyez gentil, ne recommencez jamais à vous mettre en danger.

— Je n'y tiens pas particulièrement, assurai-je.

Kevin me tapota la jambe.

— Bon, pour conclure notre histoire, Gillian cherche à arranger les choses, mais…

Il esquissa une moue sceptique. J'acquiesçai, puis Josie s'accouda dans mon lit, la tête sur son poing, les yeux fixés sur moi.

— Alors… patron ? Hmm ?

Seigneur !

— Quoi ?

— Vous projetez réellement de déménager sur le ranch ?

Absolument.

— Je réfléchis encore.

Elle toussa.

— D'après M. Joss…

— Tu devrais l'appeler Stef, Jo. Je suis certain qu'il te l'a déjà demandé.

— C'est vrai, confirma-t-elle, mais je n'étais pas sûre que vous seriez d'accord.

— Tu peux l'appeler Stef.

— Très bien, donc Stef a prétendu que vous étiez *peut-être* avec Mac Gentry ?

Je poussai un grognement pitoyable. Avec une parfaite synchronisation – une fois de plus –, tous ceux de la pièce retinrent leur souffle. Je décidai de rester diplomate et discret, pas question de discuter de ma vie privée devant tout le monde.

— Écoutez, on verra ça au jour le jour… quand Mac reviendra au ranch.

Ainsi, Stef avait appris la nouvelle ? Il devait avoir repris contact avec Rand, à un moment ou à un autre, depuis son départ de l'hôpital, la nuit passée. En plus, cet enfoiré n'avait pas hésité à la transmettre à Josie.

Il faudrait que je pense à le frapper la prochaine fois que je le verrai.

— Ça ne devrait pas tarder, annonça Josie. M. Joss… Euh, Stef dit que M. Holloway est déjà rentré. D'après ce que j'ai compris, ils ne se sont pas arrêtés cette nuit. Ils viendront tous vous voir dès qu'ils auront pris une douche.

À l'idée de bientôt poser les yeux sur Mac, j'eus des papillons dans l'estomac.

295

Mais Josie continuait à m'interroger :

— Alors, demain, quand vous quitterez l'hôpital, irez-vous chez Mac Gentry ?

— Je vous ai préparé un sac avec vos affaires, m'informa Callie. Bien sûr, nous avons d'abord dû tout laver parce que… non, mais franchement, patron ! Tous vos vêtements étaient dégoûtants !

— C'est aussi ce que j'ai dit en arrivant chez lui, précisa Josie.

Je la fusillai d'un œil noir.

— Tu veux que…

— Ne vous inquiétez pas, tout est propre, lavé, repassé et rangé dans votre sac, vous n'avez plus qu'à…

— Merci, dis-je à Callie.

— Oh, allez, patron. Je plaisantais.

Je l'ignorai et me tournai vers Josie, je n'en avais pas fini avec elle.

— Comment t'en sors-tu ?

— Vous parlez de l'autre jour, quand mes parents m'ont reniée ?

— Oui.

Ses yeux s'adoucirent.

— Je vais très bien, patron, grâce à vous.

— Je me suis fait du souci pour toi, marmonnai-je.

— Je sais. C'est pourquoi je vous adore.

Je la fixai, un sourcil levé. Elle baissa la tête.

— Vous savez très bien ce que je veux dire.

Elle avait raison : je savais.

— Josie ?

Son regard rencontra le mien.

— Si je vais chez Mac, où vas-tu vivre ?

— M. Joss a dit qu'il y a sur le ranch des chalets disponibles, des petits studios ! Il m'en a proposé un, sous votre supervision, bien sûr, en échange de quelques heures de baby-sitting par semaine pour son adorable petit garçon.

— Du baby-sitting ?

— Oui. Le semestre prochain, M. Joss aura de nouvelles classes, il ne pourra pas toujours emmener Wyatt.

— Et tu te chargerais de le garder.

— Oui, à condition que vous soyez aussi sur le ranch.

J'avais quelque chose à ajouter, mais à ce moment-là, la porte s'ouvrit et Rand pénétra le premier dans la chambre.

— Tout le monde dehors, annonça-t-il.

Ils obéirent tous comme un seul homme – même s'ils travaillaient pour moi. L'exode fut rapide.

Il n'y a pas à dire, un Holloway savait faire le vide !

VIII

JE FUS surpris de voir Rand traverser la chambre, se pencher sur mon lit et m'étreindre avec force sans même attendre que nous soyons seuls tous les deux.

— Je me demande si je ne rêve pas… dis-je à Stef.

Il était entré derrière Rand, Wyatt dans les bras.

— Tu as sauvé ma famille, Glenn, déclara mon frère d'un ton bourru. Sa voix tremblait presque.

— Je n'oublierai jamais ce que je te dois, ajouta-t-il.

Il ne me lâchait pas, sa main pressée sur ma nuque. Ému, je gloussai contre son épaule.

Enfin, il se redressa, se retourna et récupéra son fils, qui n'hésita pas à passer des bras de Stef aux siens. Quelques secondes plus tard, Stef se jetait à son tour sur moi, ce gars à qui je devais peut-être mon bonheur parce qu'il avait insisté pour m'envoyer, à mon corps défendant, accompagner du bétail avec Mac.

Je lui rendis son étreinte en lui tapotant le dos.

— Tout va bien se passer maintenant, affirmai-je.

— J'ai eu si peur !

— Je sais.

— Si Wyatt n'avait pas été là, j'aurais pu…

— Je sais.

J'étais sincère. Tout le monde ne s'en rendait pas forcément compte, mais Stef était un bagarreur. Il paraissait joli et doux, mais il savait se défendre. Il était plus petit que Rand, d'accord, mais tout aussi capable de jouer des poings et d'envoyer son adversaire au tapis. Mais il y avait eu Wyatt et Stef n'avait pensé qu'à la vie de son fils, à sa sécurité, sans avoir l'option ni de se battre ni de s'enfuir [25].

— Si tu n'étais pas venu… Je ne veux même pas envisager ce qui aurait pu arriver.

[25] Réaction psychologique à une situation de stress, « *fight or flight* » c'est-à-dire « se battre ou s'enfuir », mais l'homonymie se perd en français.

— Alors, pense plutôt à la prochaine transformation du Red Diamond, ricanai-je.

Il s'écarta et leva la main pour me frapper, mais Rand le rappela à l'ordre.

— Rand, je t'en supplie, n'en fais pas trop ! supplia Stef. Ce n'était qu'un incident isolé.

— C'est vrai, mais tout le monde sait que vous êtes riche comme Crésus, intervint une nouvelle voix.

Zach… Je n'avais pas remarqué que lui aussi était entré dans ma chambre.

Il contourna Stef, effondré sur le côté de mon lit, et me serra dans ses bras.

— Je n'ai rien du tout, Zach. Je t'assure que je vais très bien.

— Je ne veux plus me disputer avec toi.

— D'accord.

Je soupirai, heureux de cette réconciliation. Mon frère et moi avions été élevés par Rayland Holloway, aussi avions-nous toujours été unis, faisant front commun contre notre père, nous soutenant mutuellement, surtout après la mort de notre mère. Je voulais retrouver notre connexion.

À présent, c'était une option qui paraissait réalisable, puisque nous étions tous les deux décidés à faire des concessions. J'étais enfin disposé à me rapprocher de ma famille, de Rand, de Zach.

Il murmura à mon oreille :

— Je ne serai plus pénible envers toi, c'est promis. Je veux que tout redevienne comme avant… avant que je quitte la maison parce que je croyais qu'il me fallait avoir un ranch, comme papa.

— D'accord.

— Tu parles sérieusement ?

Il se redressa pour me dévisager. Je lui souris.

— Bien sûr. La vie est bien trop courte pour continuer à déconner, tu ne crois pas ?

— Si, reconnut-il d'une voix que l'émotion rendait rauque.

Il sourit et changea de ton pour dire :

— Au fait, je suis passé à l'écurie ce matin voir ta jument. Elle m'a mordu !

Je lui rendis son sourire.

— Juju adore les Holloway.

Il gloussa.

Je m'adressai à Stef :

— Merci beaucoup de t'être occupé d'elle. Juju compte infiniment pour moi.

Il hocha la tête.

— De rien. Comme je te l'ai déjà dit, ce cheval a trouvé sa vraie place.

— Absolument, confirma Rand. Dorénavant, nous allons nous occuper de vous deux, en tout cas, le Red le fera.

— Rand, tu n'es pas obligé de…

— Il ne s'agit pas d'obligation ! coupa-t-il. Je veux ta jument dans mes écuries et toi, je te veux sur mon ranch.

Sa voix catégorique ne laissait aucune place à la discussion.

— Oui, mais…

— Tu ne veux plus être un cowboy, je l'ai bien compris, le bétail ne t'intéresse pas et je ne te demanderai rien, promit-il. Ce n'est pas ton truc. Mais si tu as un problème avec le King Resort, Stef et moi serions très honorés de voir le Bronco s'installer sur nos terres, mais Glenn… par-dessus tout… je te veux sur le ranch, tout comme je tiens également à avoir Zach.

— Pourquoi ?

Il me fixa comme si j'étais complètement idiot – une expression dont j'avais l'habitude chez lui.

— Parce que vous êtes tous les deux mes frères. Je vous veux avec nous.

Il ne le redirait pas deux fois.

— Je ne compte pas m'installer avec Stef et toi, Rand.

— Ça ne m'étonne pas. D'ailleurs, je connais un homme qui a déjà son idée sur l'endroit où tu poseras ton chapeau en rentrant le soir.

— J'aimerais bien, soufflai-je.

— Il a quitté le Red avec nous, mais il s'est arrêté en route. Je pense avoir entendu son truck. Il ne devrait pas tarder.

J'acquiesçai, sans mot dire.

— Il était impatient de vérifier en personne comment tu te portais, enchaîna Rand. Et puis, il m'a déjà annoncé que demain, il te ramènerait chez lui, au ranch. Il compte veiller sur toi et ta convalescence.

Mac serait bientôt là ? Ma gorge s'assécha.

— Ça me paraît un bon plan.

— Tu sais, déclara Zach avec entrain, tu pourras confirmer aux gamins qui travaillent avec toi que la sécurité du ranch sera bientôt renforcée.

Stef lui fit un doigt d'honneur, j'éclatai de rire.

— J'ai l'intention d'installer un système de surveillance télévisée en circuit fermé tout à fait high-tech, annonça Rand.

— C'est encore mieux que mes miradors ! dis-je à Stef.

Il gémit.

— Allez, insistai-je. Le ranch est immense et plus vous vous étendez, Rand et toi, plus vous devenez des cibles. L'argent crée forcément des jalousies. Tu ne vas quand même pas en vouloir à Rand de s'assurer que toi et Wyatt ne risquiez plus jamais rien ?

Il pesa ma réflexion, puis jeta un regard tendre à son partenaire.

— Non, bien sûr que non, reconnut-il

Sans lâcher son fils, Rand ouvrit les bras pour inciter Stef à le rejoindre.

La porte s'ouvrit une fois de plus et Mac entra, aussi magnifique que la dernière fois où je l'avais vu.

— Bon, on va vous laisser, déclara Rand très vite.

Le sourire qu'il m'adressa était plein d'approbation et de bonheur. Peu après, il sortit, entraînant les autres avec lui.

J'avais du mal à retrouver mon souffle.

— Salut, Mac.

La bouche durcie, il restait planté à tripoter son chapeau. Il paraissait nerveux et ne le cachait pas. J'aurais pu m'en inquiéter, mais comme je devinais bien être la cause de ses soucis, peut-être pouvais-je également en être la solution.

— Je suis venu te demander si tu acceptais de m'accompagner chez moi, demain, en quittant l'hôpital, déclara Mac.

Je me rassis dans mon lit.

— Chez toi, dans ta maison ?

— Notre maison, corrigea-t-il. Si tu viens vivre sur le ranch, tu habiteras avec moi, d'accord ?

— Je vais être franc avec toi : tu es le principal attrait que je trouve à ce projet.

Je lui tendis les bras, il traversa la pièce pour me rejoindre.

— Je sais que c'est allé très vite, déclara-t-il, mais je veux t'avoir à la maison. Et tu es le premier à qui je fais ce genre de proposition. Je n'ai jamais vécu avec personne !

— Dans ce cas, c'est d'accord.

301

Je l'attirai contre moi pour l'embrasser, un véritable baiser, intense, possessif et revendicateur, encore meilleur que le premier.

— Merci, Seigneur ! souffla-t-il quand je le laissai enfin respirer. En cours de route, j'avais la tête qui bourdonnait tellement je cogitais. Même quand je me suis arrêté au magasin de bricolage.

Ainsi, c'était ce qui l'avait retardé. Bizarre…

— Et qu'avais-tu de si urgent à y faire un dimanche matin, Maclain Gentry ?

Il fouilla dans la poche droite de son jean délavé et en retira une clé montée sur un anneau qu'il me tendit.

— C'est la clé de chez moi. Je voulais te prouver que j'étais sérieux en te demandant de t'installer avec moi.

Je poussai un soupir heureux et le regardai s'asseoir à côté de moi sur le lit.

— Je le savais déjà. Mais merci, j'accepte volontiers cette clé et cet anneau.

Il ôta son chapeau et le déposa sur la table roulante, puis il pressa la main sur mon oreiller, juste à côté de ma tête.

— Je t'offrirai bientôt un autre anneau, promit-il, la voix rauque.

Bouleversé par cette déclaration, j'eus de la peine à trouver mes mots.

— Ah, bon ?

— Bien sûr.

— Dans ce cas, moi aussi, j'en aurais un pour toi.

— Excellente idée !

Il se pencha pour m'embrasser, scellant ainsi notre engagement.

MARY CALMES vit à Lexington, dans l'État du Kentucky, avec son époux et ses deux enfants.

Elle aime toutes les saisons, sauf l'été.

Elle a fait ses études à l'Université du Pacifique, à Stockton, en Californie, où elle a obtenu une licence de littérature anglaise. Vu qu'il s'agit de littérature, et non de grammaire, ne lui demandez pas de vous décortiquer un texte, elle ne le fera pas.

Elle aime écrire, et s'absorbe complètement dans son travail lorsqu'elle commence un livre. Elle est même capable de décrire l'odeur corporelle de ses personnages.

Elle achète de nombreux ouvrages et apprécie les conventions où elle peut rencontrer ses fans.

Par MARY CALMES

L'ange gardien
De nouveau
La grenouille du prince
Le mien

LE CLAN DES PANTHÈRES
Cœur sauvage
Cœur confiant
Cœur et honneur

DANS LES TEMPS
Mauvais timing
Bon timing pour un rodéo
Question de timing
Timing parfait

LES GARDIENS DES ABYSSES
Son foyer
Bec et ongles
Le cœur sur la main

QUESTION DE TEMPS
Question de temps, tome 1
Question de temps, tome 2

Publié par DREAMSPINNER PRESS
www.dreamspinner-fr.com

MAUVAIS TIMING

Mary Calmes

Dans les temps, tome 1

Stefan Joss connait une période difficile. Non seulement, il doit se rendre au Texas, en plein été, pour le mariage de sa meilleure amie, Charlotte, dont il est le témoin, mais on le charge en plus de négocier un marché de plusieurs millions de dollars. Pire encore, il se retrouve face à face avec un homme qu'il espérait bien de jamais revoir : Rand Holloway, le frère ainé de Charlotte.

Stefan et Rand se détestent depuis le jour de leur première rencontre, aussi Stefan a-t-il du mal à croire à la trêve que lui propose son ennemi juré. Peu à peu, leur hostilité mutuelle se transforme en passion dévorante. Malgré ses doutes devant une volte-face aussi brutale, Stefan décide de faire confiance à Rand, et de lui donner une chance de prouver sa sincérité.

Leur entente est vite menacée : le marché que Stefan devait négocier tourne mal, et la propriétaire du ranch qu'il devait acquérir au nom de sa boite est assassinée. À sa grande surprise, Stefan est désormais en danger…

www.dreamspinner-fr.com

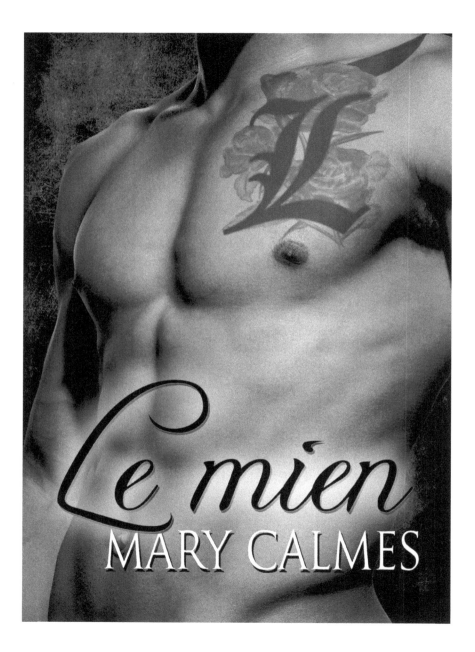

Trevan Bean exerce un travail qui flirte avec l'illégalité, a un petit ami qui n'a peut-être pas toute sa tête ainsi qu'un ange gardien qui pourrait effectivement être le mal incarné. Ajoutez à cela la réapparition de la famille de son petit ami, des menaces de mort, un enlèvement et la lutte pour mettre suffisamment d'argent de côté afin de réaliser un rêve… Autant dire que Trevan ne chôme pas. Mais il est du genre à relever les défis : il a promis à Landry une fin comme dans les contes de fées et Landry va l'obtenir, même si cela doit le tuer !

Et c'est bien ce qui pourrait se passer.

Il y a deux ans, Landry Carter était une poupée cassée lorsqu'ils se sont rencontrés. Mais il a grandi pour devenir un partenaire qui peut se tenir fièrement aux côtés de Trevan… enfin, la plupart du temps. Maintenant que la vie de Trevan prend un tournant inquiétant – et que Landry se retrouve kidnappé – il espère que l'amour de Landry restera suffisamment fort pour relever ce nouveau défi, parce que sa fin heureuse n'arrivera jamais si Trevan doit faire cavalier seul.

www.dreamspinner-fr.com

La vie de Jude Shea se retrouve complètement bouleversée lorsqu'il vient au secours d'un chien qu'il nomme Joe. Même si Jude a déjà pas mal de problèmes pour s'occuper de lui-même – il n'a plus de travail – il ne peut pas résister à l'animal qui a besoin de lui. Surtout lorsqu'une nuit, un homme se présente à sa porte pour réclamer son nouveau compagnon. Alors qu'ils échappent de justesse à une attaque surprise, Jude va comprendre que « Joe » n'est pas tout à fait ce qu'il semble être.

Dans une dimension alternative, Eoin Thral est un Gardien et une fois qu'il laisse Jude traverser le voile qui sépare leurs deux mondes, il se transforme en un homme magnifique connu pour ses compétences au combat mais pas pour sa capacité à aimer. Immergé dans le monde d'Eoin, Jude devra faire face au combat le plus difficile de toute sa vie pour leur garantir une fin heureuse à tous les deux.

www.dreamspinner-fr.com

La grenouille du prince

MARY CALMES

Les rêves de célébrité de Weber Yates sont sur le point d'être réduits à un emploi d'ouvrier agricole dans un ranch au Texas et sa seule relation est avec un homme, tellement hors de sa portée qu'il pourrait aussi bien se trouver sur la lune. Ou du moins, à San Francisco, où Weber s'arrête pour le voir une dernière fois avant de s'installer pour la vie humble et solitaire qu'une grenouille comme lui mérite.

Cyrus Benning est un neurochirurgien de renom et les détails n'ont aucune prise sur lui. Un jour, il a repéré un prince dans les habits d'un cavalier de taureaux déchu. Mais voir Weber le quitter devient de plus en plus difficile et il ne sait pas combien de temps encore son cœur pourra le supporter. À présent, Cyrus a une dernière chance de prouver à Weber que ce n'est pas son travail qui fait de lui l'homme parfait pour lui, mais Weber lui-même. Avec l'aide de la famille nouvellement brisée de sa sœur, il est prêt à montrer à Weber que le foyer que cet homme cherche depuis toujours est juste là, avec lui. Cyrus avait posé un ultimatum une fois, mais maintenant, c'était devenu un serment : il ne laisserait jamais Weber sortir de sa vie à nouveau.

www.dreamspinner-fr.com

Lightning Source UK Ltd.
Milton Keynes UK
UKHW010936070322
399687UK00002B/353